ROSE KLAY

Was nebenan passiert ist

Weitere Titel der Autorin

Die Tochter

Über die Autorin

Rose Klay, Jahrgang 1968, kommt aus Düsseldorf. Sie studierte Psychologie, unterbrach ihre Diplomarbeit für Wehen, zog mit Mann und Sohn nach Mexiko-Stadt, bekam noch zwei weitere Söhne, zog sechs Jahre später weiter nach Peking. Nach einer weiteren Station in Houston, Texas, lebt die Autorin mit ihrer Familie nun wieder in Düsseldorf.

ROSE KLAY

WAS NEBENAN PASSIERT IST

THRILLER

lübbe

Die Bastei Lübbe AG verfolgt eine nachhaltige Buchproduktion. Wir verwenden Papiere aus nachhaltiger Forstwirtschaft und verzichten darauf, Bücher einzeln in Folie zu verpacken. Wir stellen unsere Bücher in Deutschland und Europa (EU) her und arbeiten mit den Druckereien kontinuierlich an einer positiven Ökobilanz.

MIX
Papier | Fördert gute Waldnutzung
FSC® C014496

Vollständige Taschenbuchausgabe
der bei Bastei Lübbe erschienenen E-Book-Ausgabe

Umschlaggestaltung: Massimo Peter-Bille unter der Verwendung von Illustrationen von © shutterstock: AlexLinck | Mike Flippo | Taiga und © Arcangel: Ildiko Neer
Satz: 3w+p GmbH, Rimpar
Gesetzt aus der Adobe Caslon Pro
Druck und Verarbeitung: GGP Media GmbH, Pößneck

Printed in Germany
ISBN 978-3-404-18994-6

5 4 3 2 1

Sie finden uns im Internet unter luebbe.de
Bitte beachten Sie auch: lesejury.de

1

28. April

Da war schon wieder einer.

Auf dürren Stängeln stand der in Plastik verpackte Blumenstrauß am Gartentor. Darüber war ein Heliumballon in Form von Engelsflügeln festgebunden, der aufgeregt im Wind hin und her flatterte, als wolle er vor etwas fliehen.

Ein Sturm kam auf. Es war den ganzen Tag davor gewarnt worden.

Über den Häusern hing eine dunkle Wolkendecke, aber bis auf die Windböen, die ab und zu wie Irrwische durch die Straßen fegten, war es beunruhigend still. Als wenn die ganze Siedlung sich selbst ermahnt hatte, eine Gedenkminute einzulegen, um nicht zu vergessen, was passiert war.

Nachdem die Presse verschwunden war, hatte ich gehofft, das Interesse würde langsam abflauen, doch es sah nicht so aus. Es kamen immer noch Leute, die etwas auf dem Gehweg vor Eriks Haus ablegten.

Von meinem Küchenfenster aus hatte ich einen direkten Blick in unsere Vorgärten. Das Haus von Erik und meines waren beinahe identisch, nur spiegelverkehrt, was in gewisser Weise inzwischen auch auf Erik und mich zutraf. Ein Mann und eine Frau, die beide in einem viel zu großen Haus mit leeren Kinderzimmern lebten.

Unsere Garagen lagen Wand an Wand, die beiden Einfahrten nur durch einen Streifen Gras getrennt. Zur Straße hin verlief ein Zaun, zwischen unseren Grundstücken jedoch konnte man einfach hin- und herlaufen, was ich auch immer tat, wenn ich etwas in Eriks Vorgarten einsammelte. Es war eine Art Buße.

Ich schnappte mir den gelben Sack, den ich ohnehin zur Tonne hatte bringen wollen, und ging nach draußen.

Eine unerträgliche Stille empfing mich.

Die Kinderstimmen, die wir vermissten, verursachten keinen bloßen Mangel an Geräuschen, es ging darüber hinaus. Es war, als hätte ihr Fehlen einen Unterdruck erzeugt, als hätte jemand alle Luft aus Eriks Haus herausgesogen und ein Vakuum hinterlassen, das einem das Trommelfell nach außen stülpte, um mit Gewalt zu sagen, dass wir besser hätten hinhören sollen. Dass ich besser hätte hinhören sollen.

Die Tankstellenblumen an Eriks Gartenzaun wirkten jämmerlich, als wären sie unter der Plastikfolie längst erstickt. Ich konnte nicht nachvollziehen, dass offenbar niemand darüber nachdachte, wer die Teddybären, Kerzen und Blumen vor dem Gartentor einsammeln musste.

Die Blumen verrotteten und fingen an zu stinken. Ihr Anblick half niemandem, außer vielleicht der Person, die sie niederlegte. Die Teddybären wurden nass und schimmelten. Sie erinnerten uns höchstens daran, dass sie nachts in keinem Kinderarm liegen, niemanden mehr trösten konnten. So würde man einfach nicht zur Ruhe kommen.

Die Presse hatte ich inzwischen abgewimmelt. Wochenlang hatte sie vor unserem Haus Stellung bezogen, aber ich hatte geschwiegen. Ich wusste, welche Story sie sich von mir wünschten. Die übliche. Die, die man nach so einer Geschichte immer hörte.

Dass ich Alexa so etwas niemals zugetraut hätte. Dass sie immer eine ganz unauffällige Nachbarin gewesen war. Dass ich niemals gedacht hätte … Dass wir eine ganz normale Nachbarschaft waren … Dass die Kinder ganz entzückend gewesen … dass Erik in einem Schockzustand … Dass alle Anwohner seit dem Vorfall …

Doch nicht alles davon wäre die Wahrheit.

Alexa war nicht unauffällig gewesen. Sie war eine YouTuberin, die ständig alles filmte, immer auf Außenwirkung aus. Sie hatte einen Familienkanal, wo sie ständig ihren Alltag präsentierte, samt Kindern und Familienhund. Sie war hübsch auf die Art, die auf Social-Media-Plattformen gut ankam. Langes rehbraunes Haar, gebogene Wimpern und betonte Augenbrauen. Zu jedem Anlass hatte sie das passende Outfit an einem schlanken Körper, den man in Alexas Welt als »lean« bezeichnet hätte.

Erik, das passende Gegenstück, tauchte in ihren Videos eher selten auf und wenn, hatte ich im Nachhinein betrachtet den Eindruck, dass er versuchte, der Kamera zu entkommen – eine Möglichkeit, die sich den Kindern nicht geboten hatte.

Geschmack konnte man Alexa nicht absprechen. Wenn man ihre sorgfältig bearbeiteten Filme ansah, hatte man automatisch das Gefühl, dass man sich dringend neu einrichten und mehr dekorieren müsste. Alles sah hell und leicht und luftig aus, gerade so, als wenn niemand, nicht einmal der Hund, je Dreck ins Haus schleppte oder auch nur ein Haar verlor. Dass ich die Kinder öfter hatte weinen hören und der Hund häufig im Garten ausgesperrt war, wo er dann jämmerlich winselte, davon sah man im Netz selbstverständlich nichts.

Ich stopfte den Blumenstrauß zu meinem Plastikmüll in den gelben Sack. Eine erneute Windböe schlug mir die Haare ins Gesicht. Der Ballon flatterte über meinem Kopf wie ein gefangener Vogel. Ich versuchte das Geschenkband zu lösen, doch der Knoten wurde durch das Reißen des Windes nur fester gezurrt.

Am Ende der Straße tauchte das nächste unbekannte Auto auf. Die meisten Leute kamen sonntags, aber auch unter der Woche gab es immer mal wieder ungebetene Besucher. Manche fuhren nur langsam vorbei, das Handy im Anschlag, manche stiegen aus und legten etwas vor das Haus. Es gab auch welche, die beteten.

Das Auto hielt ein Stück entfernt, doch mich konnte man nicht täuschen. Hierher verirrten sich keine Fremden, niemand bog aus Versehen von einer Landstraße in eine schmale, mitten in einem Brachacker liegende Zufahrtsstraße ab, die schon von Weitem »Neubaugebiet« schrie. Außer uns Anwohnern fuhren nur Müllfahrzeuge und Paketzusteller hier hinein und hinaus.

Aus dem Auto stieg eine Frau, die eine Baseballkappe und eine Sonnenbrille trug. Leider war es nicht möglich, das Kennzeichen zu notieren, von hier aus erkannte ich es nicht. Das Smartphone in ihrer Hand sah ich trotzdem. Ich seufzte.

Falls sie anfing zu filmen, konnten wir klagen, das hatte ich den anderen erst bei der letzten Krisensitzung der Eigentümergemeinschaft erklärt. Allerdings waren Anzeigen bei der rasanten Verbreitung der Bilder durch das Netz in der Realität die reinste Sisyphusarbeit. Am Ende waren wir uns einig gewesen: Wir wollten keine weitere Aufmerksamkeit durch Gerichtsprozesse, wir wollten einfach nur unsere Ruhe. Doch wir würden zumindest jedem, den wir beim Filmen erwischten, mit Anzeige drohen.

Die Frau filmte nicht. Noch nicht. Aber sie sah sich um, drehte sich halb um die eigene Achse, als fürchtete sie, dass jemand hinter ihr stand, um sie zu vertreiben.

Einen Moment lang sah ich die Siedlung durch die Augen der Fremden: ein nur wenige Jahre altes Neubaugebiet, das wie ein Saum an die alte Siedlung auf der anderen Seite der Hauptstraße angenäht wurde, als der Bedarf an Wohnraum unaufhörlich gestiegen war.

In Form eines Rechtecks zog sich die baumlose Straße an allen Neubauten vorbei. Der Weißdornweg entsprach mit einer Breite von 4,75 Metern exakt den »Mindestanforderungen für Begegnungsverkehr«.

In der Mitte des Rechtecks befand sich ein breiterer Streifen mit einer doppelten Reihe von Häusern, deren Gärten hinten aneinandergrenzten. Auf der Vorderseite wurde die Siedlung von Feldern gesäumt, die bis zur Landstraße reichten, an der linken Seite lag ein großes Schrebergartengebiet, rechts ein kleiner Wald, der uns vom neu erschlossenen Bauland auf der anderen Seite abtrennte.

Das war er, unser ganzer Kosmos.

Hier war im Schnellverfahren das aufgebaut worden, was

sich viele Familien wünschten: ein ruhiges, beschauliches Leben am Stadtrand mit Eigenheim, Garten und Parkplatz vor der Tür. Es roch wieder nach Baustelle, nach feuchtem Zement und frisch aufgeworfener Erde. Eine Erweiterung der Siedlung war in Planung, neben dem kleinen Wald sah man bereits die ersten ausgehobenen Gruben.

Ich hatte nicht damit gerechnet, wie sehr ich den Kauf dieses Hauses einmal bereuen würde. Wir waren davon ausgegangen, dass die Häuserpreise weiter so rasant steigen würden wie bisher, doch der Wert der Häuser auf dem Weißdornweg war an jenem Morgen schlagartig gesunken.

Dadurch wurde das Gefühl der Beklemmung noch verstärkt. Wir konnten nicht ohne riesige Verluste verkaufen. Wir waren hier gefangen. Zumindest, bis die Leute vergessen hatten, was hier passiert war.

Die Frau mit der Baseballkappe entdeckte mich und wechselte die Straßenseite.

Sie blieb in einigen Metern Entfernung stehen und schien zu überlegen, ob sie sich durch meine Anwesenheit von ihrer Besichtigungstour abbringen lassen sollte. Noch hatte sie nicht gefilmt, aber ich beobachtete sie aus den Augenwinkeln, während ich weiter an dem Geschenkband herumfummelte.

Normalerweise versuchte ich, unter dem Radar zu bleiben. Ich verzog mich ins Haus, wenn Neugierige auftauchten. Doch jetzt wollte ich den Ballon noch entfernen, bevor Erik ihn entdeckte. Ich wusste, dass er nichts von diesen Beileidsbekundungen hielt. Im Gegensatz zu Alexa scheute er die Öffentlichkeit.

Endlich löste sich der Knoten. Der Ballon flatterte im Wind, als wolle er sich aus meiner Umklammerung befreien. Mit der Schnur in der Hand sah ich sicherlich aus wie ein zu groß geratenes Kind auf einer Kirmes.

»Tun Sie uns einen Gefallen, und gehen Sie wieder«, sagte ich laut. »Es gibt hier nichts für Sie zu sehen. Niemand wird mit Ihnen sprechen. Und wenn Sie hier ohne Genehmigung filmen oder fotografieren, muss ich Sie leider anzeigen.«

Die Frau starrte mich an. Ich fragte mich, zu welchem Typ sie gehörte. Die meisten waren von der Presse, den Social Media oder einer anderweitig sensationslüsternen Gruppe: Typen, die auch einen Unfall auf der Autobahn filmten und ins Netz stellten, ohne dass sich mir der Sinn dessen erschloss. Eine etwas gemäßigtere Gruppe versuchte, Anteilnahme zu zeigen, ohne die Anwohner zu stören. Und dann gab es noch eine Gattung: Frauen, die auf der Jagd waren. Nach Erik. Er hatte eine regelrechte Fangemeinde im Netz.

Es waren auch vor allem Frauen, die Alexa die schlimmsten Dinge an den Hals wünschten und ihre Social-Media-Kanäle mit Nachrichten bombardierten. Ihre einstigen Fans waren über Nacht zu einer geifernden Meute geworden. *Du wirst in der Hölle schmoren. Monster. Du hast den Namen Mutter nicht verdient. Du bist Abschaum.*

Diese Frau war etwa in meinem Alter, Mitte bis Ende dreißig, ich konnte es schwer schätzen, weil sie die Kappe und die Sonnenbrille trug und in ihrer Kleidung fast verschwand. Sie hatte Jogginghosen, Sneaker und einen zu großen Hoody an, die Sonnenbrille war ein billiges Drahtmodell mit verspiegelten Gläsern, wie sie im Sommer an Ständen an der Rheinuferpromenade verkauft wurden. Quer über ihrer Brust hing eine Ledertasche.

Es wäre mir lieb gewesen, sie wäre wieder verschwunden, sie hatte ja nun, was sie wollte: einen Blick in die Siedlung geworfen. Doch sie schien keinesfalls gewillt, den Ort wieder zu verlassen, und kam einen Schritt näher. Sie sah an der Fassade von Eriks Haus empor.

Ohne mir den Blick zuzuwenden, sagte sie: »Sie sind die Nachbarin – die nicht aufhören konnte zu weinen. Ich habe Sie im Internet gesehen.«

Ich holte den Ballon ein und drückte die Engelsflügel an mich. Mir stiegen schon wieder Tränen in die Augen, aber inzwischen hatte ich mich besser im Griff.

Niemand hatte mich auf so etwas vorbereitet. Ich war weder gewohnt noch interessiert daran, ins Zentrum des öffentlichen Interesses gerückt zu werden, auch wenn ich genau genommen nur in Alexas Fahrwasser geraten war. Überall waren Videos mit Spekulationen über mich aufgetaucht, teils sogar mit meinem vollen Namen. »Friederike Mönch – die einzige Zeugin« hatte eine True-Crime-YouTuberin eines ihrer Videos betitelt, wogegen ich allerdings sofort vorgegangen war.

Die Frau trat näher und stand schließlich direkt vor mir. Nur der Zaun trennte uns noch. Man konnte hinter den verspiegelten Gläsern der Sonnenbrille nicht viel von ihr erkennen, was mir nicht gefiel. Sie schien zu überlegen, was sie nun tun sollte, und knabberte an ihrem Daumennagel. Auf ihre Kappe war ein »R« gestickt, an dessen Enden Flammen züngelten und das deswegen entfernt an eine startende Rakete erinnerte.

»Das Haus ist nicht mehr versiegelt«, sagte sie. Sie klang auf einmal aufgeregt.

Ich schwieg.

Sie warf mir einen raschen Blick zu. »Ist Erik wieder hier?«

Also gehörte sie zu Eriks Fanclub. Fast hatte ich Mitleid. Wieder eine einsame Seele, die hoffte, sie würde hier auf eine andere treffen. Die dachte, dass dies hier eine einmalige Gelegenheit war, eine Verbindung herzustellen. Zu einem Mann, der verwundet war.

Sie war auch da nicht die Erste. Erst am Morgen hatte ich wieder die Polizei gerufen, weil eine aufgedonnerte Endvierzigerin vor Eriks Haus in einem orangen Cabrio gesessen hatte und einfach nicht verschwinden wollte, weil sie der Meinung war, dass das Schicksal sie und Erik füreinander bestimmt hätte, wie sie mir versicherte. Die Tragödie, die hier stattgefunden hatte, schien weitere anzuziehen. Doch aus zwei Unglücken konnte man kein Glück stricken.

»Kannten Sie seine Frau gut? Alexa?«

Das fragte ich mich auch.

Wie gut kennt man seine Nachbarn?

Alexa hatte immer freundlich und extrovertiert gewirkt,

war aber gleichzeitig unnahbar geblieben. Wir kamen über einen bestimmten Punkt einfach nicht hinaus. Ich war allerdings auch nicht besser gewesen. Meine innersten Gefühle hatte ich ebenfalls sorgfältig vor ihr verborgen.

Nach außen wirkten Alexas Töchter wie bunte Tupfen in einer Welt aus Weiß- und Cremetönen, einer Welt, die aussah, als sei sie direkt einer Werbung entsprungen.

Und tatsächlich hatte Alexas Karriere genau dort ihren Ursprung gehabt. Das Haus der Kellers war von der Baufirma, die unsere Siedlung gebaut hatte, als Paradebeispiel einer perfekten Behausung gefilmt worden. Der Geschäftsführer, ein etwas schmieriger Typ namens Henning Pape, war von Alexa offenbar so angetan gewesen, dass er Alexa und ihr Haus unbedingt für seine Werbekampagne haben wollte.

Kameraleute waren gekommen, Beleuchter und Maskenbildner, und Alexa hatte als »echte Kundin« durch ihr Heim und das Video geführt. Die Werbung wurde deutschlandweit ausgestrahlt, man sah sie überall, im Fernsehen und im Internet. Alexa hatte bezaubernd ausgesehen.

Den Werbefilm hatte ich inzwischen so oft angesehen, dass ich den Text mitsprechen konnte. Kaum dass ich am Laptop saß, ploppte er irgendwo auf. Irgendwann kam es mir vor, als wäre die Absicht des Films gar nicht der Verkauf von Fertighäusern, sondern mir zu vermitteln, wie ein richtiges Zuhause aussehen müsste. Der Film riss alle meine Wunden auf. Inzwischen fand man ihn im Netz nicht mehr. Ein Tatort eignete sich nicht als Werbung.

Seitdem hatte Alexa ständig gefilmt. Das war ihr Job. Alles, alles wurde gefilmt. Rebecca war schüchtern vor der Kamera, doch die kleine Celina hatte das Prinzip schnell verstanden, denn sobald das Handy der Mutter in ihre Richtung schwenkte, lächelte sie, weshalb sie Alexas erkorenes Lieblingsziel war.

Celina. Ich spürte immer noch den brennenden Schmerz in meinen Fingerspitzen, als hätte ich dort, wo ich sie berührt hatte, einen Eisbrand erlitten. So kalt war sie gewesen. Wie konnte ein Mensch sich so kalt anfühlen?

Die Frau vor mir betrachtete ein Stück Draht, mit dem Alexa vor einiger Zeit ein Rosengitter am Zaun festgemacht hatte, das sie jedoch später wieder entfernt hatte, weil die Rosen einfach nicht hatten wachsen wollen. Der Draht stand vom Pfosten ab wie ein warnender Zeigefinger.

»Wissen Sie, wann Erik zurückkommt?«, fragte sie.

Auf einmal hatte ich die Nase voll von all den Verrückten. Wir hatten genug durchgemacht, wir konnten nicht noch die Sorgen der übrigen Welt schultern, erst recht nicht Erik.

»Lassen Sie ihn in Ruhe«, sagte ich scharf.

Sie musterte mich von oben bis unten, als hätte sie eine unerwartete Konkurrentin entdeckt.

»Und machen Sie sich bloß keine Hoffnungen«, sagte ich und stieß demonstrativ den Heliumballon gegen den Draht. Es knallte laut.

Die Frau ließ sich von der Geste nicht beeindrucken. Sie beugte sich über den Zaun und griff nach meinem Arm.

»Und Sie, Sie sollten besser aufpassen«, sagte sie.

Kurz durchzuckte mich der Gedanke, dass ich den Kopf der Frau packen und mit aller Wucht nach unten auf den Metallpfahl schlagen könnte, der unsere beiden Welten wie ein treuer Grenzsoldat trennte. Ich starrte sie an. Fast erwartete ich, dass ihr Blut über das Gesicht lief.

Als wenn sie meine Gedanken gespürt hätte, ließ sie mich los und trat einen Schritt zurück.

Ohne ein weiteres Wort drehte ich mich um und ging ins Haus.

2

Vorher

Mit dem Einzug in die Siedlung hatte sie beginnen sollen, die bedeutendste Phase meines Lebens. Ich hatte mich niederlassen wollen. Ankommen. Einen Ort schaffen, wo Jasper und ich hingehörten, unseren höchstpersönlichen Platz auf Erden. Es kam anders.

Dass wir von diesem Haus erfuhren, bevor es auf den Markt kam, hatten wir Erik zu verdanken. Ein Wink des Schicksals. Häuser gingen in Zeiten des Niedrigzinses weg wie warme Semmeln, erst recht in Städten wie Düsseldorf. Der Markt war leer gefegt, auch in den Randgebieten, in die es uns jetzt verschlagen hatte.

Erik und ich kannten uns aus der Schule. Das heißt, eigentlich kannte nur ich ihn. Da er zwei Klassen über mir gewesen war und ich ein recht unscheinbares Mädchen, glaube ich nicht, dass er mich je bemerkt hätte, wenn nicht unsere Mütter im selben Bridgeclub gespielt hätten. Aber jeder kannte Erik. Schon in der Schulzeit hatte er gut ausgesehen, und das Älterwerden hatte nichts daran geändert.

Entscheidender jedoch war, dass seine Mutter unser Gymnasium geleitet und der einzige Sohn nicht allein dadurch ein Alleinstellungsmerkmal besaß, sondern auch ihr erklärter Augapfel war.

Jedenfalls war es Karin Keller gewesen, die meiner Mutter von dem überraschenden Verkauf des Hauses neben Erik erzählt hatte.

Wir hatten sofort einen Termin mit dem Makler gemacht.

Ich war geradezu durch unser künftiges Heim geschwebt. Alles, alles fand ich wunderbar. Das moderne Wohnkonzept mit der offenen Küche ließ mich von geselligen Abenden an einem großen Esstisch träumen. Dass ich – von Mona einmal abgesehen – den Kontakt zu sämtlichen Freundinnen längst abgebrochen hatte, war in diesem Moment nebensächlich gewesen. Ich wollte sie alle um Verzeihung bitten.

In meiner Euphorie hatte ich alles gelobt: den Briefkasten, der an der Straße statt am Haus angebracht war, die Garage, durch die man einen direkten Zugang in die Küche hatte, den Master-Bedroom mit dem angrenzenden Badezimmer, das über eine Wäscheklappe verfügte, und das zweite Badezimmer, das die beiden Kinderzimmer verband.

»Ich sehe, der Architekt hatte eine Vorliebe für amerikanische Details. Solche Badezimmer nennt man dort Jack & Jill«, hatte ich gesagt.

»Das wären auch schöne Namen für Ihre Kinder«, antwortete der Makler.

»Meine Frau hat in den USA studiert«, lenkte Jasper rasch ab, der sich wohl ertappt fühlte, denn die Ärztin hatte uns geraten, vor Ablauf der kritischen zwölf Wochen besser über meinen Zustand zu schweigen.

Mit Schweigen kannten wir uns aus. Wir hatten so lange vergeblich versucht, ein Kind zu bekommen, dass wir einfach keine Ratschläge mehr ertragen konnten. *Denkt nicht dran, dann klappt das von allein. Entspannt euch einfach. Fahrt in den Urlaub. Denkt doch mal über Adoption nach. Kauft euch einen Hund.*

Nach außen tat ich längst so, als würden Kinder in meiner Lebensplanung nicht mehr vorkommen. Es war der einzige Weg, die Leute zum Schweigen zu bringen. Von meinen Freundinnen, die bis auf Mona alle Mütter geworden waren, hatte ich mich abgewendet, weil ich sie nicht ständig belügen konnte – darüber, wie sehr ich sie um ihre Kinder beneidete. Es war nicht schön, ständig krampfhaft zu lächeln, wenn eine Freundin ihr Baby herzte, während mir gleichzeitig die Tränen in die Augen stiegen. Und schließlich konnte ich kaum verlangen, dass sie damit aufhörte, nur damit ich mich nicht schlecht fühlte.

Auch die Behandlung in der Kinderwunschklinik war ein Geheimnis zwischen Jasper und mir. Wir wollten nie wieder jemandem Rede und Antwort stehen müssen, wenn wieder ein Versuch erfolglos geblieben war.

In der Firma war diese Fassade allerdings vorteilhaft gewesen. Ich wurde als Nachfolgerin meiner Chefin gehandelt, die nie einen Zweifel daran gelassen hatte, dass sie Mütter für weniger geeignet hielt, in Führungspositionen aufzurücken. »Reine Mathematik«, sagte sie dazu. »Der Tag hat nur vierundzwanzig Stunden. Rechnen Sie selbst, wie viel Zeit es kostet, sich um ein hilfloses Lebewesen zu kümmern, das jederzeit krank werden kann. Und Elternzeit beantragen gerade mal zwei Komma sechs Prozent der Männer, man kann sich also vorstellen, wie viele von ihnen im Notfall einspringen.«

Wenn ich Glück hatte, wurde über die Nachfolge entschieden, solange sie noch nichts von meiner Schwangerschaft mitbekam. Aber selbst das war mir in dem Moment egal gewesen.

Ich hatte am Ende des Rundgangs voller Inbrunst zu dem Makler gesagt: »Das Haus ist ein absoluter Traum.«

Erst im Büro des Notars überkam mich ein winziger Zweifel.

Das Ehepaar, von dem wir das Haus kauften, betrat nach uns die Kanzlei. Wir hörten sie vor der Bürotür streiten.

»Eine Scheidung ist immer eine hässliche Sache«, sagte der Notar und hob bedauernd die Schultern.

Als das Paar schließlich in das Büro eintrat, dachte ich erschüttert, dass es uns ähnelte, auch wenn die Frau sich auffälliger kleidete als ich. Ich fühlte mich in konservativer Kleidung am wohlsten und besaß vor allem Kostüme, Hosenanzüge und viele weiße Blusen. Diese Frau trug für den Anlass einen zu auffälligen engen Lederrock und einen Oversize-Pullover mit tiefem V-Ausschnitt, der über eine Schulter rutschte. Es wirkte ein wenig verzweifelt, als wolle sie ihrem Mann im letzten Moment noch zeigen, was er nun verlor.

Sie verzichtete auf das Vorlesen des Vertrages, unterschrieb im Stehen und war so schnell wieder verschwunden, dass ich annahm, dass sie andernfalls die Fassung verloren hätte. Sie tat mir leid. Wahrscheinlich hatte der Mann sich von ihr getrennt. Bei der Unterschrift hatte ich bemerkt, dass sie noch ihren Ehering getragen hatte, mit einem herzförmigen Stein in der Mitte, trauriges Symbol einer Liebe, die nun zu Ende ging. An der Hand ihres Ex-Mannes dagegen sah ich keinen Ring mehr.

Einen Moment lang hatte ich mich gefragt, ob es ein böses Omen war, dass wir das Haus eines Ehepaars kauften, das sich gerade scheiden ließ.

Und es sah aus, als sollte mein Gefühl mich nicht täuschen.

Ich verlor unser Kind.

Statt im neuen Haus ein Babyzimmer einzurichten, füllte ich beim Einzug den Kühlschrank wieder mit Medikamenten, die mit einer Kinderwunschbehandlung einhergingen. Ich stapelte Metformin, von dem ich immer Magenschmerzen bekam, Brevactid, das bei mir Schmerzen in der Brust auslöste, Clomifen und Progestan in den Kühlschrank und jagte mir wieder täglich Spritzen in die Bauchdecke.

Aufgeben stand für mich nicht zur Debatte. Es gibt Gedanken, die kommen einem einfach nicht, weil sie zu absurd sind. Ich fragte mich schließlich auch nicht, ob es eine gute Idee wäre, mit dem Atmen aufzuhören.

Zeit meines Lebens war ich davon ausgegangen, dass ich eines Tages eine Mutter sein würde, ja sein musste. Das war meine Bestimmung. Wie sonst sollte ich je zu einer richtigen Familie kommen? Als Adoptivkind, das die leiblichen Eltern nicht kannte, hatte ich immer das Gefühl gehabt, haltlos durch die Welt zu schweben, ohne den zugehörigen Ankerplatz, auf dem meine DNA geschrieben stand. Ein Kind würde alles ändern. Blut von meinem Blut.

Doch nicht nur die Familienplanung lief schlecht. Auch unsere Ehe wurde auf die Probe gestellt, als Jasper kurz nach unserem Umzug einen Lehrauftrag an einer privaten Fachhochschule in München angeboten bekam. Wir hatten einen richtigen Streit deshalb. Ich hatte meine Arbeit hier, immer noch gute Karten für eine Beförderung, und außerdem hatten wir mit dem Hauskauf gerade erst unseren Lebensmittelpunkt an den Stadtrand verlagert, um endlich eine Familie zu werden.

Ich warf Jasper vor, dass er mich im Stich ließ, in der wichtigsten Zeit meines Lebens. Er widersprach und sagte, mit seiner Arbeit würde er schließlich für die Familie sorgen. Ich schluckte hinunter, dass ich mehr verdiente als er. So ging das eine ganze Weile hin und her.

Jasper war der Meinung, dass ein Job in München durchaus für eine absehbare Zeit machbar war, wenn wir uns mit dem Fahren abwechselten.

»Ein Jahr. Danach sehen wir weiter«, sagte er.

Mir blieb nichts anderes übrig, als zuzustimmen, allerdings unter der Bedingung, dass Jasper sich im Gegenzug mit einer Kryo-Konservierung einverstanden erklärte, denn ein ganzes Jahr konnte ich nicht verschenken, nicht in meinem Alter.

Die Kryo-Konservierung ist ein technisch sehr komplizierter Vorgang, bei dem die befruchtete Eizelle kurz vor der Vermischung der Eltern-DNA eingefroren wird.

Der Zeitpunkt des Einfrierens hatte zwar lediglich juristische Gründe – es handelte sich nämlich noch nicht um einen Embryo und unterlag deshalb nicht dessen speziellem Schutz –, trotzdem kam mir die Erstarrung unserer Gene so kurz vor der Verschmelzung auf einmal symptomatisch vor.

Nach diesem Vorgang würde ich Jasper zwar nicht mehr benötigen, trotzdem fühlte ich mich von ihm verraten, da er mir an den schweren Tagen auch nicht mehr zur Seite stehen konnte. Vielleicht war er das ganze Theater langsam satt. Ich fühlte mich oft elend. Die ständige Hormonzufuhr beeinflusste meine Stimmung, die schwankte wie eine Nussschale auf hoher See.

Während ich Jasper nur noch am Wochenende sah, nahm gleichzeitig die berufliche Belastung zu.

Meine Firma wollte nicht nur einen kleineren Konkurrenten aufkaufen, sie wollte gleichzeitig eigenes Personal abbauen, um ein paar der Leute der aufgekauften Firma übernehmen zu können, denn das mittelständische Familienunternehmen beharrte auf einer Übernahme der eigenen Leute. Das war alles rechtlich kompliziert und schwierig durchzusetzen, da meine Firma gleichzeitig möglichst wenig Abfindungen zahlen wollte. Meine Vorgesetzte lud sämtliche Personalprobleme auf meinem Schreibtisch ab, die streng genommen in ihren Aufgabenbereich gehört hätten.

Ich musste Gesetzbücher wälzen und Sonder- und Präzedenzfälle heraussuchen. Dabei konnte ich viel von der Basisarbeit nicht auf meine Mitarbeiter verteilen, da ich im Grunde nach Möglichkeiten suchte, um sie loszuwerden. Immer häufiger verlagerte ich deshalb meinen Arbeitsplatz nach Hause.

Nicht einmal mit meiner einzigen Freundin Mona konnte ich darüber sprechen, da sie in derselben Firma arbeitete wie ich, und ich hatte ein Schweigegebot meiner Vorgesetzten einzuhalten. Das fiel mir schwer. Außerdem vermisste ich den täglichen Kontakt mit anderen Menschen.

Auch an das Leben im Neubaugebiet musste ich mich erst gewöhnen. Das Schlimmste war, dass ich mich von Familien eingekesselt fühlte, die mir jeden Tag aufs Neue vorführten, was mir fehlte. Überall gab es Kinder. Da ich nicht einmal meine Freundinnen mehr ertragen hatte, nachdem sie Mütter geworden waren, fiel es mir jetzt auch nicht leicht, auf die Nachbarinnen zuzugehen.

Jasper war allerdings der Meinung, dass wir unbedingt ein paar nachbarschaftliche Beziehungen pflegen mussten. Er verstand sich gut mit Erik. Erik hatte, sehr zum Ärger seiner Mutter, nach einer Pilotenausbildung stattdessen sein Hobby zum Beruf gemacht und einen eigenen Fahrradladen eröffnet. Jasper, der ebenfalls gern Fahrrad fuhr, begleitete Erik am Wochenende oft.

Ich wurde bei diesen Gelegenheiten häufig von Alexa eingeladen und musste dann Celina und Rebecca beim Spielen zuschauen, während ich versuchte, vom Neid auf diese Kinder nicht zerfressen zu werden.

Während Alexa sich meist auf die fröhlichere Celina konzentrierte, hatte es mir vor allem Rebecca angetan. Dieses eher stille Mädchen beobachtete ihre Welt aufmerksam, während Kurt, der Familienhund, so gut wie nie von ihrer Seite wich.

In jenem Sommer vor den Morden schien unser aller Welt in Ordnung. Die winzigen Schatten, die vorüberflogen, waren zu flüchtig, als dass ich ihnen Aufmerksamkeit geschenkt hätte.

Alexa und Erik waren begeisterte Gastgeber und luden uns öfter zum Grillen ein. Es war bei einer dieser Grillnachmittage, als ich Eriks Besorgnis über Alexas Verhalten in der Öffentlichkeit des Internets zum ersten Mal wahrnahm.

Kiki und Ulf von gegenüber waren auch dort, sie hatten ihre Tochter dabei, die siebenjährige Anni.

Anni hatte das Down-Syndrom, und Kiki neigte dazu, sie mehr zu behüten, als meiner Meinung nach nötig war. Sie musste ständig schlafen, weil Kiki wegen Annis angeborenen Herzfehlers ständig in Sorge war. Es war etwas Besonderes, dass sie den ganzen Nachmittag mit Rebecca und Celina verbringen durfte. Annis vierzehnjähriger Bruder Tom hatte »keine Lust auf Babyspiele« und sich zu den Tiedes abgesetzt, die links von Alexa und Erik wohnten und zwei Jungs im Teenageralter hatten.

Rebecca und Anni türmten Sandkuchen vor Celina auf, die diese mit einer Schaufel sofort wieder zerschlug und jedes Mal vor Freude laut lachte.

Alexa filmte das Sandkastenspiel, schnitt den Film direkt am Terrassentisch zu einer Insta-Story zusammen.

»Es ist ja so toll, wie viele Follower Alexa inzwischen hat«, sagte Kiki. »Sie wird noch ein richtiger Star, wenn das so weitergeht. Du musst unbedingt alle Kanäle abonnieren, Friederike.«

Mit der randlosen Brille, der eher rundlichen Figur und dem praktischen Kurzhaarschnitt war Kiki ein vollkommen anderer Typ als Alexa, schien sie aber zu bewundern.

Erik war weniger begeistert von den Aktivitäten seiner Frau. »Na ja. Ich wünschte, Alexa würde damit aufhören«, sagte er. »Im Internet treiben sich die merkwürdigsten Gestalten rum. Das ist nicht ungefährlich, vor allem für die Kinder. Wer weiß, auf was für Ideen sie solche Leute bringt.«

»Meinst du die Trolle?«, fragte Kiki. »Die gibt es doch überall.«

»Ich meine, dass es nicht gut ist, wenn Kinder zu sehr in der Öffentlichkeit stehen. Das kann traumatisch sein.«

Ich konnte mir vorstellen, warum Erik damit Probleme hatte.

An unserer Schule war es für ihn als Sohn der Schulleiterin unmöglich gewesen, in der Masse unterzutauchen, zumal Karin Keller ihn ständig mit den ehrenvollsten Aufgaben betraute. Erik musste jede Medaille überreichen, wurde in jedes Schülergremium gewählt, musste jede Rede halten. Niemand mochte es, dass er so offensichtlich bevorzugt wurde. Doch viel mehr dürften Erik die nicht enden wollenden Gerüchte um seinen Vater zugesetzt haben.

Seine Mutter war alleinerziehend und verweigerte zum Thema Vaterschaft die Aussage. Die Tatsache, dass Erik ausgerechnet dem Hausmeister ziemlich ähnlich sah, sorgte für viel Getuschel, und so stand Erik ständig im Rampenlicht.

»Du meinst es bestimmt gut«, sagte Kiki. »Aber Alexa meint, solche Kommentare bekommt jeder im Social Media Business.«

»Was für Kommentare?«, fragte ich und kraulte Kurt zwischen den Ohren.

»Alexa hat einen Stalker«, sagte Kiki. »Der schreibt ihr gerne.«

»Einen Stalker?«

»Jedenfalls eine Person, die merkwürdige Kommentare unter ihren Videos hinterlässt. Bösartiges Zeug. Mal über ihr

Aussehen, mal über ihre schlechten Mutterqualitäten, weil sie die Kinder der Öffentlichkeit preisgibt.«

Alexa kam an den Tisch. »Also erstens ist Aussehen ja Geschmacksache. Und man kann mich genauso gut im Supermarkt mit meinen Kindern sehen. Das ist auch in der Öffentlichkeit. Wo ist da der Unterschied?«

Kiki zuckte mit den Achseln.

»Und die Kommentare lösche ich einfach. Puff. Dann sind sie weg. Ich habe keine Lust, mich mit so was zu befassen.«

»Ich würde lieber Anzeige erstatten, statt sie zu löschen«, sagte Erik.

»Hast du ja schon gemacht. Aber die Polizei hat nichts unternommen. Das muss man ja jetzt nicht für jeden blöden Kommentar wiederholen.«

»Immerhin hat er das letzte Mal gesagt, dass dein Leben in Gefahr ist«, mischte sich Kiki ein.

»Wie schätzt du das ein?« Erik wandte sich an mich. »Würdest du so was nicht anzeigen?«

»Also reine Gemeinheiten würde ich auch löschen. Aber wenn es Drohungen sind, auf jeden Fall dokumentieren und der Polizei vorlegen«, sagte ich. »Da bin ich deiner Meinung, Erik.«

»Ich glaube eher, Eriks alte Narben sind noch nicht verheilt. Er vermutet immer gleich das Schlimmste.«

»Was für Narben?«, fragte ich.

»Ich habe keine Narben«, sagte Erik. »Ich habe Lebenserfahrung.«

»Ja, mit einer Verrückten.«

Alexa wandte sich an mich und flüsterte so laut, dass alle es hörten: »In Wirklichkeit hatte er nämlich selbst mal eine Stalkerin. Aber eine echte, keinen Troll im Internet. Mit einstweiliger Verfügung und allem.«

»Wirklich?«, fragte ich und sah Erik neugierig an.

»Ja. Aber sie ist dann weggezogen. Seitdem habe ich nie wieder etwas gehört. Ist jetzt auch schon fast zehn Jahre her.«

»Gott sei Dank«, sagte Alexa und schlug scherzhaft ein Kreuz. »Jetzt bin ich halt mal dran mit Stalkern.«

»Ich finde es nicht so lustig wie du«, sagte Erik. »Man sollte so etwas ernst nehmen.«

Alexa machte eine wegwerfende Handbewegung. »Quasi jeder Kanal hat mindestens fünf Prozent *hater*, sogar Mathematikkanäle, das gehört in den Social Media quasi zum guten Ton.«

Doch am nächsten Tag entdeckte ich einen winzigen Riss in Alexas makelloser Fassade, und ich stellte mir zum ersten Mal die Frage, ob sie nicht vielleicht doch angespannter war, als sie zugeben mochte.

Alexa und die Kinder hockten zusammen auf Knien im Beet im Vorgarten. Ich reinigte die Plastikplane im Kofferraum meines Autos mit einem Handfeger. Dafür brauchte ich länger als nötig, denn zwischendurch schielte ich zu den dreien hinüber und fragte mich, was mich an ihrem Anblick so störte, obwohl sie hinreißend aussahen. Oder war es genau das?

Celina und Rebecca trugen dasselbe Outfit wie ihre Mutter, eine Latzhose aus dunkelblauem Jeansstoff, mit karierten Flicken auf den Knien und rosa Gummistiefel. Alexa hielt ihr Handy an einem Selfiestick in die Höhe, die Mädchen hatten kleine rote Schippen in der Hand, die wie Mehlschaufeln geformt waren.

Die Kinder versuchten vergeblich, damit die durch einen überraschend früh einsetzenden Herbst bereits erkaltete Erde zu lockern. Rebecca bemühte sich redlich, doch die Geduld der kleinen Celina war schon nach wenigen Versuchen erschöpft. Sie schmiss die Schaufel auf die Wiese und fing an zu brüllen. Rebecca versuchte sie zu beruhigen, doch es gelang ihr nicht.

Auf einmal ließ Alexa, die probeweise in die Kamera gelächelt hatte, den Selfiestick fallen, grapschte ungeduldig nach Celinas Schaufel und stieß sie ein paarmal mit solcher Gewalt in die Erde, dass Celina vor Schreck aufhörte zu schreien. Danach schlug Alexa mit der flachen Seite die dicken Brocken so fest in kleine Stücke, dass Rebecca zurückwich. Ich war nicht sicher, ob sie sich vor der hochfliegenden Erde oder ihrer Mutter in Sicherheit brachte. Es war ein kleiner, ein winziger Ausbruch von Gewalt, der überhaupt nicht zu Alexa zu passen schien.

In dem Video, das später gepostet wurde, war der Vorfall nicht zu sehen, es deutete rein gar nichts auf eine Dissonanz hin. Es zeigte nur zwei süße Kinder, in einem Blumenbeet sitzend, die gemeinsam mit ihrer bildhübschen Mutter Blumenzwiebeln einpflanzten.

»Was wir hier tun?«, fragte Alexa und strahlte in die Kamera, als habe sie nicht kurz zuvor Erdklumpen zu Brei geschlagen. »Wir erschaffen eine neue Tradition. Jede Familie kann das tun. Das können Kleinigkeiten sein, aber die Kinder werden sich für immer daran erinnern. Wir werden zum Beispiel ab jetzt jeden Herbst Blumenzwiebeln in den Vorgarten pflanzen. Und Rebecca und Celina können im Frühling jeden Tag nachsehen, ob schon etwas aus der Erde lugt.«

Die Mädchen schauten auf die aufgeworfene Erde vor ihnen, als könne das bereits heute der Fall sein. Die Normalität im Film war so überzeugend, dass ich prompt darüber nachdachte, warum ich noch nie eine einzige Blumenzwiebel in meinem Vorgarten gepflanzt hatte und ob das nicht vielleicht symbolisch war.

Später hat die Polizei viel Erde umgegraben. Selbst ein frisch gegossenes Fundament auf der Baustelle hinter dem kleinen Wäldchen wurde wieder aufgebrochen, die Erde darunter durchwühlt. Alle Gärten und Vorgärten wurden mit Hunden und GPR-Geräten abgesucht.

Gefunden wurde nichts.

3

Im Nachhinein fielen viele Puzzleteile an ihren Platz. Doch in der Zeit, in der ich vielleicht noch etwas hätte ändern können, war ich zu sehr mit meinem eigenen Leben beschäftigt.

Der Vorfall mit der Blumenerde hätte mich misstrauisch machen können, ob vielleicht mehr hinter Alexas winzigem Gewaltausbruch stecken konnte. Im Nachhinein allerdings hätte mir vor allem Rebeccas Verhalten auffallen müssen.

Sie war das perfekte Kind. Sie gab keine Widerworte, sondern tat, was man ihr sagte. Sie bockte nicht und versuchte nie, ihren Willen durchzusetzen.

Wenn Celina in ihrem Bettchen schrie, lief Rebecca mit der Flasche in der Hand die Treppe nach oben.

»Was für eine liebe Schwester«, lobte ich, blind für die Tatsache, dass es nicht ihre Aufgabe war, ein Kleinkind zu versorgen.

Alexa gegenüber nahm Rebecca eine Schonhaltung ein. Als wenn sie ständig darauf achtete, was Alexa brauchte. Wenn Alexa sich nach einer helfenden Hand umsah, reichte Rebecca sie ihr.

Ihre allzu gegenwärtige Bereitschaft, sich den Umständen immer wieder anzupassen, sich selbst in den Hintergrund zu stellen, die habe ich lange Zeit nicht bemerkt. Warum, lag auf der Hand: Das Mädchen machte keine Probleme.

Wenn sie an meiner Hand ging, fühlte es sich an, als hielte man ein Vögelchen an seinem Flügel, als wenn Rebecca mich nicht mit dem Gewicht ihres Arms belasten wolle.

Sie war einfach zu reif für eine Sechsjährige. Nur wenn sie mit Anni oder Kurt spielte, wirkte sie gelöst.

Ich bot Alexa an, auf die Mädchen aufzupassen, wenn sie Hilfe brauchte. Erst lehnte sie ab. Für Notfälle hätte Kiki ein

Babyphone im Haus. Aber dass ich Kurt auf meine täglichen Spaziergänge mitnahm, die ich in der Mittagszeit gern machte, wenn ich zu Hause arbeitete, dagegen hatte sie nichts einzuwenden. Es war allen gedient, ich hatte Begleitung und Alexa etwas Entlastung in ihrem durchaus stressigen Familienalltag.

Doch vor Kurzem hatte Kurt einen schrecklichen Unfall mit dem Rasenroboter gehabt. Das rechte Vorderbein war in die Messer geraten und die Pfote völlig zerfetzt worden. Eine Woche lang bangten wir um das Leben von Kurt, weil er sich eine schlimme Infektion zuzog. Inzwischen war das Bein amputiert, und Kurt musste lernen, auf drei Beinen durchs Leben zu humpeln. Da er jedoch noch schwach war, nahm ich ihn nicht mehr auf meine Spaziergänge mit.

Bald nach diesem Zwischenfall brachte Alexa mir dann doch das Babyphone herüber. Sie hatte Streit mit Kiki.

Schon bald war das Babyphone fester Bestandteil meines Küchenregals, und Alexas Türcode klebte an meinem Kühlschrank. Sie bat mich, Erik nichts von unserem Arrangement zu erzählen.

»Erik ist ein übervorsichtiger Vater. Er wähnt seine Töchter immer gleich in Gefahr. Aber wenn ich die kurzen Verschnaufpausen am Mittag nicht ausnutze, komme ich sonst zu gar nichts mehr!«, hatte Alexa mir erklärt, und ich hatte es versprochen, obwohl ich mich Erik eher verbunden fühlte, weil wir früher in eine Schule gegangen waren und wir ohne seine Mutter unser Haus nie bekommen hätten.

Ich überzeugte Alexa rasch davon, dass es kein Problem war, wenn Rebecca zu mir kam, während Celina schlief. Ich lernte diese friedlichen Mittagsstunden zu lieben. Wir stellten das Babyphone auf den Tisch, damit wir Celina hörten, falls sie aufwachte, und ich las Rebecca Geschichten aus meinen alten Kinderbüchern vor.

Sie konnte nicht genug bekommen. Wir hatten schon sämtliche meiner Kinderbücher von Erich Kästner durch und arbeiteten uns gerade durch die Werke von Astrid Lindgren. Inzwischen hatten wir »Die Brüder Löwenherz« angefangen, für mich ihr heimliches Meisterwerk, da sie es geschafft hatte, auf eine tröstliche Weise das Thema Tod und Sterben in einem Kinderbuch zu verarbeiten.

An jenem Tag war alles anders. Wegen Kurts Unfall ging ich allein spazieren und wählte für meine Runde ausnahmsweise die Schrebergärten statt den Wald, da man dort zurzeit viel Baustellenlärm hörte.

Auf dem Heimweg begegnete ich Henning Pape, dem Bauunternehmer, der gerade seinen BMW auf den Parkplatz lenkte. Ich hatte seinen Wagen schon öfter hier stehen sehen. Innerhalb der Weißdornsiedlung gab es nur wenig Parkraum, weshalb der Schrebergartenparkplatz gern als Ausweichmöglichkeit genutzt wurde. Doch für die neue Baustelle war dieser Parkplatz eigentlich unpraktisch, da die Baustelle genau am anderen Ende der Siedlung lag.

»Baustaub ist der Tod von Autolack«, erklärte mir Pape beim Aussteigen, als hätte er meine Gedanken gelesen.

Ich lächelte nur kurz und hob entschuldigend die Hand, da genau in diesem Moment mein Handy klingelte. Alexa war dran und bat mich, das Babyphone einzuschalten, da sie einkaufen müsse.

»Bin in einer Minute wieder zu Hause, dann mach ich es an. Schick mir doch Rebecca rüber, dann lesen wir etwas, bis du wiederkommst.«

»Das ist lieb, aber Rebecca war heute total müde. Sie schläft schon.«

Ich schaltete also das Babyphone ein und verschob unsere Lesestunde.

Irgendwann ging ich rasch zum Briefkasten. Ein eisiger Windstoß kündigte den Herbst an. Nebenan bellte Kurt, was ich aber zunächst nicht beachtete, da ich zu aufgeregt war, was ich in meinem Briefkasten heute vorfinden würde.

Im Kasten lagen neben zwei Rechnungen und einem Werbeprospekt, den ich umgehend in die Papiertonne beförderte, vier Briefe. Bei allen waren Adresse und Absender in meiner eigenen Handschrift verfasst und die Briefmarke von mir selbst in die Ecke geklebt worden. Vier Briefe von einhundertzweiundzwanzig, die ich vor zwei Wochen verschickt hatte. In den ersten Wochen kamen erfahrungsgemäß die meisten zurück. Danach vergaßen die Leute, dass ich ihnen geschrieben hatte. Die Umschläge waren leer. Ich versuchte, es positiv zu sehen. Wenigstens konnte ich sie von meiner Liste streichen.

Als ich zum Haus zurückging, bemerkte ich Kurt. Er hatte sich mit seinem Vorderbein auf das kleine Gartentor gestützt und bellte mich an. Normalerweise war er mittags im Haus, vor allem, wenn Alexa nicht da war. Doch heute hatte Alexa ihn offenbar in den Garten gesperrt.

Kurts Geschichte kannte ich aus Alexas Videos.

Erik hatte Kurt beim Fahrradfahren im Wald gefunden, so eng an einen Baum gebunden, dass er sich nicht einmal hatte hinlegen können, ohne sich dabei zu erhängen.

Es gab ein herzerweichendes Video davon auf Alexas Instagram-Kanal, wie sich Kurt erschöpft an den Stamm lehnte und krampfhaft versuchte, sich auf den Beinen zu halten. Er war abgemagert, niemand wusste, wie lang er dort schon angebunden war. In einem weiteren Film versuchte Erik, das nasse Seil auseinanderzuknoten, um Kurt aus seiner misslichen Lage zu retten.

Obwohl ich mir nicht vorstellen konnte, dass Alexa begeistert gewesen war, als Erik den ziemlich hässlichen Hund – er war groß und plump, hatte struppiges graues Fell, einen breiten Schädel und viel zu große, abstehende Ohren – in ihr optisch makelloses Haus schleppte, hatte sie wohl die Gunst der Stunde erkannt. Ein Bild von Kurts hervorstehenden Rippen und den traurigen Augen wurde medienwirksam auf ihrem Familienkanal gepostet. Mit Erfolg, denn Alexas Abonnentenzahl stieg daraufhin sprunghaft an, wie eine kurze Recherche meinerseits ergeben hatte.

Nach einer Weile schien Alexa von Kurt eher genervt zu sein. Weil sie immer sehr beschäftigt war, konnte sie nicht stundenlang mit ihm laufen, aber dadurch war er nicht ausgelastet und zerkaute Alexas sorgfältig ausgesuchte Dekoration, weshalb Alexa ihn gern im Garten aussperrte.

Das einzig Gute an der Angelegenheit war, dass Alexa daraufhin für mehrere Wochen ein immer wiederkehrendes Thema für ihre Kanäle hatte. Inzwischen war auch mir klar, dass es sehr anstrengend sein musste, sich jeden Tag neue Inhalte – Alexa nannte es Content – ausdenken zu müssen. Ständige Präsenz war das A und O in dieser Branche.

Hundevideos wurden immer gern geschaut. Also filmte Alexa die Tierarztbesuche, teilte unter Tränen die schreckliche Diagnose der Amputation mit ihrem Publikum und warnte vor Mährobotern, deren Gefahr sie schrecklicherweise überhaupt nicht auf dem Schirm gehabt hatte.

Glücklicherweise lernte Kurt recht schnell, auch mit drei Beinen zu laufen, wenn auch wesentlich langsamer als zuvor. Bellen konnte er immer noch genauso laut, wie er mir gerade bewies.

»Sei leise, Kurt«, sagte ich. »Die Mädchen schlafen.«

Kurt bellte weiter, sprang dabei vor Aufregung gegen den Zaun und fiel beinahe nach hinten um.

»Hast wohl keine Lust auf Gartenarrest«, sagte ich. »Dann komm halt mit rüber. Aber lass die Mädchen schlafen.«

Ich öffnete das Gartentor, nahm Kurt am Halsband und führte ihn in meine Küche, wo er aufgeregt in den Ecken herumschnüffelte.

Doch kaum, dass er damit durch war, lief er zur Haustür und bellte dort weiter.

Vorsichtshalber checkte ich das Babyphone: Es war eingeschaltet, alles war still im Nachbarhaus.

Ich sah von meinem Ordner auf. Kurt bellte immer noch die Haustür an.

Jetzt wurde ich unruhig. Normalerweise benahm sich Kurt nicht so. Vielleicht sollte ich besser nachsehen, ob mit den Kindern alles in Ordnung war. Ich warf einen raschen Blick auf den Türcode, der an meinem Kühlschrank hing und den ich bisher noch nie benutzt hatte, und machte mich auf den Weg zu Alexas Haus. Kurt ließ ich vorsichtshalber im Haus zurück, damit er die Kinder mit seinem Gebell nicht weckte.

Kaum hatte ich Alexas Haustür geöffnet und den Flur betreten, wusste ich, warum Kurt gebellt hatte: Ein unangenehmer Geruch schlug mir entgegen, der mich sofort in Alarmbereitschaft versetzte. Gas!

Ich rannte durchs Wohnzimmer und riss die Terrassentür sperrangelweit auf.

Anschließend eilte ich in die Küche zurück, öffnete die Ofentür, doch der Backofen war leer und kalt. Wo kam das Gas dann her?

Das Haus war makellos, beinahe wie unbewohnt. Wie auch bei uns war das gesamte Erdgeschoss komplett offen gestaltet, Küche, Wohnzimmer und Esszimmer gingen ineinander über, sodass man alles auf einen Blick erfassen konnte.

Rasch öffnete ich das Küchenfenster, doch der frische Luftzug verhinderte augenblicklich, dass ich die Fährte aufnehmen konnte, also drückte ich es wieder zu, witterte wie ein Pferd mit geblähten Nüstern. Im Flur war der Geruch intensiver. Er schien aus dem Keller zu kommen.

Vorsichtig stieg ich in die Treppe hinab. Wegen möglichen Funkenflugs traute ich mich nicht, den Lichtschalter zu berühren. Auch die Taschenlampe des Handys benutzte ich lieber nicht. Ich verließ mich voll und ganz auf meine Nase. Der Geruch wurde stärker.

Von der Treppe drang noch ein wenig Tageslicht durch die Kellertür, sodass ich Umrisse im Keller erkennen konnte. Aus der Waschküche kam ein rumpelndes Geräusch: Die Waschmaschine lief. Laut Digitalanzeige blieb noch eine Restzeit von sieben Minuten. Daneben stand ein Eimer, über den zum Trocknen ein Putzlappen gebreitet war.

Ich trat einen Schritt näher. Ein Geräusch versetzte mich in Unruhe. Es kam … vom Eimer? Vorsichtig zog ich den Lappen weg. Eine Gasflasche kam zum Vorschein. Leise zischend strömte Gas heraus. Mit schwitzigen Händen drehte ich den

Ventilverschluss zu. Da war ich gerade noch rechtzeitig gekommen.

»Mama?« Eine zitternde Stimme erklang vom Treppenabsatz.

Im Gegenlicht sah ich den Umriss von Rebecca.

»Ich bin es, Friederike!«, rief ich nach oben. »Ich bin gleich bei dir!«

Ich öffnete das Kellerfenster.

Erst dann eilte ich nach oben, nahm Rebecca auf den Arm. Was hätte nicht alles passieren können, wenn ich nicht rechtzeitig gekommen wäre! Ich hoffte, dass sie nicht bemerkte, wie aufgeregt ich war.

»Wann bist du wach geworden?«, fragte ich.

»Wo ist Mami?«, fragte Rebecca und kaute auf ihrer Unterlippe.

»Mama kommt gleich wieder«, sagte ich. »Sie hatte einen Termin. Ich sollte so lange auf euch aufpassen.«

»Ich bin die Treppe runtergegangen, da hat es so komisch gerochen«, sagte Rebecca.

»Ja«, sagte ich und bemühte mich um einen leichten Ton, um ihr keine Angst zu machen. »Das kommt draußen von den Feldern. Wahrscheinlich hat jemand Gülle verteilt. Am besten machen wir oben auch mal die Fenster auf und schauen, ob es noch nach Gülle riecht.«

Celina schlief mit dem Daumen im Mund. Leise öffnete ich die Fenster in den Kinderzimmern, ließ Celina aber in ihrem Bettchen liegen. Der Geruch von Gas hatte sich bereits verflüchtigt.

Rebecca sah besorgt aus. »Sonst passt Kurt immer auf, wenn Mama nicht da ist. Ich habe ihn gerufen, aber er war nicht da.«

Mir wurde mulmig. Offenbar hatte Rebecca durchaus mitbekommen, dass Alexa das Haus verlassen hatte, auch wenn Alexa behauptet hatte, sie würde tief und fest schlafen.

»Kurt war im Garten. Hat Mama dir nicht gesagt, dass sie weggeht?«, fragte ich.

Rebecca schüttelte den Kopf. »Sie hat gewartet, bis wir eingeschlafen sind und ist dann gegangen.«

Dabei hatte Alexa wohl übersehen, dass Rebecca gar nicht schlief. Rebecca hatte offensichtlich ihrer Mutter den Gefallen getan und die Augen geschlossen.

»Warum bist du nicht rübergekommen?«

»Mama hat gesagt, du hättest keine Zeit.«

Das war gelogen. Alexa hatte mich gar nicht gefragt, sondern hatte behauptet, dass Rebecca bereits schlief.

Ich betrachtete die Gewürzdosen aus weißem Porzellan, die in Alexas ordentlicher Handschrift mit einem Kreidestift auf Tafelfolie sorgfältig beschriftet waren und alle mit dem Schild nach vorn zeigten. Das Aufbewahrungssystem besaß genau die richtige Mischung aus Ordnung und persönlicher Note.

In den Kräutertöpfen auf der Fensterbank war kein welkes Blatt. Ein selbst gemaltes Bild von Rebecca, das Alexa darstellte, hing am Kühlschrank. Man erkannte Alexas langes braunes Haar, sie hielt einen Cupcake in der Hand, die andere Hand ging zum Mund, als hätte sie gerade einen zweiten gegessen. Darunter stand in Großbuchstaben MAMA.

Auch im Wohnzimmer war alles hübsch arrangiert. Ein Strauß frischer Herbstmargeriten stand in der Mitte des Tisches. Nur der hohe Kerzenständer neben den Blumen wirkte ein wenig fehl am Platz. Es war ein Kerzenständer, wie man ihn eher bei einem formalen Abendessen als an einem Nachmittag zu Hause benutzen würde. Zusammen mit dem Kerzenständer bildete die schlanke weiße Kerze darin eine fast einen Meter hohe Skulptur.

Der Docht war schwarz, aber die Kerze war kaum heruntergebrannt, als hätte sie jemand angezündet und sofort wieder ausgepustet. Einem Impuls folgend steckte ich den Finger in die Mulde. Ich bildete mir ein, dass das Wachs dort ein wenig warm war. War die Kerze erst vor Kurzem angezündet worden?

Wieder rief ich Alexa an, ohne Erfolg.

Obwohl ich ihr versprochen hatte, ihre mittäglichen Ausflüge Erik nicht zu verraten, fühlte mich jetzt von diesem Versprechen entbunden. Erik mochte ein übervorsichtiger Vater sein, aber die Kinder waren tatsächlich in Gefahr gewesen. Also rief ich ihn an und schilderte ihm kurz die Situation, versuchte aber zugleich, die Gefahr herunterzuspielen.

»Kurt hat die offene Gasflasche zum Glück rechtzeitig bemerkt«, erklärte ich.

»Ich bin sofort zu Hause. Warte bitte auf mich.«

In der Zwischenzeit holte ich Kurt und unser aktuelles Lesebuch herüber. Kurt leckte Rebecca mehrmals durchs Gesicht, warf sich ihr dann zu Füßen und zeigte seinen Bauch.

Erik kam nur Minuten vor Alexa.

Ich verzog mich rasch. Erik sah verärgert aus, Alexa schuldbewusst, aber vor den Kindern würden die beiden bestimmt keine Auseinandersetzung vom Zaun brechen, das war nicht ihre Art, zumindest nicht Eriks.

Aber am Abend hörte ich die beiden auf der Terrasse streiten.

»Wie kannst du nur eine Gasflasche nicht richtig zudrehen?«, rief Erik. »Du hättest die Kinder in die Luft sprengen können! Wenn Kurt nicht gewesen wäre …!«

»Ich dachte, ich hätte sie zugedreht.«

»Wo warst du denn überhaupt?«, fragte Erik. »Was war denn so wichtig, dass du dafür die Kinder alleine lassen musstest?«

Alexa schwieg.

»Nicht mal eine Erklärung, Alexa? Habe ich nicht einmal eine Erklärung verdient?«

»Ich war bei meiner Mutter.«

»Bei deiner Mutter?« In Eriks Stimme klang Unglauben mit. »Wirklich? Nach allem, was passiert ist?«

»Darum habe ich ja nichts gesagt. Ich wusste, dass du nicht damit einverstanden sein würdest.«

»Wenn man etwas absichtlich verschweigt, ist das auch nicht besser als lügen, Alexa.«

Offenbar wurde in der Weißdornsiedlung zurzeit viel gelogen.

Auch ich nahm es momentan mit der Wahrheit nicht so genau.

4

Meine Adoptivmutter hatte keine Ahnung, dass ich mittlerweile beim Jugendamt den Antrag gestellt hatte, meine leiblichen Eltern zu finden. Es war zwischen uns nie ein Thema gewesen, doch ich wusste, sie würde es als Affront empfinden, obwohl sie mir umgekehrt bei jeder Gelegenheit gesagt hatte, dass Blut dicker sei als Wasser.

Ich glaube, es war als Entschuldigung gedacht, als sie feststellte, dass sie mich einfach nicht lieben konnte. Sie hatte es sicher einmal versucht. Doch das Leben läuft nicht immer so, wie man es sich vorstellt.

Blut ist dicker als Wasser. Dieser Satz hatte sich mir eingebrannt. Er hatte mich stets erinnert, dass ich ihr leibliches Kind nie würde ersetzen können, egal, wie sehr ich mich anstrengte. Es war vergebens. Ich war kein Blut von ihrem Blut. Ich war nur das Ersatzrad gewesen, ich funktionierte, war aber von minderer Qualität.

Erst vor Kurzem hatte ich mich heimlich auf die Suche nach meinen leiblichen Eltern begeben.

Theoretisch hätte ich das seit meinem sechzehnten Lebensjahr tun können. Doch als ich sechzehn wurde, war mein Adoptivvater bereits sieben Jahre tot, und ich wohnte mit meiner Adoptivmutter allein. Sie war bitter. Ihr erstes Kind war am plötzlichen Kindstod gestorben, ihr Mann, der sie daraufhin zu einer Adoption überredet hatte, starb an einem Herzinfarkt. Geblieben war ihr nur … ich.

Ich hatte immer gespürt, dass sie mir übel nahm, dass ausgerechnet ich am Leben geblieben war. Gleichzeitig wollte ich ihr beweisen, dass Blut nicht immer dicker als Wasser war, dass auch ich es verdiente, geliebt zu werden. Wie hätte ich mich da an das Jugendamt wenden können? Ich hätte zugegeben, dass Blutsverwandtschaft doch Wichtigkeit besaß. Deshalb hatte ich die Unterlagen nie angefordert.

Erst als ich in diese Siedlung zog und auf einmal inmitten all dieser Eigenheimträume mitsamt den Bilderbuch-Familien darin lebte, regte sich diese uralte Sehnsucht nach genetischer Zugehörigkeit. Und eine andere Hoffnung regte sich ebenfalls wieder: Vielleicht bedauerten ja meine leiblichen Eltern seit damals, mich weggegeben zu haben. Vielleicht warteten sie seit Jahrzehnten auf eine Nachricht von mir. Nach einer Inkognito-Adoption hatten sie selbst keine Möglichkeit mehr, mich zu finden. Wenn, konnte die Suche nur von mir ausgehen.

Also stellte ich den Antrag auf Akteneinsicht.

Laut Gesetz musste das Jugendamt Adoptionsunterlagen einhundert Jahre lang aufbewahren, aber während eines irgendwann durchgeführten Digitalisierungsprozesses waren die meisten meiner Unterlagen spurlos verschwunden. Ich hatte zu lange gewartet. Nur noch der Nachname meiner Eltern konnte herausgefunden werden. Aber ihre Spur, die laut Auskunft vom Jugendamt »Klein« hießen und verheiratet gewesen waren, verlor sich schon nach dem ersten Umzug. Man entschuldigte sich, versprach mir beim Amt, weiter nachzuforschen. Bisher ergebnislos.

Seitdem probierte ich andere Wege, um sie zu finden. Ich ließ meine DNA-Probe bei mehreren Portalen wie FamilyTree und MyGenes nach eventuellen Verwandten durchsuchen. Und ich schrieb alle Kleins in Düsseldorf und Umgebung an, in der Hoffnung, dass in irgendeiner Familie jemand von einer Adoption gehört hatte.

Ich verschickte die Briefe immer mit der Bitte, mir den beiliegenden – an mich selbst adressierten und frankierten – Umschlag wortlos zurückzuschicken, wenn sie nicht die von mir gesuchte Person waren, damit ich sie von meiner Liste streichen konnte. Die meisten Umschläge hatte ich zurückbekommen, manche leer, manche auch mit tröstenden und bedauernden Worten. Die Menschen waren verständnisvoll, wenn jemand seine Wurzeln suchte.

Ich zog ein Messer aus meinem Messerblock und öffnete die heutigen Briefe. Alle Umschläge waren leer, aber in einem klebte ein neongelbes Post-it an der Innenseite. »Tut uns leid, dass wir Ihnen nicht helfen können. Wir wünschen Ihnen viel Glück bei der Suche. R.-J. + U. Klein«

Ich strich die Namen von meiner Liste. Das Post-it klebte ich neben die Namen der Absender, mit vollen Namen Rolf-Joachim und Ursula Klein, die leider nicht mit mir verwandt, aber offenbar nette Menschen waren, da sie einer Wildfremden tröstende Worte schickten.

Ob ich diese Freundlichkeit auch verdient hatte, da war ich mir nicht sicher.

Seit siebenundzwanzig Tagen log ich meinen Mann an.

Den letzten Übertragungsversuch in der Klinik hatte ich allein durchführen lassen. Ein kurzes Telefonat mit Jasper vor dem Eingriff hätte mich beruhigen sollen, doch das Gegenteil war der Fall gewesen.

»Eine weitere Fehlgeburt werden weder du noch ich überstehen«, hatte Jasper gesagt, während ich bereits auf der Untersuchungsliege lag. »Diesen einen Versuch noch, okay? Wir sind nur noch kaputt und müde. Es muss mal ein Ende geben, Friederike.«

Daraufhin gab es für mich nur eine Lösung: Wenn ich nur noch einen einzigen Versuch hatte, dann durfte er von diesem nichts wissen.

Also hatte ich behauptet, dass es beim Auftauen der Eizellen Schwierigkeiten gegeben hatte und dass wir bis zum nächsten Versuch eine dreimonatige Pause einlegen mussten.

Jetzt hatte ich ein Problem. Denn ich war schwanger. Ende der vierten Woche. Und wenn ich auf Nummer sicher gehen wollte, konnte ich es Jasper vor Ablauf der berüchtigten zwölf Wochen nicht erzählen – um noch den zweiten Versuch zu haben, falls es wieder schiefging. Die Wahrscheinlichkeit einer erneuten Fehlgeburt war bei mir aufgrund der vorherigen Fehlgeburten erhöht. Wenn ich log, hatte ich im Falle eines Falles noch einen weiteren Versuch.

Einem Teil von mir fiel es schwer, Jasper zu belügen. Ein anderer Teil aber war knallhart und sah die Angelegenheit rein pragmatisch: Die Zeit lief mir davon. Ich war achtunddreißig, die vierzig raste mit Siebenmeilenstiefeln auf mich zu. Weder konnte ich auf ein eigenes Kind verzichten, noch blieb mir die Zeit, mir einen neuen Partner zu suchen.

Noch traute ich mich nicht, mich zu freuen. Was, wenn es wieder nicht klappte? Dieses Mal musste ich das Kind bei mir behalten. Ich musste einfach. Ich fühlte mich längst wie eine Mutter, hatte mich immer wie eine Mutter gefühlt, nur eben eine ohne Kinder.

Dass ich zu lange gewartet hatte, hatte zwar am Rande auch mit meiner Karriere zu tun, die ich durchaus ehrgeizig vorangetrieben hatte. Gleichzeitig hatte ich mich immer davor gefürchtet, alleinerziehend zu sein. Bei Männern hatte ich, bis ich Jasper traf, keine glückliche Hand bewiesen. Ich war das ehrgeizige Mädchen, das um Anerkennung rang. Schule und Studium fielen mir leicht, der Umgang mit Männern dagegen nicht so sehr.

Jasper lernte ich erst kennen, als ich langsam das Gefühl bekam, dass alle guten Männer bereits vergeben waren. Auch Jasper träumte von Kindern, hatte ebenso wie ich auf den richtigen Gegenpart gewartet, und nun, da wir uns endlich gefunden hatten, hatten wir es mehr als eilig.

Dies war einer der Gründe, warum wir viele Dinge auf einmal erledigten. Wir heirateten schnell – meine Mutter nannte es in allerletzter Minute, Mona dagegen überhastet –, begaben uns schnell in die Kinderwunschklinik, als ich nicht sofort schwanger wurde, kauften schließlich dieses Haus: alles für eine Familie.

Doch jetzt fehlte mir jemand, mit dem ich mich austauschen konnte.

Meine Mutter zweifelte ohnehin an meinen mütterlichen Fähigkeiten. Sie hielt mich für eine beruflich zu engagierte Person, die die von ihr erwarteten Enkelkinder dem eigenen Ehrgeiz geopfert hatte.

Dabei war ich in dieser Hinsicht sogar sicher, dass ich die Herausforderungen von Arbeit und Familie meistern würde. Viele Eltern schafften schließlich den Spagat, und bei Weitem nicht alle waren so ehrgeizig wie ich.

Im Büro hielt ich mein Privatleben geheim. Nur Mona wusste, dass ich mir eigentlich Kinder wünschte, und sie hatte mir anfangs auch geduldig zugehört, doch nach kurzer Zeit war ihr Interesse abgeebbt. Ich nahm es ihr nicht übel. Monas Hobby waren Online-Dates. Sie traf sich ständig mit neuen Männern, die sie im Internet kennenlernte. Sie wollte keine Kinder, zu deren eigenem Schutz, wie sie sagte, und interessierte sich auch nicht besonders für dieses Thema, weshalb ich keinen Drang verspürte, mit ihr über meine Schwangerschaft zu sprechen.

Und Jasper log ich an.

Um mein schlechtes Gewissen ihm gegenüber ein wenig zu kompensieren, hatte ich einen cremefarbenen Strampler mit der Aufschrift »Best Dad Ever« bestellt.

Diesen wollte ich Jasper präsentieren, sobald die berüchtigten zwölf Wochen geschafft waren. Der Strampler war weich und winzig und perfekt. Ich schlug ihn in Seidenpapier ein und versteckte ihn gerade neben der Waschmaschine in einem Regal, als es Sturm klingelte.

Alexa kam hinter Rebecca durch das Gartentor, sie trug Celina auf dem Arm.

»Kurt muss weggelaufen sein«, sagte Alexa, stellte sich dicht hinter Rebecca und legte eine Hand auf ihre Schulter. »Das Tor stand auf.«

»Kurt rennt doch nie weg, wenn das Tor auf ist«, sagte ich.

»Vielleicht hat er eine Hündin gerochen.« Alexa sah an mir vorbei, als sei auf meiner Haustür etwas sehr Interessantes zu entdecken. »Rebecca möchte gerne Zettel aufhängen.«

»Kannst du für uns Zettel ausdrucken?«, fragte Rebecca mit dünner Stimme.

»Unser Drucker ist kaputt«, erklärte Alexa, ohne dass ich gefragt hatte. Celina wippte auf Alexas Arm auf und ab.

Mir fiel ein, dass ich Kurt vor ein paar Stunden noch im Garten gesehen hatte. Er hatte gewinselt. Vielleicht war es wegen einer Hündin gewesen.

Angesichts Rebeccas sichtlicher Panik, die ihre Narbe quer über ihrer Oberlippe weiß hervortreten ließ, und einer offensichtlich eher genervten als aufgeregten Alexa, konnte ich nicht ablehnen.

»Natürlich könnt ihr Zettel ausdrucken. Kommt rein«, sagte ich.

Ich übertrug ein Foto von Alexas Handy auf meinen Laptop, entwarf eine Suchmeldung und schrieb Alexas Telefonnummer auf.

Rebecca war blass vor Sorge und biss auf ihrer Unterlippe herum. Der Hund hinkte selbst auf drei Beinen immer hinter Rebecca her. Ohne Kurt in ihrem Schatten wirkte sie auf einmal wie verloren.

»Natürlich helfe ich euch, die Zettel aufzuhängen«, sagte ich deshalb.

»Am besten teilen wir uns auf, dann sind wir schneller«, sagte Alexa. Sie halbierte den Stapel und drückte mir die Hälfte in die Hand. Das Papier war warm und roch nach Tinte.

»Übernimmst du die Weißdornsiedlung, und wir gehen in die alte Siedlung auf der anderen Seite der Landstraße?«

»Okay«, sagte ich. Hoffentlich war Kurt nicht über die Landstraße gelaufen.

»Ich möchte mit dir gehen«, sagte da Rebecca und schob ihre kleine Hand in meine. Sie war warm und feucht. Ich drückte sie leicht. Einen Moment lang fühlte ich so etwas wie Glück.

Rebecca und ich zogen von Haus zu Haus, fragten bei den Nachbarn, ob jemand Kurt gesehen hatte und hängten Zettel mit Kurts Foto an die Laternen, obwohl ihn hier jeder kannte. Niemand hatte Kurt gesehen, aber Guido Fröbert, der Vater der drei rothaarigen Jungen am Ende der Straße, war so nett und fotografierte den Zettel und stellte ihn in die WhatsApp-

Gruppe der Siedlung, von der ich bisher noch nicht einmal gewusst hatte, dass es sie gab.

Ich warf einen Blick auf den Administrator der Gruppe, es war seine Frau, Yvonne Fröbert. Sie konnte mich nicht leiden. Zumindest grüßte sie mich nicht. Manchmal hatte ich schuldbewusst gedacht, ob sie meine Gedanken spürte, wenn ich sie sah. Drei Kinder. Drei. Für eine einzige Frau. Das war nicht gerecht.

Rebecca und ich gingen in den Wald und riefen abwechselnd nach Kurt. Ich plapperte in einer Tour, weil ich verhindern wollte, dass Rebecca sich noch mehr Sorgen machte als ohnehin.

»So, da kleben wir einen Streifen Tesafilm drauf, dann hält der Zettel. Das Foto von Kurt ist aber besonders hübsch. Freust du dich auf die Schule? Wie heißt deine Lehrerin?«

»Frau Langer. Aber sie mag lieber Katzen.«

Nach einer Weile wurde die Stimmung gedrückter, und ich merkte Rebecca an, dass sie die Hoffnung langsam aufgab.

»Vielleicht ist Kurt ja wieder zu Hause«, versuchte ich sie zu trösten, doch sie sah nicht aus, als ob sie das glaubte.

Weder Kurt noch Alexa waren da, und so nahm ich Rebecca mit zu mir.

In der Wartezeit machte ich Rebecca eine heiße Milch mit Honig und überlegte, wie man sie trösten konnte, ohne ihr allzu viel Hoffnung darauf zu machen, dass Kurt zurückkam. Die WhatsApp-Gruppe hatte mich stutzig gemacht. Alexa, die ständig mit dem Telefon in der Hand anzutreffen war, wusste garantiert von der WhatsApp-Gruppe der Weißdornsiedlung. Wieso hatte sie nicht selbst eine Suchmeldung dort hineingestellt?

Ein paar Tage später, als Kurt immer noch nicht zurückgekommen war und auch die Suche in Tierheimen erfolglos geblieben war, kontrollierte ich ohne Rebecca das Gebiet, das Alexa bei der Suche übernommen hatte.

Ich fand keinen einzigen Zettel.

5

An diesem Wochenende war ich an der Reihe, zu Jasper nach München zu fahren. Es war eine elend lange Autofahrt, und ich fragte mich, wie lange wir das noch durchhalten würden, ohne uns gegenseitig Vorwürfe für unsere zwangsläufig eintretende Erschöpfung zu machen. Anfangs hatten wir ein paarmal den Zug genommen, doch nachdem wir am Freitagabend mehrfach keinen Sitzplatz hatten reservieren können und ständig den Platz wechseln mussten, waren wir auf das Auto umgeschwenkt.

Auf dem Weg zu Jasper rief ich Mona über die Freisprechanlage an. Bevor ich auch nur ein Wort sagen konnte, sprudelte es mir entgegen: »Stell dir vor, ich bin am Meer! Nordsee! Es ist herrlich! Eine ordentlich steife Brise, die hier weht.«

»Was machst du denn da?«

»Ich habe einen neuen Mann kennengelernt. Wir verstehen uns super und sind spontan nach Holland gefahren. Wann hast du das letzte Mal die Sterne über dem Meer gesehen?«

»Schalt bloß deine Tracking-App an, bevor du mit einem wildfremden Typen irgendwohin verschwindest!«

Wenn Mona der Meinung war, es wäre sicherer, dass ich über ihren aktuellen Aufenthaltsort Bescheid wissen sollte, schaltete sie die App ein. Ich konnte dann im Notfall ihr Handy finden. Allerdings war ich tendenziell vorsichtiger veranlagt als Mona und hätte die App an ihrer Stelle häufiger aktiviert.

»Keine Sorge, Lars sieht viel zu gut aus, um ein Serienmörder zu sein.«

»Hallo? Schon mal was von Ted Bundy gehört?«

Sie lachte. »Völlig überbewertet. Der sah gar nicht so gut

aus. Sorry, ich muss aufhören, wir wollen einen Drachen steigen lassen.«

»Schalt die App ein!«, rief ich, aber sie hatte schon aufgelegt.

Das Wochenende nahm keinen guten Verlauf. Jasper und ich stritten die ganze Zeit. Wir konnten uns auf nichts einigen. Ich wollte an der Isar spazieren, er wollte lieber ausgehen, ich wollte vegetarisch essen, er Eisbein. Schließlich warf ich ihm vor, dass die Entfernung zwischen uns eben doch nicht mehr nur räumlich war, sondern allmählich auf unsere Beziehung übergriff.

Für Samstag hatte er eine Einladung von seinen Kollegen zu einer Gin-Verkostung. Ich lehnte sofort ab. Natürlich konnte ich nichts trinken, ich war schwanger, das durfte ich ihm aber noch nicht sagen.

Jasper nannte mich langweilig. »Wir haben seit Ewigkeiten nicht gefeiert. Tu mir doch einfach mal einen Gefallen, und mach mit.«

»Nein. Ich trinke nichts. Das schadet nur. Ich kann nichts mehr riskieren. Ich muss mich auf die nächste Übertragung vorbereiten. Dank dir ist der Druck auf mich enorm gewachsen. Mir bleibt ja gar keine Wahl mehr. Was glaubst du eigentlich, wie sich das anfühlt, wenn der eigene Mann einem die Pistole auf die Brust setzt?«

Jasper schwieg, aber er war blass geworden. Ich hatte selbst gehört, wie schnippisch mein Ton gewesen war.

»Den Druck kann ich dir nehmen. Lass uns diese Quälerei beenden. Ein für alle Mal. Ich möchte kein Kind mehr. Das macht unser ganzes Leben kaputt. Du bist ja wie besessen. Ich befreie uns jetzt davon. Endgültig.«

»Das meinst du nicht ernst.«

»Oh, doch. Bitterernst. Es ist Zeit, ein Ende zu finden und wieder zu leben. Es ist vorbei. Und wenn ich ehrlich bin, bin ich eigentlich froh, dass es bisher nicht geklappt hat. Ich bin erschöpft. Ich habe keine Kraft mehr für ein schreiendes Baby.«

Ich setzte mich wie erstarrt auf das Sofa.

Eine Weile versuchten wir, uns in der engen Wohnung aus dem Weg zu gehen. Irgendwann am Nachmittag nahm Jasper seine Jacke.

»Ich gehe zu der Gin-Verkostung«, sagte er. »Kommst du mit?«

Ich antwortete nicht.

Kurz darauf fiel die Tür ins Schloss.

Ich sah aus dem Fenster. Jasper stand an der Straßenbahnhaltestelle, die genau vor seinem Haus lag. Ich überlegte, ob ich hinterherlaufen sollte, ihm erzählen, dass ich schwanger war, dass ich deshalb nicht trinken konnte. Aber etwas hielt mich zurück. Er wollte keine Kinder mehr. Er war froh, dass es nicht geklappt hatte. Das musste ich erst mal verarbeiten.

Ich packte meine Tasche und fuhr nach Hause.

Als ich das Auto in die Garage fuhr, war es weit nach Mitternacht. Meine Biotonne stand noch auf der Straße. Ich ignorierte sie, schloss das Garagentor und betrat das Haus durch die Garage.

Kaum, dass ich die Tür hinter mir zugezogen hatte, rief Jasper an. Ich hörte sofort, dass er betrunken war.

»Wo bist du?«, nuschelte er.

»Ich bin nach Hause gefahren.«

»Warum bist du so eine beleidigte Leberwurst? Warum kannst du nicht einmal machen, was ich möchte? Warum muss es immer nach deiner Nase gehen?«

»Ruf mich an, wenn du wieder nüchtern bist.« Mein Herz klopfte bis zum Hals. Obwohl ich mich hundemüde fühlte, war ich zu aufgewühlt, um an Schlaf zu denken.

Arbeit hatte ich genug, und Arbeit stellte immer eine gute Ablenkung für mich dar. Bevor ich meinen Laptop aufklappte, fiel mir Mona ein. Ich checkte rasch ihre Tracking-App auf meinem Handy. Sie hatte sie eingeschaltet. Der Standort war »Egmond aan Zee«. Monas ständige Blind Dates waren nicht ungefährlich, und die App bedeutete ein Sicherungsseil. Morgen früh musste sie sich melden, sonst würde ich einen Notruf absetzen, so hatten wir es mal ausgemacht.

Ich nahm die Unterlagen vom Schreibtisch, setzte mich auf die ausklappbare Couch, die als Gästebett im Arbeitszimmer stand, zog die Beine hoch und begann, Vertragsbedingungen zu lesen.

Irgendwann erwachte ich. Die Papiere lagen auf dem Boden. Der Bund meiner Hose hatte sich tief in meine Haut eingezeichnet. Meine Uhr zeigte 2.16 Uhr an. Müde strich ich mir über das Gesicht. Ich sollte ins Bett gehen. Gerade, als ich mich vom Sofa erhob, bemerkte ich den Grund meines Erwachens. Unten im Haus hörte ich ein Geräusch.

Eine Gänsehaut überzog meinen gesamten Körper.

Seit ich hier lebte, hatte ich schon oft den Kopf gehoben, wenn ich über die Arbeit gebeugt gewesen war, und hatte gelauscht. Ein Haus macht nun mal Geräusche, und solange man noch nicht mit allen vertraut ist, muss man sie erst deuten lernen.

Doch jetzt überlegte ich nicht mehr, ob da unten jemand war. Ich wusste es.

Es war stockdunkel. Nur der Strahl der Leselampe über dem Sofa zeigte wie ein Pfeil auf mich. Die Tür des Arbeitszimmers stand einen Spaltbreit offen. Sah man das Licht bis in den Flur?

Von Angst ergriffen schlug ich rasch auf den Schalter, und sofort breitete die Dunkelheit ihren Mantel über mich.

Ich tastete nach meinem Handy. Nichts. Vielleicht war es zwischen die Kissen gerutscht.

Da! Wieder die Schritte. Leise, wie durch Watte.

Mit fliegenden Händen tastete ich über das weiche Leder der Couch, fuhr die Ritzen ab, schob sie zwischen die Rückenkissen. Kein Handy.

Ich musste mich verstecken. Aber wo? Weder hinter noch unter dem Sofa war Platz. Hier würde man mich sofort finden.

Bevor ich nach München aufgebrochen war, hatte ich alle

Rollläden heruntergelassen. Das Haus sah nicht nur verlassen aus, ich hatte mir auch selbst jeglichen Fluchtweg abgeschnitten.

Das obere Stockwerk lag komplett im Dunkeln. Ich hatte also wenigstens das Überraschungsmoment auf meiner Seite. Mein Gehirn arbeitete von ganz allein auf Hochtouren. Ob ich es bis zum Festnetzanschluss im Schlafzimmer schaffen konnte?

Ein Einbrecher würde schnell feststellen, dass unten nicht viel zu holen war. Meinen privaten Laptop vielleicht, der lag auf dem Couchtisch, doch der Zugang würde einem Dieb verwehrt bleiben, er war passwortgeschützt und konnte außerdem geortet werden. Der Fernseher war an der Wand festgedübelt und nicht genug wert. Damit würde sich ein Einbrecher nicht lange aufhalten und sich auf die Suche nach Wertvollerem machen.

Und wo würde er Wertgegenstände suchen? Im Schlafzimmer. Schmuck wurde üblicherweise im Schlafzimmer aufbewahrt. Ich lauschte, ob ich Schritte auf der Treppe hörte. Die Stufen waren eigentlich aus Naturstein, aber ich hatte sie mit Teppich auslegen lassen, weil ich mir bereits vorgestellt hatte, wie meine Kinder die Treppe hinunterrennen würden und auf dem glatten Stein ausrutschen könnten. Jetzt bereute ich es. Es war einfach, die Treppe geräuschlos zu betreten.

Um nicht sofort ins Sichtfeld zu geraten, ging ich auf die Knie und bewegte mich auf allen vieren Richtung Flur.

In welche Richtung sollte ich kriechen? Vielleicht konnte ich das Telefon im Schlafzimmer rechtzeitig erreichen, aber wie lange würde die Polizei brauchen, bis sie hier war? Selbst im günstigsten Fall mindestens zehn Minuten. So lange brauchte niemand, um vom Erdgeschoss ins Schlafzimmer zu gelangen.

Die Kinderzimmer waren immer noch unmöbliert. Ein Blick, und ich wäre entdeckt. Das Schlafzimmer bot keine Option zum Verstecken, wenn ich auch dort unter das Bett kriechen oder in den Kleiderschrank hätte fliehen können. Denn genau dort würden Einbrecher suchen.

Die Balkontür im Schlafzimmer war der einzige Ausweg, der mir einfiel. Aber wie schnell gingen die elektrischen Rollläden hoch? Zu langsam. Außerdem hörte man deutlich, wenn der Motor ansprang. Ich sah förmlich vor mir, wie gemächlich sich die einzelnen Lamellen aufwickelten, während ich würde warten müssen, bis ich mich durch den Spalt zwängen konnte. Noch dazu lag auf der Terrasse Steinboden. Ich konnte unmöglich dort hinunterspringen. Ich war schwanger.

Das Licht im Treppenaufgang ging an. Adrenalin schoss durch meinen Körper. Eine Reihe LEDs beleuchtete die einzelnen Stufen. Noch schützte mich der Knick der Treppe vor Blicken, aber schon in wenigen Sekunden würde der Einbrecher mich unweigerlich entdecken.

Eine so tiefe Panik übermannte mich, dass mein Körper reagierte, ohne dass er sich die Mühe gab, mit meinem Verstand zu kommunizieren. Ich sprang leise auf die Füße, glitt in das Badezimmer zwischen den beiden Kinderzimmern und schloss lautlos die Tür hinter mir. Im Bad war es stockdunkel, aber ich kannte mich aus, sodass ich mich trotzdem zurechtfand.

Ich tastete mich an der Wand vorwärts, bis ich das Waschbecken fühlte und schob mich daran vorbei. Die Toilette lag an der gegenüberliegenden Wand, an der Stirnseite gab es eine kleine Badewanne mit Duschstange und einem bunt gestreiften Duschvorhang. Ich stieß mit dem Knie an die Wanne, setzte mich auf den Wannenrand und schwang die Beine darüber.

Als ich endlich in der Wanne stand, zog ich den Vorhang vorsichtig ein kleines Stück weiter zu, gerade so viel, dass er mich zumindest auf den ersten Blick verdecken würde. Wenn ich Glück hatte, würde der Einbrecher bemerken, dass dieser Teil des Hauses komplett unbewohnt war und es deswegen auch nichts zu stehlen gab. Zwei leere Zimmer, die durch ein leeres Bad verbunden waren.

Ich tastete über die Wandfliesen, bis ich die Duschstange

fühlte, fuhr am glatten Metall der Duschstange entlang, ergriff den Duschkopf. Immerhin war er aus Metall und nicht aus Plastik. Es quietschte, als ich ihn langsam abschraubte. Mein Herz klopfte bis zum Hals, doch ich drehte so lange weiter, bis der Duschkopf sich löste. Jetzt hatte ich eine Waffe, wenn auch keine beeindruckende.

Während ich mich mit angehaltenem Atem so nah es ging an die Wand presste, überlegte ich. Sollte ich aus der Wanne springen, sobald jemand die Tür öffnete, und mich auf den Eindringling stürzen? Ich konnte ihm den Duschkopf auf die Nase schlagen, die Treppe hinunter und aus der Haustür rennen und um Hilfe schreien.

Oder sollte ich einfach still stehen und hoffen, dass er mich hinter dem Vorhang nicht entdecken würde?

Aber wenn es mehrere Einbrecher waren? Eine ganze Bande? Hörte man nicht immer wieder davon? Von Einbrecherbanden? Zwei oder mehr Männer konnte ich nicht besiegen. Ich konnte mich nur ergeben.

Oder was, wenn derjenige, der hier eingedrungen war, nicht auf der Suche nach Schmuck war, sondern nach mir?

Jetzt bekam ich richtig Panik. Ich merkte, dass ich schwitzte. Schweißtropfen rannen mir unter den Achseln und zwischen den Brüsten entlang. Meine Bluse klebte mir am Oberkörper.

Hatte ich vor Kurzem nicht noch von Ted Bundy gesprochen? Ted Bundy war auch in Häuser eingedrungen, und an Schmuck oder Wertgegenständen hatte er nicht das geringste Interesse gehabt.

Auf einmal wusste ich, dass sich der Angstschweiß wie ein Duftzeichen im Raum ausbreitete. Steckte jemand den Kopf zur Tür hinein, würde er sie riechen. Meine Angst. Ich roch sie selbst, sauer und scharf. Also aufspringen und zuschlagen.

Mit der rechten Hand umklammerte ich den Duschkopf, mit der linken hielt ich meinen Bauch und versuchte, mein Baby zu beruhigen.

Unter der Tür blitzte ein Lichtstrahl auf. Jemand hatte das

Licht im Flur eingeschaltet! Ich hörte Schritte auf dem Parkett, keine zögernden, vorsichtigen, sondern entschlossene. Sie waren so nah, dass ich instinktiv aufhörte, zu atmen. Ich starrte im Dunkeln auf die Tür, hoffte inständig, dass sie sich nicht bewegte.

Mein Herz hämmerte so laut gegen den Brustkorb, dass ich fürchtete, man könne es bis in den Flur hören. Ich lauschte angestrengt, bis ich glaubte, jedes noch so winzige Geräusch im Haus wahrnehmen zu können. Ich hörte das Blut in meinen Ohren rauschen, das Rascheln meiner Stoffhose auf der glatten Emaille der Badewanne, das Knacken von erkaltenden Heizungsrohren, ein blechernes Klappern, das ich nicht zuordnen konnte.

Es kam mir wie eine Ewigkeit vor, die ich wie hypnotisiert auf den Lichtstrahl unter der Tür starrte, als er auf einmal verschwand, als wäre er von einem schwarzen Loch absorbiert worden. Jemand hatte das Licht im Flur wieder ausgeschaltet.

Erst nach einer Weile traute ich mich wieder zu atmen.

Meine Beine waren unterhalb der Kniekehlen eingeschlafen. Doch ich rührte mich nicht. Ich wartete so lange, bis ich ganz sicher war, dass der Einbrecher seinen Rundgang beendet hatte, erst dann stieg ich mit kribbelnden Beinen über den Wannenrand.

Schritt für Schritt tastete ich mich zur Tür vor, drückte mit der linken Hand im Zeitlupentempo auf die Türklinke, umklammerte dabei mit der rechten den Duschkopf, bevor ich langsam den Kopf durch den Türspalt schob. Auch im Flur war es dunkel, doch inzwischen hatten sich meine Augen daran gewöhnt, und in der Schwärze bildeten sich milchige Konturen. Ich lauschte. Nichts.

Erst als ich sicher war, dass ich sämtliche Geräusche zuordnen konnte und dass niemand in der Nähe atmete, schaltete ich das Flurlicht ein. Immer noch den Duschkopf umklammernd, checkte ich erst die gesamte obere Etage, dann die untere.

Das Haus war menschenleer. Es schien auch nichts zu fehlen oder durchsucht worden zu sein. Trotzdem rief ich bei der Polizei an und meldete den Vorfall. Die Frau am Telefon klang so unaufgeregt, dass mein Pulsschlag sich langsam beruhigte. Sie versprach, am nächsten Tag einen Beamten vorbeizuschicken.

Gerade, als ich mich einigermaßen wieder im Griff hatte, erklärte sie mir, dass ich die Möglichkeit nicht ausschließen solle, dass ich vielleicht bloß geträumt hatte.

Schon ging mein Puls wieder nach oben. Das war kein Traum gewesen. Ich hatte nicht nur ganz deutlich Schritte gehört, sondern auch gesehen, wie jemand das Licht im Flur angeschaltet hatte.

Auf dem Weg nach oben nahm ich den Duschkopf wieder mit, den ich auf dem Küchentresen abgelegt hatte.

Als ich ihn wieder an den Schlauch anschraubte, sah ich den Blutfleck in der Wanne.

6

Über die Jahre war die Zeit mein größter Feind geworden. Jeder Tag ohne Kind glich einer verlorenen Schlacht, und unaufhörlich näherte sich das Ende eines Krieges, den ich kaum noch gewinnen konnte.

Die erneute Fehlgeburt erschütterte mich, aber ich gönnte mir keine Pause, sondern entwarf sofort einen neuen Plan.

Ich wollte, nein, ich musste Jasper zu einem neuen Versuch überreden. Das konnte nicht so schwer sein, schließlich hatte Jasper immer denselben Traum von einer Familie gehabt wie ich. Sicher war er nur müde geworden, was ich sogar verstand. Sobald ich die Hormone nahm, war ich ständig gereizt. Sex gab es nur noch nach Stundenplan und gemeinsame Unternehmungen fast gar nicht mehr.

Aber ich hatte Möglichkeiten, Jasper zu beeinflussen. Ich musste mit der Jammerei über die Nebenwirkungen der Medikamente aufhören, ich durfte nicht ständig müde sein, ich musste mehr auf ihn eingehen. Die Schmerzen, Übelkeit und Stimmungsschwankungen würden von nun an meine Privatangelegenheit werden. Ich würde Jasper schonen.

Wenn ich es irgendwie schaffte, ihn sogar verwöhnen. Vielleicht konnte ich ihn so dazu bekommen, es noch einmal zu versuchen.

Die Eizellen lagen, befruchtet und bereit für die Verschmelzung unserer DNA, gut gekühlt bei minus zweihundert Grad in flüssigem Stickstoff. Streng genommen musste Jasper gar nichts tun.

Er durfte nur seine Einverständniserklärung in der Klinik nicht zurückziehen. Den Rest erledigte ich. Das war doch nicht zu viel verlangt!

Am Freitagabend stand ich gerade in der Küche und hackte Dill für den Lachs, den ich zum Abendessen besorgt hatte, als Jasper anrief.

»Ich habe eine Panne«, sagte er. »Der Wagen lässt sich nicht mehr starten. Der ADAC hat ihn in die Werkstatt geschleppt, es ist wohl ein Fehler in der Elektrik. Den bekomme ich frühestens nächste Woche zurück.«

»Warum hast du denn nicht direkt angerufen? Dann hätte ich doch noch losfahren können! Jetzt ist es zu spät«, sagte ich, ohne die Enttäuschung in meiner Stimme verbergen zu können. Die Wochenenden bestanden ohnehin fast nur noch aus dem Samstag, die Strecke war so weit, dass man am Freitag erst spät ankam und am Sonntag früh wieder aufbrechen musste. Ausgerechnet montags hatten wir immer Teambesprechung mit Anwesenheitspflicht.

»Aber ich habe doch gehofft, dass die Werkstatt den Fehler noch beheben kann und ich dann losfahren kann«, sagte Jasper. »Tut mir leid!«

»Ist ja nicht deine Schuld«, sagte ich, aber ich merkte, dass meine Hände zitterten. Es war sehr wohl seine Schuld. Er hätte den Zug oder einen Mietwagen nehmen können, notfalls sogar einen Flug buchen. Vor allem hätte er mich rechtzeitig anrufen können. Es war nur eine Frage des Willens. Aber ich riss mich zusammen. Kein Wort der Beschwerde kam über meine Lippen. Mein Plan war schließlich, ihn zu schonen.

»Das ist wirklich schade«, fügte ich schließlich noch hinzu. »Dann müssen wir alles auf nächste Woche schieben.«

Jasper schien erleichtert, dass ich keinen Streit anfing, den er wohl erwartet hatte. Das war gut.

Doch nachdem ich aufgelegt hatte, hackte ich so wütend auf die Kräuter ein, dass ich mich vor mir selbst erschreckte. Ich versuchte, mir nicht vorzustellen, wie ich das lange, gebogene Messer in Jaspers Hals rammte. Das Bild schob sich immer wieder vor mein inneres Auge, ohne dass ich etwas dagegen tun konnte. Irgendwann schleuderte ich das Messer in die Spüle und packte den Lachs zurück in den Kühlschrank.

Meine Welt zersplitterte. Mein Kind hatte ich verloren. Jasper war weit weg und schien das nicht so schlimm zu finden. Auch bei der Arbeit war ich mehr und mehr isoliert. Ich hatte angefangen, die ersten Kündigungsgespräche zu führen, und seitdem wurde ich von den anderen Mitarbeitern gemieden.

Die Gerüchteküche brodelte. Viele Leute fürchteten um ihren Arbeitsplatz und gingen mir aus dem Weg. Das Wort »karrieregeil« geisterte über den Firmenflur und machte es sich vor meiner Bürotür bequem, obwohl mein Job doch auch auf dem Spiel stand. Meine Chefin schob mir den Schwarzen Peter zu, und ich musste diese Kündigungen durchziehen, sonst würde ich auf dem Abstellgleis landen.

Für diese Stelle hatte ich hart gearbeitet. Mein Beruf war Teil meines Seins. Unabhängigkeit war mir wichtig. Ich wollte nicht bloß mich selbst versorgen, sondern auch meine Kinder. Es sollte ihnen an nichts fehlen. Ich wollte ein Haus mit Garten, genug Geld für Urlaube und teure Hobbys, notfalls auch ohne Mann. Das war mein Ziel gewesen, und ich hatte es erreicht.

Jetzt stellte ich fest, dass Unabhängigkeit anders aussah, denn nun galt es, das Erreichte auch zu behalten. Was würde passieren, wenn ich meine Arbeit verlor? Wahrscheinlich würde ich eine neue finden. Trotzdem hatte ich tief im Inneren Angst. Denn was, wenn nicht? Wenn ich weder einen Job hatte noch Kinder, was blieb dann von mir? Wäre ich überhaupt ein vollwertiges Mitglied der Gesellschaft – oder bloß Ballast?

Ich starrte in den Garten.

Ein langes, leeres Wochenende breitete sich vor mir aus wie ein Ölteppich, in dem ich versinken würde, wenn ich mir nichts anderes vornahm.

Aber auch mein Versuch, bei Mona Gesellschaft zu finden, scheiterte.

»Sorry«, sagte Mona. Im Hintergrund hörte ich Geräusche, die ich nicht deuten konnte. »Ich bin schon verabredet.«

»Ach ja. Der Meeresbesucher. Wie hieß er noch mal? Lars?«

»Wer? Ach so, Lars, nee, der war doch nichts.«

Ich fragte nicht nach. Es gab die simpelsten Gründe, warum ein Mann für Mona nicht infrage kam. Das falsche Bildungsniveau. Die falschen politischen Ansichten. Die falsche Kreditkarte. Die falschen Gewohnheiten am Morgen. Oder auch nur die falschen Schuhe.

»Wieder ein neues Tinder-Date?«

»Bei Tinder sprenge ich langsam den Altersrahmen. Ich hoffe, ich bin mit dem Beziehungsthema durch, bevor ich zu Parship wechseln muss.« Sie lachte etwas angestrengt.

»Beziehungen sind auch nicht immer das Gelbe vom Ei«, sagte ich. »Jasper und ich streiten nur noch. Vielleicht sollte ich es auch mal mit unverbindlichem Sex versuchen. Ich könnte etwas Leichtigkeit in meinem Leben gebrauchen.«

Mona lachte. »Das ist nun wirklich nix für dich.«

»Wieso?«

»Weil du immer alles viel zu ernst nimmst. Leichtigkeit und Unverbindlichkeit sind quasi deine Gegensätze.«

Wie in einem Kurzfilm sah ich, wie ich das Kräutermesser aus der Spüle klaubte und mit der Präzision eines professionellen Messerwerfers von mir schleuderte, dieses Mal in Richtung von Mona. Es blieb mit der Spitze voran zwischen ihren Augen stecken. Bevor Mona in Zeitlupe nach vorn kippte, sah ich Blut aus der Wunde rinnen.

Das Bild war ebenso real wie das von Jasper. Aber dieses Mal fühlte es sich noch schlimmer an. Über Jasper hatte ich mich geärgert. Mona hatte mir nichts getan. Trotzdem hatte ich in diesem Moment auch Mona verletzen wollen. Nur für eine Sekunde, aber das reichte.

Ich erschrak so sehr, dass ich das Telefonat abbrach, ins Bad rannte und trocken über der Kloschlüssel würgte. Danach spritzte ich mir kaltes Wasser ins Gesicht.

Ich setzte mich auf den Badezimmerteppich, lehnte mich gegen die kalten Kacheln und versuchte mir selbst zu erklären, warum ich den Impuls hatte, meine Freundin umzubringen. Mona hatte mir lediglich gesagt, dass ich nicht die Persönlichkeit für unverbindlichen Sex hatte. Und das war ja die Wahrheit.

Ihr daraufhin ein Messer ins Gesicht werfen zu wollen, war ganz bestimmt nicht normal. Im Gegenteil, es war düster und schwer, genau wie Mona gesagt hatte.

Was waren das nur für grässliche Gedanken, die innerhalb kürzester Zeit von mir Besitz ergriffen? Wo kamen sie her? Wie würde ich sie wieder los?

Die Aussicht auf ein Wochenende ohne menschliche Kontakte machte die Angelegenheit noch schwerer.

Ich überlegte, bei der Therapeutin anzurufen, zu der ich seit einiger Zeit ging und die mir von der Kinderwunschklinik empfohlen worden war. Gertrud Straub und ich hatten noch keine besonders enge Beziehung aufgebaut, und das lag an mir. Es fiel mir nicht leicht, mich zu öffnen.

Von meinen gewalttätigen Fantasien, die ich auf immer mehr Menschen übertrug, hatte ich ihr zum Beispiel gar nichts erzählt, obwohl ein Gedanke mich immer mehr quälte: Was, wenn ich jemals solche Fantasien in Bezug auf ein Baby bekäme? Was würde ich dann tun?

Ich rief Gertrud Straub nicht an. Es war schließlich Wochenende.

Am Samstag ging ich schon in der Frühe spazieren. Ich war überrascht, dass Erik trotz des morgendlich kühlen Wetters schon mit Celina auf dem Spielplatz war.

»So früh schon draußen?«, fragte ich.

»Ja, Celina muss ein bisschen Energie loswerden«, sagte Erik und fing Celina auf, die gerade die Rutsche heruntersauste.

»Hatte Rebecca keine Lust auf Spielplatz?«

»Sie hilft Alexa beim Backen. Alexa will für das Nachbarschaftsfest morgen Cupcakes mitbringen und nutzt das direkt für ein neues Video.«

»Musst du samstags denn nicht in den Laden?«

»Eigentlich schon. Ich muss sogar noch eine ganze Reihe

Fahrräder für ein Rennen präparieren. Aber jemand muss ja auf Celina aufpassen. Du kennst sie, Celina ist ein Wildfang, und Alexa mag es nicht, wenn sie beim Backen in der Küche herumturnt, mit dem heißen Ofen und so.«

»Wenn ich euch aushelfen kann, sagt mir Bescheid!«

Erik winkte ab. »Danke, aber jetzt habe ich den Laden schon geschlossen. Und für die Reparaturen gehe ich einfach morgen früh hin. In ein paar Stunden müsste ich es schaffen, dann bin ich am Nachmittag zum Fest wieder da.«

Doch auch Sonntagvormittag saß Erik wieder auf dem Spielplatz, dieses Mal mit beiden Mädchen.

»Nanu? Wolltest du nicht in der Werkstatt sein?«

»Alexa hat die Aufnahme von gestern aus Versehen gelöscht«, sagte Erik und zuckte mit den Schultern. »Sie backt jetzt noch mal neu.«

»Das ist ja Pech! Und was ist mit deinen Reparaturen?«

»Nachtschicht, befürchte ich.«

»Ach je.«

Erik rief: »Rebecca! Nicht so doll!«

Rebecca schubste gerade ihre Schwester auf der Schaukel an, während Celina vor Vergnügen juchzte. Ich winkte den Kindern zu.

»Gehst du nachher zum Fest?«, fragte Erik.

»Eigentlich hatte ich es nicht vor. Jasper ist nicht da dieses Wochenende, und alleine dorthin gehen … ich weiß nicht.«

»Das habe ich mir gedacht, weil sein Auto nicht hier ist. Aber wenn du doch noch Lust haben solltest, könntest du Alexa helfen. Sie backt so viele Cupcakes, die kann sie auf keinen Fall alleine tragen.«

Das kam einer Bitte gleich, die ich ihm nicht verwehren wollte.

Also trug ich später Bleche mit kunstvoll verzierten Buttercreme-Cupcakes in die Schrebergärten, während Rebecca mit ernstem Gesicht eine Styroporplatte trug, die mit knallbunten Cake Pops bestückt war, die aussahen wie Lollies.

Das Nachbarschaftsfest war aus einer gemeinschaftlichen

Aufräumaktion entstanden und fand im Clubhaus des Schrebergartenvereins statt. Wir konnten zu Fuß laufen. Vor dem Clubhaus wurden Würstchen gebraten und Bierfässer aufgebaut, die Kinder tobten auf dem Spielplatz und der großen Wiese.

Während des gesamten Festes machte Alexa mehrere Videos und stellte sie direkt online. Ich saß so lange am Sandkasten und behielt Celina im Auge, die im Sand buddelte.

Kiki und Yvonne Fröbert ignorierten uns. Kiki war ganz offensichtlich wegen irgendetwas beleidigt. Yvonne versuchte, ihre Jungs dazu zu bewegen, mit Anni zu spielen, aber die drei Fröbert-Jungs waren interessierter an den Cake Pops von Alexa und stritten sich darum, wer welche Farbe bekam, weshalb Yvonne sauer das Gesicht verzog.

Anni nutzte die Gelegenheit, zu Rebecca zu laufen. Die beiden schaukelten einträchtig nebeneinanderher, während die Mütter sich ignorierten.

Alexa setzte sich neben mich und bearbeitete ein Video auf ihrem Handy.

Eine Sache lag mir schon eine Weile auf der Seele.

Ich versuchte einen unverfänglichen Ton. »Sag mal, warum hast du eigentlich nie auf einem deiner Kanäle nach Kurt gesucht?«

Alexa sah mich überrascht an, so als habe ein Kind nach etwas gefragt, was es nicht wissen sollte.

»Ich hoffe einfach, dass er wieder auftaucht.« Sie versuchte unbeeindruckt zu wirken, aber ich sah ihr an, dass ihre Gedanken rasten.

»Aber das wäre doch eine gute Idee, denkst du nicht?«, insistierte ich. »Kurt ist ein Publikumsmagnet. Seine Videos sind hunderttausendfach angeklickt worden. Und er ist doch so auffällig mit den drei Beinen. Irgendjemand wird ihn wiedererkennen.«

Alexa sah nachdenklich zu den Kindern hinüber. Schließlich legte sie den Finger an die Lippen.

»Ich möchte nicht, dass du es den Kindern sagst. Aber

Kurts Infektion im Bein hatte sich verschlimmert. Der Tierarzt hat ihn eingeschläfert.«

»Was? Es war doch alles so gut verheilt!«

»Das habe ich auch gedacht. Aber dann wurde er auf einmal apathisch und ich habe ihn zum Tierarzt gebracht. Bakterien in der Wunde. Ich habe es nicht übers Herz gebracht, es den Kindern zu sagen.«

»Der arme Kurt«, sagte ich leise. Ich dachte an den großen Hund mit dem noch größeren Herzen, das er ganz und gar an Rebecca verschenkt hatte. Für Alexa schien die Angelegenheit damit erledigt, aber ich redete weiter.

»Vielleicht unterschätzt du die Kinder da aber auch. Vielleicht wäre es für sie gar nicht so schwer, die Wahrheit zu wissen. Kinder haben zum Tod häufig eine ganz natürliche Beziehung. Sie trauern, sicher, aber sie kommen auch damit klar.«

Alexa schüttelte den Kopf. »Manche Entscheidungen sind auf den ersten Blick vielleicht nicht verständlich und trotzdem können sie die einzig richtigen sein.«

Ich hatte das Gefühl, dass wir über etwas anderes als über Kurts Tod sprachen, war aber nicht sicher, worüber.

Doch bevor ich reagieren konnte, stand Alexa auf und rief nach ihren Töchtern. Sie machte ein Foto von uns vieren. Rebecca saß auf meinem Schoß, Celina stand auf Alexas Knien und drückte ihr einen Kuss auf die Wange. Alexa benutzte irgendeinen Filter, durch den wir alle großartig aussahen. Von hinten malte die untergehende Sonne um Celinas und Alexas Kopf einen Heiligenschein.

In dem Moment ploppte eine Nachricht von Erik auf dem Bildschirm auf.

»Amüsiert euch gut! Hier wird es spät.« Dahinter blinkten drei Kuss-Emojis. Alexa schickte ein Herz zurück und hängte unser Foto an.

Gegen neunzehn Uhr brach ich auf.

Auch Alexa packte ihre Sachen zusammen. »Wir kommen

mit. Mir hat gerade eine Freundin geschrieben«, sagte sie, als erkläre das etwas.

Den Namen erwähnte sie nicht, und ich fragte auch nicht nach.

Ich war zu sehr mit mir selbst beschäftigt.

Celina schlief bereits im Buggy ein. Rebecca lief an meiner Hand und sprach kein Wort, aber das war bei ihr nicht ungewöhnlich.

Wir verabschiedeten uns in der gemeinsamen Einfahrt und öffneten fast zeitgleich unsere Haustüren.

Da kam Alexa noch einmal herübergelaufen.

»Bist du vielleicht morgen Mittag zu Hause?«, fragte sie. »Ich müsste mal kurz weg.«

»Tut mir leid, ich muss ins Büro«, sagte ich. »Montags haben wir immer Teambesprechung.«

Alexa sah zu ihren Töchtern hinüber, die im Hauseingang auf sie warteten. Rebecca hielt den Buggy fest, in dem Celina schlief, und wartete geduldig.

»Celina könnte ich sicher einen Moment allein lassen. Wenn sie schläft, dann schläft sie. Aber Rebecca hat morgen schulfrei. Beweglicher Ferientag.«

»Ich würde dir gern helfen, aber bei der Teambesprechung ist Anwesenheitspflicht für die gesamte Abteilung. Sonst würde ich es natürlich tun.«

Alexa sah unglücklich aus. »Du hast es gut«, sagte sie. »Du musst nur auf dich selbst aufpassen.«

»Aber ich würde jederzeit mit dir tauschen«, sagte ich. »Deine Kinder sind großartig.« Es klang wie ein Vorwurf, vielleicht war es auch einer, weil sie nicht schätzte, was sie hatte, jedenfalls nicht im angemessenen Maße.

Alexa seufzte. »Mit Kindern ist das so eine Sache«, sagte sie leise. »In gewisser Weise machen sie einen zu Gefangenen. Man kann nicht mehr machen, was man möchte. Nie wieder.«

Sie zögerte noch einen Moment, dann ging sie zu ihren Töchtern zurück.

Es wäre meine letzte Chance gewesen, den Lauf der Geschehnisse zu ändern, aber ich ergriff sie nicht. Ich kapierte überhaupt nichts.

Später stand ich an der Fensterfront des Schlafzimmers und sah nach draußen. Ich fühlte mich allein. Es war nicht meine Art, mich mithilfe von Emojis auszudrücken, aber bei Alexa klappte die Kommunikation mit ihrem Mann ja offenbar besser als zwischen Jasper und mir, also versuchte ich es.

Schade, dass du nicht hier bist, schrieb ich per WhatsApp und hängte mehrere Herzen an die Nachricht. Jasper las die Mitteilung innerhalb weniger Minuten, aber er antwortete nicht. Statt einfach anzurufen, fühlte ich mich einsam.

Ganz gegen meine Gewohnheit griff ich nach einem Glas und schenkte mir Gin ein. Jasper hatte direkt von der Abfüllanlage einige Flaschen zu uns schicken lassen, als er die Destillerie mit einer Gruppe von Kollegen besucht hatte. Er hatte mir Fotos gesendet, wie er vor den glänzenden Kupferkesseln posierte und die Flaschen hochhielt.

Obwohl ich diesen Destilleriebesuch in schlechter Erinnerung hatte, brauchte ich jetzt unbedingt einen Drink. Ich trank einen Schluck, spürte die Wärme, die sich in mir ausbreitete. Ich war Alkohol nicht mehr gewöhnt, doch jetzt tat er gut. Und deshalb trank ich immer weiter. Nach einer Weile überkam mich eine bleierne Schwere, vermischt mit einem leichten Schwindel, aber ich hörte nicht auf.

Mit angezogenen Knien saß ich auf der Fensterbank und sah nach draußen. Inzwischen trank ich direkt aus der Flasche, als der Bewegungsmelder in Alexas Garten das erste Mal anging. Das Licht schien mir grell ins Gesicht. Ich schloss die Augen, bis es wieder ausging. Danach trank ich weiter.

Zwischendurch war ich noch klar genug im Kopf, um meiner Chefin eine Nachricht zu schicken, dass ich krank sei. Nie im Leben würde ich es in diesem Zustand morgen ins Büro schaffen.

Je mehr ich trank, umso weniger wusste ich, wie spät es war. Deshalb konnte ich Ulrich Krupp später auch nicht mehr sagen, wann der Bewegungsmelder in Alexas Garten das nächste Mal anging. Es war ein sehr wichtiges Detail und Ulrich Krupp fragte mehrfach danach. Aber ich hatte einfach keine Ahnung.

Mir waren längst die Augen zugefallen. Ich träumte wirres Zeug von Babys, die aus mir herausfielen und die ich nicht auffangen konnte, obwohl ich es verzweifelt versuchte. Jemand schrie mich immer wieder an: Was hast du getan? Es war so laut, dass ich aus dem Schlaf schreckte.

Noch einmal sah ich, dass Alexas Garten aufleuchtete. Weil ich weggenickt gewesen war, wusste ich nicht, ob längere Zeit vergangen oder nur ein Wimpernschlag zwischen den Zeitpunkten gelegen hatte.

7

Stunden später erwachte ich sitzend auf der Fensterbank. Ich war immer noch betrunken, doch inzwischen war mir so schlecht, dass ich ganz dringend etwas essen musste. Ich stolperte in die Küche, steckte zwei Scheiben Toast in den Toaster und suchte im Schrank nach Alexas selbst gekochter Erdbeermarmelade.

Ich hatte sie bislang noch nicht probiert, weil Zucker nicht in meinen strengen Diätplan passte. Doch jetzt überkam mich Heißhunger. Ich aß zwei warme Toastscheiben, dick mit schmelzender Butter und Marmelade bestrichen. Köstlich. Ich steckte zwei weitere Scheiben in den Toaster und löffelte die Marmelade pur in mich hinein, während ich wartete.

Plötzlich knackte es direkt neben mir so laut, als sei jemand auf einen trockenen Ast getreten. Ich ließ das Glas fallen und fuhr herum. Aber da war niemand. Natürlich nicht. Ich war ganz allein im Raum. Es war nur der Babymonitor, der knackte. Alexa musste vergessen haben, ihn auszuschalten. Die innere Angespanntheit, die mich seit Monaten begleitete, machte aus mir ein schreckhaftes Kaninchen.

Die Erdbeermarmelade war durch die ganze Küche gespritzt. So ein Mist. Alexa hatte das Glas mit einem Tafeletikett beklebt und mit einem Kreidestift »Heavenly Strawberry« darauf geschrieben. Jetzt pappten ein paar Scherben und rote Erdbeersoße an dem schwarzen Etikett, und man konnte nur noch »Heaven raw« lesen.

Als ich nach den Scherben griff, durchfuhr mich ein scharfer Schmerz. Angestrengt stierte ich auf all das Rot an meiner Hand. War das Blut oder Erdbeermarmelade? Es war verdammt schwer zu unterscheiden. Ich steckte die Finger in den Mund, vergaß aber, warum ich das eigentlich tat. Eine Weile saß ich so auf dem Küchenboden und starrte auf die roten Flecken in meiner weißen Küche.

Irgendwann begann ich, mit einem Küchentuch über die Fliesen zu wischen, verteilte dabei aber nur rote Schlieren auf dem Boden.

Knacks. Krrrr. Das Babyphone knackte. Die Töne taten mir in den Ohren weh. Abschalten. Das musste ich jetzt tun, wenn ich diese nervtötende Geräuschübertragung unterbrechen wollte. Ich zog mich ächzend an der Spüle hoch, tastete nach dem Monitor, suchte den Drehknopf, hielt dann aber inne, als ich ein anderes Geräusch vernahm. Es war wie ein Flüstern.

Ich versuchte, es zu ignorieren, denn mir war schrecklich übel. Ich hatte keinen Alkohol mehr getrunken, seit wir versuchten, ein Baby zu bekommen. Und gestern Nacht hatte ich so lange Gin in mich hineingeschüttet, bis ich das Bewusstsein verloren hatte.

Ich war an einem Tiefpunkt. Die Trauer um mein Baby, das ich niemals würde im Arm halten können, war unerträglich gewesen. Erneut spürte ich, wie sie sich in mir ausbreitete, als sei etwas in meinen Inneren implodiert. Ich war nicht ganz, nicht vollständig. Es war überhaupt nicht meine Meinung, dass jede Frau Kinder bekommen musste, um komplett zu sein – Mona war das beste Beispiel dafür –, aber *ich* eben schon.

Aus dem Apparat kam ein Geräusch, das mir fremd war. Es hörte sich fast an wie ein Röcheln, gefolgt von einem Flüstern. Es klang nicht wie eins von den Kindern. Viel zu langsam – es kam mir vor, als könne ich mich nur in Zeitlupe bewegen – machte ich mich auf den Weg zum Küchenfenster.

Alexas Auto stand nicht mehr in der Einfahrt, entweder hatte sie es gestern Abend noch in die Garage gefahren, oder sie war heute Morgen irgendwo hingefahren. Ich sah niemanden. An einem Montagvormittag waren alle bei der Arbeit, in der Schule oder im Kindergarten. Die Siedlung lag wie tot da.

Krrr. Wieder dieses Röcheln. In meinem Kopf herrschte immer noch Nebel, aber das Geräusch gefiel mir nicht. Seit dem seltsamen Einbruch in mein Haus reagierte mein Körper instinktiv auf merkwürdige Geräusche. Ich begann zu schwitzen.

Wie eins von den Mädchen hatte es sich nicht angehört. Ich suchte Alexas Namen in meinem Handy. Ich wurde sofort zur Voicemail weitergeleitet. Leise begann eine Alarmglocke zu klingeln. So gut wie niemand schaltete sein Telefon heutzutage noch aus, und Alexa garantiert erst recht nicht. Ich versuchte mich zu beruhigen, dass sie sich vielleicht in einem Funkloch befand. Ich rief auf Eriks Telefon an. Es klingelte ein paarmal, bis auch dort schließlich die Mailbox ansprang.

Ich starrte auf Alexas Haus. Da hatte jemand geröchelt. Oder?

Ich wusste, dass ich noch betrunken war. Eine große Hilfe stellte ich also im Moment für niemanden dar. Aber ich war schon zu nervös, um es dabei bewenden zu lassen.

Ich wickelte meine blutende Hand in ein Küchentuch, schlüpfte in meine Crocs, die draußen auf der Fußmatte standen und trat in den kühlen Morgen.

Eriks Wagen parkte nicht wie sonst in der Einfahrt, sondern auf der Straße. Dort stand er eigentlich nur, wenn Alexa ihr Auto wegfahren wollte. Also hatte sie wahrscheinlich Rebecca zur Schule gebracht und war weiter zum Einkaufen gefahren, und Erik passte zu Hause auf Celina auf.

Ich klingelte. Erst zögerlich, schließlich Sturm. Erik und Alexa hatten eine von diesen Klingelanlagen installiert, die automatisch jeden Besucher auf Video aufnahmen, also starrte ich in das Auge der Kamera und versuchte, nüchtern auszusehen.

Niemand kam. Ich klopfte. Wartete, die Arme um meinen Körper geschlungen. Es war kalt. Das Babyphone hatte ich mitgenommen und dafür mein Telefon auf der Küchentheke liegen lassen. Das war die Quittung für das Trinken. Mehr als eine Handlung überforderte mich bereits. Allerdings hatte ich in der Siedlung außerhalb meines eigenen WLANs ohnehin schlechten Empfang, weil ich mich in einem Sparanfall einem günstigen Anbieter verpflichtet hatte, der unser Gebiet nicht gut abdeckte. Krrrk, machte es in meiner Hand. Krrk.

Ich war ratlos. Die Wintersonne schien mir kraftlos in den Rücken, der Himmel zeigte sich blau und klar. Ich musterte die Hauswand, checkte den Vorgarten, blickte die Straße hinunter. Wieder erfasste mich diese seltsame Unruhe. Ich war allein und niemand in der Nähe, den ich um Rat hätte bitten können.

Die Hauptstraße und die Siedlung auf der anderen Seite der Landstraße, obwohl nur wenige Meter Luftlinie entfernt, schienen weit weg zu sein, ein anderer, nicht erreichbarer Kosmos.

Den Code von der Haustür kannte ich, aber schließlich konnte ich nicht einfach hineingehen. Andererseits hatte ich ja nun oft genug geklingelt. Der Gasvorfall kam mir wieder in den Sinn. Kurz entschlossen tippte ich den Code ein. Die Tür sprang auf, doch schon nach wenigen Zentimetern wurde sie gestoppt. Die Haustür war von innen mit einem Riegel verschlossen.

Ich trat einen Schritt näher, steckte den Kopf so nah es ging an die Öffnung.

Der schmale Ausschnitt des Flurs, den ich erkennen konnte, wirkte vollkommen normal. Die Jacken der Kinder hingen ordentlich an den bunten Haken im Flur. Auf einer Fußmatte neben der Tür standen Schuhe aufgereiht, die von der Größe leicht zuzuordnen waren. Erst Celinas, dann Rebeccas, dann Alexas.

»Alexa! Erik! Seid ihr zu Hause?«, rief ich. Aus dem Haus hörte ich keinen Mucks, dafür raschelte und knackste das Babyphone wieder. Ein Röcheln, dann ein Scharren, als bewegte sich jemand in Celinas Zimmer. War Erik bei Celina? Warum antwortete er dann nicht?

Die Haare auf meinem Unterarm richteten sich auf. Ich schmiss das Babyphone ins Gras und rannte ums Haus herum.

Schon von Weitem sah ich, dass die Terrassentür nur angelehnt war. Jetzt schlug mein Herz bis zum Hals. Wer legte den Riegel vor die Haustür, ließ aber die Terrassentür auf? Ich stupste sie einen Spaltbreit auf, lauschte.

Mir war so übel, dass ich mich einen Moment am Türrahmen festhielt und überlegte, ob ich besser erst jemanden zu Hilfe holen sollte. Gleichzeitig wusste ich, dass ich das nicht tun würde. Der Einbruch steckte mir noch in den Knochen. Vielleicht war der Einbrecher zurückgekommen? Befand er sich am Ende noch im Haus? Bei den Kindern? Es zählte jede Sekunde. Ich schlüpfte aus meinen Crocs und betrat das Haus auf Socken.

Als ich die Treppe hochlief, taumelte ich und musste mich am Geländer festhalten, um nicht zu stürzen. Dabei verlor ich das Küchentuch, das ich um meine Hand gewickelt hatte. Blut tropfte auf die Stufen. Auf der Treppe roch es scharf nach Chlor. Mein übersäuerter Magen zog sich zusammen.

Schließlich erreichte ich das obere Stockwerk.

Das Bild, das sich mir dort bot, würde ich nie mehr vergessen.

Celinas Tür war weit geöffnet, deshalb bemerkte ich Eriks Körper auf dem Boden sofort, auch wenn es mir lieber gewesen wäre, ich hätte ihn nicht gesehen. Mir schlug ein entsetzlich metallischer Geruch entgegen.

Celinas Kinderzimmer war puderrosa gestrichen. Jetzt zierten rote Schlieren das zarte Rosa. Blut war an die Wand gespritzt. Vor dem weißen Gitterbett lag Erik auf dem Bauch. Sein Hemd war durchtränkt von Blut, sein dunkles Haar verklebt.

Halb unter ihm, als habe er sich schützend über sie geworfen, befand sich Celina. Sie trug einen Pyjama, der mit vielen kleinen Regenbogen bedruckt war, und lag merkwürdig verdreht unter dem Arm ihres Vaters, die totenblasse Haut auf ihren Wangen war rot gesprenkelt, als habe sie mit einem Mal Sommersprossen bekommen. Das feine blonde Haar verdeckte ihre Augen.

Ihr Arm streckte sich in Richtung Tür, als wolle sie auf etwas deuten. Die Handfläche zeigte nach oben. In der Kuhle war eine winzige Feder, als wäre ein Engel über sie hinweggeflogen und hätte sie mitgenommen.

Mir kam mein Marmeladentoast hoch. Ich schluckte die Mischung aus süßem Toast und saurem Alkohol gewaltsam nach unten. Auf keinen Fall ins Zimmer kotzen.

Als ich über die Schwelle taumelte, rutschte ich aus und fiel vornüber.

Auf allen vieren kroch ich ins Zimmer, ergriff Celinas Handgelenk, tastete mit zitternden Fingern nach ihrem Puls. Ich wusste sofort, dass ich keinen finden würde. Ihr Arm war unbeweglich und die Haut eiskalt. Kein lebendes Wesen konnte sich so steif und kalt anfühlen.

Mir war schwindelig, ich konnte kaum einen klaren Gedanken fassen. Celinas eisige Hand brannte auf meiner Haut. Als ich sie losließ, war sie blutverschmiert. Jetzt erst bemerkte ich, dass ich auf allen vieren in einer Blutlache hockte. Wieder kam mein Mageninhalt hoch, bitter und sauer. Ich würgte ihn hinunter.

Ich wandte mich zu Erik, tastete zwischen den Blutkrusten an seinem Hals nach einem Puls. Seine Haut war warm und pochte unter meinen Fingern. Er lebte. Ich rappelte mich auf, sah unter das Bett, riss die Schranktür auf, stolperte nach nebenan, ins Schlafzimmer, stieß alle Türen auf, rannte ins Badezimmer. Nichts. Mir fiel erst auf, dass ich keine Schuhe anhatte, als meine Füße nass wurden. Ich lief von Zimmer zu Zimmer. Meine getränkten Socken verteilten Eriks Blut wie eine Fährte im Haus.

In mir war nur Platz für eine einzige Frage. Wo war Rebecca?

»Rebecca!«, rief ich, doch ich konnte meine eigene Stimme kaum hören. Obwohl ich versuchte, aus Leibeskräften zu schreien, kam nur ein heiseres Krächzen heraus. »Wo bist du? Rebecca!«, versuchte ich es noch einmal, aber vergebens. Meine Stimme schien leiser statt lauter zu werden.

Dadurch dass unsere Häuser baugleich, nur spiegelverkehrt waren, wusste ich, wo der Telefonanschluss für das Festnetz war. Ich rannte ins Schlafzimmer. Das Telefon stand auf dem Nachttisch von Alexa, daneben lag eine Smartwatch, die am Ladekabel hing. Etwas Spitzes stach mir in den Fuß: Ich war in eine Nagelschere getreten, die auf dem Boden lag. Ohne nachzudenken hob ich sie auf und legte sie auf den Nachttisch. Mein Gehirn versuchte, all die Reize zu verarbeiten. Wo war Alexa? Und wo war Rebecca?

Wie in Zeitlupe hob ich den Hörer hoch. Warum war ich so langsam? Ein kalter Schweißtropfen lief mir über die Stirn, tropfte auf das Display. Ich zitterte so sehr, dass ich den Hörer kaum halten konnte. Es war, als wenn jemand langsam einen schwarzen Vorhang über meinem Kopf zuzog und mir nur ein immer kleiner werdender Spalt blieb, um all die Ereignisse um mich herum wahrzunehmen und zu begreifen.

Ich starrte das Telefon an. Wie war die Notrufnummer? Ich wusste sie nicht mehr, weder von der Polizei noch vom Krankenwagen. Die einzige Nummer, die mir einfiel, war 911. Obwohl ich wusste, dass das nicht stimmen konnte, wählte ich in meiner wachsenden Panik 911. Nichts. Keine Verbindung.

Krankenwagen, dachte ich verzweifelt, ich muss einen Krankenwagen rufen. Aber wie machte man das, wenn einem die Nummer nicht einfiel? Meine Beine knickten ein, ich merkte, dass ich mich nicht mehr lange aufrecht halten konnte. Wenn doch nur mein Gehirn wieder funktioniert hätte!

Ich versuchte, meinen Verstand zu fokussieren, doch es schien nichts zu nützen. Immerhin fiel mir ein, dass ich die Anruferliste aufrufen konnte. »Harald Blessing« entzifferte ich mühsam. Es dauerte, bis der klägliche Rest meines Verstandes das Glück begriff, das ich in diesem Moment hatte. Harald Blessing. Harald lebte in der Nachbarschaft. Er war pensioniert. Und er war Arzt. Erleichterung durchströmte mich. Es tutete. Ich konnte nur beten, dass er auch zu Hause war. Es tutete weiter.

Als es knackte, befürchtete ich erst, dass sich ein Anrufbeantworter eingeschaltet hatte. Endlich meldete sich jemand. »Blessing«, sagte die Männerstimme.

Ich weiß nicht mehr, was ich stammelte, aber Harald musste genug begriffen haben, um ihn auf den Plan zu rufen.

»Ich komme sofort«, sagte er. »Mach mir die Tür auf.«

Statt jedoch die Tür zu öffnen oder Erik zu versorgen, betrat ich wie ferngesteuert Alexas begehbaren Kleiderschrank. Ich schob die Kleiderbügel beiseite, legte mich auf den Boden, schaute unter die Kleider, in der Hoffnung, Rebecca zu finden. Nichts.

Im Regal schob ich die Bettwäsche beiseite, klopfte mit den Händen alles ab, bis ich die Wand berührte. Auf einmal fing mein Herz an zu rasen. Die Bettwäsche fühlte sich wärmer an als der Rest. War das das Material – oder hatte hier vor Kurzem ein Mensch gesessen, oder besser gekauert? Rebecca? Wie lange würde ein Bettlaken die Wärme eines Menschen speichern?

Ich klopfte weiter und weiter, aber da war nichts. Es musste Einbildung gewesen sein. Im ganzen Zimmer fand ich keine Spur von Rebecca. Ich hatte einen Tunnelblick. Ich sah nur noch ein kleines helles Loch, als wenn sich die Blende eines Fotoapparates langsam und unerbittlich vor meinem Sichtfeld schloss. Als es an die Tür hämmerte, zuckte ich zusammen. Wie in Trance begriff ich, dass ich die Treppe hinuntergehen musste, aber meine Glieder bewegten sich so entsetzlich langsam. Inzwischen sah ich gar nichts mehr.

Ich klammerte mich an das Geländer und hievte meine Beine angestrengt Stufe für Stufe hinunter. Wo befand sich bloß die Tür? Ich kniff die Augen zusammen, tastete mich vorwärts. Endlich fand ich den Riegel von der Haustür, schob ihn beiseite.

Als ich spürte, dass mich jemand an der Schulter berührte, öffnete sich wieder ein kleines Sichtfenster in der Schwärze meines Blicks. Ich blinzelte mühsam und erkannte Harald. Er trug einen Notarztkoffer.

Er starrte mich an, als sei ich ein Gespenst. Ich sah, dass

sein Mund sich bewegte, verstand aber die Worte nicht. Harald rüttelte an meiner Schulter. Ich zeigte mit blutverschmierter Hand nach oben. »Hilfe! Oben! Schnell!«, krächzte ich verzweifelt.

Endlich lief Harald mit seinem Notarztkoffer die Treppe hoch.

Währenddessen setzte ich meine Suche nach Rebecca draußen fort.

8

Die Polizei fand mich später im Wald.

Die blutigen Socken hatten Spuren hinterlassen und ihnen einen Hinweis gegeben, in welche Richtung ich gelaufen war. Ich lag unter einem Baum, an dem noch ein Zettel mit Kurts Konterfei klebte, den ich mit Rebecca dort aufgehängt hatte. Ich war nicht mehr ansprechbar. Der schwarze Vorhang hatte sich geschlossen.

Als ich im Krankenhaus wieder zu mir kam, erklärte mir die Ärztin, dass ich einen schweren Schock erlitten habe, der durch den Restalkohol in meinem Blut noch verstärkt worden war. Obwohl das eine Erklärung dafür sein mochte, dass ich mich in dieser Situation so entsetzlich unfähig verhalten hatte, konnte ich mir nicht verzeihen. Ich warf mir vor, überhaupt getrunken zu haben, und dass ich dadurch zu langsam gewesen war, dass ich Celina vielleicht doch noch hätte retten können.

Ich blieb zunächst unter ärztlicher Beobachtung im Krankenhaus, doch ich erholte mich nur langsam. Jasper kam aus München angereist. Drei Tage saßen er und Mona abwechselnd auf meiner Bettkante, Tage, an denen ich ununterbrochen weinte. Die Tränen liefen und liefen, es hörte nicht auf. Meine Haut wurde wund, die Augen entzündeten sich rot.

Jasper wischte mir die brennenden Tränen vorsichtig mit einem Wattebausch vom Gesicht, Mona tupfte mir Fettcreme unter die Augen, doch die ganze Zuwendung tröstete mich nicht. Im Halbschlaf hörte ich die beiden besorgt über meinen Zustand flüstern. Als ich das Gefühl bekam, dass sich meine andauernden Tränen zu einer Belastung für sie entwickelten, bat ich darum, mich vorerst allein zu lassen. Sie konnten mir im Moment ohnehin nicht helfen.

Ich weinte weiter. Ich weinte aus Trauer um Celina und aus Angst um Rebecca, die immer noch spurlos verschwunden war. Doch ich weinte auch um meine eigenen Kinder. Um Jaspers Kinder. Die, die beinahe geboren worden wären, und die, die immer noch im Eis erstarrt auf ihre Chance hofften.

Die Ärztin fragte besorgt, ob ich ein Antidepressivum wünsche, doch ich schüttelte den Kopf. Mit Jasper konnte ich nicht reden. Ich hatte ihn angelogen, und jetzt zahlte ich den Preis dafür. Ich musste allein damit fertigwerden.

Auch Ulrich Krupp, der leitende Hauptkommissar, und seine Kollegin, die sich als Daria Levin vorstellte, versuchten, mich zu trösten.

»Es war nicht Ihre Schuld«, sagte Krupp. »Auch wenn Ihnen die Nummer der Notrufzentrale eingefallen wäre. Sie hätten das Kind nicht mehr retten können. Es war schon ein paar Stunden tot.«

Aus irgendeinem Grund glaubte ich ihm nicht. Ich bildete mir ein, dass ich vielleicht früher etwas hätte bemerken können, vielleicht hatte ich einen Hilferuf zur rechten Zeit nur verpasst, weil ich getrunken hatte.

»Haben Sie Rebecca gefunden?«, krächzte ich.

Er seufzte. »Leider nein. Wir nehmen an, sie ist bei ihrer Mutter. Wir müssen Alexa Keller so schnell wie möglich finden. Es ist allerhöchste Eile geboten. Wir wissen nicht, ob sie sich selbst oder Rebecca etwas antut. Haben Sie eine Ahnung, wo sie sein könnte?«

»Überhaupt keine«, sagte ich.

»Können Sie sich irgendeinen Ort vorstellen, wo sie hingefahren sein kann? Zu einer Freundin, einer Verwandten?«

Ich überlegte. Dann schüttelte ich den Kopf.

Krupp machte sich eine Notiz.

»Vielleicht sind Alexa und Rebecca ja entführt worden. Könnte das nicht sein? Dass die Familie überfallen wurde?«, fragte ich.

»Wir wissen es nicht, Frau Mönch. Die Spurensicherung arbeitet noch am Abgleich aller Spuren. Wir müssten zu diesem Zweck Ihre Fingerabdrücke und Ihre DNA abgleichen, wenn Sie nichts dagegen haben.«

»Nein, natürlich nicht. Aber sagen Sie, was ist mit Erik? Wie geht es ihm?«, fragte ich.

»Er ist außer Lebensgefahr.«

»Ein Glück!«, sagte ich, aber ich war nicht wirklich erleichtert. Ich stellte fest, dass ich es Erik übel nahm, dass er noch am Leben war. Er war der Vater. Er hätte Celina beschützen müssen. Wenn jemand in dieser schrecklichen Geschichte sterben musste, dann er. Das Kind hätte überleben müssen.

Die Tränen, die immer noch unaufhörlich aus meinen Augenwinkeln liefen und mein Kopfkissen durchnässten, wurden heiß. Mir kam auf einmal ein schrecklicher Gedanke.

»Ist es möglich, dass Erik ... Celina das angetan hat?«

Schon als ich die Frage aussprach, kam sie mir absurd vor. Andererseits ... War es nicht immer der Ehemann, der verdächtig war? Ich musste wissen, wem ich noch trauen konnte. Krupp sah allerdings nicht aus, als habe ich gerade eine besonders einleuchtende Idee gehabt. Sofort schämte ich mich für meine Frage.

»Wir ermitteln in alle Richtungen. Aber seine Verletzungen hat er sich nicht selbst beigebracht, so viel steht fest.«

Mir schossen Bilder durch den Kopf, wie Erik die jauchzende Celina an der Rutsche auffing, wie er sie schlafend nach Hause trug, ihren Kopf in seiner Halsbeuge, seine Hand auf ihrem Haar. Er würde ihr nichts tun.

»Und was sagt Erik, was passiert ist? Weiß er, wo Rebecca ist?«

»Nein, seine erste Frage war, ob wir Rebecca gefunden hätten. Er ist in keinem guten seelischen Zustand, die Ärzte haben ihm jetzt Medikamente gegeben.«

Während Daria Levin zunächst meine Finger einzeln und schließlich die ganzen Hände in ein Tablet einscannte, erinnerte ich mich. »Die Terrassentür stand offen«, sagte ich. »So bin ich ins Haus gekommen. Aber der Riegel an der Haustür war von innen vorgelegt. Ich habe den Riegel geöffnet, als Dr. Blessing kam.«

Krupp notierte das, während er weitersprach.

»Wir wissen zurzeit nur, dass Alexa und Rebecca Keller verschwunden sind. Ebenso wie das Auto, die Handtasche mit ihrem Portemonnaie und das Handy von Frau Keller. Wir schließen daher nicht aus, dass Frau Keller auf der Flucht ist. Und ihre ältere Tochter dabeihat. Können Sie mir etwas über das Verhältnis von Frau Keller zu ihren Töchtern sagen?«

»Sie sind eigentlich … eine ganz normale Familie.«

»Hatten Sie den Eindruck, dass die Ehe schwierig war? Gab es Streitereien, die Sie mitbekommen hätten?«

Ich schüttelte den Kopf. »Nicht wirklich. Alexa ist manchmal etwas … sehr fröhlich, künstlich würde ich es vielleicht nennen, aber das habe ich immer auf ihre Social-Media-Aktivitäten geschoben. Das Aufrechterhalten eines perfekten Bildes gehört da ja ganz entscheidend zum Geschäft. Erik ist eher der Zurückhaltende in der Beziehung, aber wenn es um seine Töchter ging, ist er eher vorsichtig gewesen. Alexa hat mal gesagt, er hätte immer Angst, dass ihnen etwas zustößt.«

Ich schluckte.

»Hatten Sie den Eindruck, dass Alexa Keller im Alltag Schwierigkeiten im Umgang mit ihren Töchtern hatte? Ist Ihnen an den Kindern irgendetwas aufgefallen?«

»Nein … Celina ist … war … ein wunderbares kleines Mädchen, voller Lebensfreude. Rebecca ist zwar ein eher stilles Kind, eher schüchtern, aber das sind ja viele Kinder.«

Während ich das sagte, war ich mir nicht mehr sicher, ob das stimmte. Hatte ich Rebeccas Verhalten zu wenig Aufmerksamkeit geschenkt?

»Im Moment versuchen wir, das Auto von Frau Keller zu finden, dazu werten wir unter anderem öffentliche Kameraaufnahmen aus. Es wäre allerdings wesentlich einfacher, wenn wir uns in eine bestimmte, eine wahrscheinlichere Richtung orientieren könnten. Hatte Frau Keller vielleicht einen Ort, den sie gerne besucht hat? Ein Ausflugsziel?«

Daria Levin zog sich Handschuhe an und nahm ein Wattestäbchen aus einem Röhrchen. Ich öffnete den Mund und schüttelte vorsichtig den Kopf, als sie das Wattestäbchen über die Innenseite meiner Wange rieb.

»Ich weiß es nicht. Ich weiß nicht so viel über Alexa.«

Die beiden Beamten wirkten etwas enttäuscht. Aber ich hatte keine Ahnung, wo Alexa hätte sein können. Überhaupt keine.

»Laut anderer Zeugen haben Sie das Nachbarschaftsfest mit Alexa Keller gemeinsam verlassen. Warum eigentlich so früh, Frau Mönch?«

Meine Bauchdecke zog sich schmerzhaft zusammen. »Mir ging es nicht so gut, und ich musste ja am nächsten Morgen arbeiten.«

»Laut Ihrer Chefin haben Sie bereits Sonntagnacht eine Nachricht geschickt, dass Sie von zu Hause arbeiten.«

»Ja. Mir ging es nicht gut.«

»Als unsere Kollegen Sie fanden, hatten Sie noch Alkohol im Blut. Ziemlich viel sogar. War das der Grund, warum es Ihnen nicht gut ging?«

Ich nickte, weil es einfacher war und ich meine persönlichsten Angelegenheiten nicht mit Wildfremden teilen wollte.

»Auf dem Nachbarschaftsfest haben Sie laut Zeugenaussagen nicht viel getrunken.«

»Nein, ich trinke eigentlich nie.«

Die beiden schwiegen.

»Ich habe zu Hause Gin getrunken. Normalerweise trinke ich nicht. Danach war ich, wahrscheinlich weil ich es so selten tue, irgendwie enthemmt. Und habe noch einen und noch einen getrunken.«

Daria Levin sah mich skeptisch an.

»Ich war einsam an dem Abend«, sagte ich. Es hörte sich schal an, aber die beiden ließen es dabei bewenden.

»Ist Ihnen sonst nichts aufgefallen? Als Nachbarin bekommt man doch so einiges mit. Gab es keine ungewöhnlichen Ereignisse? Irgendetwas? Ein Streit oder eine merkwürdige Verhaltensweise? Eine veränderte Routine vielleicht?«

»Vor ein paar Wochen gab es einen Vorfall im Haus. Eine Gasflasche im Haus war geöffnet, und Gas strömte aus. Alexa war einkaufen und hatte mich gebeten, nach den Kindern zu sehen. Ich hatte gefragt, ob Rebecca zum Lesen rüberkommen will, da sie oft mittags nicht mehr schläft, aber Alexa sagte, sie wäre an diesem Tag sehr müde. Wenn der Hund nicht so gebellt hätte, hätte ich das Gas niemals bemerkt. Alexa sagte, sie hätte die Gasflasche aus Versehen nicht richtig zugedreht, und ich habe ihr geglaubt.«

Levin und Krupp warfen sich einen Blick zu.

»Kurz darauf war der Hund verschwunden. Angeblich weggelaufen. Ich hatte den Eindruck, dass Alexa nicht wirklich nach ihm gesucht hat. Als ich sie danach fragte, meinte Alexa, sie hätte es den Kindern nicht sagen wollen, aber der Hund hätte eingeschläfert werden müssen. Ich weiß nicht, aber ich hatte nicht das Gefühl, dass der Verlust von Kurt Alexa sehr geschmerzt hat. Aber jetzt, nach diesen Ereignissen … Jetzt überlege ich, ob der Hund sterben musste, weil er mich vor dem Gas gewarnt hat. War das vielleicht der erste Anschlag auf ihre Kinder?«

»Vielleicht. Vielleicht war es auch Zufall. Zumindest ist es ein interessanter Gedanke. Wir werden auf jeden Fall noch mal auf Sie zukommen. Erholen Sie sich gut, Frau Mönch!«

Eine Woche später kehrte ich nach Hause zurück. Zu meiner Überraschung holte Jasper mich aus dem Krankenhaus ab, obwohl ich ihn wenige Tage zuvor zurück nach München geschickt hatte. Doch er war in Düsseldorf geblieben, um im Notfall schnell bei mir sein zu können. Ich hatte nicht damit gerechnet, schließlich war Semesteranfang, und da gab es an einer Uni ziemlich viel zu tun, deshalb fühlte ich Dankbarkeit. Er sah müde aus, seine Wangen stoppelig.

»Ich habe mir noch ein paar Tage Sonderurlaub genommen«, sagte er. »Die wichtigsten Vorlesungen halte ich im Moment online. Aber ich wollte auf keinen Fall, dass du jetzt allein im Haus bist.«

Während der Autofahrt nahm ich seine Hand und drückte ihm einen Kuss auf den Handrücken. Es war gut, nicht allein zu sein.

Jasper warnte mich vor der Presse. »Die fragen jeden Tag nach dir. Es ist durchgesickert, dass du ... nebenan warst an dem Tag. Harald haben sie auch belagert. Er öffnet seine Tür gar nicht mehr. Er sagt, er würde nicht mit Journalisten über den Tod eines Nachbarkindes sprechen, das wäre geschmacklos. Aber als die Polizei die Fahndung nach Alexa ausgeschrieben hat, sind am nächsten Tag nicht nur die Presse, sondern auch Unmengen Schaulustige hier aufgelaufen, die alles gefilmt haben und Teddys und Blumen auf dem Bürgersteig abgelegt haben. Die Aufmerksamkeit hat wohl primär etwas mit Alexas Internet-Aktivität zu tun. Der Fall ist im Netz geradezu explodiert. Die Polizei hat dann ein paar Tage die Straße am Eingang zur Siedlung kontrolliert und nur noch Anwohner reingelassen. Aber seit gestern steht da kein Polizist mehr. Wahrscheinlich nur eine Frage der Zeit, bis die Leute merken, dass die Polizei aufgegeben hat.«

Das rot-weiße Flatterband der Polizei war noch rund um Eriks Haus gespannt. Erik lag weiterhin im Krankenhaus. Es ging ihm wieder besser, aber die Polizei hatte sein Haus noch nicht freigegeben, und es war unklar, wann das geschehen würde.

Mein Verhalten war daran nicht ganz unschuldig. Ich hatte nicht nur Blut im ganzen Haus verteilt und Spuren am Tatort verwischt, ich hatte auch noch selbst eine blutende Wunde gehabt. Meine Blutstropfen mussten nun von den anderen Blutspuren getrennt werden. Es war sicher wahnsinnig viel Arbeit, jeder einzelnen Spur nachzugehen.

Kaum dass wir aus dem Auto stiegen, wurde unsere Haustür wie von Zauberhand geöffnet.

Mona stand im Türrahmen. »Ich habe uns Tee gemacht«, sagte sie.

»Das ist lieb, dass du extra gekommen bist«, sagte ich.

Auch Kiki klingelte kurze Zeit später. Sie wollte mir erzählen, was in meiner Abwesenheit in der Siedlung los gewesen war.

Die Polizei hatte anfangs gehofft, dass Rebecca sich irgendwo versteckt hatte. Nicht nur Eriks, auch unser Haus und die Häuser einiger anderer Nachbarn waren durchsucht worden, die Gärten, Garagen, die Baustelle, die Lichtung, der Wald, alles auf der Suche nach Rebecca.

»Wir mussten aufs Präsidium und Zeugenaussagen machen.« Kiki nahm ihre Brille ab und knetete mit Daumen und Zeigefinger ihre Nasenwurzel. »Aber offenbar hat niemand etwas Auffälliges bemerkt oder gehört. Ich habe Alexas Auto am Sonntagabend noch in der Einfahrt gesehen. Das war gegen einundzwanzig Uhr, als ich mit Anni vom Nachbarschaftsfest nach Hause gekommen bin. Ich hatte sie extra den Nachmittag über schlafen lassen, damit sie bis abends durchhält und wir länger auf dem Fest bleiben konnten, darauf hatte sie sich schon seit Tagen gefreut.« Kiki bog den Brillenbügel etwas, als sei er schief und zog die Brille wieder auf.

»Wie kann man so etwas erklären?«, sagte sie mit leiser Stimme. »Ich habe keine Ahnung, wie ich das Anni je erklären kann. Einen Mord an einem Kind. Wir wollten erst sagen, dass sie einen Unfall hatte. Aber Tom ist vierzehn, er hat natürlich mitbekommen, dass es kein Unfall war. Also haben wir die Wahrheit gesagt. Jetzt hat Tom Angst, dass bei uns jemand einbricht und uns auch umbringt. Er hat solche Angst, dass er nachts wieder zu uns ins Bett kommt! Und Anni fragt in einer Tour nach Rebecca. Sie braucht jetzt eine Freundin, sagt sie, weil sie keine Schwester mehr hat.«

Kiki machte eine Pause. Als sie weitersprach, klang sie erschöpft. »Die Polizei scheint zu glauben, dass es Alexa gewesen ist.«

»Was glaubst du denn?«, fragte ich. »Du hattest in letzter Zeit ja nicht mehr den besten Draht zu Alexa. Warum eigentlich?«

Kiki sah aus, als würde sie gleich anfangen zu weinen.

»Es lag nicht an mir. Sie hat den Kontakt zu mir abgebrochen. Mir vorgeworfen, ich wäre hinterhältig. Ich würde mich mit Yvonne Fröbert gegen sie verbünden. Alexa hält nichts von Yvonne. Also sollte ich wohl Yvonne links liegen lassen, obwohl ich ja gar kein Problem mit ihr habe.«

»Und traust du Alexa zu, dass sie ihren Kindern etwas antut?«, fragte ich weiter.

Kiki überlegte. »Nein. Ich glaube generell nicht, dass Mütter in der Lage sind, ihre Kinder umzubringen.«

»Doch. Leider sogar ziemlich viele«, meldete sich Mona zu Wort. »Diane Downs. Susan Smith. Christy Sheats. Und das sind nur wenige Beispiele von vielen.«

Ich sah Mona irritiert an.

»Ich habe ein bisschen recherchiert«, sagte Mona achselzuckend. »Das sind die Namen der Frauen, die einem Google sofort ausspuckt.«

»Ja, vielleicht in Amerika. Da kann ich mir das noch vorstellen«, sagte Kiki.

»Bei ihren Grundproblemen ticken doch alle Menschen gleich. In den USA werden die Namen und Gesichter von Verbrechern eben veröffentlicht, das passiert in Deutschland eher nicht, deshalb vergessen wir die Fälle schneller. Aber in Deutschland ermorden Eltern ihre Kinder genauso. Etwa jeden zweiten Tag stirbt ein Kind in Deutschland durch die Schuld eines nächsten Angehörigen.«

»Aber doch nicht … hier«, sagte Kiki und machte eine weite Bewegung mit den Armen. »Hier wohnt man doch, weil die Kinder hier in Sicherheit sind. Weil jeder jeden kennt und man auf sich aufpasst.«

»Auch Christy Sheats saß in einem wunderschönen großen Einfamilienhaus, als sie auf einmal eine Pistole zog und auf ihre Töchter gezielt hat. Als die beiden aus dem Haus flohen, hat die Mutter sie mitten auf der Straße regelrecht hingerichtet, zwischen all den gepflegten Vorgärten mit Schaukelstühlen auf der Veranda. Christy wollte ihren Mann bestrafen, der sich scheiden lassen wollte. Den ließ sie nämlich am Leben.«

Kiki nahm ihre Brille wieder ab, rieb mit einem Zipfel ihres T-Shirts die Gläser sauber. »Hör doch auf mit diesen schrecklichen Geschichten.«

Jasper klopfte ihr kurz auf die Schulter und reichte ihr ein Taschentuch. Kiki drückte das Taschentuch mit beiden Händen an die Nasenflügel und schnaubte hinein.

Etwas klopfte an mein Gedächtnis.

»Daunenkissen«, fiel es mir endlich ein.

Alle sahen mich überrascht an.

»Ich habe eine Daune in Celinas Handfläche gesehen. Sie muss die Finger in ein Kissen gekrallt haben.« Ich hielt meine Hände demonstrativ vor mein Gesicht.

»Friederike«, sagte Jasper mit einem Seitenblick auf Kiki, »du musst wirklich nicht so plastisch werden.«

»Aber die Kinder haben keine Daunenkissen«, redete ich trotzdem weiter, weil mir der Gedanke gerade erst kam und ich ihn unbedingt festhalten musste. »Sie haben ganz flache, kleine Steppkissen. Das Daunenkissen muss aus dem Elternschlafzimmer stammen.«

Stille breitete sich im Zimmer aus. Verstanden sie immer noch nicht? »Das bedeutet, jemand war im Schlafzimmer und hat das Daunenkissen mit in ihr Zimmer genommen!«

Betretenes Schweigen breitete sich aus, doch ich redete weiter: »Warum nimmt man ein Kissen von einem ins andere Zimmer mit? Sicher nicht aus Versehen. Jemand ist mit der Absicht, das Kissen zu benutzen, vom Schlafzimmer ins Kinderzimmer gegangen. Aber würde ein Einbrecher so etwas tun? Wohl eher nicht. Das heißt …«

»Jemand hat einen bestimmten Entschluss im Schlafzimmer gefasst«, vollendete Mona meinen Satz. »Den Entschluss, Celina umzubringen.«

Ich nickte, obwohl ich selbst erst begriffen hatte, worauf ich hinauswollte, als sie es aussprach.

»Ja«, sagte ich. »Wahrscheinlich!«

»Das muss ja Alexa gewesen sein. Erik kam erst mitten in der Nacht nach Hause. Und selbst wenn er früher da gewesen wäre, er kann Alexas Auto nicht weggefahren haben, dann hätte er ja irgendwie wieder nach Hause kommen müssen. Sonntagnachts fährt hier nicht einmal ein Bus, und ein Taxi wird er kaum genommen haben«, sagte Kiki.

»Und wie hätte er mit seinen Verletzungen überhaupt ein Auto fahren können?«, sagte Mona. »Bleibt nur Alexa.«

»Aber ... warum?«, fragte ich. »Warum sollte Alexa ihren Töchtern etwas antun? Sicher, sie hat es manchmal etwas übertrieben mit ihrer Imagepflege und der Filmerei. Aber ich hatte immer das Gefühl, dass sie ihre Kinder liebt.«

Hatte Alexa Erik auch bestrafen wollen? Und ihn deshalb am Leben gelassen? Aber wofür?

»Man kann Liebe auch vorspielen. Niemand kann in den Kopf von jemand anderes hineinschauen«, sagte Mona und nahm die Teekanne, um sich einzugießen. Die Kanne war leer.

Jasper stand auf und schaltete den Wasserkocher auf der Kücheninsel ein. Mona ging hinterher, spülte die leere Kanne, hängte frische Teebeutel hinein. Mir schoss durch den Kopf, dass ich den Wasserkocher nehmen und ihn mitsamt dem kochenden Wasser in Monas Richtung schleudern könnte.

Irgendetwas stimmte nicht mit mir. Aber das wusste ich ja bereits.

9

In den nächsten Tagen versuchte ich, mir jede noch so winzige Kleinigkeit ins Gedächtnis zu rufen. Aber mir fiel kein Platz ein, an den Alexa sich hätte zurückziehen können. Ich lief jeden Tag durch den kleinen Wald, doch ich hatte längst hinter jeden Strauch und jeden Baum geschaut. Es gab keinen Hinweis auf Rebecca oder Alexa. Sie waren einfach verschwunden.

Celinas Tod traf mich hart. Alles, was Jasper und ich uns gewünscht hatten, war ein Kind. Während unzähliger Male in Kliniken hatte ich mir Eizellen entnehmen, Nadeln in die Haut, die Eierstöcke und den Uterus stechen lassen.

Mein Körper war völlig durcheinander von den unterschiedlichen Hormonen, die erst einen Eisprung verhindern sollten, nur um dann wiederum im Gegenteil meine Eileiter zwingen, so viele Eibläschen wie nur möglich zu produzieren. Ich war aufgedunsen und meine Seele wund von den vielen Enttäuschungen.

All das tat ich nur dafür, ein Kind in den Armen zu halten.

Während dieses Prozesses hatte ich meinen Mann völlig aus den Augen verloren.

Und Alexa tötete ihr eigenes Kind? Ein Kind, das wir uns so sehnlich wünschten? Warum? Was hatte ihr gefehlt?

Auch Jasper war erschöpft. Ich hatte die Enttäuschung in seinen Augen lesen können, jedes Mal, wenn der Schwangerschaftstest negativ war. Wir hatten beide den perfekten Zeitpunkt verpasst, um eine Familie zu gründen, keinen geeigneten Partner im richtigen Moment gehabt, wertvolle Zeit verstreichen lassen.

Je jünger die Eltern waren, umso größer die Chancen, die die Ärzte ihnen für eine mögliche Elternschaft ausrechneten.

Andererseits gaukelte einem die Reproduktionsmedizin vor, dass man quasi in jedem Alter noch schwanger werden könnte.

In letzter Zeit hatten sich alle meine Gedanken um mich selbst gedreht. Meine Kraft hatte nicht ausgereicht, mich auch um Jasper zu kümmern. Später, so hatte ich mir selbst versichert, später, wenn wir erst unser Kind in den Armen hielten, war immer noch Zeit, dass wir wieder zueinanderfanden.

Doch in diesem Moment, als ich den Geräuschen des schlafenden Jasper zuhörte, fragte ich mich, ob das ein Irrtum war. Sein Atem, sein Geruch kamen mir nicht mehr vertraut vor. Ich kniff die Augen fest zusammen und flüchtete mich vor seiner Fremdheit in den Schlaf.

Ich schlief unruhig. Trotzdem erwachte ich am nächsten Morgen zuversichtlicher, als ich eingeschlafen war. Wir waren, obwohl noch keine Eltern, trotzdem eine Familie. Zwar die kleinste mögliche Einheit, aber trotzdem stellte Jasper meine Familie dar und ich seine.

Als Zeichen meiner Veränderungsbereitschaft brutzelte ich Spiegeleier mit Speck. Wie so vieles, hatte ich uns auch das eine Zeit lang verboten, zu fettig, zu viel Cholesterin. Ich presste frische Grapefruits gegen das aufkeimende schlechte Gewissen und brachte das Tablett mit dem Frühstück nach oben. Zu meiner Überraschung war Jasper im Arbeitszimmer. Er hatte seine alten Hanteln aus dem Regal geholt und machte Übungen am offenen Fenster.

Ich hatte ihn wecken wollen und stellte das Tablett etwas enttäuscht auf dem Schreibtisch ab. Von hinten sah ich, dass sein Haar in der Mitte lichter wurde.

»Schau mal«, sagte Jasper, ohne mich anzusehen. »Da draußen steht jemand.«

Ich trat zu ihm, schlang von hinten meine Arme um ihn und sah über seine Schulter hinweg aus dem Fenster.

»Ach, du meine Güte«, sagte ich. »Das ist ja Erik!«

»Er wird doch nicht ins Haus gehen? Das ist noch versiegelt!« Jasper legte die Hanteln auf dem Boden ab und beugte sich aus dem Fenster. »Hey!«, rief er. »Erik!«

Doch Erik rührte sich nicht. Er stand vor seiner eigenen Gartenpforte und starrte sein Haus an. Eine kleine Tasche stand zu seinen Füßen. Das Absperrband flatterte drohend im Wind.

Ich zog den Gürtel meines Bademantels enger, während ich die Treppe hinunterlief.

Erik stand reglos da. Ich lief in meinen Schlappen über den Rasen, trat vorsichtig zu ihm.

»Erik«, sagte ich und legte meine Hand auf seinen Unterarm. Er zuckte zusammen. Quer durch sein Gesicht zogen sich vier hellrote Striemen, fast abgeheilt. Kratzer. Mir fielen Alexas sorgfältig manikürte Fingernägel ein. Lang.

»Du kannst nicht da reingehen«, sagte ich, als er das Absperrband hochhob. »Da ist ein Siegel über dem Schloss.«

Jetzt sah ich, wo Erik hinstarrte. Der ganze Straßenabschnitt vor dem Vorgarten war mit Teddybären, Kerzen und Blumen gepflastert. Jemand hatte sogar das Absperrband der Polizei hochgehoben und war bis zum Haus vorgedrungen. Mitten im Hauseingang saß ein Teddybär, der einen Blumenstrauß im Arm hielt. Mir drehte sich der Magen um. An solche Dinge würden wir uns wohl gewöhnen müssen.

Erik starrte den Teddy im Hauseingang an.

»Warum machen die Leute so etwas? Warum laden sie hier dieses Zeug ab?« Seine Stimme klang zornig. »Glauben die nicht, dass Rebecca einen Schock bekommt, wenn sie das sieht? Das muss alles weg!«

Er hob das Flatterband an und bückte sich darunter hindurch. Ich griff nach seinem Arm.

»Komm da raus, Erik. Das Absperrband ist nicht zum Spaß da.«

»Ich muss nach Hause!«

»Du kannst nicht da rein. Das Polizeisiegel zu brechen, ist eine Straftat.«

»Aber … das ist mein Zuhause«, sagte Erik. »Wo soll ich

sonst hingehen?« Die blauen Fäden an seinem Hinterkopf, wo man ihm das Haar rasiert hatte, stachen deutlich auf der blassen Haut hervor.

»Komm erst mal zu uns, Erik. Komm«, sagte ich und zog vorsichtig an seinem Arm, doch er rührte sich nicht.

Hinter uns tauchte Jasper auf und sagte: »Na los, Erik. Mach schon.«

Endlich setzte er sich in Bewegung.

Jasper schlug ihm kurz gegen die Schulter, bugsierte ihn auf das Sofa, schüttete ihm einen Schnaps ein, obwohl es erst zehn Uhr morgens war.

Die beiden saßen eine Weile schweigend nebeneinander. Ich machte Kaffee, stellte Tassen und Kekse auf den Tisch – gekaufte, keine selbst gebackenen wie bei Alexa immer.

»Es ist ein Albtraum«, sagte Erik schließlich. Er saß mit den umwickelten Unterarmen auf die Oberschenkel gestützt, hatte die Hände wie zum Gebet gefaltet.

Jasper klopfte ihm hilflos auf den Rücken. Was sollten wir auch sagen?

Ich wischte mir über die Augen. Seit jener Nacht liefen mir häufig Tränen über das Gesicht, was ich oft erst bemerkte, wenn meine Haut zu brennen anfing.

»Hast du noch schlimme Schmerzen?«, fragte ich schließlich mit einem Blick auf seine bandagierten Unterarme.

Erik zog die Ärmel seines Sweatshirts darüber. »Es geht schon. Ich habe mich gegen den Rat der Ärzte selbst entlassen. Aber ich muss einfach hier sein, wenn man Rebecca findet. Ich weiß, dass sie wieder nach Hause kommt. Ich wüsste es, wenn sie nicht mehr lebt. Ich würde das fühlen.«

Gesundheitlich war Erik über den Berg. Über die Verbindung zu Karin Keller hatte meine Mutter mich über Eriks gesundheitlichen Zustand auf dem Laufenden gehalten. Ihm war ein Schädel-Hirn-Trauma aufgrund stumpfer Gewalt gegen den Kopf diagnostiziert worden. Die Stiche in die Unterarme waren typische Abwehrverletzungen – viermal hatte ihn ein Messer dort verwundet. Drei Stiche hatten ihn in den Rücken getroffen, wahrscheinlich, als er bereits am Boden gelegen hatte.

Jasper schüttete Erik noch einen Schnaps ein, doch diesen trank er nicht.

»Wer hat dich gekratzt, Erik?«, fragte ich. »War das Alexa?«

»Das hat die Polizei auch gefragt. Aber ich weiß es nicht. Ich kam nach Hause, habe in Celinas Zimmer geschaut. Danach ist alles schwarz. Keine Erinnerung mehr.«

Er blickte kurz hoch und sah mich an.

»Ich hatte noch sechs Fahrräder da, die ich alle für Montag fertig haben musste, und meine Aushilfe war schon die ganze Woche krank. Ich musste viel nachholen. Beim Nachbarschaftsfest schien Alexa noch gut gelaunt, aber später am Abend hat sie mir Nachrichten geschickt, ich solle sofort nach Hause kommen. Ich habe sie ignoriert, weil ich dachte, sie hat wieder ihre fünf Minuten.«

Erik hielt inne. »Entschuldigt, das klingt furchtbar. Aber Alexa ist im Grunde der Meinung, dass ich, weil ich selbstständig bin, die Werkstatt jederzeit verlassen kann, um zum Beispiel auf die Mädchen aufzupassen. Sie nimmt meine Arbeit nicht ernst. Wenn ich ehrlich bin, habe ich die Fahrräder sogar in aller Ruhe fertig gemacht. Ich habe getrödelt. Das war ein bisschen Protest gegen diese Haltung. Und dann komme ich nach Hause und sehe, dass jemand in Celinas Zimmer ist. Mitten in der Nacht.« Erik schlug die Hände vor das Gesicht. »Oh mein Gott, ich hätte es vielleicht verhindern können, wenn ich nur früher gekommen wäre!«

Er schluchzte. »Aber es war nicht Alexa, bestimmt nicht. Warum sollte Alexa ihren Kindern etwas antun?«

Ich berührte mein eigenes Gesicht an der Stelle, an der Eriks Gesicht von den Striemen durchzogen war.

»Aber ins Gesicht kratzen? Das tut kein Mann. Und ein Mann hätte dir mit einem Schlag auf den Kopf sicherlich die Schädelknochen gebrochen.«

Eigentlich deutete alles nicht nur auf eine Frau, sondern sogar auf Alexa als Täterin hin. Weigerte sich Erik einfach zu sagen, dass es Alexa gewesen war? Oder wusste er es wirklich nicht?

Jasper übernahm es, dem Gespräch eine andere Wendung zu geben.

»Ich rufe jetzt bei der Polizei an und frage, wann dein Haus wieder freigegeben wird«, sagte er.

Wir waren etwas überrascht, als Erik uns mitteilte, dass er wüsste, dass das Haus noch für eine unbekannte Zeit versiegelt bleiben würde und er zur Polizei gesagt hätte, dass er so lange zu seiner Mutter gehen würde.

Erik sagte: »Die Polizei will nicht, dass ich ins Haus gehe. Aber ich werde mir nicht verbieten lassen, hier auf meine Tochter zu warten. Eher schlage ich ein Zelt im Garten auf.«

Später rief Karin Keller an. Ich hörte es daran, wie er sprach. Offenbar wollte sie ihren Sohn überreden, zu ihr zu kommen.

»Nein, Mama, ich kann doch jetzt nicht weg. Stell dir vor, Rebecca kommt nach Hause, und niemand ist hier.«

Jasper mischte sich ein. »Und was hältst du davon, wenn du erst mal in unser Arbeitszimmer ziehst? Was meinst du, Friederike?«

Dass er hier sein wollte, falls Rebecca zurückkam, fand ich mehr als einleuchtend. Schließlich klappte ich die Couch im Arbeitszimmer aus und legte frisches Bettzeug darauf.

In den nächsten Tagen wurden Erik und ich zu einem Team, das verzweifelt versuchte, Rebecca zu finden. Wir saßen zusammen und erzählten uns jede Kleinigkeit.

Nach unseren Gesprächen rief ich mehrfach im Präsidium an und ließ mich mit Ulrich Krupp oder Daria Levin verbinden. Einmal erzählte ich von dem winzigen Riss in der Fassade, als Alexa die Blumenerde zerschlagen hatte.

Alexa hatte keine Freunde außerhalb der Siedlung gehabt, wie Erik erzählte, was mich überraschte.

»Sie hat immer schnell Freunde gefunden, aber sie waren

alle genauso schnell wieder verschwunden«, meinte Erik. »Auch mit ihrer Familie hatte sie kaum Kontakt.«

Es hatte Zeichen gegeben, dass sie nach größerer Freiheit strebte. Die mittäglichen Ausflüge, während derer sie die Kinder allein gelassen hatte, waren ein Punkt, der sofort ins Auge fiel.

Ich begann im Internet über mordende Mütter zu recherchieren. Es gab erstaunlich viele, die zu dieser traurigen Berühmtheit gelangt waren, aber kein Fall passte zu Alexa. Es gab nur wenige Fälle, in denen eine Mutter im Mordrausch eines ihrer Kinder umbrachte, das andere aber leben ließ. Die Ausnahmen waren meist Kinder, die zum Zeitpunkt der Tat nicht zu Hause gewesen waren. Diese Erkenntnis ließ ich vor Erik aus, aber meine Angst um Rebecca stieg.

Der weitaus größte Teil der sogenannten *family annihilators*, also Menschen, die ihre eigene Familie auslöschen, brachte sich selbst danach ebenfalls um. Gerade bei Frauen überwogen die Fälle, in denen ihnen ihre Lebenssituation so aussichtslos erschien, dass sie keine Hoffnung für ihre Kinder hatten, falls sie sie zurückließen. Diese Fälle wurden auch als erweiterter Selbstmord bezeichnet.

Das war das Beunruhigendste an meinen Recherchen. Hätte sich Alexa irgendwohin zurückgezogen, um zu sterben, würde die Wahrscheinlichkeit steigen, dass sie Rebecca mit sich in den Tod gerissen hätte. Dann wäre Erik der einzige Überlebende dieser Situation. Aber das war eine Möglichkeit, die ich Erik vorenthielt.

Denn eine Sache sprach gegen Alexa: Mir fiel absolut nichts ein, was an ihrer Situation so unerträglich gewesen sein sollte, dass sie keinen anderen Ausweg mehr gesehen hatte, als sich und ihre eigenen Kinder zu töten.

10

Kaum war Erik in unser Arbeitszimmer gezogen, belagerte die Presse erneut unser Haus. Allerdings gab Erik nur eine einzige Stellungnahme vor dem Polizeipräsidium, im Beisein von Ulrich Krupp. Fragen beantwortete er nicht, zeigte stattdessen die Vergrößerung eines Fotos von Rebecca.

Alles, was er sagte, war: »Ich bin ganz sicher, dass sie noch lebt. Wenn jemand meine Tochter findet, denken Sie bitte daran: Sie ist schwer traumatisiert. Bringen Sie sie mir zurück, so schnell es geht.«

Zwei Tage nach Eriks Entlassung aus dem Krankenhaus kamen Krupp und seine Kollegin Levin vorbei.

Sie sprachen zuerst mit den Reportern, die auf der anderen Straßenseite Stellung bezogen hatten. Kurz darauf zog die Meute ab.

»Die Journalisten haben versprochen, dass sie sich nicht in die laufenden Ermittlungen einmischen«, erklärte Levin, als ich sie hereinbat. »Sie helfen uns aber bei der Fahndung und bekommen dafür später einen Pressetermin mit uns. Aber jetzt sollten Sie alle erst mal Ihre Ruhe haben.«

Jasper machte Kaffee, während ich mich zu Erik setzte, der mit geradem Rücken auf der Sofakante saß.

»Haben Sie etwas gefunden?«, fragte Erik.

»Wir werten aktuell Kamerafotos von Überwachungsanlagen aus. Aber das Auto Ihrer Frau ist wie vom Erdboden verschluckt«, sagte Daria Levin. »Wir konnten es bisher nicht identifizieren. Falls sie damit noch unterwegs ist, nimmt sie ganz offensichtlich Nebenstraßen und meidet die Autobahnen. Allerdings nimmt eine solche Auswertung auch sehr viel Zeit in Anspruch. Unsere Kollegen arbeiten sehr hart daran.«

»Aber wir haben etwas anderes gefunden«, sagte Ulrich

Krupp. »Die EC-Karte Ihrer Frau ist benutzt worden. In Baden-Württemberg. Genauer gesagt, im Schwarzwald.«

Das war eine gute Nachricht. Das bedeutete, dass Alexa wahrscheinlich am Leben war. Und wenn sie am Leben war, war es hoffentlich auch Rebecca. Zumindest stieg die Wahrscheinlichkeit an.

»Haben Sie Fotos von der Überwachungskamera? War Rebecca bei ihr?«, fragte ich.

»Wir haben drei Fotos, aber man kann nicht wirklich viel darauf erkennen«, sagte Daria Levin und legte ein iPad vor uns auf den Tisch. Wir starrten auf den Bildschirm. Die drei Fotos zeigten eine Person mit Jeans und blauem Kapuzenpullover, die Kapuze war tief ins Gesicht gezogen.

»Sie hat kein Kind dabei«, sagte ich enttäuscht.

»Das muss nichts heißen«, sagte Levin. »Sie kann im Auto warten oder an der Straßenecke.«

Man sah, wie die Person die Bank betrat und sie wieder verließ, aber vom Kopf war nichts zu erkennen.

Ein Foto sah aus, als hätte es eine Kamera im Geldausgabefenster des Automaten aufgenommen. Doch auch hier konnte man nichts erkennen: Die Person zog sich die Kapuze seitlich über die untere Gesichtshälfte. Man sah nur einen unscharfen Handrücken.

»Können Sie Ihre Frau identifizieren?«, fragte Ulrich Krupp.

Erik schüttelte den Kopf. Auch ich erkannte gar nichts auf diesen Fotos, außer einer Gestalt, die ich als weiblich einstufte, aber nicht einmal das hätte ich beschworen.

»Erkennen Sie ein Kleidungsstück? Den Pullover? Die Schuhe vielleicht?« Daria Levin tippte mit ihrem Finger auf die Schuhe, die wie Wanderschuhe aussahen, mit Schnürsenkeln, die durch silberne Ösen gezogen waren.

»Die sehen nicht aus wie Schuhe, die Alexa tragen würde«, sagte ich zweifelnd.

»Doch. Alexa hatte solche Schuhe, damals, zum Gassi gehen«, sagte Erik. »Als unser Hund noch da war.«

Es hörte sich an, als wäre Kurt schon seit Jahren verschwunden, dabei waren es erst wenige Wochen.

»Können Sie die Schuhe sicher identifizieren?« Ulrich Krupp zog mit zwei Fingern das Foto auseinander und zoomte den Ausschnitt heran. Die Schuhe wurden größer und unschärfer.

Erik überlegte. »Sie hatten diese Farbe. Aber meine Frau hatte viele Schuhe. Ich kann es einfach nicht sagen. Ich müsste nachgucken, ob sie fehlen.«

»Das haben wir schon getan. Im Schuhschrank Ihrer Frau ist kein Paar Wanderschuhe.«

»Das muss nichts heißen. Vielleicht hat sie sie weggegeben. Meine Frau war eine sehr ordentliche Person. Wenn sie für die Schuhe keine Verwendung mehr hatte, ist es durchaus möglich, dass sie sie weggeschmissen hat.«

Die Polizeibeamten schwiegen. Daria Levin tunkte den Keks, den Jasper auf die Untertassen gelegt hatte, in den Kaffee.

»Wie viel Geld hat sie eigentlich abgehoben?«, fragte ich.

»Die maximale Summe, die möglich ist. Tausend Euro.«

»Vom Schwarzwald aus könnte man gleich in mehrere Länder fliehen«, sagte ich. »Nach Frankreich oder in die Schweiz, weiter nach Spanien oder Italien.«

Daria Levin nickte. »Oder Richtung Osten. Die Möglichkeiten von dort sind nahezu unbegrenzt und unmöglich alle zu überprüfen. Wir haben Interpol schon eingeschaltet.«

»Wir wissen doch noch gar nicht, ob es Alexa war«, sagte Erik leise. »Wieso sollte sie ihren eigenen Kindern etwas tun? Was ist, wenn die beiden entführt worden sind?«

»Das stimmt. Im Moment gehen wir trotzdem unter anderem davon aus, dass sie das Haus freiwillig verlassen hat.«

»Warum?«

»Auto, Handtasche, Portemonnaie und Handy sind weg. Es wurden bisher keine Spuren gefunden, die auf eine fremde Person hinweisen. Sämtliche DNA im Haus wird untersucht. Wir überprüfen sie anhand der Liste der Leute, die Sie uns gegeben haben, die sich um den Tatzeitpunkt herum im Haus aufgehalten haben. Auch wenn wir noch nicht komplett durch sind, bisher konnte alles zugeordnet werden.«

»Was ist mit der Terrassentür?«, fragte Erik. »Sie war offen. Würde Alexa nicht durch die Haustür verschwinden? Vielleicht war es eine Verrückte. Meine Frau hatte eine Menge verrückte Stalker. Nicht wahr, Friederike, du erinnerst dich an die Kommentare unter ihren Videos?«

Ich nickte.

»Meine Frau hat sie fast immer gelöscht, aber vielleicht kann man sie wiederherstellen. Oder sie hat welche übersehen. Das sollten Sie unbedingt noch überprüfen. Die Kommentare im Netz. Sie waren manchmal richtig … hasserfüllt.«

»Das stimmt«, pflichtete ich ihm bei.

»Wir überwachen die Social-Media-Kanäle Ihrer Frau, Herr Keller. Aber wie gesagt, bisher haben wir noch keine DNA gefunden, die wir nicht zuordnen können.«

»Im Treppenhaus hat es nach Chlor gerochen«, erinnerte ich mich. »Kann man das nicht benutzen, um DNA zu vernichten?«

Krupp nickte. »Wir schließen einen Fremdtäter auch nicht aus. Zum jetzigen Zeitpunkt schließen wir gar nichts aus.«

»Das alles macht einfach keinen Sinn!« Erik stützte seinen Kopf schwer in seine Hände.

Mir fiel etwas ein.

»Warum hat Alexa, wenn sie das auf den Fotos ist, das Geld nicht im Ausland abgehoben? Sie war doch bereits nahe an zwei Grenzen. Ich könnte mir denken, dass man die Abhebungen vom Ausland aus schwerer zurückverfolgen kann«, sagte ich.

»Nicht wirklich. Die Bank in Deutschland teilt uns jede Kontobewegung mit. Das geht heutzutage ziemlich schnell. Innerhalb der EU ist das überhaupt kein Problem.«

»Die Schweiz gehört ja nicht zur EU«, sagte ich. »An Alexas Stelle hätte ich das nicht riskiert, so kurz vor der Grenze.«

Später besprach ich mich mit Erik. Er überlegte, in Richtung Schwarzwald aufzubrechen und dort selbst nach seiner Tochter zu suchen.

»Sie ist garantiert nicht mehr dort«, sagte ich. »Und die Polizei hat gesagt, wir sollen uns zur Verfügung halten. Du kannst nicht einfach wegfahren.«

»Ich muss doch Rebecca finden!«

»Wir finden sie. Aber im Schwarzwald durch die Gegend zu fahren und blindlings zu schauen, ob sie irgendwo langlaufen, ist wie die Nadel im Heuhaufen zu suchen. Außerdem musst du hier sein, falls ...« Ich zögerte. »... falls Celina freigegeben wird. Wir müssen eine Beerdigung für sie planen.«

Erik schüttelte den Kopf. »Nein. Nein. Ich plane so etwas nicht.«

»Aber ...«

»Nein!«, sagte er und verließ den Raum. Kurz darauf knallte die Haustür.

Am Nachmittag, gerade als Jasper mit dem Fahrrad losgefahren war, klingelte Karin Keller bei mir. Celinas und Rebeccas Großmutter, eine große, schlanke Frau mit kurzen dunklen Haaren, besaß eine Ausstrahlung, die mich immer noch leicht nervös machte. Obwohl ich eine brave Schülerin mit guten Noten gewesen war, hatte ich mich stets davor gefürchtet, ihren hohen Ansprüchen nicht zu genügen.

Ich hatte ein gutes Abitur gemacht und einen festen Händedruck von ihr bei der Zeugnisvergabe erhalten, trotzdem war ich so schnell es ging wieder in die Reihe zurückgeeilt. Jemanden zu enttäuschen oder nicht zu genügen, war immer eines meiner Probleme gewesen, und ausgerechnet in Karin Kellers Fach, Biologie, hatte ich meine schwächste Note erhalten. Ich wusste, dass meiner Mutter dies vor ihrer Bridgefreundin peinlich gewesen war.

»Erik ist nicht da«, sagte ich und hob bedauernd die Hände.

»Oh. Kann ich dann einen Augenblick mit dir sprechen?«

»Natürlich.«

»Meine Liebe«, sagte sie, nachdem wir uns am Esstisch niedergelassen hatten. »Ich möchte, dass Erik zu mir zieht. Es kann doch nicht sein, dass er lieber bei einer Fremden wohnt – entschuldige, Friederike, das ist nicht böse gemeint – als bei seiner eigenen Mutter. Erst recht jetzt nicht, wo wir doch die Beerdigung planen müssen. Wenn Celina zu ihrer letzten Ruhestätte gebracht wird, müssen wir vorbereitet sein.«

»Es ist wegen Rebecca. Erik hat die Vorstellung, dass Rebecca, wo immer sie ist, irgendwann nach Hause kommt.«

»Das verstehe ich ja. Aber sie ist sechs Jahre alt ...«

»Fast sieben«, unterbrach ich sie, ohne zu wissen, warum.

»Ja, fast sieben. Aber wie um Himmels willen sollte sie denn überhaupt allein hierherkommen? In eine abgelegene Neubausiedlung? Zu Fuß? Mit dem Bus?«

Ich zuckte mit den Achseln. »Es hat wohl nicht viel mit Logik zu tun. Erik hat eben das Gefühl, dass er Rebecca im Stich lässt, wenn er hier weggeht.«

»Deshalb möchte ich ja, dass du ihn überredest, hier wieder auszuziehen. Gegen deinen Willen kann er kaum hierbleiben.«

Die Entschlossenheit von Karin Keller war nicht zu übersehen.

»Das kann ich nicht tun. Ich verstehe seine Sichtweise ja irgendwie. Ich kann einen trauernden Vater nicht wegschicken.«

Karin Keller seufzte schwer.

Ich drückte kurz ihre Hand, die auf dem Tisch lag. »Wir alle vermissen Celina und Rebecca. Wissen Sie, ich kann Celina in Ihnen sehen. Sie hatte Ihre Augen«, sagte ich, um sie zu trösten.

»Findest du? Alle haben immer gesagt, sie wäre das Ebenbild von Alexa.«

»Jedenfalls ein bildschönes Kind«, sagte ich nachdrücklich.

»Ja. Also, Erik soll nach Hause kommen. Nur so lange, bis das Haus wieder freigegeben wird. Sag ihm, Fisch und Gäste stinken nach drei Tagen, das habe ich immer schon gesagt.«

Ich bemühte mich um Ausgleich. »Mir macht es nichts aus,

wirklich. Das sind doch auch wirklich besondere Umstände. Wir halten jetzt alle zusammen. Erik sagt auch, es ist nicht ausgeschlossen, dass Alexa entführt wurde. Er möchte hier sein, wenn die beiden zurückkommen.«

Die Stimme von Karin Keller war auf einmal scharf wie ein Rasiermesser. »Wie kann er diese Frau noch verteidigen? Nach allem, was sie uns angetan hat? Wir bereiten hier gerade die Beerdigung eines Kindes vor. Wann begreift er das endlich? Ich möchte diese ständigen Verteidigungen dieser Frau nicht mehr hören! Verdammt noch mal, er ist ihr ja geradezu hörig! Was für eine Mutter ist das, die ihre eigenen Kinder ermordet? Da macht er eine teure und zeitaufwendige Ausbildung als Pilot, und kaum dass er Alexa kennenlernt, eröffnet er einen Fahrradladen! Als ausgebildeter Pilot! Nur weil sie schwanger war und wollte, dass er jederzeit nach Hause kommt und sich um die Kinder kümmert. Und dann passt es ihr nicht, als der Laden auf einmal richtig läuft und Erik eben doch viel und oft arbeiten muss. Aber woher sollte das Geld denn kommen, das sie gerne mit vollen Händen ausgegeben hat?«

Ich wand mich auf meinem Stuhl. Ich wünschte, Jasper wäre nicht weggegangen. Auf einmal waren mir die ganzen Emotionen in meinem Haus zu viel.

Karin Keller knetete ihre Finger. »Hast du mal auf Alexas Kanälen geguckt, was da los ist? Alle spucken auf Alexa.«

Sie schien sich nur mit Mühe zusammenreißen zu können.

»Entschuldige bitte mein Benehmen«, sagte sie schließlich. »Aber es ist wirklich eine schwierige Situation für mich. Ich wollte nie die böse Schwiegermutter sein, aber ich habe Erik von Anfang an gesagt, dass Alexa nicht die Richtige für ihn war. Sie war in einem bedauernswerten Zustand, als er sie kennengelernt hat, und ich habe durchaus verstanden, dass sein Herz für sie entbrannte. Sie war eine schöne junge Frau. Aber leider auch sehr durcheinander.

Einen Großteil ihrer Kindheit hat sie im Heim verbracht. Zwischendurch war sie immer mal wieder bei den Eltern, aber es hat wohl nie richtig funktioniert mit ihr. Ich weiß, es wäre netter, wenn man Mitleid mit ihr hätte – und das habe ich auch. Sie ist unschuldig in diesen Kreislauf geraten. Aber leider kommen tatsächlich viele von ihnen später auf die schiefe Bahn. Mehr jedenfalls, als uns sozialromantische Filmemacher dauernd weismachen wollen. Ich habe das im Laufe meiner Berufslaufbahn immer wieder festgestellt.«

Sie strich sich mit beiden Händen das Haar glatt, obwohl es tadellos lag. »Ich weiß, wir lieben die Helden, die sich aus schlechten Zuständen befreien, aus eigener Kraft über sich hinauswachsen, sich selbst an den Haaren aus dem Sumpf ziehen wie Münchhausen. Und Alexa hat das auf ihren Social-Media-Accounts sich und der Welt sehr erfolgreich vorgespielt. Alles war perfekt. Aber wie war das mit Münchhausen? Er war ein Lügner. Alexa hat sich nicht selbst aus dem Sumpf herausgezogen. Erik hat ihr ein Zuhause gegeben, sein ganzes Geld in dieses Haus gesteckt, ihr jeden Wunsch von den Augen abgelesen. Erik hat sich Hals über Kopf in sie verliebt. Das war sein gutes Herz, was ihn da reingezogen hat. Aber in meinen Augen besaß sie bis auf ihr gutes Aussehen nichts, gar nichts. Das meine ich nicht nur materiell. Sie hatte einfach keine Tiefe, nur einen oberflächlichen Charme, mit dem sie die Leute einwickeln konnte, aber über kurz oder lang kamen sie alle dahinter, dass mit ihr etwas nicht stimmte. Deshalb glaube ich, war sie auch erfolgreich in den sozialen Medien. Dort konnte man nicht hinter ihre Maske blicken. Aber die Leute kannten sie nicht so, wie ich sie kannte. Ich hatte immer Angst, dass sie mal etwas tun würde, mit dem ich nicht einverstanden sein würde. Aber nicht einmal ich hätte gedacht, dass sie zu so etwas imstande wäre. Ich habe immer geglaubt, sie würde Erik verlassen, sobald er sie auf eigene Füße gestellt hätte. Und das hat sie ja nun auch getan. Der Erfolg ihres Kanals ist ihr zu Kopf gestiegen. Sie hat eigenes Geld verdient, zum ersten Mal. Wenn jemand in ihrem Alter noch nie im Leben auch nur einen einzigen Erfolg vorweisen kann, ist dieser Erfolg möglicherweise wie eine Droge. Wusstest du, dass Alexa nicht einmal einen anständigen Schulabschluss hatte?«

Ich schüttelte den Kopf. Ich verstand, dass sie wütend war und Dampf ablassen musste. Sie hatte ihre Enkeltochter verloren und vermisste eine weitere. Sie wollte die Familie zusammenhalten, die Kontrolle wiederbekommen, die ihr entglitten war.

Andererseits war sie selbst auch keine makellose Mutter gewesen. Zwar konnte ich mir beim besten Willen nicht vorstellen, dass die klassenbewusste Karin Keller ausgerechnet mit dem Hausmeister ein Verhältnis gehabt hatte, auch wenn sich eine gewisse äußere Übereinstimmung mit Erik nicht verleugnen ließ. Aber dass sie trotz der Gerüchteküche an der Schule niemals den Namen von Eriks Vater preisgegeben hatte, obwohl das Getuschel für ihren Sohn sicher schwer auszuhalten gewesen war, das fand ich zumindest fragwürdig.

Karin Keller zupfte an ihrem Rocksaum.

»Jedenfalls … Alexa war nicht immer so harmlos, wie du vielleicht denken magst, Friederike. Frag mal Kiki von nebenan. Oder die anderen Nachbarinnen, Marit oder Yvonne. Frag alle Leute, die Alexa im Laufe ihres Lebens kennengelernt, mit denen sie sich angefreundet hatte. Und die sie hat fallen lassen wie eine heiße Kartoffel. Auch mit mir hat sie es versucht. Als ich sie kennenlernte, hat sie alles getan, um mich einzuwickeln, hat mich ständig eingeladen, gebacken und gekocht, weil das etwas war, mit dem sie glänzen konnte.

Ich habe den beiden dann beim Kauf des Hauses geholfen, habe mein eigenes Haus dafür beliehen. Aber Alexa war nicht dankbar. Es war von einem auf den anderen Tag absolut vorbei damit, dass sie mich beeindrucken wollte. Als wenn sie es nun nicht mehr nötig hatte, nett zu mir zu sein. Sie hatte gewonnen. Alexa konnte ihren Charme an- und ausknipsen. Und du hast sie nicht erlebt, wenn sie ihn ausgeknipst hat, den Charme. Ich musste es erleben. Erik musste es erleben. Und ich fürchte, ihre eigenen Kinder ebenfalls.«

11

Erik schickte mir eine Nachricht, dass er bei seiner Mutter übernachten würde, die einem Nervenzusammenbruch nahe sei, weil ständig Reporter bei ihr klingelten. Ich schickte ihm den Gästecode für unsere Tür und sagte, er könne jederzeit wieder ins Gästezimmer einziehen.

Ausgerechnet an diesem Tag musste Jasper wieder zurück nach München. Der Gedanke an eine einsame Nacht im leeren Haus machte mich leicht panisch. Gegen meine Gewohnheit bat ich Jasper, zu bleiben, doch er hatte nun mal berufliche Verpflichtungen.

»Ich bin nicht mehr gerne allein im Haus«, sagte ich. »Der Einbruch macht mir immer noch Angst.«

»Ich weiß«, sagte Jasper. »Aber du solltest wirklich ernsthaft die Möglichkeit in Betracht ziehen, dass du den Einbruch geträumt hast. Du bist eingeschlafen, warst völlig erschöpft. Du hast wahrscheinlich Schritte gehört, die noch zu deinem Traum gehörten.«

»Ich habe nicht geträumt.« Meine Stimme war schneidend. Ich versuchte, mich selbst zur Ordnung zu rufen. Jasper wusste nicht, dass ich an dem Abend eine Fehlgeburt erlitten hatte.

»Die Polizei hat nicht den Hauch einer Spur gefunden. Es wurde nicht eingebrochen.«

»Dann hatte eben jemand den Code zu unserer Tür.«

Jasper seufzte. »Den haben wir ja nun geändert. Und die Frage ist immer noch, warum sollte jemand, der zufällig den Code zu unserer Tür hatte – wer sollte das überhaupt sein? –, nachts ins Haus gehen, Licht an- und ausknipsen und dann wieder gehen, ohne irgendetwas mitzunehmen?«

»Wenn ich das wüsste, wäre ich beruhigter. Vielleicht hat die Person kein Geld gesucht.«

»Was dann?«

Ich zuckte mit den Schultern. Die andere Möglichkeit gefiel mir am allerwenigsten: dass der Einbrecher auf der Suche nach mir gewesen war.

»Jedenfalls brauchst du dir keine Sorgen machen. Die Nachbarschaft war noch nie so aufmerksam wie jetzt. Ein Piep aus irgendeinem Haus, und alle stehen Gewehr bei Fuß.«

»Dein Wort in Gottes Ohr.«

Jasper leistete mir noch Gesellschaft bis zum späten Nachmittag, dann musste er aufbrechen.

»Ich komme am Wochenende wieder«, sagte er, als er bemerkte, dass mir wieder die Tränen in die Augen schossen. »Am besten versuchst du auch, ein bisschen zu arbeiten. Das lenkt dich ab.«

»Du hast recht«, sagte ich und versuchte, ein tapferes Gesicht zu machen. »Das ist wahrscheinlich das Beste.«

Kaum hatte Jasper die Haustür ins Schloss fallen lassen, nahm ich mir tatsächlich meine Arbeit vor. Eine Weile schaffte ich es, konzentriert zu arbeiten, bevor meine Gedanken mir entglitten und die Buchstaben anfingen, vor meinen Augen zu verschwimmen.

Meine Fähigkeit, mich über einen längeren Zeitraum auf eine Sache zu konzentrieren, war dahin. Dabei musste ich mich zusammenreißen. Die Nachfolgefrage in der Firma war immer noch nicht entschieden. Ich hätte zu diesem Zeitpunkt eigentlich hundert Prozent fokussiert sein müssen, meine ganze Kraft in die Arbeit stecken, mich positionieren. Doch meine Gedanken schweiften ständig ab.

Nicht nur die Angst im leeren Haus trieb mich um. Auch die Frage nach der Familienplanung war noch nicht beantwortet. Wenn ich Jasper nicht mehr zu einem neuen Versuch würde überreden können, was dann? Konnte ich versuchen, mir die Eizellen ohne Jaspers Wissen einsetzen zu lassen und darauf hoffen, dass er mir verzieh, wenn ich tatsächlich schwanger würde?

Er hatte damals eine generelle Einverständniserklärung in

der Klinik unterschrieben, und ich glaubte nicht, dass er bislang daran gedacht hatte, sie wieder zurückzuziehen. Aber würde unsere Ehe einen solchen Vertrauensbruch überstehen? Oder würde ich mich entscheiden müssen zwischen einem Kind und Jasper?

Ich fühlte ich mich so allein, dass ich einen verhängnisvollen Fehler beging: Ich rief meine Mutter an. Ihr gegenüber hatte ich ein latent schlechtes Gewissen, vor allem wegen des Antrags beim Jugendamt, von dem ich immer noch nicht wusste, wie ich ihn ihr würde beibringen können, falls ich meine leiblichen Eltern tatsächlich fand.

»Ah, die Frau Tochter erinnert sich doch noch an ihre Mutter. Na ja, du hast eben keine Kinder, du weißt nicht, wie das ist, wenn sie einen vergessen«, sagte sie zur Begrüßung.

Ich schluckte. Ich war zu schwach für einen Streit. Sie wusste nichts von meinen Fehlgeburten, ich konnte ihr also keine mangelnde Sensibilität vorwerfen. Außerdem widersprach ich ihr ohnehin nie.

»Stimmt, ich hätte längst anrufen sollen. Entschuldige.«

»Na ja, Einsicht ist der erste Schritt zur Besserung. Wie geht es Jasper?«

»Jasper ist gerade wieder nach München aufgebrochen«, sagte ich deshalb. »Ich fühle mich ziemlich allein. Das Haus ist viel zu groß für eine Person.«

»Warum kaufst du auch so einen riesigen Kasten! Da muss man sich ja verloren fühlen. Ich fand Jaspers Idee von der Stadtwohnung damals ja auch viel gescheiter.«

Eigentlich hatte ich sie spontan einladen wollen, überlegte es mir in diesem Moment aber anders.

»Es ist ein gutes Investment«, sagte ich gequält.

»Ja, wenn man Kinder hat. Aber wer soll das Ding denn erben?«

»Vielleicht bekommen wir ja noch welche.«

»Du hast zu lange gewartet, das habe ich dir schon immer gesagt. Wusstest du, dass die Fruchtbarkeit einer Frau ab 35 nur noch bei sechzehn Prozent liegt?«

»Pro Zyklus, ja. Über ein Jahr hinweg steigt sie immerhin auf zwanzig Prozent.«

»Aber das ist nur noch jede fünfte Frau. Das ist doch wohl keine gute Prognose für eine Schwangerschaft.«

»Wenn das deine Lottochancen wären, würdest du jede Woche spielen, darauf könnte ich wetten.« Meine Stimme klang angespannt.

Ich hörte meine Mutter seufzen. »Ich mache mir nur Sorgen. Aber ihr habt es heute nicht so leicht, das sehe ich schon. Kinder und Karriere, das ist nicht für jeden etwas. Man muss schon etwas opfern.«

Ich schwieg. Sie hatte immer gesagt, ich solle mich auf die Karriere konzentrieren.

Inzwischen aber störte es ausgerechnet sie, dass die Enkel, die im Kreis ihrer Freundinnen überall geboren wurden, bei ihr fehlten.

»Friederike ist eben eine Karrierefrau«, sagte sie gern, aber es klang aus ihrem Mund nicht nett, wenn es überhaupt je nett klang. In dem Wort schwang immer ein Defizit mit. War eine Karrierefrau keine Mutter, dann war sie »nur Karrierefrau« – »nur« Karrieremann hatte ich noch nie gehört. War sie auch Mutter, schwang gleichzeitig mit, dass man wohl kaum Karriere machen und gleichzeitig ein liebevoller Elternteil sein konnte, etwas, was man dagegen jedem Vater ohne Probleme zutraute.

»Und wenn du das Haus einfach wieder verkaufst?«, fragte meine Mutter.

»Das ist nicht so einfach«, sagte ich. »Ich muss mindestens zwei Jahre hier wohnen, sonst muss ich Spekulationssteuer zahlen.«

Außerdem wollte ich gar nicht verkaufen. Ich hatte noch Hoffnung. Jaspers Aufenthalt in München war nicht schön, aber der Vertrag war befristet. Er würde bald zurückkommen.

»Wie dem auch sei, du solltest dich mehr auf deine Ehe konzentrieren. Es ist nicht gut, dass Jasper woanders wohnt als du. Ich mache mir Sorgen.«

»Jasper wohnt hier. Er hat einen Auftrag, wenn er den erledigt hat, kommt er wieder zurück. Außerdem ist er am Wochenende zu Hause.«

»Jetzt ist Wochenende, aber er ist nicht da. Nun ja, er ist ein viel beschäftigter Mann. Er kann ja auch nicht andauernd hin- und herfahren. Fahr du doch mal zu ihm, was meinst du? Entlaste ihn mal ein wenig.«

Was sollte das schon wieder heißen?

»Ich bin auch viel beschäftigt«, sagte ich trotzig.

»Vielleicht ist das euer Problem. Ihr seid zu beschäftigt. Wenn es nicht mal klappt mit Zeit für das Kinderkriegen, wie willst du sie dann erst aufziehen, Friederike! Das ist ein Fulltime-Job. Du müsstest da sowieso karrieremäßig ein bisschen kürzertreten. Als Professor kann Jasper dich und ein Kind doch sicher ernähren.«

»Er ist Dozent, kein Professor«, verbesserte ich, »und ich verdiene mehr als er.«

»Siehst du, jetzt suchst du schon wieder das Haar in der Suppe. So warst du schon immer. Keiner war dir je gut genug. Es ist doch unerheblich, ob jemand Dozent oder Professor ist. Es gibt eben Menschen, die haben neben ihrer Karriere auch noch das Leben im Kopf. Setz nicht immer die Arbeit an erste Stelle!«

Ich nahm einen Wattebausch und zielte auf die Klappe des Wäscheabwurfs. Wenn ich es schaffte, mit dem Wattebausch die Klappe zu bewegen, wäre ich vielleicht eines Tages gut genug. Eine Tochter, die gut genug war. Eine Ehefrau, die gut genug war. Eine Mutter, die gut genug war. Der Wattebausch segelte lautlos durch die Luft und fiel sacht zu Boden, ohne die Klappe zu berühren.

»Und auch wenn es ungerecht ist, viele Männer mögen es nicht, wenn die Frau erfolgreicher ist. Sei da vielleicht mal ein bisschen sensibler.«

Ich schmiss noch einen Wattebausch. Und noch einen. Mit aller Kraft. Ich traf die Wäscheklappe nicht. Inzwischen stellte ich mir vor, wie ich mit Steinen nach meiner Mutter warf.

Bumm! Bumm! Bumm! Dort, wo ich sie traf, platzten blutige Löcher in der Haut auf.

»Ich will nur nicht, dass du einsam bist, wenn ich mal nicht mehr bin. Der Mensch ist nicht zum Alleinsein gemacht.«

Während sie unter dem Steinhagel vor meinem geistigen Auge blutüberströmt zusammenbrach, sagte ich mit leerer Stimme: »Du hast recht, Mama. Es ist schon wieder gut. Mir ist nur mal kurz die Decke auf den Kopf gefallen.«

»Das ist gut. Und versuche mal, einen Kompromiss zu schließen. Mach ihm nicht die ganze Zeit Vorwürfe.«

Wir legten auf. Um mich abzulenken, öffnete ich meinen Laptop und sah nach, was die Menschen auf ihren Kanälen für Kommentare hinterließen.

Inzwischen gab es eine Menge Mutmaßungen über Alexa. Fast alle gingen davon aus, dass sie Celina umgebracht hatte. Als Erklärung war vor allem die »egoistische Monstermutter« beliebt, die entweder mit der ständigen Zurschaustellung eines angeblich perfekten Familienlebens nicht mehr klargekommen war oder die ausgeflippt war, nachdem die Kinder aufmüpfig geworden waren.

Alexa wurde als »Social Media Monster«, »Psychopathin«, »Bösartige Narzisstin«, »Die deutsche Darlie Routier« bezeichnet – und das waren noch die neutralsten Bemerkungen.

Einzelne Stimmen beschuldigten auch Erik: »Leute, wacht auf, es ist immer der Ehemann.« Der Kommentar war zweimal gelikt worden. Einige verdächtigten sogar mich: »Hat eigentlich mal irgendjemand diese Nachbarin überprüft, die einfach in das Haus gestapft ist?« Neun Likes. Das war verglichen mit der »Alexa ist eine bösartige Narzisstin«, dreihundertvierundsiebzig Likes, zwar nicht viel, aber mir brach der Schweiß aus. Hoffentlich weitete sich das nicht aus.

Als es klingelte, klappte ich den Laptop erleichtert zu. Die vielen hasserfüllten Kommentare hatten etwas Zermürbendes.

Vor der Tür standen Harald Blessing und seine Frau Vera. Vera war einen halben Kopf größer als ihr Mann und sah immer wie aus dem Ei gepellt aus. Sie trug schneeweiße Sneakers, Jeans und eine lässige Bluse. Harald war untersetzt, hatte im Gegensatz zu ihr einen kleinen Bauch, aber auch er war der Typ aktiver Rentner. Vera hatte einen grauen Pixie-Haarschnitt, während Haralds Haar sich im Nacken kringelte.

Bis zu jenem schicksalshaften Tag hatten wir nur wenig Kontakt gehabt. Ein kurzer Plausch am Gartenzaun, wenn ich mit Rebecca und Kurt in den Wald spazierte, mehr hatten wir bisher nicht geteilt.

Vera brachte mir ein großes, u-förmiges Kissen mit. »Du brauchst etwas zum Umarmen«, sagte sie. »Vor allem jetzt, wo Jasper wieder weg ist.«

Als ich sie fragend anblickte, sagte sie: »Nun ja, er hat bei uns geklingelt und gesagt, dass du alleine bist. Damit wir uns ein wenig um dich kümmern.«

»Danke«, sagte ich und nahm ihr das Kissen ab. Es sah aus wie ein Stillkissen, weshalb mir sofort wieder Tränen in die Augen stiegen.

Harald verstand das wohl falsch, denn er druckste etwas herum. »Ähm, können wir reinkommen?«, fragte er schließlich.

Wir setzten uns aufs Sofa, und ich wickelte das Kissen um mich.

»Tut mir leid, dass ich mich an diesem Montagmorgen nicht richtig um dich gekümmert hab«, sagte Harald. »Aber auf der Treppe war so viel Blut, und du warst zwar leichenblass, wirktest jedoch ansonsten in Ordnung. Da musste ich Prioritäten setzen.«

Ich winkte ab. »Um Gottes willen, mach dir doch deshalb keine Gedanken.«

»Das sagst du so. Du hattest einen Schock. Ein Schock ist sehr gefährlich, kann sogar lebensbedrohlich sein. Ich weiß ja, dass Leute im Schockzustand nicht mehr richtig reagieren können, habe dich aber trotzdem da unten allein gelassen. Das tut mir leid.«

»Wirklich, mach dir keine Gedanken. Ich bin okay.«

»Stimmt es, dass Erik hier eingezogen ist?«, fragte Vera.

»Eingezogen ist vielleicht etwas zu hoch gegriffen. Er kann jederzeit kommen, wenn er will. Er sagte, er wolle in der Nähe sein, wenn Rebecca zurückkehrt. Aber im Moment ist er zum Beispiel bei seiner Mutter.«

»Hm.« Vera stützte das Kinn in ihre Hand. »Wie wahrscheinlich schätzt die Polizei es denn ein, dass sie Alexa und Rebecca wiederfindet?«

»Nun, die EC-Karte von Alexa ist benutzt worden. Die Geheimnummer kannte nur Alexa, laut Erik. Das gibt Anlass zur Hoffnung.«

»Glaubst du auch, dass Alexa es getan hat?«, fragte Harald. »Ich kann einfach nicht aufhören, darüber nachzudenken. Sie war eine liebe Frau, das hat man doch gemerkt. Sicher, etwas anstrengend mit ihrer ständigen Filmerei, aber ich müsste mich schon sehr, sehr in ihr getäuscht haben.«

»Mich treibt vor allem die Frage um: Wo ist Rebecca? Ist sie bei Alexa? Ist sie in Sicherheit?«, sagte ich.

Harald und Vera nickten unisono.

»Als ich nach oben kam und Erik gefunden habe … Es war … ein schrecklicher Anblick. Celina … Alles war voller Blut.« Harald schüttelte sich.

Ich erinnerte mich an den metallischen Geruch im Flur, der den Chlorgeruch auf der Treppe abgelöst hatte.

»Ich habe noch den Puls gefühlt, aber ich habe keine Wiederbelebung versucht. Wenn ich nur schneller reagiert hätte … vielleicht hätte ich noch etwas tun können …«

»Nein. Unmöglich«, sagte Harald. »Du hättest nichts mehr tun können. Du warst zu spät.«

»Eriks Handy hat sich laut der Polizei erst weit nach Mitternacht ins WLAN eingewählt. Nach Haralds Einschätzung war Celina da bereits seit einiger Zeit … von uns gegangen. Du hattest also keine Chance.« Vera schüttelte den Kopf zur Bekräftigung.

Obwohl mich das hätte trösten sollen, bedeutete es, dass Celina um ihr Leben gekämpft hat, während ich mich zu Hause erst hatte volllaufen lassen und schließlich auf der Fensterbank eingeschlafen war. Wenn ich doch nur etwas gehört hätte! Das Babyphone musste die ganze Zeit eingeschaltet gewesen sein. Es war eine gruselige Vorstellung, aber wenn ich nicht eingeschlafen wäre, hätte ich wahrscheinlich alles mit angehört. Ich hätte die Polizei rufen können.

»Aber eines finde ich merkwürdig. Wir haben drei Arten von Verletzungen. Erstens, Kratzer im Gesicht. Zweitens, stumpfe Gewalt auf den Kopf. Drittens, Messerstiche in den Rücken. Das heißt, die Person, wer immer es war, hat ihn erst gekratzt und dann, vielleicht als er sich über Celinas Bett gebeugt hat, mit einem stumpfen Gegenstand niedergeschlagen und dann auch noch auf ihn eingestochen.«

»So war das wohl.«

»Aber in welcher Hand war dann das Messer? Hat die Person den Gegenstand, mit der sie zugeschlagen hat, fallen lassen, nur um ein Messer zu ziehen? Und warum?«

»Glaubst du, es können zwei Personen gewesen sein? War noch jemand im Hintergrund, den Erik nicht bemerkt hat?«

»Möglich. Und ich gehe davon aus, dass ihm die Verletzungen von einer Frau zugefügt wurden. Erstens: die Kratzspuren. Männer kratzen eher selten nach meiner Erfahrung. Zweitens: Der Schlag auf den Kopf hat Erik zwar eine Platzwunde beschert – und Kopfwunden bluten sehr stark –, aber der Schädelknochen war intakt. Und drittens: Die Stiche waren nicht so tief, sprich mit einer geringen Kraft ausgeführt. Es könnte natürlich auch eine fremde Frau gewesen sein, aber mal ehrlich: Wie wahrscheinlich ist das? Bleibt nur Alexa, auch wenn mir das nicht in den Kopf will. Nehmen wir trotzdem mal an, dass es Alexa war. Man könnte sich zum Beispiel vorstellen, dass Erik ins Zimmer kommt und Alexa vorfindet, die gerade ihrer Tochter ein Kissen auf das Gesicht drückt. Erik stürzt auf sie zu, Alexa kratzt ihm ins Gesicht. Er steht unter Schock, vielleicht sieht er Celina im Bett, sie ist blau im Gesicht. Instinktiv greift er nach seiner Tochter, zieht sie hoch. Als er Celina im Arm hält, kracht ihm von hinten etwas auf den Schädel, er bricht zusammen.«

Mich überlief eine Gänsehaut. Die Vorstellung, wie der arme Erik sein eigenes Kind tot aufgefunden hatte, verursachte mir Übelkeit. Ich schmeckte wieder den sauren Marmeladentoast im Mund.

»Aber wo kommt das Messer her?«, fragte ich. »Wenn sie ein Messer gehabt hat, warum hat sie ihm dann erst etwas über den Schädel gehauen?«

»Vielleicht ist sie in die Küche gelaufen, um das Messer zu holen«, sagte Vera. »Weil sie gedacht hat, jetzt muss sie Erik endgültig erledigen.«

»Ich hätte erst noch einmal zugeschlagen«, sagte ich. »Erik war benommen und hat geblutet, aber er hat sich ja noch bewegt. Es gab Blutspuren in der gesamten oberen Etage.«

Meine Gedanken ratterten weiter zu dem Punkt, an den ich auch damals als Erstes gelangt war: Wo war Rebecca? Wieder versuchte ich, Rebeccas Fluchtweg zu rekonstruieren.

Wo war sie in diesem Szenario? War sie aufgewacht, vielleicht vom Schrei ihres Vaters? Hatte sie begreifen können, was dort vor sich ging? War sie weggerannt? Oder war sie, ganz im Gegenteil, zu ihrer Schwester ins Zimmer gerannt, verzweifelt, hatte sich zu ihrem Vater gekniet, der verletzt am Boden lag?

War Alexa in einer Art Blutrausch oder einer Phase des Wahnsinns – eine andere Erklärung hatte ich nicht – in die Küche gerannt, hatte das Messer geholt, war wieder nach oben gelaufen und hatte auf den am Boden liegenden Erik eingestochen?

Vielleicht hatte Rebecca den Streit auch verschlafen, falls die Auseinandersetzung halbwegs geräuschlos vonstattengegangen war. Wenn Erik von dem Angriff vollkommen überrascht wurde, war das eine Möglichkeit. Dann konnte es sein, dass Alexa sich nach dem Niederschlagen von Erik überlegt hatte, was sie nun tun sollte.

Warum auch immer sie Celina aus dem Weg haben wollte – alles in mir sträubte sich bei dem Gedanken, dass sie das wirklich gewollt haben könnte –, sie musste begriffen haben, dass Celina tot und Erik verletzt war. Dass es kein Zurück gab. Vielleicht war sie nach einer Weile des Nachdenkens in die Küche gegangen, hatte ein Messer geholt und dann auf Erik eingestochen, während er am Boden auf seiner toten Tochter lag.

Aber was war dann passiert?

Wenn Alexa aus irgendeinem Grund so verzweifelt gewesen war, dass sie keinen anderen Ausweg als den Tod sah, hätte sie ihre Kinder dann ebenfalls getötet?

»Was hat Alexa von euch gewollt? Als sie angerufen hat? Ihr wart die letzte Nummer im Telefon.«

»Sie war am Nachmittag bei uns und hat sich mein Handy geliehen«, sagte Vera. »Das hat sie manchmal gemacht. Sie sagte, Erik wollte nicht, dass sie Kontakt zu ihrer Mutter habe und ob sie von uns telefonieren dürfe. Ich wollte mich nicht in ihre Angelegenheit mischen und habe ihr immer mein Handy geliehen. Allerdings hat sie alle Anrufe gelöscht, die sie über WhatsApp geführt hat. Die Polizei hat mein Telefon überprüft.«

»Es hat nach Chlor gerochen«, fiel mir ein.

Harald betrachtete mich besorgt.

»Auf der Treppe. Da hat es nach Chlor gerochen.«

»Daran erinnere ich mich nicht.«

»Weil du die Treppe hochgerannt bist. Ich bin vorsichtig geschlichen. Es roch eindeutig nach Chlor. Nicht sehr stark, aber wahrnehmbar.«

»Nun, mit Chlor kann man DNA-Spuren beseitigen. Es ist allerdings unwahrscheinlich, dass man dabei wirklich alle erwischt. DNA bleibt überall haften, nicht nur auf dem Boden.«

»Für Alexa würde es keinen Sinn machen, DNA zu beseitigen«, sagte ich. »Jeder würde erwarten, dass ihre DNA in ihrem eigenen Haus vorhanden ist.«

»Vielleicht hatte einfach jemand die Treppe gewischt an dem Tag?«

»Das ist gut möglich, Alexa hatte einen Reinlichkeitsfimmel. Aber nehmen wir mal an, sie wollte sich und ihre Kinder umbringen. Wer würde dann vorher noch das Haus wischen? Dasselbe gilt für den Fall, dass sie fliehen wollte. Warum vorher putzen? Deutet das nicht darauf hin, dass jemand Fremdes im Haus gewesen ist?«

»Tja, das ist eine schwere Frage. Ausgeschlossen ist es nicht.« Vera klopfte mir mit der Hand auf das Knie, als wolle sie mich beruhigen.

Allerdings erreichte sie damit genau das Gegenteil, denn erst da fiel mir auf, dass eine Fremde bedeutete, dass die Person zurückkommen konnte. Ich erinnerte mich mit einem Schauder an die Nacht in der Badewanne.

Und ausgerechnet heute Nacht war ich mutterseelenallein im Haus. Ich beschloss, nachher alle Rollläden zu schließen und mit dem Telefon in der Hand zu schlafen.

12

Als Erik etwa zwei Wochen bei uns wohnte, tauchten neue Gerüchte im Internet auf.

Hatte man dort bisher lediglich Alexa auf das Schlimmste beschimpft, so sorgte jetzt ein anonymer Kommentar für Aufregung, der zeitgleich in diversen Foren auftauchte und sich innerhalb eines einzigen Tages wie ein Lauffeuer verbreitete. Inzwischen hatte ich alle TikTok-, YouTube- und Instagram-Kanäle abonniert, die sich mit den Morden beschäftigten, und so hatte es nicht lange gedauert, bis ich über diese Überschrift stolperte: »Der Ehemann hat eine Geliebte.«

Das konnte natürlich jeder behaupten und war in meinen Augen nicht sehr glaubwürdig. Die Hartnäckigkeit allerdings, mit der jemand diese Behauptung in Dutzenden von Foren an einem einzigen Tag veröffentlichte, beunruhigte mich.

Schnell bildete sich eine Gruppe, die vor allem aus statistischer Sicht argumentierte: »Jeden dritten Tag wird in Deutschland eine Frau durch ihren Partner oder Ex-Partner getötet«, »Feminizid is real« und in der Konsequenz den »untreuen Erik« verdächtigte.

Eriks Fangemeinde eilte ihm sofort zu Hilfe. Bei dem Gerücht handele es sich um typisches »victim blaming«. »Habt ihr kein Mitleid mit einem trauernden Vater«, »Lasst die Familie in Ruhe«, »Sucht lieber Rebecca«.

Die Diskussionen im Internet waren absurd, weil alle nur eine bereits vorgefertigte Meinung unters Volk brachten und auch niemand dem anderen zuhörte, außerdem war eh alles reine Spekulation. Ich konnte weder der einen noch der anderen Seite etwas abgewinnen, trotzdem blieb die Bemerkung, dass Erik untreu gewesen sein sollte, in meinem Hinterkopf.

Warum war Erik erst so spät in der Nacht nach Hause gekommen? War es glaubwürdig, dass er so lange gearbeitet hatte? Bis fast Mitternacht? Ausgerechnet an diesem Abend? War es nicht möglich, dass er Damenbesuch im Laden gehabt hatte?

Das war das Problem mit Gerüchten. Sie blieben haften.

Am selben Tag postierten sich wieder einige Reporter in unserer Straße. Als ich abends in meine Einfahrt einbog, blitzte es um mich herum. Geschrei drang durch das Autofenster.

»Sind Sie sicher, dass Erik nicht weiß, wo seine Frau und seine Tochter sind?«

»Hat er vielleicht doch mit dem Verschwinden zu tun?«

»Sind Sie die Geliebte von Erik Keller?«

Oh mein Gott. Hoffentlich glaubte das niemand. Jasper. Die Nachbarn. Oder noch schlimmer: meine Mutter.

Ich fuhr direkt in die Garage, ließ krachend das Tor herunter und verschwand im Haus.

Kaum hatte sich diese Nachricht verbreitet, tauchten immer mehr wilde Theorien auf. Sie schienen sich gegenseitig zu befeuern. Kaum dass jemand eine Idee hatte, was wirklich geschehen sein könnte, kam die nächste um die Ecke. Sie hatten nur eines gemeinsam: Sie waren allesamt absurd.

Außer einer Geliebten hatte Erik angeblich auch einen geheimen Keller und war Mitglied einer weltweit agierenden satanischen Sekte. Es wurden sogar ein Zusammenhang von diversen Messebesuchen in unterschiedlichen Städten und dem Aufenthalt von angeblichen Mitgliedern dieser Sekte hergestellt.

Erik fragte mich um Rat, doch rechtlich waren diese Social-Media-Verschwörungen schwierig anzufechten. Sie wurden in der Regel mit »dies ist nur meine eigene Meinung« deklariert und waren somit schwer zu verbieten.

Obwohl die Polizei einen Zusammenhang mit den Verschwörungstheorien bestritt, rückte kurz nach dem Verdacht des geheimen Kellers – Amateurdetektive nannten ihn »Kellers Keller« – erneut eine Suchmannschaft an, die jeden Zentimeter der Betonwand abklopfte und nach Unregelmäßigkeiten untersuchte. Es wurde nichts gefunden, trotzdem blieb das Haus immer noch versiegelt. Erik wurde immer angespannter. Er wollte wieder nach Hause.

Nach der Schmierkampagne im Internet gegen Erik zogen Reporter durch die Siedlung, gingen wieder von Tür zu Tür und stellten Fragen.

Ich fand es unerträglich. Erik hatte seine Familie, sein Haus und einen Großteil seiner Arbeit verloren, denn viele Menschen mieden auf einmal seinen Laden, als habe Erik eine ansteckende Krankheit.

Wir, die Nachbarn und Gemeinschaft in der Weißdornsiedlung, waren außer seiner Mutter mit einem Mal sein letztes Rettungsnetz.

Eines Abends fand ich ihn im Wohnzimmer sitzend. Auf dem Couchtisch stand mein privater Laptop – ich hatte ihn ihm zur Verfügung gestellt, da sämtliche Computer aus seinem Haus beschlagnahmt worden waren –, und er sah sich mit zusammengepressten Lippen die Verschwörungstheorien an.

»Es ist meine Schuld, sagen sie.«

Ich schüttete uns beiden ein Glas Gin ein, ging zu ihm und klappte den Laptop zu.

»Schau dir so was nicht an«, sagte ich. »Du wirst nur verrückt.«

»Und was glaubst du? Dass ich etwas damit zu tun habe?«

Ich hatte Erik beim Grillen, beim Toben im Garten und auf dem Spielplatz mit seinen Töchtern gesehen. Man buk keine Sandtörtchen mit seinem Kind im Matsch, nur um es Stunden später zu ermorden.

»Aber nein«, sagte ich und griff nach seiner Hand.

Er reagierte mit einem beinahe verzweifelten Gegendruck, seine Fingerknöchel traten weiß hervor.

Die Vorstellung, dass ihn jemand nach dem Tod des eigenen Kindes auch noch angriff, zerriss mir das Herz.

Dies galt allerdings genauso für Alexa. Auch Alexa hatte sich an jenem Tag um ihre Töchter gekümmert, sie war mit ihnen auf das Nachbarschaftsfest gegangen und hatte sie ins Bett gebracht. Sie hatte wahrscheinlich Celina eine Milchflasche gemacht und Rebecca eine Geschichte vorgelesen, es hatte jedenfalls ein Märchenbuch neben Rebeccas Bett gelegen.

Doch Erik war spät nach Hause gekommen, wahrscheinlich erst, als Celina bereits tot gewesen war. Sein Telefon hatte sich um 12.32 Uhr ins WLAN eingewählt.

Und er war verletzt worden. Jemand hatte ihn angegriffen. Laut Gutachter hatte Erik sich die Verletzungen nicht selbst beibringen können. Niemand konnte sich selbst in den Rücken stechen. Auch der Schlag auf den Kopf war von hinten ausgeführt worden, wahrscheinlich mit einer Taschenlampe oder einem ähnlichem Gegenstand, außerdem von einer Person, die kleiner als er selbst war.

Wie ich es auch drehte und wendete, es sprach nicht wirklich etwas gegen ihn. Die Anonymität im Internet erlaubte es jedem, Gerüchte in die Welt zu setzen, ohne dafür mit Konsequenzen rechnen zu müssen. Das brachte nicht gerade das Beste im Menschen zum Vorschein.

»Aber du hast die Person in dem Zimmer nicht erkannt, nicht wahr? Das hast du doch ausgesagt.«

»Ich habe gesagt, ich weiß es nicht. Ich kann mich gar nicht richtig an alles erinnern. Es ist wie ein riesengroßes Loch in meinem Hirn! Trotzdem habe ich die ganze Zeit versucht, der Polizei Antworten zu geben. Glaubst du, ich weiß nicht, dass ich verdächtigt werde? Es ist immer der Ehemann, nicht wahr? Glaubst du, ich weiß nicht, wie schlecht es für mich aussieht, wenn ich einfach nur sage, ich erinnere mich nicht? Aber was soll man denn sagen, wenn man sich wirklich nicht erinnert?«

»Eine Stalkerin, die in euer Haus eingebrochen ist, würde jedenfalls erklären, warum die Treppe mit Chlor gewischt wurde.«

Erik sah mich hoffnungsvoll an. »Ja, oder? Leider bekomme ich keinerlei Informationen, was Erkenntnisse oder Ermittlungsansätze angeht. Krupp bestellt mich zwar immer wieder gerne mal zur Zeugenvernehmung, wo ich wieder und wieder dieselbe Geschichte erzählen muss, aber er selbst hält sich mit Informationen sehr zurück. Ich habe ihm von Alexas Stalker erzählt, aber er hat mir nicht gesagt, was er nun mit diesen Hinweisen anfängt. Glaubst du denn, die Polizei ermittelt auch in diese Richtung?«

»Da bin ich sogar sicher. Sie werden uns allerdings kaum mitteilen, was sie alles herausfinden. Die Polizei hält immer Informationen zurück, um zum Beispiel später falsche Geständnisse entlarven zu können.«

»Warum sollte jemand ein falsches Geständnis ablegen?«

»Das kommt viel häufiger vor, als man so meint. Zum Beispiel, weil sie den Druck bei einer Vernehmung nicht mehr aushalten. Oder weil sie jemanden schützen wollen. Jemand, den sie lieben.«

Auf einmal fiel mir auf, dass ich immer noch Eriks Hand hielt. Schnell ließ ich sie los. Ein leichter Schweißfilm hatte sich dort gebildet, wo wir uns im wahrsten Sinne aneinandergeklammert hatten.

Ich fuhr verstohlen über den Stoff der Sofalehne, als wolle ich ein Beweismittel vernichten.

»Aber die Theorie der Stalkerin erklärt längst nicht alles«, sagte ich. »Wo ist Rebecca? Und wo ist Alexa?«

»Eine Entführung?«, sagte Erik. »Auch wenn ich nicht verstehe, warum man Rebecca und Alexa entführen sollte. Und wohin?«

»Nun, ein krankes Hirn produziert nicht unbedingt logische Handlungen. Aber die andere Frage ist, wo ist Alexas Auto? Ihre Handtasche? Wo ist ihr Handy? Warum sollte jemand diese Dinge mitnehmen?«

»Also Geld abheben konnte sie ja nur, wenn Alexa ihr die PIN-Nummer verraten hat. Aber eine erwachsene Frau und ein Kind festhalten, nur um einmal tausend Euro abzuheben? Das erscheint mir auch nicht logisch. Wenn jemand aber einen ungeheuren Hass auf Alexa gehabt hätte, warum auch immer? Vielleicht jemand aus ihrer Vergangenheit. Vielleicht einfach nur ein kranker Mensch, der sie über ihre Social-Media-Kanäle beobachtet hat. Könnte man sich dann vorstellen, dass dieser Mensch die beiden irgendwo festhält?«

»Vielleicht. Es klingt aber irgendwie auch nicht richtig wahrscheinlich, oder?«, sagte ich. »Wie hätte die Person – erst recht, wenn es eine andere Frau war – es geschafft, Alexa und Rebecca ohne Widerstand aus dem Haus zu bekommen?«

»Ich habe keine Ahnung. Ich weiß nur, dass ich sehr überrascht war, wozu Frauen alles in der Lage sind.«

»Was meinst du damit?«

»Zum Beispiel meine Exfreundin. Sie hat mir Baumstämme vor und hinter mein Auto gerollt, sodass ich nicht ausparken konnte. Die Stämme waren so schwer, dass ich sie nicht bewegen konnte. Keine Ahnung, wie sie die da hinbekommen hat.«

Erik rieb sich mit beiden Händen durchs Gesicht. Die Kratzspuren waren inzwischen kaum noch zu sehen, doch in diesem Moment leuchteten sie auf, vier schmale rosa Striche quer über das Gesicht. Mir fielen wieder Alexas lange Fingernägel ein.

»Wie bist du denn an so eine Frau geraten?«

»Am Anfang war alles großartig. Wir arbeiteten beide ehrenamtlich im Tierheim. Wir waren beide vernarrt in Tiere, gingen zusammen mit den Hunden spazieren. Sie himmelte mich an, ich war geschmeichelt. Wir hatten eine gute Zeit. Allerdings nur kurz. Sie konnte es nicht ertragen, wenn ich mich mit jemand anderem verabredete. Ich sollte nur ihr gehören. Es wurde immer schlimmer. Selbst Fahrradfahren wurde zum Problem. Aber erst als ich mich schließlich trennte, wurde es richtig gravierend. Es war egal, wo ich war, sie tauchte überall auf. Mein Auto wurde mehrfach zerkratzt, mein Fahrrad demoliert, meine Wohnungstür beschmiert. Irgendwann habe ich angefangen, Fotos von allem zu machen, um das Ganze zu dokumentieren. Zum Glück, dadurch bekam ich dann irgendwann eine einstweilige Verfügung gegen sie durch.«

»Kann sie hier wieder aufgetaucht sein?«

»Das glaub ich nicht. Ich habe sie fast zehn Jahre nicht gesehen. So lange hält sie ihre Wut sicher nicht aufrecht.«

Es kam mir auch unwahrscheinlich vor. Wahrscheinlicher war, dass Karin Kellers Theorie stimmte, dass Erik einen Hang zu den falschen Frauen hatte. Auch Alexa hatte schließlich einige merkwürdige Verhaltensweisen an den Tag gelegt. Die geheimnisvollen mittäglichen Ausflüge oder die Tatsache, dass sie sich das Telefon von einer Nachbarin auslieh, mit der sie sonst eigentlich nichts verband.

»Erik«, begann ich vorsichtig und zupfte einen Faden von meiner Bluse. »Ist es möglich, dass Alexa dich verlassen wollte? Vielleicht ohne dass du davon wusstest? Kannst du dir das vorstellen? Vielleicht wollte sie ausbrechen aus ihrem Leben?«

Erik starrte mich entsetzt an. »Warum … warum sollte sie das tun wollen?«

»Weiß ich auch nicht. Vielleicht haben die Geister der Vergangenheit sie wieder eingeholt. Deine Mutter hat mir erzählt, dass sie keine leichte Kindheit hatte.«

»Was soll das mit ihrem Verschwinden zu tun haben?«

Ich schwieg. Mir war klar, dass ich um den heißen Brei herumredete. Alexa hatte mich mehrfach gebeten, mittags auf die Mädchen aufzupassen. Ich hatte keine Ahnung, wo sie in der Zeit gewesen war. Allerdings war mir aufgefallen, dass sie nicht mit Einkaufstüten zurückkam, wenn sie gesagt hatte, dass sie einkaufen musste.

Erik starrte mich an.

»Kannst du dir vorstellen … Hatte sie vielleicht eine Affäre?«

»Das ist absurd«, sagte er.

»Im Netz gibt es auch Gerüchte. Über dich. Und eine andere Frau. Kann es sein, dass da was dran ist?«

Erik sah angestrengt auf den Tisch und presste die Hände wie zum Gebet zusammen. Er schien sich mit aller Kraft zusammenzureißen. Ich sah, wie seine Kiefermuskeln mahlten. Hatte ich ins Schwarze getroffen?

»Ist es nicht merkwürdig, Friederike«, sagte er schließlich,

»wie sehr wir manchmal unsere eigenen Probleme zu denen der anderen machen?«

Er stand auf und ging nach oben.

Ich blieb ratlos auf dem Sofa sitzen. Was hatte er damit gemeint?

Mir fiel ein, wie ich eben seine Hand festgehalten hatte. Hatte er etwa gedacht, ich wolle mit ihm flirten? In dieser Situation? Mein Gesicht wurde heiß. Das musste ich unbedingt mit ihm klären, dass ich das so nicht gemeint hatte. Aber wie machte man das, ohne dass es erst recht merkwürdig aussah? Oder fühlte ich mich mehr zu ihm hingezogen, als ich sollte?

Tatsächlich hatte Erik seit dem Unglück auf tragische Art an Attraktivität gewonnen, was man an der stetig wachsenden Fangemeinde an Frauen ja auch bemerken konnte. Wahrscheinlich hatte er ein paar Kilo abgenommen, jedenfalls hatte sein Gesicht mehr Kontur bekommen, die Knochen in seinem Gesicht traten stärker hervor, er rasierte sich nur noch alle paar Tage und wirkte dadurch wilder, männlicher. Er ging viel Fahrrad fahren, machte Sport, um Adrenalin abzubauen, sonst konnte er überhaupt nicht mehr schlafen.

Seine braunen Augen schienen einen ganzen Ton dunkler geworden zu sein, als würde die Trauer ihn von innen heraus verdüstern. So tragisch es war, er sah besser aus als je zuvor.

Jedenfalls fühlte ich mich durch Eriks Bemerkung auf unbestimmte Art schuldig. Vielleicht aus diesem Gefühl der Schuld heraus, von dem ich nicht genau wusste, ob es berechtigt war, klickte ich schließlich Alexas YouTube-Kanal an. Ich nahm mir die neuesten Videos vor. Diesmal sah ich ihr nicht beim Backen oder Aufräumen zu, sondern las ältere Kommentare.

Die meisten waren nett. Ich verstand, warum Alexa die Kommentarfunktion so mochte. Sie bekam viel Lob. »Deine Torten sind die schönsten«, »Dein Rezept hat die ganze Familie begeistert«, »Es ist toll, wie gut gelaunt du den Familienalltag meisterst«, »Du siehst mal wieda hamma aus, cutie« und so weiter.

Alexa hatte bis kurz vor ihrem Verschwinden fast allen eine Antwort geschrieben, oft nur wenige Worte, aber sie hatte sich Mühe gegeben, jeden zu beachten.

Selbst auf einen Eintrag, der lediglich »Zehn« lautete, hatte sie mit einem strahlenden Emoji reagiert, obwohl ich nicht verstand, was das bedeuten sollte. Die Beleidigungen, die Erik so beunruhigten, waren inzwischen gelöscht worden.

Allerdings ergab eine kurze Recherche meinerseits, dass beinahe jeder Kanal auch sogenannte »hater« im Gefolge hatte. Selbst ein Lehrer, der lediglich Mathematikaufgaben erklärte und persönlich gar nie in den Videos auftauchte – ein emotionsloseres Thema als das Erklären der schriftlichen Multiplikation konnte ich mir einfach nicht vorstellen – berichtete von durchgängig fünf Prozent Hasskommentaren auf seinen Kanälen.

Was waren das für Menschen, denen es etwas brachte, wenn sie Gift und Galle spuckten, so unsinnig es bei Mathematikerklärungen auch erschien? Da bot eine Mutter, die ihr Familienleben veröffentlichte, eine weitaus größere Angriffsfläche.

Ich stöberte durch alle Kanäle von Alexa, sah mir mehrere Videos an, las die Kommentare.

Unter einem Instagram-Post von Alexa fand ich die Bemerkung »Sechs!«, was in meinen Augen nicht recht zum Inhalt des kurzen Posts passte, denn Alexa hatte lediglich ein Foto aus dem Garten gepostet, auf dem sie einen ihrer großen Standblumentöpfe bepflanzte. Darunter stand: »Blumen von alter Freundin«, gefolgt von einem strahlenden Emoji.

Ich suchte weiter, machte mir Notizen. Fast auf jedem Kanal gab es eine Zahl. Ich sprang von Alexas YouTube-Videos zu ihrem Instagram, dann zu ihrem Twitter-Account und zu Facebook. Am Ende hatte ich diverse Zahlen gefunden.

Alexa hatte die niedrigeren Zahlen mit einem weinenden Emoji und die höheren mit einem »Daumen hoch« oder einem lachenden Emoji kommentiert. Sie schien die Zahlen als eine Art Note auf einer Zehn-Punkte-Skala zu interpretieren.

Was mir bei der Beurteilung allerdings merkwürdig erschien, war, dass jede Note nur genau einmal vergeben worden war. Wer ihr die Zahlen-Kommentare schickte, ließ sich nicht ermitteln. Namen bedeuten in der Welt des Internets nichts, jeder kann sich nennen, wie er will und so viele Accounts eröffnen, wie es ihm passt. Und doch fiel mir auf, dass alle Zahlen von ein und derselben Person gepostet worden waren, die sich im Netz »Aimée« nannte.

Der Name war hübsch, fand ich und beschloss, ihn in meinem Namensbuch mit einem Plus zu versehen.

Womit ich allerdings der Bedeutung der Zahlenreihe keinen Deut näher gekommen war.

13

Erik zog nun doch zu seiner Mutter. Er wollte die Freundschaft, die wir inzwischen geschlossen hatten, nicht gefährden, sagte er zum Abschied, was ich ähnlich rätselhaft fand wie die Bemerkung, dass wir unsere eigenen Fehler den anderen vorwarfen. Weder hatte ich eine Affäre, noch strebte ich eine an, auch wenn ich seine Hand gehalten hatte. Er interpretierte mein Verhalten falsch.

Aber das konnte ich ihm nicht verdenken. Die Frauen da draußen belagerten ihn geradezu. Er bekam Liebesbriefe von Wildfremden, sie schickten ihm sogar Fotos in Bikinis. Vielleicht fühlte er sich langsam, aber sicher von einem Haufen Verrückter verfolgt.

Dass die Rechtsmedizin Celina freigab, erfuhr ich von Ulrich Krupp, nicht von Erik. Erik schickte uns aber eine Einladung zur Beerdigung und bat Jasper, zusammen mit drei anderen Nachbarn, als Sargträger zu fungieren, was er ihm natürlich nicht abschlagen konnte.

Die Tatsache, dass er Celinas Sarg mittragen sollte, erschreckte Jasper aber mehr, als dass er sich geehrt fühlte.

»Ich bin nicht einmal mit denen verwandt. Das kann ich doch nicht machen«, sagte er, aber ich war da anderer Meinung.

»Wir sind hier quasi eine Dorfgemeinschaft, und im Dorf ist es üblich, dass die Nachbarn den Sarg tragen.«

Schließlich fügte Jasper sich, auch, weil die anderen drei sofort zusagten.

Am Tag von Celinas Beerdigung strahlte der Himmel wie aus einem Bilderbuch, tiefblau mit hingetupften weißen Wattewolken.

Ulrich Krupp hatte Erik gebeten, auf eine kleine Feier im Familienkreis zu verzichten. Die Polizei wollte die gesamte Trauerfeier mit Kameras aufzeichnen und möglichst vielen Menschen die Möglichkeit geben, scheinbar unbemerkt auf dem Begräbnis aufzutauchen, in der Hoffnung, dass sich jemand verdächtig verhielt.

Die Kirche platzte aus allen Nähten, die wenigsten Trauergäste hatte ich je zuvor gesehen und Celina wahrscheinlich auch nicht. Wieso kamen so viele Menschen freiwillig zur Beerdigung eines Kindes, das sie nicht einmal gekannt hatten?

Beim Anblick des kleinen weißen Sarges in der Mitte des Altars wurde mir so speiübel, als ob mein Körper sich an den Moment erinnerte, als ich Celina gefunden hatte. Jasper griff nach meinem Arm, als er merkte, dass mir die Knie wegsackten.

Ich entdeckte Kiki und Anni auf einer bereits voll besetzten Kirchenbank, aber Anni rückte ein Stück zur Seite, sodass ich mich neben ihr am äußeren Ende niederlassen konnte. Jasper ging weiter nach vorn und trat zu den anderen Nachbarn, die den Sarg tragen würden.

Anni sah mich aufmerksam von der Seite an und obwohl wir uns nicht besonders gut kannten, legte sie mir während der Rede des Pfarrers ihre Hand in meinen Schoß. Ich zögerte einen Moment ob der doch recht intimen Geste, aber Anni war sieben Jahre alt und brauchte Trost, und so ergriff ich sie. Erst später, als Anni meine Hand immer wieder drückte, wurde mir klar, dass sie in Wirklichkeit mich tröstete.

Von der Trauerrede bekam ich nicht viel mit. Eine Weile versuchte ich, einen Überblick über all die Menschen zu bekommen, vielleicht eine fremde Person auszumachen, die sich verdächtig verhielt, doch es waren zu viele. So wartete ich einfach das Ende des Gottesdienstes ab.

Schließlich hievten Jasper und drei andere Männer – Harald Blessing, Annis Vater Ulf und Sebastian Tiede, der Nachbar zur Linken von Erik – den kleinen Sarg auf ihre Schultern. Gemeinsam traten sie den traurigen Weg zur Grabstelle von

Celina an. Erik und seine Mutter liefen direkt hinter dem Sarg her, und die anderen reihten sich anschließend langsam ein.

Der Friedhof lag nicht weit von der Kirche entfernt, und so gingen wir – unter den wachsamen Augen der Polizei, die sich in Zivil auch unter die Leute gemischt hatte, und einiger Fotografen, die den Trauerzug ablichteten – langsam zum Grab.

Kiki, die auf dem Weg nach draußen eine Bekannte traf und kurz stehen blieb, um sie zu begrüßen, wurde von der nachströmenden Masse zurückgedrängt. Ich machte ihr über die Köpfe hinweg ein Zeichen, dass Anni bei mir war und ich mit ihr weitergehen würde, denn Anni hatte meine Hand die ganze Zeit nicht mehr losgelassen.

Es war ein stiller, gedrückter Marsch. Wir liefen unter blühenden Magnolienbäumen entlang, und ich fragte mich, ob außer mir noch jemand über deren schamlose Pracht wütend war. Am liebsten hätte ich die Blüten von den Bäumen geschüttelt.

Am Wegesrand blühten zu allem Überfluss Hunderte und Aberhunderte Narzissen, ein dichtes gelbes Band, das sich bis zur offenen Grabstelle zog, als leuchteten sie dem kleinen Sarg den Weg bis zu seiner letzten Ruhestätte. Die Wiese vor der ausgehobenen Grube war sattgrün und übersät mit Gänseblümchen.

Die Natur konnte so grausam sein, dachte ich, Schönheit hatte hier nichts verloren. Nicht heute. Nicht in einem solchen Augenblick. Während der Pfarrer am offenen Grab noch ein paar Worte sprach, ließ Anni meine Hand los und trat einen Schritt zur Seite auf die Wiese. Meine Hand fühlte sich ohne ihre auf einmal kalt an.

Anni hockte sich auf die Wiese und pflückte einen ganzen Strauß voller Gänseblümchen, bis Kiki ihr aus der hinteren Reihe mit einer ungeduldigen Handbewegung zu verstehen gab, dass sie sich wieder in die Schlange einreihen sollte. Anni quetschte sich neben mich, drückte die kleinen Stängel an sich.

»Für Celina«, sagte sie.

»Die sind sehr schön«, flüsterte ich.

»Damit kann man ›er liebt mich‹ spielen«, sagte Anni laut in die Rede des Pfarrers hinein und rupfte einem Gänseblümchen zur Demonstration ein Blütenblatt ab. Dabei schob sie ihre Zunge zwischen die Lippen, so sehr konzentrierte sie sich.

Die Schlange der Trauernden wand sich den ganzen Weg entlang, bis um die Ecke zu der altmodischen Wasserpumpe, die neben einem Metallkorb für Blumenabfall in die Erde eingelassen war. Die Plastikgießkanne unter der Pumpe hatte jemand umgeworfen, so sehr drängelten sich die Menschen.

Ich hätte gern gewusst, wie viele von ihnen Celina wirklich gekannt hatten. Die wenigsten, darauf hätte ich gewettet. Doch was taten sie hier? War das wirkliche Anteilnahme? Neugier? Oder doch wegen Erik? Zumindest waren eindeutig mehr Frauen anwesend.

Erik sah in seinem schwarzen Anzug, dem weißen Hemd und dem dunklen Schatten auf seinem Kinn besser aus als je zuvor. Sein Teint war blasser, was die Augen dunkler erscheinen ließ und die sonst etwas zu runden Wangen, die ihm früher einen leicht verwöhnten Eindruck verliehen hatten, wirkten nun, da sie eingefallen waren, markanter. Die Natur konnte grausam sein, dachte ich zum zweiten Mal, auch diese Schönheit hatte hier nichts zu suchen.

Jasper und die anderen Männer hatten sich an den Rand zurückgezogen. Der Sarg wurde nicht von den Nachbarn, sondern von professionellen Sargträgern hinabgelassen, so wollte es die Friedhofsvorschrift.

Als Celina in der Erde verschwand, schloss ich die Augen. Erik stand am Fuße des Grabes, warf eine Rose hinunter, nahm eine Schaufel mit Erde. Mit hängendem Kopf stand er dort, wischte sich immer wieder das Gesicht mit einem Taschentuch ab, seine Schultern zuckten.

Karin trat zu ihm, legte den Arm um ihn, und so standen die beiden sehr lange am Grab, umringt von Hunderten von Menschen und doch mutterseelenallein. Sie standen dort, als habe die Zeit jede Bedeutung für sie verloren.

Nach einer Weile machte sich unter den Leuten eine gewisse Unruhe breit, als der Pfarrer die Situation schließlich auflöste, indem er zu den beiden trat und Erik die Hand reichte. Endlich trat Erik zur Seite.

Nach und nach setzte sich der Trauerzug wieder in Bewegung. Annis weiche Hand schob sich wieder beruhigend in meine, und so gingen wir Hand in Hand, bis wir an der Reihe waren. Ich warf die weißen Rosen, die ich für Celina gekauft hatte, hinunter, und Anni warf die gepflückten Gänseblümchen mit beiden Händen hinterher. Sie verteilten sich überall.

Anni sah in das Grab.

»Rebecca ist auch in so einem Schrank«, sagte sie.

»Wie meinst du das?«

»Rebecca ist im Schrank«, wiederholte Anni. »Sie hat sich dort versteckt.«

Ich erstarrte. »Wann hat sie sich versteckt? In welchem Schrank?«

Anni bückte sich, um eine danebengefallene Gänseblume ins Grab zu werfen.

»Sie hat sich immer im Schrank versteckt. Wenn wir Verstecken gespielt haben.«

»Ach so.«

Die Mädchen hatten öfter Verstecken gespielt, als ihre Treffen noch erlaubt gewesen waren, auch im Garten. Ich erinnerte mich an das aufgeregte Herunterzählen mit zugehaltenen Augen, an den letzten Schlachtruf, bevor diejenige, die suchen musste, losrannte: Eckstein, Eckstein, alles muss versteckt sein!

Rebecca ließ sich von Kurt beim Suchen helfen. Auf den Befehl »Such Anni!« war Kurt losgestürzt und hatte Anni in ihrem Versteck aufgestöbert. Anni nahm es nie übel, wenn Kurt ihr Versteck verriet, sondern lobte ihn im Gegenteil immer dafür, was ich für einen entzückenden Charakterzug von ihr hielt.

Anni und ich gingen gemeinsam zu Erik, ich gab erst ihm und anschließend Karin die Hand und fühlte mich dabei plump und unsensibel, weil mir kein Wort des Trostes einfiel, nicht einmal ein einziges. Rasch entfernten wir uns in eine stillere Ecke etwas abseits von den anderen. Die meisten machten sich, nachdem sie Erik kondoliert hatten, auf den Weg zum Ausgang des Friedhofs. Nur Jasper und die anderen Männer standen weiterhin mit den offiziellen Sargträgern am offenen Grab Spalier.

Annis schräg gestellte Augen unter den schweren Lidern sahen mich besorgt an. »Ist Rebecca dann auch tot? Weil sie auch im Schrank war?«

»Ich verstehe nicht ganz, was du meinst.« In Wahrheit wich ich ihr aus. Ich hatte keine Ahnung, ob Rebecca tot war oder nicht, und ich wollte auch nicht darüber mutmaßen. Es reichte mir, dass wir Celina heute unter die Erde bringen mussten.

»In welchem Schrank hat Rebecca sich denn versteckt?«, fragte ich, um Anni abzulenken.

»Im Garten.«

»Habt ihr denn einen Schrank im Garten?« Ich war verwirrt.

»Nein«, sagte Anni und sah mich an, als wäre ich schwer von Begriff, womit sie auch nicht ganz unrecht hatte.

»Wo hat sich Rebecca denn dann versteckt?«

»Natürlich bei dem Sebastian.« Anni zeigte mit dem Finger auf den Mann neben Jasper.

»Rebecca war in Sebastians Schrank?«, fragte ich ungläubig.

Anni nickte.

Mein Herz fing auf einmal an, laut zu klopfen, als wenn ich etwas auf der Spur war, das ich noch nicht zuordnen konnte. Meine Gedanken überschlugen sich. Was machte Rebecca bei Sebastian? Er hatte zwei Jungs im Teenageralter, die sich sicherlich nicht für ein schüchternes sechsjähriges Mädchen interessierten. Auch sonst hatte ich bisher keinen näheren Kontakt zwischen den Tiedes und den Kellers bemerkt. Wieso war Rebecca bei Sebastian im Schrank?

»Wann war das denn?«

»Ich glaube, als Celina gestorben ist!«

»Als Celina gestorben ist, hat sich Rebecca bei Sebastian im Schrank versteckt?«

Anni nickte wieder.

»Am selben Tag?«

»Nee-ee! In der Nacht!«

»In welchem Schrank?«

»Im Garten! Du hörst überhaupt nicht zu.«

Anni sah so frustriert aus, wie ich mich fühlte.

Das war natürlich Unsinn. Erstens bezweifelte ich, dass Sebastian einen Schrank in seinem Garten hatte, aber selbst wenn er eine Truhe oder meinetwegen auch einen Schrank für Stuhlkissen oder so etwas dort hatte, war es unwahrscheinlich, dass sich Rebecca an dem Abend, als Celina starb, dort versteckt hatte.

Die Tiedes hatten wegen ihrer Dogge einen hohen Zaun und ein meterhohes Gartentor, über das Rebecca nicht hätte klettern können. Außerdem waren sie an jenem Abend gar nicht zu Hause gewesen. Die ganze Familie war schon am Abend vorher in den Urlaub gefahren und hatte von Celinas Tod erst aus der Zeitung erfahren.

»Ist Rebecca auch tot? Wenn sie im Schrank war?«, fragte Anni wieder, und ihre Zungenspitze schaute zwischen den Lippen hervor. Sie sah schrecklich traurig aus.

»Ich hoffe nicht, meine Süße«, sagte ich und drückte ihre Hand, genau wie sie es eben in der Kirche bei mir getan hatte.

Auch wenn sie überhaupt keinen Sinn ergaben, überlegte ich, ob ich Annis Behauptungen an Ulrich Krupp weitergeben sollte. Er würde genug zu tun haben mit der Auswertung des ganzen Videomaterials von der Beerdigung, und was Anni sagte, klang überhaupt nicht logisch.

Obwohl sie keine sehr schwere Ausprägung des Down-Syndroms hatte und recht selbstständig war, lagen ihre geistigen Fähigkeiten doch etwas hinter denen von anderen Siebenjährigen zurück. Möglicherweise hatte sie ja Schwierigkeiten, verschiedene Ereignisse auseinanderzuhalten.

Vielleicht verwechselte sie Gärten mit Räumen und die

Nacht von Celinas Tod mit einem Tag, an dem sie mit Rebecca Verstecken gespielt hatte. Oder Rebecca hatte sich irgendwann einmal in einem Schrank versteckt, als sie drinnen gespielt hatten, und ein andermal hatte sie sich ganz woanders im Garten versteckt. Es konnte sein, dass Annis Gedächtnis die Ereignisse in ihrem Kopf vertauschte. So etwas in der Art konnte ja selbst Erwachsenen passieren.

Kiki war inzwischen bis zum Grab vorgerückt. An ihrer Seite ging eine Frau, die mir vage bekannt vorkam. Sie trug ein für eine Beerdigung etwas zu enges schwarzes Kleid, einen strengen Dutt und eine übergroße Sonnenbrille. Ich überlegte, wo ich die Frau schon einmal gesehen hatte. Vielleicht war es eine von denen, die Blumen und Teddys vor Eriks Haustür abgelegt hatten.

Als sie Erik die Hand gab, fiel mir auf, dass sie Alexa ein wenig ähnlich sah. Allerdings nur im ersten Moment. Obwohl ich das Gefühl hatte, dass das enge Kleid extra Erik zuliebe angezogen worden war, beachtete Erik sie nicht einen Moment länger als alle anderen. Er wirkte wie ein Fließbandarbeiter, der seine Arbeit ohne den Hauch einer Emotion erledigte.

Später auf dem Parkplatz sah ich einen Strauß Margeriten an Eriks Windschutzscheibe gelehnt.

Ich musste an Annis Gänseblümchenspiel von eben denken. Er liebt mich, er liebt mich nicht …

Waren die Blumen ein Zeichen der Anteilnahme oder eher ein Annäherungsversuch?

Aber konnte irgendeine Frau wirklich ernsthaft annehmen, dass ein Mann Augen für sie hatte, wenn er gerade seine Tochter zu Grabe getragen hatte?

14

Nach der Beerdigung waren Jasper und ich erschöpft. Das Essen in einem nahe gelegenen Restaurant hatte niemand angerührt, es schien allen den Appetit verschlagen zu haben.

Doch als wir am Nachmittag zu Hause ankamen, überfiel uns der Hunger. Wir schauten nach, was wir noch im Kühlschrank hatten, schnitten Brot, Käse und Tomaten auf. Wir waren beide noch in Trauerkleidung, als wollten wir die Trauer um das Nachbarskind nicht bereits ablegen, kaum dass wir die Tür geschlossen hatten. Eine Weile aßen wir stumm, wie ein Paar, das sich nichts mehr zu sagen hatte.

Beerdigungen berühren jeden auf seine Weise. In manchen Menschen erweckten sie eine Gier nach Leben, andere fühlten sich dem Tod ein Stück näher. Es konnte genau der richtige und zugleich genau der falsche Augenblick sein, um mit Jasper erneut über meinen Kinderwunsch zu sprechen. In mir überwog der Wunsch nach Leben, deshalb war es für mich der richtige Zeitpunkt. Ich riskierte den Versuch, Jasper umzustimmen, und durchbrach das Schweigen.

»Ich weiß, dass du der Meinung bist, wir sollten nicht weiterplanen. Dass das erst mal der Endpunkt ist für dich. Aber kannst du dir nicht vielleicht doch vorstellen, einen allerletzten Versuch mit mir zu wagen?«

»Du weißt doch genau, was das bedeutet«, sagte Jasper. »Du müsstest wieder die Hormone nehmen, obwohl es dir dann immer so schlecht geht. Noch einmal die elende Warterei. Die ganze Prozedur.«

»Ich weiß. Ich weiß, dass es nicht einfach ist, auch für dich nicht. Aber das Schlimmste bleibt ja an mir hängen, und wenn ich dazu bereit bin, warum du denn nicht?«

»Das sagst du. Es ist auch nicht einfach zu sehen, wie du

immer leidest, und es dir nicht abnehmen zu können. Die Enttäuschungen, wieder und wieder. Ich muss einfach das Gefühl haben, dass es auch mal ein Ende hat«, sagte Jasper. »Wir haben auch nicht unendlich viel Geld. Wir haben den Punkt erreicht, wo wir aufhören müssen.«

»Du gibst zu früh auf«, sagte ich. »Wir haben doch noch einen Versuch.«

»Aber was, wenn beim Auftauen wieder etwas schiefgeht? Wenn sich die Zellen nicht richtig entwickeln? Was wirst du dann sagen? Dass es sich um keinen richtigen Versuch gehandelt hat, dass wir noch einmal von vorne anfangen müssen. Nein. Es ist zu Ende. Das Schicksal hat entschieden«, sagte Jasper und sah dabei auf seinen Teller.

»Nein«, sagte ich, »du hast entschieden.« Ich spielte mit dem Messer in meiner Hand. Ich könnte es einfach in Jaspers Oberschenkel rammen. Es käme so überraschend, dass er nicht einmal verstehen würde, was gerade passierte. Meine Hand krampfte sich um den Griff.

Als wenn er die Gefahr gespürt hatte, stand Jasper auf und ging zum Kühlschrank. Er nahm eine Wasserflasche heraus, obwohl eine auf dem Tisch stand.

Ich wusste, dass ich nicht ganz fair war. Jasper hatte unzählige Arztbesuche mit mir durchgeführt. Er hatte das Recht, müde zu sein. Aber ich konnte es nicht ändern, ich fühlte mich, als wäre ich mehr im Recht als er.

Jasper setzte die Wasserflasche an die Lippen und trank. Er wusste, dass ich das nicht mochte, doch ich ließ mich nicht provozieren. Streit war nicht das, was ich jetzt wollte. Stattdessen stellte ich mir vor, ihm die Glasflasche aus der Hand zu reißen und über den Schädel zu ziehen. Das Splittern von Glas und Knochen hallte in meinen Ohren wider.

Was, wenn ich tatsächlich irgendwann mal etwas von alldem tat, was mir ständig durch den Kopf schoss? Inzwischen fürchtete ich mich regelrecht davor, dass ich mich einmal nicht mehr im Griff haben könnte.

»Es tut mir leid«, sagte ich deshalb. »Es war ein anstrengender Tag.«

Jasper fuhr sich mit der Hand durchs Haar. »Ja.«

Ich wechselte das Thema.

»Anni hat den Sarg für einen Schrank gehalten. Sie hat mich gefragt, ob Rebecca tot ist, weil sie sich beim Versteckspiel im Schrank versteckt hat«, erzählte ich.

»Hm.« Jasper stellte die Wasserflasche zurück in den Kühlschrank. Ich ignorierte es.

»Sie hat auch behauptet, dass sich Rebecca an jenem Tag bei den Tiedes im Schrank versteckt hätte.«

»Bei Sebastian?«

»Ja. Im Garten. Aber der war ja im Urlaub, als Celina ... Die Tiedes waren jedenfalls gar nicht da an dem Abend. Sie sind einen Tag vor dem Nachbarschaftsfest in den Urlaub gefahren. Die Rollos waren unten, das Auto war weg. Das Gartentor ist auch viel zu hoch für eine Sechsjährige. Es kann eigentlich nicht stimmen. Trotzdem überlege ich, ob ich das Ulrich Krupp erzählen soll? Glaubst du, das ist eine wichtige Information?«

Jasper zuckte mit den Schultern. »Klingt ein wenig merkwürdig, wenn du mich fragst. Und woher will Anni das überhaupt gewusst haben? Sie kann ja den Garten von ihrem Haus aus gar nicht sehen.«

Das stimmte. Die Häuser der Weißdornsiedlung waren in Form von zwei Rechtecken angelegt, einem äußeren Teil, dessen Häuser den Schutzwall der Siedlung bildeten, und einem inneren Teil. Eriks Haus war das Eckhaus der äußeren Reihe des Weißdornwegs, der genau dort einen scharfen Linksknick machte. Dort lag das Haus der Tiedes.

Die Eckardts wohnten ebenfalls in einem Eckhaus, jedoch an der Ecke des inneren Rechtecks. Sie hatten sowohl einen Blick zu uns als auch zu den Tiedes. Von Annis Zimmer aus konnte sie zwar bis zum Haus der Tiedes blicken, nicht jedoch bis in den Garten.

»Ich frag Anni noch mal danach, was sie genau gesehen

hat«, sagte ich schließlich. »Wenn ich erst mal verstehe, was sie gemeint hat, kann ich Ulrich Krupp im Zweifel eine Menge Arbeit ersparen.«

»Ich muss aus diesem Anzug raus«, sagte Jasper. »Und dann arbeite ich ein bisschen im Garten. Ich muss an die frische Luft. Der Tag steckt mir echt in den Knochen.«

Ich blieb am Tisch sitzen, rührte in meinem Tee und machte mir geistig eine Notiz, dass ich mit Gertrud Straub, meiner Therapeutin, beim nächsten Termin unbedingt über diese beunruhigenden Gedankenflashs sprechen musste. Allerdings war ich mir nicht sicher, ob ich mich trauen würde. Wer gab schon gern zu, dass er in der eigenen Vorstellung gern dem eigenen Mann den Schädel einschlug oder ihn mit Messern attackierte?

Jasper kam in Jogginghose und Sweatshirt die Treppe herunter, ging in den Garten, während ich die Beerdigung noch einmal Revue passieren ließ. Annis Worte gingen mir nicht aus dem Kopf. Seit Wochen suchten wir nach Rebecca. Sie war wie vom Erdboden verschluckt. Und nun sagte mir Anni, dass sich Rebecca bei den Tiedes in einem Schrank versteckt hatte, auch wenn die Aussage in sich nicht wirklich logisch war. Aber etwas rumorte in meinem Bauch.

Was immer in jener schrecklichen Nacht geschehen war, es sollte mich lehren, dass Dinge passieren konnten, die man für komplett undenkbar hielt. Dass man bestimmte Begebenheiten ernst nehmen sollte. Zum Beispiel, wenn die Nachbarin Gasflaschen im Haus aufdrehte und der Hund, der auf das Gas aufmerksam gemacht hatte, kurz darauf eingeschläfert wurde. War das Zufall gewesen?

Wieder einmal versuchte ich mir vorzustellen, was dem schrecklichen Szenario, das ich an jenem Montagmorgen entdeckt hatte, vorangegangen sein könnte. Es war möglich, dass Rebecca gesehen hatte, wie Celina und Erik – von ihrer eigenen Mutter? – angegriffen worden waren. Vielleicht hatte es einen lauten Streit gegeben, vielleicht hatte jemand geschrien.

Was hätte Rebecca getan, wenn sie davon aufgeweckt worden war?

Da unsere Häuser baugleich waren, hatte ich den Tatort quasi vor Ort.

Entschlossen ging ich die Treppe hoch.

Das erste Zimmer im oberen Stockwerk war das von Celina, dann folgte das kleine Badezimmer, dahinter lag Rebeccas Zimmer.

In unserem Haus waren die Kinderzimmer unmöbliert, da ich das Schicksal nicht hatte herausfordern wollen, indem ich ein Babyzimmer einrichtete, bevor ich wusste, ob ich ein Baby behalten würde. Ich betrat das Pendant von Rebeccas Zimmer. Als ich die Tür öffnete, wirbelte eine Wollmaus auf und flog durch den Raum. Meine Schritte hallten laut. Ich zog die Tür hinter mir zu.

Ich stellte mir vor, wie Rebecca mitten in der Nacht durch laute Geräusche erwachte. Der Angriff auf Celina könnte lautlos vonstattengegangen sein, aber der auf Erik? Unwahrscheinlich.

Wieder klopfte die Erinnerung an jene Nacht an: Was hast du getan?

Jemand hatte geschrien. Aber wer? Erik? Was würde ein sechsjähriges Mädchen tun, wenn jemand nachts herumschrie? Wahrscheinlich nach der Mutter suchen. Ich stellte mir vor, wie Rebecca barfuß und frierend in den Flur tapste, auf der Suche nach der Ursache für den Lärm, der wahrscheinlich aus Celinas Zimmer gekommen war.

Hatte sich Rebecca vorwärtsgeschlichen, gerade so weit, dass sie den leblosen Körper ihrer Schwester auf dem Boden liegen sah? Vielleicht hatte sie den Angriff auf ihren Vater beobachtet, wie er schließlich blutend über Celinas Körper zu Boden ging. Hatte Alexa auf Erik eingestochen? Hatte sie gebrüllt, geschrien?

Was tat man, wenn man sechs Jahre alt war und die Welt um einen herum auf einmal zusammenstürzte? Wenn der Mensch, der einen beschützen sollte, derjenige, zu dem man rannte, wenn man in Gefahr war, wenn genau dieser auf einmal die Gefahr war?

Oder hatte Rebecca mit ansehen müssen, wie eine Fremde ihren Vater niederschlug? Hatte Rebecca selbst geschrien, oder war sie erstarrt vor Angst gewesen? Hatte jemand bemerkt, dass Rebecca im Flur stand? Hatte sie gesehen, wie eine fremde Person ein Messer in den Körper ihres schon am Boden liegenden Vaters gerammt hatte? Wie viel Zeit war zwischen dem Schlag auf den Kopf und den Messerstichen vergangen?

Was machte man, wenn man sechs Jahre alt war und beobachtete, wie der Vater niedergestochen wurde?

Sich in einem Schrank zu verstecken, schien mir eine ziemlich naheliegende Lösung zu sein.

Ich erinnerte mich wieder an jenen Abend, als der Einbrecher in meinem Haus gewesen war. Auch mir war ein Schrank in den Sinn gekommen, aber ich war stattdessen in die Badewanne gesprungen.

Wenn der größte Held im Leben einer jeden Tochter, der Stärkste, der Unbesiegbare nicht mehr helfen konnte … Wenn der Vater vor den Augen seiner Tochter zusammenklappte, dann klappte auch das gesamte Schutzsystem eines kleinen Mädchens zusammen. Dann war nichts mehr sicher. Wer könnte sich den Bösewichten dann noch gegenüberstellen?

Was tat sie also? Weglaufen und verstecken. Ich sah mich um.

In welche Richtung wäre Rebecca gelaufen? Wäre sie Richtung Treppe gerannt, hätte sie an der offenen Zimmertür von Celina vorbeigemusst, und dort hätte der Angreifer – oder die Angreiferin – sie bemerkt. An jemandem vorbeilaufen, der gerade mit dem Messer auf den Vater einstach, war das Gegenteil von Verstecken.

Das kleine Mädchen in mir, das jetzt gerade versuchte, durch Rebeccas Augen zu blicken, wusste es besser. Ein kleines Mädchen rannte weg von der Gefahr. Ich drehte mich also weg von der Treppe und blickte auf meine Schlafzimmertür. Ich war sicher, dass Alexas Tür an jenem Abend offen gestanden hatte, nicht nur, weil ich überzeugt war, dass Celina mit dem Kopfkissen ihrer Mutter erstickt worden war. Es war in diesem Stockwerk ein Kampf ausgebrochen, ein Kampf um Leben und Tod.

Rebecca wäre also Richtung Schlafzimmer gerannt, instinktiv. Dort war der Ausweg: eine offene Tür. Ich betrat mein eigenes Schlafzimmer und überlegte, wo ich mich verstecken würde.

Alexa und Erik hatten ein Boxspringbett. Darunter konnte man sich nicht verstecken. Vom Schlafzimmer aus gab es drei weitere Fluchtmöglichkeiten. Die erste war die Balkontür. Das war unwahrscheinlich. Zwei Dinge sprachen dagegen: Im Dunkeln über eine Balkonbrüstung zu springen, erforderte einen Mut, den ich einem kleinen Mädchen nicht wirklich zutraute. Und außerdem hatte die Balkontür nicht offen gestanden. Der Angreifer hätte wahrscheinlich kaum die Balkontür hinter Rebecca abgeschlossen.

Ich sah mir die anderen beiden Möglichkeiten an. Es gab den begehbaren Schrank oder die Tür zum Badezimmer. Das Bad schloss ich aus, da ich nicht wusste, wo man sich darin hätte verstecken können. Die Dusche hatte eine Glastür.

Also der Schrank. Ich erinnerte mich daran, wie ich den Schrank abgeklopft, das warme Bettlaken gespürt hatte. Hatte Rebecca sich dort hineingekauert? Aber wie lange hielt sich Körperwärme in einem Bettlaken? Sicher nicht länger als ein paar Minuten. Hatte sie also im Schrank gesessen, nur Minuten bevor ich genau da nach ihr gesucht hatte?

Aber was dann? War sie weggelaufen, als sie mich hatte kommen hören? Aber wohin, verdammt noch mal?

Frustriert gab ich auf. Da ich ohnehin gerade im Kleiderschrank war, entledigte ich mich meines schwarzen Rocks und der dunklen Bluse, schlüpfte in ein helleres Outfit.

Danach schickte ich Kiki eine WhatsApp-Nachricht, ob ich noch mal kurz mit Anni reden könnte, aber Kiki schrieb zurück, dass sie Anni ins Bett gebracht hätte, da die Beerdigung das Kind erschöpft hatte. Sie würde ihr den Rest des Tages gern Ruhe gönnen, ich könne mich jedoch am nächsten Tag noch mal melden.

Ich schickte einen »Daumen hoch«-Emoji, obwohl ich enttäuscht war. Es rumorte in mir. Als wenn etwas zum Greifen nah war, aber ich wusste nicht, was.

15

Mitten in der Nacht wachte ich mit Herzrasen auf. Ich setzte mich abrupt auf. Was hatte mich geweckt? Ein Albtraum? Ein Geräusch?

Ich lauschte, doch ich hörte nur Jaspers gleichmäßigen Atem. Leise erhob ich mich und schlich auf Zehenspitzen ins Bad. Mein T-Shirt war nass geschwitzt, klebte mir am Rücken. Es musste ein schlimmer Traum gewesen sein, aber ich erinnerte mich nicht daran.

Vielleicht kam es auch von der Hormonumstellung, da ich die Tabletten nach dem letzten Versuch ja wieder abgesetzt hatte. Ich zog mir das T-Shirt über den Kopf und wusch mir mit einem Lappen den Schweiß ab, stopfte das verschwitzte Shirt in den Wäscheabwurf, passte auf, dass ich die etwas zu stark gespannte Feder der Wäscheklappe nicht zurückschnappen ließ, um Jasper nicht zu wecken. Er hatte immer Probleme, wieder einzuschlafen, wenn er einmal wach wurde.

Die Wäscheklappe. Ich öffnete sie erneut, drückte sie komplett nach oben, schaute den Schacht hinunter. Hätte Rebecca dort hineinklettern können? Wahrscheinlich. Es wäre eng, aber sie hätte im Stahlrohr Stück für Stück nach unten rutschen können. Bis in den großen Korb im Keller. Von dort hätte sie nach oben ins Erdgeschoss durchs Wohnzimmer nach draußen laufen können. Auf einmal war ich mir sicher, dass ich den möglichen Fluchtweg rekonstruiert hatte.

Ich holte mir ein trockenes T-Shirt aus dem Kleiderschrank und verließ, die Tür behutsam hinter mir zuziehend, das Schlafzimmer.

Im Flur ließ ich seit dem Einbruch inzwischen gern ein kleines Licht brennen. Wieder sah ich vor meinem inneren Auge, wie Rebecca in jener Nacht erwacht und in den Flur getreten war.

Es gab nur zwei Möglichkeiten: Entweder war Rebecca von einer anderen Person aus dem Haus geschafft worden, oder sie hatte das Haus eigenständig verlassen. Ich konnte nicht wissen, welche der beiden Möglichkeiten zutraf. Bei der ersten waren mir die Hände gebunden. Wenn jemand Rebecca verschleppt hatte, ob Alexa selbst oder mit Alexa zusammen, konnte sie überall sein.

Doch die zweite Variante ließ mir zumindest Gedankenspielraum. Ich hielt sie nicht einmal für besonders abwegig, wenn ich davon ausging, dass sie einen Kampf um Leben und Tod im Zimmer ihrer Schwester beobachtet hatte, und dabei Rebeccas eher zurückhaltenden Charakter bedachte. Sie war nicht der Typ, der sich in einen Kampf stürzte, sondern eher jemand, der sich zurückzog, wenn Konflikte aufflammten. Sie gab nach. Außerdem hätte sie dem Horror im Zimmer ihrer Schwester höchstwahrscheinlich nicht unverletzt entkommen können.

Aber wo immer sie sich vielleicht versteckt hatte, sie war nicht mehr im Haus gewesen, als ich Celina und Erik gefunden hatte. Ich hatte alles durchsucht.

Vorausgesetzt, Rebecca gehörte nicht selbst zu den Opfern des schrecklichen Blutbades, dann musste sie zur Terrassentür hinausgelaufen sein. Die Haustür als Fluchtweg schied wegen des von innen vorgeschobenen Riegels aus. Ich öffnete also meine Terrassentür und trat in den Garten.

Die Nacht empfing mich eisig. Inzwischen war Frühling, doch nachts sanken die Temperaturen noch stark ab. Ich hörte Blätter rascheln, der Wind pfiff durch die Bäume, irgendwo kreischte ein Tier. Wohin lief ein panisches Mädchen in einer solchen Nacht? Das Licht des Bewegungsmelders schien ein paar Meter in den Garten hinein, aber dahinter war es rabenschwarz.

Ein Bild flackerte vor meinem Inneren auf: Ich, betrunken auf der Fensterbank. Ich hatte gesehen, dass der Bewegungsmelder in Alexas Garten angesprungen war. Wie oft? Einmal, zweimal, dreimal? In welchen Abständen? Warum hatte ich mir bloß keine Gedanken darum gemacht? Sind Bewegungsmelder nicht dafür da, dass man verdammt noch mal aufmerksam wird? Aber ich war immer wieder eingedöst und hatte mein Selbstmitleid buchstäblich ertränkt.

Der Zaun, der die gesamte hintere Häuserreihe Richtung Feld begrenzte, war etwa einen Meter achtzig hoch. Unwahrscheinlich, dass Rebecca darübergeklettert war.

Ich ging ums Haus herum in den Vorgarten. Eriks Haus hatte zwischen Garten und Vorgarten ein kleines Zwischentor, damit Kurt nicht ausbüxen konnte. Hatte ich das Zwischentor geöffnet, als ich an jenem Morgen ums Haus herumgelaufen war? Nein. Es hatte offen gestanden. Als Ulrich Krupp mir diese Frage gestellt hatte, war ich nicht hundertprozentig sicher gewesen. Jetzt erinnerte ich mich wieder. Ich war gesprintet. Ich hätte anhalten müssen, um das Tor zu öffnen.

Ich trat auf die Straße. Der Asphalt unter meinen nackten Füßen war kalt, und kleine Schottersteinchen drückten sich in meine Fußsohlen.

In welche Richtung würde man laufen, wenn man in Panik war?

Es machte eigentlich keinen Unterschied, ob man um die Ecke zu Sebastian Tiedes Haus oder an meinem Haus vorbeilief. Keine der Möglichkeiten bot mehr Verstecke als die andere.

Vereinzelte Laternen warfen trübe Lichtinseln auf die Straße. Ab ein Uhr morgens brannte nur noch jede dritte von ihnen, die anderen liefen auf Halbnachtbetrieb und schalteten sich automatisch ab.

Ich schlang die nackten Arme um meinen Oberkörper, zögerte kurz, überlegte, ob ich wieder reingehen sollte. Ich hatte eine Gänsehaut am ganzen Körper, und meine Füße kribbelten.

Trotzdem wollte ich etwas ausprobieren. Ich ging über die Straße, stellte mich unter Annis Fenster. Sebastian Tiedes Haus lag auf einem gänzlich unbeleuchteten Stück, war nicht mehr als ein undeutlicher Schatten.

Anni konnte von ihrem Zimmer aus weder den Garten einsehen noch einen Schrank oder Ähnliches in der Dunkelheit entdecken. Trotzdem lief ich rüber zu Sebastians Vorgarten. Gab es überhaupt irgendetwas im Vorgarten, was entfernt aussah wie ein Schrank? Eine Truhe? Einen überdachten Fahrradständer?

Ich betrat die Einfahrt, um genauer nachzusehen, als ein Licht aufblitzte und mich einen Moment lang blendete. Dass ich daran nicht gedacht hatte. Natürlich, sobald Rebecca den Vorgarten der Tiedes betreten hätte, wäre der Bewegungsmelder angegangen. Wenn Anni genau in diesem Moment aus dem Fenster geguckt hatte, hätte das aufflammende Licht mit Sicherheit ihre Aufmerksamkeit geweckt. Bis dahin konnte die Geschichte also stimmen. Aber dann?

Der Vorgarten bot keinerlei Versteck. Eine kurz geschorene Rasenfläche, eine asphaltierte Einfahrt. Nur drei Mülltonnen standen in Reih und Glied am Rand.

Sah eine Mülltonne aus wie ein Schrank? Zumindest war sie einem Schrank in etwa so ähnlich wie ein Sarg einem Schrank. Würde ein Kind in eine Mülltonne klettern? Vielleicht, wenn es verängstigt genug war. Aber was dann?

Wann kam die Müllabfuhr? Der Anschlag auf Erik und Celina war in der Nacht vom Sonntag auf Montag gewesen. Erst am darauffolgenden Donnerstag war die Müllabfuhr gekommen. Ein Kind würde kaum tagelang in einer Tonne sitzen bleiben. Aber wenn es einen Schock hatte?

Und wohin hätte Rebecca von hier aus laufen können? Auf die Landstraße? In den Wald? Dort hatte man überall gesucht.

Konnte es sein, dass jemand mitten in der Nacht ein traumatisiertes Kind am Straßenrand eingefangen hatte und jetzt irgendwo festhielt? Ein weiteres Schwerverbrechen, zufällig in derselben Nacht?

Ich fror. Die rot-weißen Absperrbänder um Eriks Haus flatterten nur noch müde im Wind. Der Rollsplitt von der Straße klebte an meinen Fußsohlen. Rebecca war sicher auch barfuß gewesen. Ihre Schuhe hatten noch auf der Fußmatte im Eingang gestanden.

Inzwischen zitterte ich am ganzen Leib. Ich klopfte meine Fußsohlen ab, bevor ich zurück ins Haus ging und mich den Rest der Nacht ruhelos neben Jasper hin und her wälzte.

Der Gedanke daran, dass Rebecca in die Mülltonne geklettert war, ließ mich nicht mehr los. Was, wenn man sie einfach mit dem Müll in den Wagen geworfen hatte, ohne sie zu bemerken? Wurde der Abfall vom Müllwagen nicht von riesigen Stahlplatten zusammengepresst? Mir brach der Schweiß aus. Lag Rebecca am Ende seit Wochen auf einer Müllkippe?

Gegen vier Uhr morgens schließlich wählte ich die Nummer, die Ulrich Krupp mir gegeben hatte, falls mir noch irgendwelche Hinweise einfielen, und sprach ihm meine Mülltonnentheorie auf Band. Vielleicht machte ich mich lächerlich. Doch das unruhige Gefühl, seit Anni mir von Rebeccas Versteck erzählt hatte, blieb zu stark, um es zu ignorieren.

Danach konnte ich nicht mehr schlafen. Ich arbeitete noch eine Weile, bis Jasper aufwachte und ich ihm von meinen nächtlichen Erkenntnissen berichten konnte.

Er reagierte genervt. »Du bist ja besessen«, murrte er.

Beim Frühstück hatte sich Jasper gerade wieder eingekriegt, als Ulrich Krupp anrief.

»Krupp, guten Morgen, Frau Mönch. Ich habe soeben Ihre Nachricht abgehört. Vielen Dank, dass Sie sich noch einmal Gedanken gemacht haben.«

Jasper war nicht glücklich über die Unterbrechung. Als er hörte, dass ich mit dem Kommissar sprach, nahm er demonstrativ seinen Kaffeebecher und verschwand nach oben. Wahrscheinlich packte er seine Sachen.

Doch ich konnte mich jetzt nicht mit Jasper beschäftigen. Ich musste Ulrich Krupp erzählen, was mir in der Nacht durch den Kopf gegangen war.

»Ich weiß, es klingt merkwürdig, dass sich ein Kind tagelang in einer Mülltonne versteckt haben könnte«, sagte ich. »Aber was, wenn es so war? Kann sie das überlebt haben?«

»Da kann ich Sie beruhigen. Ihre Theorie kann nicht stimmen.«

»Warum nicht?«

»Der Inhalt Ihrer aller Mülltonnen lag nie auf der Müllkippe, jedenfalls nicht auf der öffentlichen, sondern wurde gesondert von der Spurensicherung nach allem untersucht, was mit diesem Fall zu tun haben könnte. Falls Rebecca also in einer Mülltonne saß, hätten wir sie bereits am Montag gefunden.«

Ich schwieg. So viel zu meiner Theorie.

»Anni hat gesagt, dass Rebecca sich im Schrank versteckt hat. Das Einzige, was entfernt an einen Schrank erinnert, war eben die Mülltonne«, erklärte ich schließlich.

»Ich bin dankbar für Ihre Hilfe. Aber diese Theorie können wir ausschließen. Was in der Polizeiarbeit übrigens auch immer einen Fortschritt bedeutet.«

»Werden Sie Anni noch einmal befragen? Vielleicht kann man herausbekommen, was sie meinte.«

Ich hörte, wie Krupp etwas in den Computer eintippte. »Anni Eckardt«, sagte er, »sieben Jahre alt. Das Mädchen hat das Down-Syndrom. Die Mutter ... Kerstin Eckardt ... war mit einer Vernehmung ihrer Tochter bisher nicht einverstanden, da sie durch das ganze Geschehen schon durcheinander genug sei. Wir wissen allerdings, dass sie zum Tatzeitpunkt zu Hause in ihrem Zimmer geschlafen hat.«

»Von ihrem Zimmer aus kann sie das Haus der Tiedes sehen. Wenn sie zufällig am Fenster gestanden hat, könnte sie Rebecca entdeckt haben, wie sie auf deren Grundstück gelaufen ist.«

»Hmhm.«

Ich ahnte, dass die Polizei eine andere Theorie verfolgte als ich. Sie nahm wahrscheinlich an, dass Alexa Rebecca bei sich hatte. Die EC-Karte war benutzt worden, sie besaß also etwas Bargeld. Man brauchte kein Geld, wenn man sich umbringen wollte. Und wenn wir Glück hatten, hatte Alexa auch Rebecca am Leben gelassen.

Dagegen war eine Versteckt-in-der-Mülltonne-oder-einem-Schrank-Theorie natürlich nicht ganz so überzeugend.

»Der Punkt ist der«, sagte ich, »dass es mich ganz wahnsinnig macht, weil nichts davon Sinn ergibt. Alexa ist vielleicht etwas ...«, ich suchte nach den richtigen Worten, »... etwas perfektionistisch. Auf Wirkung bedacht. Es ist viel schwerer, sich das wahre Innere eines Menschen vorzustellen, der ganz offensichtlich versucht, möglichst viel zu inszenieren, alles hübsch zu machen, möglichst wenig Echtes zu zeigen.«

Auch wenn das bei ihr natürlich zum Job gehörte. Die Follower von Alexa wollten ein möglichst attraktives Bild vom Familienleben präsentiert bekommen. Die waren nicht interessiert an vollgekotzten Bettlaken und dreckigen Windeln, die wollten nur eine vor Glück strahlende Mama mit gut erzogenen Kindern sehen, deren größte Sorge ist, wenn sich Risse im Fondant der Geburtstorte bildeten.

Ich hatte mir Hunderte von Kommentaren durchgelesen und bildete mir ein, dass ich so langsam begriff, was den Reiz dieser zur Schau gestellten Perfektion ausmachte. Das war kein echtes Leben, was da gezeigt wurde. Das sollte es nicht sein, im Gegenteil, es sollte das Leben sein, was viele sich wünschten, aber niemand hatte.

Alexa präsentierte ein Abziehbild, ein Glanzbild von dem, was uns überall als erstrebenswert und richtig verkauft wurde. Sie war die fleischgewordene Werbung, mit höchster Identifikationskraft, weil sie es so aussehen ließ, als wenn man bei ihrem Leben nicht nur zusah, sondern dabei war.

»Die Kunst bestand im Weglassen jedes Makels«, fuhr ich fort. »Deswegen bleibt die Frage: Wer war Alexa wirklich?«

Ich hörte Tasten klappern.

»Sie haben die Ehe der Kellers als normal bezeichnet. Was bedeutet das für Sie eigentlich? Haben Sie zum Beispiel je Streitereien gehört? Auch solche, die Sie als normal bezeichnen würden?«

»Alexa war manchmal aufbrausend, wenn die Kamera nicht lief. Ich habe sie manchmal schreien hören, wenn etwas nicht so lief, wie sie das wollte. Erik ist eher nachgiebig, manchmal vielleicht zu sehr. Er ist lieber im Hintergrund. Er hat sich viel um die Mädchen gekümmert, hat öfter die Werkstatt geschlossen, um mit den Mädchen auf den Spielplatz zu gehen, was Alexa dann auch gerne gefilmt und ins Netz gestellt hat. Ich verstehe einfach nicht, was so schrecklich an ihrem Leben gewesen sein sollte, dass sie ihre Tochter umbringt und ihren Mann schwer verletzt. Das Motiv fehlt. Kann, oder nein, muss das nicht bedeuten, dass eine andere Person die Tat ausgeführt hat?«

»Ja, das ist eine Theorie, die wir auch noch nicht ausgeschlossen haben. Wir werden auch bei Frau Eckardt noch einmal nachfragen, ob wir Anni speziell zu dem Versteck von Rebecca befragen dürfen.«

»Eckstein!«, fiel mir da auf einmal ein.

»Eckardt heißt die Dame, oder?«

»Nein, nicht Kiki. Eckstein! Haben Sie als Kind nicht Verstecken gespielt?«

»Doch. Sicher.«

»Wir haben immer gerufen ›Eckstein, Eckstein, alles muss versteckt sein. Hinter mir, neben mir, vor mir gilt es nicht!‹«

»Ja, das kenne ich auch.«

»Aber dann … dann haben wir noch heruntergezählt. ›Drei, zwei, eins – ich komme!‹«

»Und?«

»Ich habe Zahlen unter Alexas Kommentaren gefunden. Von Zehn bis Eins. Ich habe sie, wie Alexa wohl auch, für eine Bewertungsskala gehalten. Die letzte Zahl ist am Tag vor ihrem Verschwinden in den Kommentaren veröffentlicht worden. Es war eine Eins.«

»Und?«

»Vielleicht war es ja gar kein Bewertungssystem.«

»Sondern?«

»Ein Countdown.«

16

Krupp kündigte seinen Besuch für den späten Nachmittag an. Er hatte nicht erkennen lassen, ob er die Theorie mit dem Countdown für Unsinn hielt oder nicht, aber es hatte ihn zumindest genug interessiert, um sich von mir die einzelnen Kommentare zeigen zu lassen, die ich zusammengesucht hatte.

Aber ich fragte mich, was es bedeuten konnte, wenn ich recht hatte. Hatte jemand die Zeit bis zu ihrem Tod heruntergezählt? War Alexa am Ende doch nicht verantwortlich für Celinas Ermordung? War das möglich? Hatte es eine Bedrohung von außen gegeben, eine, die wir nicht gesehen hatten?

Es gab zu viele offene Fragen. Wer hätte Alexa und Rebecca ohne großes Aufheben aus dem Haus schaffen können? Ich mochte betrunken gewesen sein, aber lautes Geschrei hätte mich bestimmt geweckt. Und hätte derjenige wirklich an Telefon und Handtasche von Alexa gedacht?

Jasper kam mit seiner gepackten Tasche die Treppe hinunter, ging an mir vorbei. Ich lief hinter ihm her. Wieder eine Missstimmung zwischen uns, immer noch hatten wir keine Lösung gefunden für unser privates Dilemma.

Jasper hievte seine Tasche stumm ins Auto.

»Lass uns noch eine Runde spazieren gehen, bevor du dich auf den Weg machst«, bat ich.

»Ich will nicht zu spät los«, sagte er und schlug den Kofferraumdeckel zu.

»Nur ein paar Schritte, da vorne im Wald. Das wird dir guttun. Du musst doch gleich wieder stundenlang still sitzen.«

Ich wollte mich nicht so verabschieden.

»Es regnet sicher gleich«, sagte er mit einem Blick nach oben.

»Ach, das hält schon noch. Nur eine Viertelstunde. Bitte!«

Er seufzte etwas gequält, aber als er mein flehendes Gesicht sah, gab er nach.

Das Wetter sah wirklich nicht gut aus. Der Himmel war trübe, und die Wolken hingen so tief über der Siedlung, als wollten sie uns alle unter einem dunklen Teppich begraben.

Wortlos liefen Jasper und ich nebeneinander her. Ich hatte das Gefühl, in seiner Gegenwart über ein Themen-Minenfeld zu laufen. Egal, was ich ansprach, er wurde ungehalten. Um den tiefer werdenden Riss zwischen uns zu kitten, griff ich nach seiner Hand, aber er löste sie schon nach wenigen Metern wieder.

Ich wusste, dass Jasper nicht gern über den Fall sprach, von Anfang an nicht. Er war schon widerwillig zur Beerdigung gekommen. Ich verstand das. Wir waren in eine Familientragödie hineingezogen worden, mit der wir eigentlich nichts zu tun hatten, außer dass wir zufällig nebenan wohnten.

Während ich mich jedoch verantwortlich fühlte, verdrängte er, dass wir uns längst nicht mehr heraushalten konnten. Er wollte sein Leben zurück, einfach so tun, als wäre nichts geschehen. Ich schaffte das nicht. Außerdem nahm Jasper Erik und seiner Familie übel, dass ihr Schicksal unser Investment bedrohte. Er wollte, dass »die Geschichte«, wie er das nannte, möglichst schnell aufgeklärt und dann der Mantel des Schweigens über die Sache gebreitet wurde.

»Es ist doch niemandem geholfen, wenn wir jetzt alle unser Leben in die Tonne hauen«, hatte er gesagt. »Warum können wir das nicht einfach abhaken? Warum musst du dauernd darüber reden? Ich kann nicht ständig über ein ermordetes Kind nachdenken, das macht mich fertig. Verstehst du?«

In meinem Kopf dagegen war kaum noch Platz für anderes. Deshalb platzte es auch auf diesem Spaziergang aus mir heraus, obwohl ich es hätte besser wissen müssen.

»Wohin wäre Rebecca in jener Nacht wohl gelaufen? Glaubst du, dass sie sich in den Wald getraut hätte? Ist das eher ein beängstigender oder ein beschützender Ort, wenn man in der Dunkelheit vor einem Mörder flieht?«

»Beängstigender zumindest als etwa das Nachbarhaus«, meinte Jasper.

Der Schreck fuhr mir in die Glieder. »Glaubst du, Rebecca hat bei mir nach Hilfe gesucht, und ich habe sie nicht gehört?«

»Ich weiß es nicht, Friederike. Aber du steigerst dich immer mehr und mehr in die Geschichte hinein. Rennst nachts barfuß auf der Straße rum, rufst mitten in der Nacht bei der Polizei an. Die Polizei ... das sind die Profis. Die machen ihre Arbeit schon. Ich lasse dich gar nicht gerne hier zurück, in so einem aufgewühlten Zustand, aber ich muss wirklich langsam auch mal wieder an meinen Job denken. Seit ich dort arbeite, beantrage ich ständig Sonderurlaub.«

»Ich bin nicht aufgewühlt. Ich mache mir Sorgen um Rebecca. Ich habe sie einfach noch nicht aufgegeben. Und natürlich lasse ich die Polizei ihre Arbeit machen, aber dafür brauchen sie doch Hinweise.«

»Aber nicht über Kinder, die nachts in Gärten in einen Schrank klettern oder an einem Luftballon hängend über das Hausdach davongeschwebt sind. Das sind keine Hinweise, das sind Hirngespinste.«

»Ich habe nichts von einem Luftballon gesagt.«

»Aber von Schränken in Vorgärten.«

»Du hältst mich für hysterisch.«

»Nein, nicht hysterisch, aber für sehr emotional. Wir sind alle getroffen vom Schicksal der Familie Keller. Erik tut mir leid. Aber was ist mit uns? Wann fangen wir wieder an zu leben, unser Leben zu genießen? Ich möchte mal wieder einen Urlaub planen, etwas Sorgloses unternehmen.«

Der Himmel über uns fing an zu grollen. Noch fiel kein Regen, aber man spürte am auffrischenden Wind, dass es nicht mehr lange dauern würde.

Jasper und ich drifteten auseinander. Ich hatte bisher gedacht, dass unsere gemeinsamen Erlebnisse, auch die negativen, uns näher zueinander führen würden. Dass die unzähligen Krankenhausbesuche, die vielen Enttäuschungen, aber auch das hoffnungsvolle Schlendern durch teure Babyboutiquen, das Suchen nach Babynamen und das gemeinsame Träumen uns auf eine Art verbunden hatte, die uns unzerstörbar machte.

Aber das Gegenteil schien der Fall. Jasper war nach München gezogen, und ich befürchtete langsam, er würde nicht wiederkommen. In letzter Zeit war er mehr und mehr in sich versunken, suchte nicht mehr meine Nähe. Vielleicht würde ich nicht nur niemals schwanger werden. Vielleicht war unsere Ehe bereits zerbrochen, und es hatte nur niemand ausgesprochen. Vielleicht würde ich am Ende nicht nur kein Baby, sondern auch keinen Mann mehr haben.

Aber wie war es so weit gekommen? Wie hatten wir uns in eine solche Richtung entwickeln können, nachdem wir jahrelang Seite an Seite für eine Familie gekämpft hatten?

Eriks Stimme ertönte in meinem Kopf: »Ist es nicht merkwürdig, wie sehr wir manchmal unsere eigenen Probleme zu denen der anderen machen?« Das hatte er gesagt, als ich ihn gefragt hatte, ob an den Gerüchten im Internet, dass er eine Affäre hatte, etwas dran sei.

Hatte Erik damals vielleicht gar nicht andeuten wollen, dass ich es auf eine Affäre mit ihm abgesehen hatte? Hatte er in Wirklichkeit Jasper gemeint? Hatte Jasper an einem bierseligen Abend unter Nachbarn mit Erik gesprochen, gar angegeben mit einer neuen Eroberung? Machten Männer nicht so etwas untereinander? Zumindest wäre Eriks Bemerkung unter diesen Umständen verständlich gewesen.

War das der Grund, warum Jasper weggezogen war? Warum er kein Baby mehr wollte? Ich sah ihn von der Seite an. War er auf dem Weg, aus unserer Ehe auszubrechen? Die Angst schnürte mir die Luft ab. Andererseits konnte ich es mir nicht vorstellen. Wir ruderten seit Jahren Seite an Seite durch schwere See, standen oft auf der Stelle, waren erschöpft, aber unser Ziel war ein gemeinsames.

Und nur wenn wir gemeinsam im Takt die Ruder ins Wasser schlugen, hatten wir eine Chance, auch dort anzukommen. Wie sinnvoll wäre es, wenn er zwischendurch in ein Nachbarboot steigen würde, um dort ein paar Paddelschläge zu tun? Es würde unsere Boote so weit voneinander trennen, dass ein Zurückspringen unmöglich wurde. Das war sicherlich nicht sein Ziel. Im Gegenteil, er wollte ja gerade öfter mit mir zusammen sein, Zeit mit mir verbringen, die wir eben nicht mehr in Kliniken zubringen mussten.

Trotzdem. Ich war mit einem Mal wachsam. Ich dachte an meine letzte Chance auf ein Kind, die buchstäblich auf Eis lag. Theoretisch konnte Jasper nicht nur unsere Ehe jederzeit beenden, sondern auch meinen Traum, jemals Mutter zu werden, wenn er der Klinik mitteilte, dass er die Eizellen vernichten lassen wollte. Aber das würde ich nicht zulassen.

Vor meinem Fuß lag ein spitzer Stein, über den ich gerade hinwegsteigen wollte, als ich mich selbst sah, wie ich ihn Jasper mit aller Gewalt über den Schädel schlug. Ich schüttelte den Gedanken ab, presste die Hände an die Schläfen. Würde das immer so weitergehen? Jasper sollte der Vater meines Kindes werden, nicht ein Opfer meiner gewalttätigen Fantasie. Ich liebte ihn. Ich wollte ihm nichts tun!

»Es tut mir so leid«, sagte ich mit zitternder Stimme und Jasper sah mich erstaunt an.

»Was denn?«

Ich fühlte mich ertappt. Er hatte ja keine Ahnung von meinen Gedanken. Worüber hatten wir überhaupt gesprochen? Er wollte in den Urlaub? Es klang absurd.

»Alles. Alles das hier«, sagte ich ausweichend.

Jasper trat gegen den Stein, den ich im Geiste aufgehoben hatte, um ihn zu verletzen, und kickte ihn in den Bach. Platsch, machte es.

Ich warf mich in seine Arme und verbarg mein Gesicht an seiner Brust.

Jasper schwankte von dem unerwarteten Gewicht, das gegen ihn geprallt war. Er kam mir insgesamt schmaler vor, weniger standfest als früher.

»Liebst du mich?«, murmelte ich. Ich fühlte mich seltsam schwach.

»Ach, Friederike«, sagte Jasper und legte, nach einer etwas zu langen Pause, endlich die Arme um mich. Es hätte mich beruhigen sollen, aber das Gegenteil war der Fall. Mein Herz klopfte stärker, das unwohle Gefühl verstärkte sich.

Nur ein kleiner Teil meines Hirns blieb glasklar. Mein Ziel war ein Baby. Ein zuckersüßes winziges Wesen, das ich in den Schlaf wiegen konnte, dem ich etwas vorsingen und vorlesen konnte. Das seine kleinen Finger nach mir ausstreckte, meinen Daumen umklammerte, während es glucksende Geräusche von sich gab. Dieses kleine Wesen würde ich auf die Welt bringen, koste es, was es wolle.

In diesem Moment stand für mich fest: Ich musste den nächsten Zyklus nutzen, bevor irgendetwas dazwischenkam und Jasper die Klinik darüber informierte, dass der Kinderwunsch für ihn erledigt sei.

Als wir in den Weißdornweg einbogen, schlugen uns die ersten Regentropfen ins Gesicht. Ich zog meine Kapuze über den Kopf. Schon von Weitem sah ich, dass vor Eriks Haus ein Polizeiwagen stand. Wir liefen schneller.

In Eriks Vorgarten rollte eine Beamtin in Uniform das Absperrband ein, ein Kollege von ihr entfernte das Siegel an der Haustür.

Jasper eilte in unseren Hauseingang und öffnete die Tür, doch ich lief trotz des einsetzenden Regens weiter auf die Polizeibeamtin zu, die ich schon mehrfach hier am Tatort gesehen hatte.

»Ist das Haus wieder freigegeben?«, fragte ich die Beamtin atemlos und zog mir meine Kapuze unterm Kinn zu. »Weiß Erik Keller schon Bescheid?«

»Er ist schon auf dem Weg«, sagte die Beamtin und hielt etwas in die Höhe. »Die haben wir im Hauseingang gefunden. Mögen Sie sie an Herrn Keller weiterleiten, bevor sie nass wird? Es ist sicher eine Erinnerung an seine Tochter.«

Sie drückte mir eine Stoffpuppe in die Hand, das Abbild eines kleinen Mädchens mit dunklen Zöpfen.

»Natürlich«, sagte ich und nahm die Puppe an mich. Ich wusste, dass Erik das Niederlegen von Blumen und Stofftieren als belastend und aufdringlich empfand. Als wenn die Leute mit jeder Kerze und jedem Luftballon einen Scheinwerfer auf sein Unglück richten würden. Nur weil ich mich der Polizistin hätte erklären müssen, wenn ich die Puppe vor ihren Augen in die Mülltonne gestopft hätte, trug ich sie mit hinein, wo ich sie, weil wir Erik jeden Moment erwarteten, in die Schublade meines Sekretärs im Eingangsbereich stopfte.

Erik kam, kurz nachdem Jasper abgefahren war.

Ich blieb im Haus und beobachtete ihn durch das Küchenfenster. Er stand vor seinem Haus, zögerte, die Tür zu öffnen, an der sich noch die Klebereste des Siegels befanden.

Ich war nicht sicher, ob ich ihm bei diesem Schritt Hilfe anbieten sollte. Mir war nicht danach, das Haus je wieder zu betreten. Erik wahrscheinlich auch nicht. Aber ich dachte, der erste Moment dort gehörte ihm allein. Schließlich musste er mit einem Trauma klarkommen.

Irgendwann klopfte es. Erik stand vor der Tür, mit hängenden Schultern und einem Bart, der nach mindestens einer Woche ohne Rasur aussah. Er war nass geregnet, das Haar klebte am Kopf. Das schlichte schwarze V-Neck-T-Shirt und die verwaschenen Jeans wären für Alexas Geschmack höchstens ein Outfit für die Gartenarbeit gewesen, aber es stand ihm besser als die etwas überkandidelten Designerklamotten, die Alexa so an ihm geliebt hatte, ihm aber auch immer einen leicht schnöseligen Touch verliehen hatten.

»Hallo, Erik«, sagte ich leicht verlegen. Wegen unseres letzten Gesprächs war ich unsicher, wie ich mit ihm umgehen sollte. Ich achtete darauf, ihn nicht zu berühren, um ihm kein falsches Gefühl zu vermitteln. Vielleicht hatte seine Bemerkung ja auch gar keine tiefere Bedeutung gehabt, war nur eine Abwehrreaktion auf meine Frage gewesen. Er hatte schließlich mit genügend Vorwürfen zu kämpfen.

Der Großteil von Alexas Followern hatte sich zwar auf die zuvor so bewunderte Supermama und nun zum Abschaum degradierte Rabenmutter eingeschossen und überschüttete Erik mit Mitleid und Hilfsangeboten. Eine Frau hatte sich sogar bereit erklärt, sein Haus regelmäßig für ihn zu putzen, jetzt, da er doch ganz allein damit fertigwerden müsse.

Doch einige warfen ihm auch vor, dass er Alexa nicht rechtzeitig durchschaut und dass er Celina nicht gerettet habe. Dass er nicht wusste, wo Rebecca war. Dass er generell schuldig wirkte, weil er der Ehemann war. Eine Geliebte on top wäre wie ein Nagel zu seinem Sarg, und nach dieser hatte ich ihn gefragt. Vielleicht ertrug er einfach keine weiteren Verdächtigungen mehr.

Für ihn war die Sache sicher weitaus komplexer, als ich mir vorstellen konnte. Kein Mensch konnte eine solche Tragödie unbeschadet überstehen.

»Hi«, sagte Erik und sah mich aus seinen braunen Augen an. »Ist Jasper da?«

»Nein, tut mir leid, er ist eben gefahren. Magst du trotzdem reinkommen?«, fragte ich.

Er blickte zu Boden.

»Es ist noch alles voller Blut«, sagte er mit gebrochener Stimme.

Ich schwieg bestürzt. Obwohl ich wusste, dass der Hausbesitzer – also Erik – selbst für die Tatortreinigung zuständig war, schockierte mich in diesem Falle die Grausamkeit des Gesetzes.

»Wir lassen eine Reinigungsfirma kommen«, sagte ich. »Komm, wir suchen nach einer Nummer.«

Völlig unvermutet fiel Erik mir um den Hals, drückte mich an sich.

»Ich bin so froh, dass du hier bist«, murmelte er in meine Halsbeuge. »Du bist wie ein Fels in der Brandung. Du bist überhaupt einfach die tollste Frau, die hier wohnt. Was hätten wir nur ohne dich gemacht?«

Der Unterschied zu der blutleeren Umarmung von Jasper

eben überwältigte mich beinahe. Eriks Griff war kräftig, als wolle er jeden Zentimeter Abstand zu mir eliminieren. Ich roch sein Aftershave.

Kurz versuchte ich mich von seinem warmen Körper zu lösen, irritiert über meine eigenen Gefühle, doch seine Umarmung war zu kräftig, also gab ich schließlich nach und atmete seinen Geruch ein und spürte, wie er meinen einatmete.

Was sich da gerade zwischen uns abspielte, war die pure Gier nach Leben, etwas, was im Angesicht des Todes viele Menschen übermannen kann. Ein warmer Körper tat nicht nur gut, er war lebensnotwendig, zog einen weg von der Seite, auf die man noch nicht gehören wollte.

Eine Weile standen wir so im Türrahmen, bis ich auf der gegenüberliegenden Seite Kiki entdeckte, die mit einem Fugenkratzer das Unkraut zwischen den Pflastersteinen ihres Hauseingangs entfernte. Ich löste mich mit einem Ruck und trat einen Schritt ins Haus.

»Komm erst mal rein«, sagte ich, über unseren intimen Moment hinweggehend, als hätte er nie stattgefunden. Bevor ich die Tür schloss, warf ich noch einen hastigen Blick nach draußen.

Kiki hatte sich auf den Fugenkratzer gestützt, eine Hand in die Seite gestemmt und starrte zurück.

17

»Die Nachbarn sind inzwischen alle paranoid. Sie beobachten jeden, der in die Siedlung kommt, manche machen sogar Listen mit Kennzeichen und befragen harmlose Besucher, was sie hier wollen. Yvonne Fröbert hat zum Beispiel Veras und Haralds Sohn auf der Straße angehalten und nach seinem Personalausweis befragt, als er seine Eltern besuchen wollte.«

Ich redete in einer Tour, während ich Wasser in den Kaffeeautomaten füllte, Bohnen in das noch halb gefüllte Fach nachschüttete und mit einem Lappen über die saubere Arbeitsfläche wischte. Erik hatte sich auf die Sofalandschaft fallen lassen, ein Bein halb auf dem Sofa, den Arm auf der Lehne und den Kopf in die Hand gestützt, und sah mir bei meinen überflüssigen Arbeitsschritten zu, mit einem Blick, der mich an einen Liebhaber erinnerte, der beobachtet, wie sich seine Geliebte ankleidet.

Es war etwas Neues zwischen uns, und das machte mich nervös. Die ausladende Sofalandschaft, die ich in Gedanken an herumtobende Kinder gekauft hatte, war nicht mit Leder bezogen, wie Jasper es gewollt hatte, sondern mit einem angenehm weichen Stoffbezug, wie gemacht, um sich mit einem Kind im Arm hineinzukuscheln und Bücher vorzulesen.

Ich musste Distanz schaffen, bevor ich mich zu Erik auf dieses Sofa begab, denn auf einmal fand ich ihn unwiderstehlich. Mein aufwallendes Verlangen nach ihm erschreckte mich selbst. Er war Jasper überhaupt nicht ähnlich. Nicht der Theoretiker, eher der Praktiker, breite Schultern statt Nickelbrille. War es genau das, was mich zu ihm zog? Oder waren es die Umstände, diese merkwürdige Gier nach Leben angesichts des Todes?

Eine andere Version von mir, eine mit mehr Verstand, beobachtete sich selbst und stellte fest, dass ich mich geradewegs in die Fangemeinschaft von Erik einreihte. Die Faszination eines gut aussehenden, starken Mannes, der verletzt war und den ich deshalb steuern zu können glaubte, der mir nicht davonlaufen würde, weil er mich brauchte.

Und noch ein Gedanke klopfte so laut an meine Schädeldecke, dass ich ihn erst einmal zum Schweigen bringen musste: Es gab keinen medizinischen Befund für unsere Kinderlosigkeit. Weder bei Jasper noch bei mir wurde etwas gefunden, was ursächlich war. Vielleicht fehlte Jaspers und meinen Genen einfach die Kompatibilität, das schien es zu geben. Dass die Ursache für die Unfruchtbarkeit unbekannt blieb, kam gar nicht mal so selten vor und war eines dieser Dinge, die man einfach hinnehmen musste.

Trotzdem hatte ich mich die meiste Zeit selbst beschuldigt, die alleinige Ursache dafür zu sein, und Jasper bedauert, weil er mit mir gestraft worden war, einer Frau, die genau das nicht konnte, wofür sie eigentlich geschaffen war. Kinder kriegen.

Unfruchtbarkeit war ein Wort, das meine Weiblichkeit mit der Macht einer Guillotine zerstörte. Ich war ein Auto ohne Motor, ein Backofen, der nicht heizte, ein Haus ohne Bewohner. Ich war eine Frau ohne Kind.

Zwar glaubte ich nicht, dass für alle Frauen ein Kind zwingend notwendig war, dass Frauen nur Erfüllung in der Mutterschaft finden konnten. Kinder banden die Eltern für Jahre ans Haus, machten sie abhängig, Karrieren mussten zurückgeschraubt werden, meist von den Müttern, und statistisch gesehen waren sie im Alter für eine Frau das größte Armutsrisiko.

Ich hatte jeden Tag vor Augen, wie viele Freiheiten ich im Gegensatz zu den Eltern in unserer Nachbarschaft hatte, die ihren Alltag mühsam um die Kinder herum planen mussten. Hatte nicht Alexa selbst gesagt, Kinder machten einen zu Gefangenen?

Aber für mich ergab ein anderes Leben keinen Sinn. Da

war ein tiefes Sehnen, eine Leere in mir, die ich durch nichts anderes zu füllen wusste.

Jetzt auf einmal kam mir ein anderer Gedanke. Sterilität war in Fällen wie meinen keine unveränderliche Größe, sondern konnte mitunter bereits durch minimale Änderungen überwunden werden. Vielleicht lag es überhaupt nicht an mir. Vielleicht lag es an Jasper. Vielleicht an unserer Kombination.

Und hier vor mir, verletzlich wie ein aus dem Nest gefallener Vogel und zugleich mit der Kraft einer Naturgewalt, saß ein Mann auf meinem Sofa, der bereits bewiesen hatte, dass er Kinder zeugen konnte. Die Versuchung, die er für mich bedeutete, beschämte mich.

Also klapperte ich extra laut mit Tassen, stellte Milch und Zucker auf den Couchtisch, obwohl wir beide unseren Kaffee schwarz tranken, und arrangierte in einem Silberschälchen ein paar Pralinen, die keiner von uns essen würde, bis ich endlich der Meinung war, dass ich mich genug zusammengerissen hatte.

Ich setzte mich auf die gegenüberliegende Seite, um ihm nicht zu nah zu sein, und nahm zusätzlich meinen Laptop wie ein Schutzschild auf den Schoß.

»Also, es gibt mehrere Reinigungsfirmen, die Spezialreinigungen anbieten«, sagte ich und starrte konzentriert auf den Bildschirm.

»Friederike ...« Eriks Stimme war weich.

»Diese hier hat ziemlich gute Bewertungen«, fuhr ich fort, während ich mich fragte, wer zum Teufel eine Tatortreinigungsfirma im Internet bewertete.

»Ich habe meine Mutter schon angerufen, sie hat sich darum gekümmert«, sagte Erik. »Die Reinigungsfirma kommt morgen.«

Irritiert sah ich ihn an. Warum hatte er dann so überrascht gewirkt, dass noch Blutspuren im Haus zu finden gewesen waren? Da fiel mir ein, dass er selbst den Tatort nie wirklich gesehen hatte. Er war halb bewusstlos abtransportiert worden, das Blut in Celinas Zimmer hatten, außer der Polizei, nur Harald und ich gesehen.

»Ich sollte das Haus verkaufen. So schnell wie möglich«, sagte Erik.

»Aber ... was ist mit Rebecca?«

»Ja, ich weiß, ich habe gesagt, ich will hier auf sie warten. Aber meine Mutter meinte, es wäre für das Kind ein schrecklicher Stress, in einem Haus zu leben, in dem die Schwester gestorben ist. Also sollte ich mich lieber nach etwas anderem umsehen.«

Obwohl mir der Gedanke widerstrebte, dass Erik wegzog und Rebecca auf gewisse Art heimatlos wurde, überlegte ich, ob ein Verkauf nicht tatsächlich die bessere Möglichkeit darstellte.

Am Anfang hatte sich die Nachbarschaft geschlossen hinter Erik gestellt. Niemand hatte etwas Böses über ihn zu berichten gehabt. Er war ein hingebungsvoller Vater, ein hilfsbereiter Nachbar. Doch inzwischen hatte ich das Gefühl, dass die nachbarschaftliche Schutzmauer Risse bekam.

Ich konnte Kikis Haustür von meinem Küchenfenster aus sehen und hatte beobachtet, dass sie eine Frau mit einem Kameramann im Schlepptau eingelassen hatte. Yvonne Fröbert, die mich immer noch ignorierte, grüßte dafür die Reporter besonders freundlich.

Ich bildete mir ein, dass das seit dem Gerücht über eine Geliebte der Fall war, das sich weiterhin hartnäckig in diversen Foren wiederholte und ein paar Reporter in die Gegend trieb, die sich bei den Nachbarn umhörten.

Mir wurde klar, dass Eriks und meine plötzlich recht innige Verbindung – er ging bei mir ein und aus, übernachtete hier, auch wenn Jasper nicht da war – ebenfalls zu einigem Klatsch geführt haben musste. Die Umarmung in der Tür vorhin bot zudem reichlich Potenzial zur Fehlinterpretation. Oder war es am Ende gar keine?

»Herr Krupp kommt übrigens gleich vorbei«, lenkte ich ab.

Erik hob die Augenbrauen. »Was will er?«

»Ich habe etwas in den Kommentaren unter Alexas Videos gefunden. Das soll ich ihm zeigen.«

»Was denn?«

»Zahlen. Ich habe es erst für eine Art Bewertungssystem gehalten. Aber dann habe ich es überprüft. Die Zahlen wurden auf unterschiedlichen Kanälen veröffentlicht, deshalb erkennt man es vielleicht nicht auf den ersten Blick. Einen Tag, bevor Alexa verschwand, tauchte in ihren Kommentaren auf Instagram die Zahl Eins auf. Zwei Tage vor Alexas Verschwinden fand ich eine Zwei, drei Tage davor eine Drei. Insgesamt zehn Zahlen. Rückwärts gezählt bis zum Tag ihres Verschwindens. Zehn! Das kann kein Zufall sein. Nicht zehnmal hintereinander. Das klingt wie ein Countdown.«

Erik sah mich an. Es lag keine Überraschung im Blick, eher eine Art Bestätigung.

»Ich wusste, dass du schlauer bist als alle anderen«, sagte er. »Du strahlst das einfach aus. Ich war mehrfach bei der Polizei wegen der Drohkommentare. Erinnerst du dich? Aber sie wollten nicht auf mich hören. Für mich steht es jetzt erst recht fest: Alexa ist entführt worden. Von dem Stalker. Und du hast es herausgefunden. Du bist sogar intelligenter als die Polizei.«

»Danke, aber das war purer Zufall. Anni hat mir erzählt, dass sie mit Rebecca gern Verstecken gespielt hat, und da habe ich mich an den Abzählreim erinnert.«

»Das ist ja egal, fest steht, dass du die richtigen Rückschlüsse gezogen hast.«

Erik beugte sich auf dem Sofa zu mir. Er streckte die Hand nach mir aus. Man konnte es als eine Art Glückwunschgeste betrachten, aber ich ahnte, wenn ich die Hand ergriff, dass er mich zu sich ziehen würde. Oder wünschte ich es mir?

Das Klingeln an der Haustür genau in diesem Moment kam so unerwartet, dass ich erschrocken aufsprang.

Krupp stand allein vor der Tür. Ohne seine übliche Entourage sah er so harmlos und unauffällig aus, dass ich ihn nie für einen Mordermittler gehalten hätte. Das graue Haar war kurz. Er trug Jeans, braune Timberlands und eine Allwetterjacke über einem Polo-Shirt. Im Supermarkt hätte er direkt neben mir stehen können, ohne dass er mir aufgefallen wäre. Nur seine stahlgrauen Augen hatten etwas Unerbittliches.

Kaum dass Krupp das Wohnzimmer betrat, war Eriks Anziehungskraft auf mich schlagartig verschwunden. Ich war dem Kommissar dafür dankbar, auch wenn er keine Ahnung hatte, dass er mich vielleicht vor einer Riesendummheit bewahrt hatte.

Letztlich waren Erik und ich auf unsere eigene Art traumatisiert. Wir beide hatten Kinder verloren, wenn ich meine auch nie kennengelernt hatte. Diese Gemeinsamkeit konnte durchaus dazu führen, dass man sich einander zuwandte, sich ans Leben klammerte.

Es lag zu viel Trauer über uns, zu viel Dunkel.

»Herr Keller!«, sagte Krupp etwas überrascht und gab Erik, der sich vom Sofa erhoben hatte, die Hand. Die beiden Männer nebeneinander wirkten gegensätzlich. Erik war etwas größer und breiter, Krupp dagegen lang und dünn auf eine Art, die an einen Marathonläufer erinnerte. Er wirkte nicht bedrohlich, aber wie jemand, der auf Dauer den längeren Atem haben würde.

Ich brühte mehr Kaffee auf, stellte Krupp eine Tasse hin.

»Ja, Herr Keller, wo ich Sie gerade hier habe, ich wollte Sie ohnehin noch einmal bitten, sich erneut Gedanken über mögliche Aufenthaltsorte Ihrer Frau zu machen. Ich weiß, dass ich mich wiederhole, aber jeder, wirklich jeder Ort, der Ihnen einfällt, kann uns helfen. Das Auto ist wie vom Erdboden verschluckt.«

Erik hob die Hände in einer hilflosen Geste. »Ich habe Ihnen alles gesagt, was mir eingefallen ist.«

»Ich weiß, aber manchmal ist es erstaunlich, was das Gedächtnis uns für Streiche spielt. Es kann gut sein, dass Sie sich aus heiterem Himmel noch an etwas erinnern. Etwas, was so unwahrscheinlich ist, dass es Ihnen bisher einfach noch nicht eingefallen ist.«

»Aber müsste das Auto nicht längst auf irgendeiner Videokamera erfasst worden sein? Wir leben doch in einer ziemlich überwachten Zeit.«

»Auf unseren Straßen gibt es eine sehr unterschiedliche Dichte an Videoüberwachung, die sich zudem von Bundesland zu Bundesland stark unterscheidet. Auch der Zeitraum, in der die Aufnahmen gelöscht werden. Berlin etwa löscht seine Aufnahmen bereits nach achtundvierzig Stunden, wenn kein entsprechender Antrag vorliegt. Da ist man eigentlich immer zu spät dran. Auf Autobahnen wird man eher gefilmt, als wenn man über Land fährt, da kann man sich ganz gut verstecken. Der Wagen kann auch einfach irgendwo auf einem öffentlichen Parkplatz abgestellt sein, vielleicht mit einem falschen Kennzeichen, und niemand hat ihn bisher bemerkt, er kann in einem See oder Fluss versenkt worden sein, alles ist möglich. Aber wenn keine Hinweise aus der Bevölkerung kommen ... Wir können nicht jeden deutschen Parkplatz absuchen.«

»Was ist mit der EC-Karte?«, fragte ich.

»Die Karte wurde nicht mehr benutzt, leider. Sonst hätten wir zumindest einen Anhaltspunkt.«

»Dann war Geld jedenfalls nicht das Motiv«, sagte ich.

»Genau«, sagte Erik.

»Ich kann nur immer wiederholen, wir ermitteln in alle Richtungen. Es gibt bisher keine favorisierte These, die sich auf irgendeinen konkreten Beweis stützen ließe.«

Das konnte alles heißen. Ich seufzte.

»Ich glaube, Friederike – Frau Mönch – hat eine ungeheure Entdeckung gemacht. Sie hat einen Countdown gefunden. Das kann doch kein Zufall sein.« Erik sah mich erwartungsvoll an.

»Zumindest ist es eine Überprüfung wert«, sagte ich und öffnete die Seiten auf meinem Laptop. »Sehen Sie selbst!«

Ich hatte von allen Zahlen-Kommentaren auf Alexas unterschiedlichen Kanälen Screenshots gemacht und sie nach den Zahlen geordnet, daneben hatte ich das jeweilige Datum gesetzt.

»Könnten Sie mir die bitte weiterleiten?«, fragte Ulrich Krupp ohne ersichtliche Erregung.

»Natürlich«, sagte ich.

»Sehen Sie das nicht!«, rief Erik. »Das ist der Beweis! Das ist der Beweis, dass Alexa von jemandem bedroht wurde. Jemand hat angekündigt, dass ihr etwas passieren würde. Öffentlich. Auf eine Art, die wir nicht hätten durchschauen können. Das kann kein Zufall sein, dass dort jemand einen Countdown runterzählt, der exakt mit dem Tag ihres Verschwindens endet.«

»Hm«, sagte Ulrich Krupp.

»Was brauchen Sie denn noch?«, rief Erik. »Finden Sie sie!«

»Ich verstehe Ihre Verzweiflung. Aber Sie haben etwas übersehen. Falls Ihre Frau, aus welchen Gründen auch immer, sich und ihren Kindern etwas antun wollte, dann ist es genauso gut möglich, dass sie diese Zahlen selbst veröffentlicht hat. Dass sie sich quasi selbst ausgezählt hat.«

Mit dieser Aussage versetzte mir Ulrich Krupp einen Dämpfer. Natürlich hatte er recht. Es war möglich, dass Alexa selbst einen Countdown ins Internet gestellt hatte. Eine heimliche Ankündigung, vielleicht als Zeichen für sich selbst, wann sie ihren Plan in die Tat umsetzen würde. Was mich schaudern ließ, war der Gedanke, dass Alexa die Tat dann eiskalt geplant haben musste.

Falls das der Fall gewesen war, hatte sie mindestens zehn Tage zuvor gewusst, dass ihre Kinder bald sterben würden. Mich schauderte. Überhaupt sprach so vieles für Alexas Schuld, dass ich mich wunderte, dass ich diese Theorie überhaupt angezweifelt hatte. Wie wenig Ahnung ich von ihr gehabt hatte! Und wie gut hatte Erik sie wohl gekannt?

Waren ihre mittäglichen Ausflüge ein Zeichen, dass sie überfordert gewesen war? Oder hatte sie sich bereits überlegt, wie sie ihrem offensichtlich höchstpersönlichen Familienalbtraum entkommen konnte? Was war wirklich zwischen ihr und Erik passiert? Konnte ein Mann wirklich gar keinen blassen Schimmer davon haben, was in seiner Frau vorging?

Ich dachte an Jasper. Wusste er denn, was in mir vorging? Nein. Er hatte zum Beispiel keine Ahnung, dass ich mit dem Gedanken spielte, mir auch gegen seinen Willen eine von ihm befruchtete Eizelle einsetzen zu lassen. Und erst recht nicht, dass ich an quälenden Vorstellungen litt, in denen ich ihm den Schädel einschlug, während er neben mir spazieren ging. Was wusste ich wohl alles von ihm nicht? Und warum sollte es Erik und Alexa anders ergangen sein? Wir hatten alle unsere Geheimnisse.

Am meisten frustrierte mich, dass wir dem Ziel, Rebecca zu finden, keinen Schritt nähergekommen waren.

»Und was halten Sie von Annis Aussage, dass Rebecca sich im Schrank versteckt hätte?«, fragte ich Ulrich Krupp.

Eriks Gesichtsausdruck entgleiste. Ich hatte vollkommen vergessen, dass er Annis Geschichte bei der Beerdigung ja gar nicht mitbekommen hatte.

»Was meinst du damit?«, fragte er.

»Anni hat gesagt, Rebecca hätte sich beim Versteckenspielen gerne im Schrank versteckt. Und dass sie gesehen hätte, dass Rebecca sich in der Nacht auch im Schrank versteckt hat. Was natürlich Quatsch ist. Anni lag im Bett in der Nacht. Wir dürfen nicht vergessen, dass sie vollkommen durcheinander ist. Sogar ihr Bruder – Tom ist immerhin schon vierzehn – soll laut Kiki vollkommen verängstigt sein und nachts wieder zu den Eltern ins Bett kommen. Für die Kinder in der Siedlung wird es ein lebenslanges Trauma bleiben, da bin ich sicher. Eine Siebenjährige, die noch dazu das Down-Syndrom hat, kann da schon mal durcheinanderkommen mit den Ereignissen.«

»Ich werde gleich noch einmal bei Frau Eckardt klingeln«, sagte Ulrich Krupp. »Vielleicht kann Anni mir etwas genauer erklären, was sie gemeint hat.«

»Ich komme mit!«, sagte Erik.

Ulrich Krupp sah aus, als wollte er Eriks Angebot abwehren, aber Erik redete weiter: »Das ist der erste Hinweis auf das

Versteck. Außerdem kennt Anni mich. Sie wird eher mit Ihnen sprechen, wenn ich dabei bin.«

Auf dem Weg nach draußen fiel mir die Puppe ein. Ich öffnete die Schublade, in die ich sie gelegt hatte, und hielt sie Erik hin. »Die hat jemand bei dir am Haus abgelegt. Vielleicht können wir sie für Rebecca aufbewahren. Sie sieht ihr ein wenig ähnlich.«

Erik starrte die Puppe mit den dunklen Zöpfen an. Es war eine entzückende Puppe.

»Schau, sie hat auf einer Seite eine Haarspange, die mit einem Gänseblümchen aus Stoff verziert ist. Oder ist das eine Margerite? Rebecca hatte eine ganz ähnliche Spange, daran erinnere ich mich. Es sah so hübsch aus in ihrem dunklen Haar.«

Erik nahm die Puppe nicht.

»Schmeiß sie weg. Ich will dieses Zeug nicht im Haus oder vor dem Haus haben«, sagte er gepresst. »Sie machen mich wahnsinnig, überall diese Blumen und Kerzen. Immer wieder rütteln die Leute an meinem Leid. Was wollen sie von mir? Ich möchte doch nur meine Ruhe.«

Nachdem die beiden Männer fort waren, ging ich rasch ins Bad und legte etwas Lippenstift auf. Ich hatte noch einen Termin bei der Therapeutin. Ich musste dringend über Jaspers und meine Beziehung sprechen. Ich hatte Fantasien über Erik gehabt.

Jetzt, da er fort war, schämte ich mich und fragte mich, ob er wohl etwas davon ahnte oder sich alles nur in meinem Kopf abspielte. Und wie überhaupt ein solcher Gedanke Platz haben konnte, während doch Eriks Welt gerade komplett zusammengebrochen war und er sich nur noch mit Mühe aufrecht hielt.

Jedenfalls hoffte ich, dass Anni Erik helfen würde.

Ob sie den Männern wohl erklären konnte, was sie mit dem Versteck gemeint hatte? War Rebecca der Katastrophe im Hause Keller vielleicht doch entkommen?

18

Nach der Freigabe des Hauses türmten sich erneut Blumensträuße, Teddys und Kerzen vor Eriks Haustür. Vielleicht erwarteten die Menschen, dass Erik jetzt zurückkehrte, und wollten ihm den Schritt erleichtern, sie wussten schließlich nicht, dass Erik unter diesen Bekundungen eher litt, als dass sie ihn trösteten.

Bevor ich mich auf den Weg zu Gertrud Straub machte, räumte ich alles stillschweigend weg.

Als ich rückwärts aus der Ausfahrt rollte, hatte direkt in Eriks Ausfahrt ein oranges Cabriolet geparkt. Trotz des kühlen und windigen Wetters stand das Verdeck offen. Eine nicht mehr ganz junge, aber sorgfältig zurechtgemachte Frau blickte in den Rückspiegel und zog ihren Lippenstift nach. Sie hatte einen himbeerroten Schal über das Haar gezogen, als sei sie Grace Kelly persönlich. Das war keine der Personen, die ihre Trauer ausdrücken wollten, sondern wieder eine von Eriks Fanclub.

Ich ließ mein Fenster hinunter.

»Was tun Sie hier?«, fragte ich.

Sie ignorierte mich.

Ich drückte kurz auf die Hupe. Darauf reagierte sie.

»Ja bitte?«, sagte sie mit müdem Augenaufschlag.

»Sie stehen vor einer privaten Ausfahrt.«

»Na und? Das ist ja nicht Ihre.«

»Doch. Dieser Teil des Grundstücks ist gemeinschaftlich«, behauptete ich. »Also fahren Sie bitte hier weg.«

»Sie kommen ja raus mit Ihrem Wagen. Und ich warte auf Erik.«

»Wie kommen Sie darauf, dass er darauf Wert legt?«

»Ich weiß es. Das Schicksal hat uns füreinander bestimmt.

Meine Wahrsagerin hat es mir gesagt. Und sie hatte bis jetzt mit Vorhersagen immer recht.«

Der Himbeerton des Schals passte nicht zu dem Orange des Wagens. Ich überlegte, wie lange ich den Schal um ihren Hals zuziehen müsste, bis sich die Farbe des Gesichtes dem Schal anpasste.

Doch ich sagte äußerlich ruhig: »Ich verstehe, dass Sie ein Problem haben, das Sie offensichtlich mit Erik in Verbindung bringen. Aber wenn Sie nicht wegfahren, muss ich leider die Polizei rufen.«

»Sie können nichts gegen das Schicksal unternehmen. Es wird eintreffen, egal, was Sie sagen oder tun.«

»Dann bleiben Sie doch einfach zu Hause, und warten Sie dort auf das Eintreffen des Schicksals.«

Sie ignorierte mich wieder. Also rief ich die Polizei.

Später erzählte ich Gertrud Straub von dem Vorfall mit der Cabrio-Frau, doch ich ließ die Stelle aus, an der ich ihr den Hals hatte umdrehen wollen.

Stattdessen spekulierte ich eine Weile über die Fangemeinschaft von Erik und seinen offensichtlichen Hang zu Frauen mit Problemen.

Ich ließ auch die Exfreundin nicht unerwähnt, die Erik über Jahre verfolgt hatte.

»Vielleicht hat er einen Retterkomplex«, sagte Gertrud Straub. »Empathen und Narzissten ziehen sich magisch an.«

»Was meinen Sie damit?«

»Nun, Narzissten sind Kontrollfanatiker. Ablehnung verletzt sie zutiefst. Wenn er sie verlässt, entzieht sich das ihrer Kontrolle. Das Stalken sorgt einerseits dafür, die Kontrolle wiederherzustellen, und auf der anderen Seite ist es auch eine Bestrafung.«

»Können solche Menschen gefährlich werden?«

»Es gibt verschiedene Ausprägungen von Narzissten. Darunter gibt es auch gefährliche. Inwieweit das auf die Frauen ihres Nachbarn zutrifft, weiß ich natürlich nicht. Es ist aber nicht ungewöhnlich, dass sich bestimmte Beziehungsmuster wiederholen, besonders, wenn man sich nicht im Klaren darüber ist, was einen in bestimmte Beziehungen treibt.«

»Es wäre also nicht undenkbar, dass ein Mensch gleich an mehrere Narzissten gerät?«

»Absolut nicht. Narzissten können äußerst faszinierend auf andere wirken. Aber ich würde jetzt auch gerne über Sie sprechen. Wie waren denn Ihre vorherigen Männerbeziehungen?«

Ich machte eine abwehrende Handbewegung. »Katastrophal. Allesamt bindungsunfähige Männer. Ich habe mir immer viel zu viel gefallen lassen.«

»Haben Sie denn mit anderen Partnern auch über Kinder gesprochen?«

»Nein. Dazu kam es nie, weil die Beziehung nie eng genug wurde.«

»Aber den Wunsch hatten Sie in dieser Zeit auch?«

»Ja. Am Ende meines Lebens habe ich mich immer mit einer Familie gesehen. Als junge Erwachsene war ich aber sehr beschäftigt mit meiner Karriere. Ich hatte das Gefühl, ich musste erst alles fertig haben, vorbereitet sein. Falls meine Ehe in die Brüche gehen würde, musste ich auch für ein Kind selber sorgen können.«

»Sie haben also schon das Ende Ihrer Ehe mit einkalkuliert, bevor Sie Kinder bekommen haben.«

»Na ja, ich bin Realistin. Bei einer solch hohen Scheidungsquote macht man sich seine Gedanken. Man will es besser machen. Meine Mutter hat früher immer gesagt, Friederike, mach bloß Karriere. Jetzt ist sie allerdings der Meinung, dass ich es übertrieben habe. Männer hätten es nicht gerne, wenn man sie überflügelt, das kränkt ihre Männlichkeit, sagt sie heute.

Und es hat dann auch viele abgeschreckt, denke ich. Es ist merkwürdig mit den Erwartungshaltungen der Männer. Heute erwarten alle eine Überfrau bei einem Date. Es wird schon vorher abgecheckt. Man soll zwar schön, schlau, unabhängig und selbstständig sein. Aber wehe, man ist es.«

»Was meinen Sie damit?«

»Na ja, die meisten Männer mochten es am Ende dann

eben doch nicht, wenn ich zum Beispiel mehr verdiente als sie.«

»Und was war anders mit Ihrem Mann? Was hat ihn unterschieden von den anderen? Warum haben Sie sich in ihn verliebt?«

»Er war nicht abgeschreckt von mir.«

Gertrud Straub hob eine Augenbraue.

»Sie haben sich in Ihren Mann verliebt, weil er nicht abgeschreckt war von Ihnen?«

Ich wollte abwehren, etwas anderes, etwas Ausgleichendes, Lobenswertes über Jasper sagen. Doch auf einmal war mir klar, dass es der Wahrheit entsprach.

»Was sagt Ihnen das über Ihr Selbstbild?«

Ich blieb stumm.

»Klingt für mich so, als wären Ihre Ansprüche gegenüber einem Mann nicht besonders hoch.«

»Also ich wollte Jasper jetzt nicht abwerten. Er hat natürlich auch gute Eigenschaften.«

»Ihre Ansprüche sagen ja nichts über die tatsächlichen Eigenschaften Ihres Mannes aus.« Sie machte eine Pause. »Was lieben Sie denn an Ihrem Mann?«

Die etwas verstaubt wirkende Wanduhr, die eine Bahnhofsuhr imitierte, zeigte mir an, dass ich zum Punkt kommen musste, sonst würde ich unverrichteter Dinge wieder gehen müssen.

Ich holte tief Luft und gab mir einen Ruck.

»Ich wollte ihn erschlagen«, sagte ich. »Das meine ich wörtlich. Ich wollte ihn wirklich erschlagen. Ich habe den Stein auf dem Waldboden gesehen und förmlich vor mir gesehen, wie ich ihm das Ding auf den Kopf schmettere. Dabei bin ich eigentlich gar kein aggressiver Typ. Ich habe mich sogar bei ihm entschuldigt, aber er hat natürlich nicht gewusst, wofür.«

Gertrud Straub wirkte keineswegs geschockt, was mich sehr erleichterte.

»Okay. Was hat das ausgelöst?«

»Das ist ja das Schlimme. Ich habe keine Ahnung. Es kam aus dem Nichts angeflogen, wie immer.«

»Wie immer? Haben Sie schon mal jemand anders in Gedanken verletzt oder beschränkt sich das auf ihren Mann?«

Ich senkte schuldbewusst den Kopf. Doch dann erzählte ich.

Als ich die Praxis verließ, war ich erleichtert. Gedanken sind keine Taten, hatte Gertrud Straub mir mit auf den Weg gegeben. Ich hatte das Gefühl, etwas mehr Sicherheit zurückzubekommen.

Meine Beziehung zu Jasper würde ich mir genauer anschauen müssen. Dass ich einen Hang zu nicht wirklich verfügbaren Männern gehabt hatte, ließ sich ebenso wenig bestreiten wie die Tatsache, dass ich keinen verfügbaren Vater gehabt hatte. Der eine hatte meiner Adoption zugestimmt. Der andere war gestorben.

Der Wunsch nach einem Baby wurde immer stärker, je älter ich wurde. Als ich Jasper kennenlernte, kam es mir wie ein Wunder vor, dass ich noch einen Mann abbekommen hatte, der sich nicht auf dem Absatz umdrehte und verschwand, sobald es enger wurde. Jasper teilte dieselben Werte, auch er wollte sich niederlassen und eine Familie gründen, bevor es zu spät war.

Jetzt war er zweiundvierzig und hatte immer noch kein Kind, ich war nur wenig jünger. Ich hatte mir so viele Gedanken über meine gescheiterten Beziehungen gemacht, dass ich mir nie überlegt hatte, warum eigentlich Jaspers nicht gehalten hatten.

Jasper war mein letztes Einhorn. Am letzten Einhorn kritisierte man auch nicht herum.

Ich hatte immer Menschen wie meine Freundin Mona für bindungsängstlich gehalten. Sie traf sich fast jedes Wochenende mit Männern aus dem Internet. Dabei ging es immer nur um Sex.

Doch auch wenn es für Mona ein gutes Konzept zu sein

schien, für mich war es eine Horrorvorstellung, mich den Rest meines Lebens mit solch oberflächlichen Begegnungen zufriedenzugeben. Außerdem fürchtete ich das Älterwerden. Je oberflächlicher die Beziehung, umso entscheidender wurde das Äußere. Die Vorstellung, mich ständig nach meinem Äußeren beurteilen zu lassen, war abschreckend und erschien mir zudem unglaublich anstrengend.

War der Wunsch nach einem Baby am Ende vor allem der Wunsch nach einer Bindung, die sich nicht einfach in Wohlgefallen auflösen konnte? Wenn es mal nicht so klappte, wie man es sich in einer idealen Welt vorstellte?

Zu Hause räumte ich auf und ließ das Gespräch in mir nachklingen.

Die Beziehung zu meiner Adoptivmutter war von Gertrud Straub als schuldhaft bezeichnet worden. Ich müsse lernen, mich besser abzugrenzen, meine eigenen Bedürfnisse besser wahrzunehmen.

Das brachte mich auf die Frage, was für eine Beziehung wohl Alexa zu ihrer Mutter gehabt hatte. Und was wiederum konnte sie selbst dazu bringen, diese engste aller Bindungen, die zu ihren eigenen Kindern, zerstören zu wollen?

Sie litt keine sichtbare Not. Sie hatte zwei entzückende Kinder, ein schönes Haus und einen Mann, um den sich die Frauen rissen, jetzt, da sie aus dem Weg war. Ein Mann, der sie immer noch verteidigte, der sich weigerte, die Geschichte zu glauben, dass Alexa seine Tochter getötet und die zweite entführt hatte. Der lieber an eine diffuse Bedrohung aus dem Internet glaubte als daran, dass seine eigene Frau die größte Gefahr für seine Kinder gewesen sein könnte.

Vielleicht war es einfacher, so zu denken, als sich einzugestehen, dass man seine Kinder jemandem anvertraut hatte, der sie umbrachte. Auch wenn es die eigene Mutter war.

Ich zog die Plastiktüte aus dem Mülleimer, schnürte den Sack zu und stellte ihn vor die Haustür, warf einen Blick zu Eriks Haus.

Da war schon wieder einer.

Auf dürren Stängeln stand der in Plastik verpackte Blumenstrauß am Gartentor. Darüber war ein Heliumballon in Form von Engelsflügeln festgebunden, der aufgeregt im Wind hin und her flatterte, als wolle er vor etwas fliehen.

Ein Sturm kam auf. Es war den ganzen Tag davor gewarnt worden.

19

Zwei von diesen Verrückten an einem Tag. Erst die Frau im Cabrio, dann diese. Ich hatte die Nase voll.

Nach der fast beunruhigenden Stille bogen sich die dünnen Bäumchen in unseren Vorgärten jetzt unter dem Wind, der auf einmal durch die Straßen fegte. Ein paar vertrocknete Blätter, die sich den Winter über unter der Kirschlorbeerhecke versteckt hatten, wirbelten hoch und flogen an meinem Küchenfenster vorbei, von wo aus ich misstrauisch die Frau mit der Baseballkappe beobachtete.

Trotz unserer wenig erfreulichen Begegnung wollte sie einfach nicht verschwinden. Sie starrte an Eriks Haus empor, als überlegte sie, wo sie ihn finden konnte, wenn ich es ihr schon nicht verraten hatte.

Etwas stimmte nicht mit ihr.

Eigentlich sah sie gar nicht so aus, als sei sie auf Männerfang, im Gegenteil. Die Klamotten waren zu groß, die Turnschuhe ausgelatscht. Eriks Typ war sie ganz sicher nicht. Was wollte sie hier?

Der Postbote stoppte mit seinem Fahrrad vor meinem Briefkasten und verdeckte mir für einen Moment die Sicht. Als er weiterradelte, war die Frau plötzlich verschwunden.

War sie in Eriks Garten gegangen? Oder wollte sie am Ende gar ins Haus einbrechen?

Mir reichte es. Ich schnappte mir mein Handy. Dann würde ich eben die Polizei rufen. Auf keinen Fall wollte ich, dass Erik bei seiner Rückkehr eine unangenehme Überraschung erlebte.

Da tauchte sie auf einmal wieder auf.

Sie hatte die Kapuze ihres Hoodies über den Kopf gezogen

und stemmte sich gegen Wind, während sie zu ihrem Wagen eilte.

Ich öffnete die Haustür und lief ein paar Schritte hinter ihr her. Bevor sie davonfuhr, konnte ich ein Wiesbadener Kennzeichen an dem weißen Kleinwagen erkennen. War die Frau extra aus Wiesbaden gekommen, nur um einen Blick auf einen Mordschauplatz zu werfen?

In einem windstillen Winkel hinter Eriks Mülltonnenhäuschen flackerten drei rote Grablichter. Sie waren so eng zusammengeschoben, als wenn sie sich gegenseitig wärmen sollten. Hektisch sammelte ich die Kerzen ein, die der Wind sofort ausblies, leerte auf dem Weg noch rasch meinen Briefkasten und rannte zurück ins Haus.

Ich warf die Briefe – zwei Rechnungen und einer meiner eigenen Umschläge – auf den Küchentresen und stellte die Grablichter daneben.

Bedeuteten die drei Kerzen, dass die Frau davon ausging, dass es drei Tote gab? Wusste sie etwas, was wir nicht wussten? Jedenfalls sprachen sie eher dafür, dass die Frau vielleicht doch wegen Alexa und ihrer Töchter hier gewesen war und nicht wegen Erik.

Die Grablichter hatten als Windschutz einen messingfarbenen Deckel, in dessen Rand zur Gewährleistung der Sauerstoffzufuhr kleine Kreuze ausgestanzt waren. In einem der Kreuze klemmte ein Stückchen blaue Pappe, das wohl von einer Schachtel abgerissen war, als die Frau die Grablichter aus ihrer Ledertasche geholt hatte.

Ich zupfte den blauen Pappfetzen vorsichtig ab. Ich konnte nur die Buchstaben »dvil« entziffern, was mich sofort an »devil« erinnerte.

Vorsichtshalber steckte ich die Kerzen mitsamt dem Stück Pappe in einen Plastikbeutel. Man konnte ja nie wissen.

In der Post war heute nur ein einziger Umschlag gewesen, einer von denen, die ich an mich selbst adressiert hatte. Er war leer.

Einerseits freute ich mich, wenn die Leute auf meine Bitte

eingingen, andererseits war ich doch auch immer ein wenig enttäuscht, wenn ich sie von meiner Liste streichen musste.

Als ich meinen Ordner aufschlug, rief Erik an, um mir von dem Besuch von Ulrich Krupp bei Anni zu erzählen.

»Leider sind wir nicht schlauer als vorher«, erzählte er. »Anni ist immer noch der Meinung, dass Rebecca sich in einem Schrank versteckt hat, aber als der Kommissar etwas nachbohrte, war sie sich auf einmal nicht mehr sicher, wann das gewesen ist.« Erik seufzte frustriert. »Ich fürchte nur, der Kommissar wird jetzt viele Anrufe erhalten.«

»Wieso?«

»Er hat Anni seine Telefonnummer ins Handy eingespeichert und gesagt, sie solle ihn auf jeden Fall immer anrufen, wenn sie irgendwas Merkwürdiges sehe, egal wann, auch mitten in der Nacht.«

»Das hat ihr bestimmt gefallen.«

»Genau.«

»Was ganz anderes: Hast du eigentlich irgendwo ein Foto von deiner Exfreundin?«

»Ganz bestimmt nicht«, sagte Erik. »Ich war froh, dass ich sie nicht mehr sehen musste. Ich habe alle weggeworfen oder gelöscht.«

»Wie sah sie denn aus?«

»Sie war sehr hübsch.«

»Was für eine Haarfarbe hatte sie?«

»Bräunlich, würde ich sagen.«

»Kurz?«

»Nein, ziemlich lang.«

Die Frau am Tor hatte kurzes Haar gehabt, aber das musste nichts heißen. Langes Haar konnte man abschneiden.

»Also ähnlich wie Alexa?«

»Hm. Ja, jetzt, wo du es sagst. Ich habe wohl einen Typ.«

»Es wäre vielleicht nicht schlecht, wenn du die Polizei noch einmal auf deine Exfreundin hinweisen würdest. Eine ziemlich merkwürdige Frau hat eben drei Grabkerzen in deinen

Garten gestellt. Ich habe sie eingesammelt und in einen Plastikbeutel gesteckt, nur für den Fall.«

»Es ist fast zehn Jahre her ... Ich kann mir eigentlich nicht vorstellen, dass sie jetzt wieder hier auftaucht. Aber du hast recht, ich werde es bei der Polizei erwähnen.«

»Wie war der Name von deiner Ex? Ich schaue mal, ob ich im Internet was über sie finde. Vielleicht erkenne ich sie ja.«

»Vanessa. Vanessa Haack.«

Nach unserem Telefonat suchte ich im Internet nach Vanessa Haack. Es gab mehrere Frauen mit diesem Namen, doch keines der abgebildeten Gesichter kam mir bekannt vor. Vielleicht war es ja auch nicht Eriks Exfreundin gewesen, sondern eine von diesen Social-Media-Tanten, die nicht genug von diesem Fall bekamen. Vielleicht witterte sie nur eine Chance, sich über Alexa zu profilieren.

Angesichts von Alexas makelloser Fassade in ihren YouTube- oder Instagram-Videos wurde im Internet besonders hitzig über den Fall spekuliert. Sich in Theorien über die perfekte Mama zu ergehen, die möglicherweise zur grausamen Mörderin geworden war, bescherte vielen Hobby-Detektiven innerhalb kürzester Zeit Zehntausende von Klicks.

Sie waren häufig mit reißerischen Überschriften versehen. Ein Kanal namens »Miss Maple« war besonders erfolgreich. Dort war gleich eine ganze Serie mit dem Titel »The Keller Family Murders« veröffentlicht. Die jeweiligen Untertitel »Das Monster hinter der Backschüssel«, »Das tote Kind nebenan«, »Was die Polizei übersehen hat« und so weiter wurden schon in den ersten Stunden nach Erscheinen zehntausendfach geklickt.

Innerhalb der Siedlung hatten sich alle an die stillschweigende Übereinkunft gehalten, die Presse zu ignorieren – mit Ausnahme von Yvonne Fröbert, die einer Tageszeitung zwar ein Interview gegeben, sich dabei allerdings auf das übliche »ich hätte niemals gedacht, dass so etwas hier passieren könnte« beschränkt hatte.

Die allgemeine Zurückhaltung konnte Solidarität mit Erik

und seinem Verlust bedeuten, allerdings spielte sicher auch ein gewisser Selbstschutz eine Rolle. Wir alle hatten unsere finanzielle Zukunft hier verankert. Mit den Grundstücken und Häuserpreisen stieg und fiel unser aller Vermögen. Und es war ganz klar, dass eine reißerische Berichterstattung über einen Kindermord nicht dazu beitragen würde, den Wert der Häuser zu steigern.

Auf keinem der Fotos von diversen Vanessa Haacks im Internet konnte ich die Frau vom Gartenzaun identifizieren. Allerdings hatte ich wegen der Sonnenbrille und der Mütze auch nicht wirklich viel erkennen können. Trotzdem, irgendetwas an ihr hatte mich nervös gemacht.

Ich rief bei Mona an, um ihr davon zu erzählen, doch sie ging nicht ans Telefon. Sie hatte sich schon länger nicht gemeldet. Sicher hatte sie einen neuen Typen an der Angel.

Der Einbruch kam mir wieder in den Sinn.

Was hatte der Einbrecher bei mir gewollt? Den Schritten nach zu urteilen, war er in meinem Schlafzimmer gewesen.

Anfangs hatte mich der Gedanke an einen Perversen, der mich beobachten wollte, in Angst und Schrecken versetzt. Ich hatte alles gründlich abgesucht, aber keine versteckte Kamera entdeckt. Dafür war eigentlich auch gar keine Zeit gewesen. Es konnte sich um kaum mehr als zwei Minuten gehandelt haben.

Was sonst konnte irgendwer hier gewollt haben? Die Aussicht aus dem Fenster genießen? Etwas auskundschaften? Wollte der geheimnisvolle Stalker Alexas Garten beobachten? Aber mitten in der Nacht? Es war stockdunkel. Man konnte nichts sehen.

Oder war die Person doch auf der Suche nach mir gewesen?

Doch mir fiel beim besten Willen nichts ein, was man ausgerechnet von mir wollen könnte. Wir hatten keine nennenswerten Wertgegenstände. Und ein Serienkiller, der es genau auf mich abgesehen hatte – à la Ted Bundy –, schien mir nun doch allzu abwegig.

Und außerdem hätte ich an diesem Abend gar nicht zu Hause sein sollen. Ich war nach dem Streit mit Jasper unerwartet nach Hause gekommen. Alle Rollladen waren heruntergelassen gewesen, das Haus hatte ich durch die Garage betreten. Selbst die Biotonne hatte noch auf der Straße gestanden. Alles hatte danach ausgesehen, als wenn ich nicht zu Hause gewesen wäre.

Wer hatte gewusst, dass ich weggefahren war? Sicherlich viele. Wahrscheinlich kannte die gesamte Siedlung unsere Jedes-zweite-Wochenende-Routine.

Unser Türschloss konnte mit einem Code oder einem Schlüssel geöffnet werden. Die Schlüssel waren alle in einer Box, keiner fehlte.

Zum Zeitpunkt des Einbruchs hatte nur Mona die eine der beiden Nummern, die Jasper eingespeichert hatte, gekannt. Doch abgesehen davon, dass mir kein Grund für einen nächtlichen Kurzbesuch von Mona einfallen wollte, war sie an jenem Wochenende mit einem ihrer Dates in Holland gewesen, was ich sogar mit der Tracking-App überprüft hatte.

Ich überlegte, ob mir jemals jemand über die Schulter hatte gucken können, während ich die Nummer eintippte. Aber mir fiel keine Gelegenheit ein. Wenn man vor dem Nummernpad stand, verdeckte man das Pad automatisch. Jemand musste sich schon genau hinter mich stellen und mir über die Schulter gucken, um die Nummern sehen zu können.

Und selbst wenn jemand die Nummer gewusst hatte: Es blieb die Frage, was dieser Jemand in meinem Haus gewollt haben könnte. Und da gab es in meinem Kopf nur ein riesengroßes Fragezeichen.

Eine Fantasie aus meiner Kindheit kehrte auf einmal zurück: Meine wirklichen Eltern waren zurückgekehrt, um mich zu sich zu holen. Alles war nur ein riesengroßes Missverständnis gewesen. Natürlich hatten sie mich gewollt. Im Krankenhaus war es zu einer Verwechslung gekommen, man hatte das falsche Kind zur Adoption freigegeben. Seitdem suchten sie mich verzweifelt.

Sie waren gekommen, um sich anzusehen, wie ich lebte, ob es mir gut ging. Ich hatte meine Adresse in den Briefen ja allen angeschriebenen Personen preisgegeben. Nachdem sich meine richtigen Eltern vergewissert hatten, dass ich ein erfülltes Leben hatte, zogen sie sich, traurig und erleichtert zugleich, wieder zurück. Sie wollten mein jetziges Leben nicht durcheinanderbringen. Um mich nicht zu stören.

Schon die Nachverfolgung aller heute in Düsseldorf lebenden Kleins – über einhundertfünfzig an der Zahl – war aufwendig, aber die Kleins zu finden, die vor beinahe vierzig Jahren hier gelebt hatten, gestaltete sich schwierig. Nicht eingerechnet waren dabei Namensänderungen durch Heirat oder Scheidung oder potenzielle Umzüge in andere Städte.

Ich hatte ein digitalisiertes Archiv mit alten Telefonbüchern gefunden und begonnen, alle mit dem Nachnamen »Klein«, die in meinem Geburtsjahr in Düsseldorf gewohnt hatten, nach und nach anzuschreiben. Später hatte ich die Umkreise Mettmann, Ratingen, Erkrath, Hilden, Neuss und Kaarst dazugenommen. Viele von den Briefen aus dem alten Telefonbuch kamen mit dem Vermerk »Unbekannt« zurück, weshalb ich zeitgleich aktuelle Telefonbücher durcharbeitete.

Doch als ich die Liste ansah, die wachsende Anzahl an schwarzen Kreuzen hinter den Namen, als seien die Personen, die mir antworteten, für mich gestorben, zweifelte ich plötzlich am Sinn meines Tuns.

War es wirklich so wichtig zu wissen, woher ich kam? Nur weil man mit den Adoptiveltern eben nicht das große Los gezogen hatte? Viele Menschen hatten mit ihren leiblichen Eltern kein Glück.

Ich war ein trauriger Ersatz für etwas gewesen, mit dem ich mich niemals würde messen können. Was würde das Finden meiner Eltern an diesen Erfahrungen ändern? Nichts.

Frustriert fragte ich mich, wann ich eigentlich anfangen würde, die Suche aufzugeben und den ganzen Datenabfall hier aufzuräumen. Vielleicht würde ich mich dann befreiter fühlen, dieses innere Getriebensein aufgeben können. Alles raus, alles auf den Müll.

Und dann auf einmal, wie aus dem Nichts, fiel bei mir der Groschen.

Ich wusste, wo Rebecca sich versteckt hatte.

20

Der Polizeiapparat setzte sich mit unerwarteter Geschwindigkeit in Bewegung.

Es war tatsächlich ein Schrank im Garten von Sebastian Tiede gewesen, genau wie Anni behauptet hatte. Kurz bevor die Tiedes in den Urlaub gefahren waren, hatten sie ein Kinderzimmer in ein Teenagerzimmer umgestaltet und die alten Möbel als Sperrmüll auf die Straße gestellt. Als ich an jenem Montagmorgen rüber zu Erik getorkelt war, konnte ich den Sperrmüll nicht mehr bemerken, weil der Müllwagen ihn längst abgeholt hatte.

Auf einmal ergaben Annis Aussagen von Rebeccas nächtlichem Versteckspiel Sinn. Anni, die wegen des Festes noch hatte vorschlafen müssen, war in der Folge nachts nicht richtig müde gewesen. Sie hatte heimlich auf ihrem Handy gespielt, als das Licht in Sebastians Garten anging und ihre Aufmerksamkeit erregte. Sie sah, wie Rebecca in eine schwere Kommode kletterte.

Ich wartete ungeduldig neben dem Telefon. Erik war inzwischen wieder bei mir und konnte nicht stillsitzen, lief im Wohnzimmer hin und her.

Ich befürchtete, dass Rebecca mitsamt der Kommode in der Müllpresse des Sperrmüllwagens gelandet war – dann hätte sie keine Überlebenschance gehabt. Die Müllpresse in einem solchen Wagen wirkte mit einem Gewicht von 40 Tonnen auf die Möbel ein, wie ein kurzer Internetcheck mir verriet. Glücklicherweise schloss Krupp das aus.

Gleichzeitig versuchte ich, Erik zu beruhigen, der beinahe durchdrehte. Ich konnte mir kaum ausmalen, was für furchtbare Gedanken ihn quälten.

»Und wenn sie tot ist?«, murmelte er, während er im Kreis herumlief wie ein gefangener Tiger.

»Nein, das glaube ich nicht. Herr Krupp hat doch gesagt, man hätte sie längst gefunden. Der Sperrmüll wird nach der Abholung in unterschiedliche Rohstoffe getrennt, da bleibt nichts unbemerkt. Sie muss da wieder rausgeklettert sein. Und wenn das so war, finden wir sie.«

Aber wo würde ein schwer traumatisiertes Kind im Morgengrauen hinlaufen? Konnte jemand sie geschnappt haben, sie am Ende gefangen halten?

Ich war so nervös, dass ich uns vom restlichen Gin einschüttete und Eriks Rundgang unterbrach, indem ich mich ihm in den Weg stellte und ihm ein Glas hinhielt. Wir standen uns stumm gegenüber und kippten den Gin zeitgleich hinunter. Mir wurde warm, ich spürte, dass meine Wangen sich vom Alkohol röteten. Mehr würden wir nicht trinken, wir mussten beide einsatzbereit bleiben.

Aber wir mussten uns beruhigen. Rebecca konnte schließlich jederzeit gefunden werden. Zum Glück hatte ein Reinigungsteam inzwischen Eriks Haus gesäubert und desinfiziert, sodass alles für die Rückkehr von Rebecca bereit war.

»Sie werden Rebecca finden«, sagte ich. »Bald.«

Eriks Umarmung kam überraschend – und auch wieder nicht. Ich drückte ihn an mich, strich ihm mit der freien Hand über den Rücken, in der anderen hielt ich noch das Glas.

»Ich bin so froh, dass du da bist. Was würde ich nur ohne dich tun?«, murmelte Erik an meinem Ohr. Seine Lippen berührten zart meine Wange.

Es klingelte an der Tür. Wir sahen uns an. Ich reagierte zuerst und rannte los. Erik folgte mir einen Sekundenbruchteil später. Doch nicht Krupp mit Rebecca an der Hand stand vor der Tür, sondern Kiki.

»Ach du«, sagte ich enttäuscht.

»Ich wollte nur fragen, ob ihr etwas Neues gehört habt. Die Polizei hat Anni noch einmal zu der Kommode in Sebastians Garten befragt, und gesagt, es gäbe neue Erkenntnisse. Jetzt kommen wir nicht mehr zur Ruhe. Habt ihr etwas gehört? Wisst ihr, wo Rebecca ist?«

»Danke der Nachfrage«, sagte Erik. »Aber wir wissen auch nicht mehr als du. Wir warten auf Neuigkeiten.«

»Ist Jasper nicht da?«, fragte Kiki und reckte den Hals in den Flur.

Ich schüttelte den Kopf.

»Okay. Dann will ich mal nicht länger stören«, sagte Kiki.

Etwas daran, wie sie es sagte, gefiel mir nicht. Ich überlegte, ob ich etwas klarstellen sollte, aber war mir nicht sicher, wie das wirken würde. Meine Wangen waren gerötet, wir hatten beide ein Glas in der Hand. Vielleicht roch es auch nach Alkohol.

Kurz nachdem Kiki wieder verschwunden war, klingelte Eriks Telefon.

»Herr Krupp! Was gibt es Neues?«, rief Erik.

Ich drängte mich so nah an Erik heran, dass ich mithören konnte.

»Wir haben eine Spur. Sie führt nach Milicz, einer Stadt in der Nähe von Breslau. Meine Kollegin, Frau Levin, hat sich bei den Sperrmüllsammlern in Düsseldorf umgehört. An jenem Tag war eine polnische Truppe aus Milicz hier in der Weißdornsiedlung unterwegs. Es könnte tatsächlich sein, dass sie Rebecca aus Versehen mit verladen haben.«

Erik fuhr sich mit den Fingern durchs Haar.

»Mein Gott«, sagte er. »Was heißt das?«

»Wir haben bereits Nachforschungen angestellt«, sagte Ulrich Krupp. »Meine Kollegin hat mit den polnischen Behörden telefoniert. Tatsächlich ist im Zeitraum um das Verschwinden von Rebecca herum ein unbekanntes, etwa sechsjähriges Mädchen in den Straßen von Milicz aufgetaucht.«

»Warum hat man nicht sofort die deutschen Behörden informiert?«, fragte Erik.

»Das Mädchen spricht nicht. Niemand hat geahnt, dass es ein deutsches Kind ist. Beziehungsweise, genau wissen wir es immer noch nicht. Aber wir haben ein Foto. Ich schicke es Ihnen aufs Handy.«

Das Mädchen, das auf Eriks Handy erschien, hatte das dunkle Haar vor die Augen gezogen und versteckte ihr Gesicht halb an der Brust einer alten Frau. Die Frau trug einen langen Rock und ein Kopftuch, wie Bäuerinnen es hier früher getragen hatten. Sie hatte schützend eine Hand auf den Kopf des Mädchens gelegt. Es war ein unscharfes Bild, wahrscheinlich mit einem Handy aufgenommen. Aber ich erkannte sie sofort.

»Das ist sie!«, sagte ich und spürte, wie eine Woge von Gefühlen mich ergriff.

Erik starrte das Bild an, als sei er nicht so sicher wie ich.

»Ja«, sagte er tonlos. Er schien sein Glück nicht fassen zu können.

»Das ist sie!«, rief ich und fiel ihm um den Hals. »Das ist sie! Ganz sicher! Sie lebt!«

»Wir wollten Sie bitten, sofort zum Flughafen zu kommen«, sagte Krupp. »Frau Levin fliegt gleich nach Breslau. Glücklicherweise spricht sie Polnisch, ihre Eltern kommen aus der Gegend. Packen Sie nur ein paar Sachen für ein, zwei Tage. Treffen wir uns am Gate?«

Nach dem Anruf stand Erik wie schockgefroren da. Schließlich begann er langsam zu begreifen.

»Ich kann es kaum glauben. Ich … ich muss erst mal meine Mutter anrufen«, sagte Erik. »Meine Sachen … ich habe meine Tasche bei meiner Mutter stehen.«

»Fahr sofort los. Ich rufe deine Mutter an. Sie soll deine Sachen zum Flughafen bringen.«

Als Erik weg war, rief ich Karin Keller an, die versprach, sich nicht nur sofort darum zu kümmern, sondern beschloss, ebenfalls mit nach Breslau zu fliegen, um ihre Enkelin nach Hause zu holen. Auch ich wäre am liebsten mitgeflogen.

Ich saß wie auf Kohlen, doch erst am nächsten Tag rief mich Erik an und bat mich, Rebeccas Pass zu holen und einzuscannen, da es Ärger mit den polnischen Behörden gab. Sie wollten das Kind ohne Nachweis, dass Erik wirklich der Vater war, nicht ausreisen lassen.

»Im Arbeitszimmer im Regal neben der Tür steht ein Aktenordner mit Rebeccas Namen. Vorne drin ist eine Plastikhülle mit dem Pass.«

»Ich scanne den Pass sofort ein. Wie geht es Rebecca?«

Erik seufzte laut. »Sie hat bisher leider gar nicht auf mich reagiert. Auch nicht auf meine Mutter. Das Kind ist vollkommen traumatisiert.«

In Eriks Haus roch es streng nach Desinfektionsmitteln, aber von den Blutspuren war glücklicherweise nichts mehr zu sehen.

Celinas Zimmertür war offen, das Laminat in ihrem Kinderzimmer wieder makellos sauber. Das Gitterbett stand noch am selben Platz, nur das Bettzeug fehlte. Ich zog die Tür zu. Rebecca sollte nicht sofort in das Zimmer blicken müssen, in dem ihre Schwester ermordet worden war.

Im Arbeitszimmer reihten sich mehrere weiße Aktenordner in einem Regal aneinander, alle ordentlich mit Namen beschriftet: *Erik. Alexa. Rebecca. Celina.* Und sogar ein schmalerer Ordner stand daneben: *Kurt.*

Es wirkte wie ein Relikt aus vergangener Zeit. Diese Familie gab es nicht mehr.

Ich zog Rebeccas Ordner heraus. Ganz vorn fand ich eine Plastikhülle, doch der Pass fehlte. Ich blätterte den gesamten Ordner durch. Nichts.

Schließlich nahm ich Celinas Ordner aus dem Regal. Vielleicht hatte Alexa den Pass versehentlich falsch abgelegt, was mir bei ihr allerdings unwahrscheinlich erschien. Doch auch in Celinas Ordner fand ich nur eine leere Plastikhülle. Als ich Alexas Ordner herauszog, rutschte eine Hülle heraus und fiel vor mir auf den Fußboden. Ich hob sie auf. Drei Pässe steckten darin, außerdem die Impfausweise der drei und die gelben Untersuchungshefte der Kinder.

Ich blätterte die Pässe durch. Alexandra Keller stand in einem. Ich hatte gar nicht gewusst, dass Alexa eine Abkürzung war. Aber ich wusste vieles nicht von Alexa. Ich fand Rebeccas Pass, fotografierte das Dokument mit meinem Handy und schickte es sofort an Erik, bevor ich die Pässe wieder ordentlich einheftete, diesmal an die richtigen Stellen.

Mein Blick fiel auf Kurts Ordner. Ich zog ihn heraus und blätterte ihn durch.

Der Ordner enthielt diverse Tierarztrechnungen und die jeweilige Korrespondenz mit der Krankenversicherung, die Alexa für Kurt abgeschlossen hatte, alle fein säuberlich nach Datum abgeheftet. Auf den Rechnungen, die Alexa bei der Versicherung eingereicht hatte, stand handschriftlich vermerkt, wenn die Versicherung die Kosten zurückerstattet hatte.

Allerdings fand ich keine Rechnung, die mit dem Datum von Kurts Tod übereinstimmte. Hatte Alexa die Rechnung dafür nicht abgeheftet oder diese gar nicht bei der Versicherung eingereicht? Warum nicht? Aus Trauer? Besonders traurig hatte sie auf mich nicht gewirkt.

Ich fand die Bestätigung eines Haustierzentralregisters, dass Kurt mittels einer Nummer auf einem implantierten Chip bei ihnen gemeldet war, falls er mal verloren ging. Einen Versuch war es wert, mal nachzufragen, ob Alexa ihn dort abgemeldet hatte. Rasch fotografierte ich die Nummer.

Irgendetwas an Alexas Verhalten diesem Hund gegenüber war merkwürdig. Kurt war auf ihren Kanälen sehr beliebt gewesen. Die Geschichte, wie Erik ihn gefunden hatte, der tragische Unfall, alles war auf Videos festgehalten und vermarktet worden.

Doch in der Zeit kurz vor seinem Verschwinden schien Alexa das Interesse an ihm völlig verloren zu haben. Sie ließ ihn nur noch in den Garten, stellte die Spaziergänge mit ihm beinahe komplett ein.

Was war der Grund für Alexas Stimmungswechsel?

Ein Liebhaber?

Er wäre die Lösung für mehrere Rätsel. Zum Beispiel, wo sich Alexa jetzt aufhielt und warum sie ohne Geld auskam.

Die tausend Euro, die von ihrem Konto abgehoben worden waren, würden ja nicht ewig reichen, erst recht nicht, wenn sie davon eine Unterkunft zahlen musste.

Die mittäglichen Ausflüge fielen mir wieder ein. Wegen der Uhrzeit – am helllichten Tag – und der doch recht kurzen Zeitspannen, die Alexa immer fort gewesen war, war ich von der Vorstellung nie ganz überzeugt gewesen, aber bei genauerer Betrachtung sprach natürlich auch nichts wirklich dagegen.

Ich erinnerte mich zwar noch gut an Eriks Empörung und an die Missstimmung zwischen uns, als ich ihn nach einer möglichen Affäre von Alexa gefragt hatte. Er war ganz klar davon überzeugt, dass Alexa keinen Liebhaber hatte. Zudem verteidigte er Alexa immer noch, etwas, was ein gehörnter Ehemann sicherlich nicht freiwillig tun würde, jedenfalls nicht, wenn er von einer Affäre gewusst hätte.

Aber wieso hatte Alexa dann Kinder und Hund nicht einfach bei Erik gelassen und war einfach verschwunden?

Wollte sie nur mit Rebecca und ihrem Liebhaber ein neues Leben anfangen? Und Rebecca wäre ohne den Hund nicht mitgekommen? Aber warum sollte man ein Kind mitnehmen und das andere nicht?

Sosehr ich auch nachdachte, eine richtig überzeugende Theorie wollte mir einfach nicht einfallen.

21

Krupp verkündete in einer Pressekonferenz, dass »die vermisste Rebecca Keller in einer Kleinstadt in Polen wieder aufgetaucht« war. Kurz darauf wimmelte es im Weißdornweg wieder einmal von Journalisten und Schaulustigen.

Sie blockierten mit ihren Autos unsere Parkplätze, ließen sich mit Klappstühlen auf der Straße nieder oder spähten über unsere Zäune in der Hoffnung, etwas zu entdecken, was sich später in einer Schlagzeile verarbeiten ließ. Selbst der Parkplatz an den Schrebergärten war von findigen Reportern entdeckt worden, ebenso wie der Schleichweg, der direkt zur Siedlung führte. Wir waren umzingelt.

Krupp hatte die Pressekonferenz gehalten, in dem Bemühen, uns die Presse so schnell wie möglich wieder vom Hals zu schaffen. Aber da fast alle Fragen unbeantwortet blieben, war die Meute unzufrieden. Wo war Alexa? Wer hatte Celina ermordet? Wann kam Rebecca nach Hause? Wieso hatte sie überlebt?

Ein großer Teil der wartenden Menge kam, wie Alexa, aus der Social-Media-Branche. Man erkannte sie meist daran, dass die Hochleistungskameras im Miniformat, die sie auf tragbaren Stativen vor sich her balancierten, ausschließlich auf sich selbst gerichtet waren. Außerdem schienen sie alle eine Vorliebe für bestimmte Farbtöne zu haben. Weiß, Creme und Beige waren die bevorzugten Farben der Influencerinnen, die Hobbydetektive liebten dunkle Töne.

Schon kurz nach der Pressekonferenz fand ich im Netz mehrere Berichte, die direkt vor meiner Haustür aufgenommen worden waren.

»Miss Maple« stellte Berichte wie am Fließband ins Netz. Die junge Frau, die diesen Kanal betrieb, präsentierte ihr Konterfei unter den Videos in einem Rahmen in Form eines Ahornblatts. Ihr Kanal bediente sich vor allem sogenannter »clickbaits«: reißerische Überschriften, die nur dem Zweck dienten, Aufmerksamkeit zu erregen und dadurch Klicks zu generieren.

Das neueste Video hieß: »Bombshell News! Mord an der kleinen Celina kurz vor der Aufklärung«.

Obwohl ich das bezweifelte, klickte ich es an, weil die Glaskugel, die auf dem Standbild zu sehen war, in meinem Küchenfenster hing und ein Schatten dahinter zu sehen war, bei dem es sich nur um mich handeln konnte. Ich fühlte mich, als sei ich mitten in einen Fernsehfilm geraten.

Miss Maple schlenderte den Weißdornweg entlang, fing die Häuserfassaden der Nachbarschaft ein und redete in einem Ton, als sei sie kurz davor, das Geheimnis um den Tod von Celina zu ergründen. Der Schwenk auf mein Haus und in mein Küchenfenster war jedoch nur zufällig passiert und hatte nichts mit mir zu tun, was mich erleichterte.

Miss Maples Kleidungsstil erinnerte mich ein wenig an Alexas. Sie war von Kopf bis Fuß in einen sanften Erdton gekleidet, trug einen dünnen gelben Gürtel um die schmale Hüfte und passend dazu lange neongelbe Fingernägel. Der Dutt war locker oben auf dem Kopf gebunden und wirkte nachlässig, fast als habe jemand ein Vogelnest auf ihren Kopf fallen lassen. Alexa hatte diese Frisur immer als »Messy Bun« oder »Out-of-Bed-Look« bezeichnet und gesagt, sie bräuchte dafür länger als für die ordentliche Variante.

Miss Maple zeigte den Zuschauern den Tatort, indem sie sich selbst samt Kamera Richtung Eriks Haus drehte und es so in ihren eigenen Hintergrund rückte. Ich hatte diese Art des Filmens und Fotografierens schon häufig bei Alexa beobachtet. Auch sie war stets der Mittelpunkt ihrer eigenen Videos, alles andere blieb Randerscheinung. Mir erschien diese totale Selbstfixierung der Social-Media-Generation merkwürdig, als sei die ganze Welt nur noch Staffage für das eigene Selbst.

Inhaltlich gab es, wie erwartet, keine neuen Erkenntnisse.

Miss Maple berichtete lediglich, was Krupp zuvor schon in der Pressekonferenz mitgeteilt hatte und insofern kaum eine »Bomben-Neuigkeit« war.

Ich bekam eine kurze WhatsApp-Nachricht von Erik, der mich bat, das Haus für Rebeccas Rückkehr herzurichten, ohne einen genauen Zeitpunkt zu nennen. Meine Nachfrage blieb unbeantwortet. Etwas ratlos beschloss ich, ein paar Lebensmittel einzukaufen und die Betten frisch zu beziehen.

Um nicht selbst als »News der Woche« verarbeitet zu werden, zog ich mir eine Kapuze über den Kopf, bevor ich ins Auto stieg und aus der Garage rollte. Die Rufe von draußen – »Frau Mönch! Frau Mönch!«, »Nur eine Frage!« – ignorierte ich, als ich mir einen Weg durch die Menge bahnte und vorsichtshalber zu einem etwas weiter entfernten Supermarkt fuhr, in dem man mich nicht kannte.

Dort kaufte ich Äpfel, Bananen, Milch, Cornflakes, Brot, etwas Käse, eine Packung Nudeln mit einer Fertigsoße und eine Packung Schokoküsse, weil ich wusste, dass Rebecca sie gern mochte.

Im Supermarkt rief mich Jasper an. Er war nicht sonderlich erfreut, dass unsere Straße wieder von Journalisten belagert war und sein Haus erneut in den Nachrichten auftauchte. Er erklärte mir, dass er unter diesen Umständen am Wochenende nicht heimkehren würde. Ich wartete einen Moment, doch er fragte nicht, ob ich dann nicht zu ihm kommen wolle. Irgendetwas in mir sperrte sich dagegen, es von mir aus anzubieten, und so blieb die Frage offen, als wir auflegten.

Ich hatte keine Ahnung, ob Jasper ebenfalls dieses mulmige Gefühl im Bauch hatte, wenn er mit mir sprach.

Immer noch hatte ich die letzten verbleibenden Eizellen im Hinterkopf, die wahrscheinlich meine letzte Chance auf Mutterschaft waren. Mein Entschluss, sie ohne Jaspers Wissen einsetzen zu lassen, wankte wieder. Am Ende lief es darauf hinaus, ob mir ein Baby oder Jasper wichtiger war. Diesen Gedanken wollte ich noch nicht zu Ende denken.

Ich wartete, bis es dämmerte und die Straße sich etwas

leerte, bevor ich die Tüte mit den Einkäufen zu Erik brachte. Nur noch vereinzelt standen fremde Autos herum. Sicherlich saßen irgendwo noch Reporter oder Bloggerinnen in ihren Autos, die das erste Foto von Rebecca haben wollten, aber ich entdeckte zumindest draußen auf der Straße niemanden mehr, als ich mit der Einkaufstüte in der Hand zu Erik hinüberlief.

Vorsichtshalber bedeckte ich trotzdem das Nummernpad mit der Hand, als ich den Code eintippte. Vielleicht hatte ja jemand eine Kamera installiert. Man musste mit allem rechnen.

Im Flur roch es immer noch stark nach Reinigungsmitteln. Misstrauisch spähte ich nach draußen, ob irgendwer sich im Garten herumtrieb, dann öffnete ich die Terrassentür, um frische Luft hereinzulassen.

Der Garten lag still da und wirkte friedlich. Allerdings waren alle Blumen in den Töpfen auf der Terrasse vertrocknet. Ich würde sie später herausreißen, die toten Pflanzen wirkten deprimierend. Nur ein Margeritenbäumchen hatte durchgehalten und dem Wetter und der Jahreszeit zum Trotz ein paar Blütenköpfchen gebildet, die sich Richtung Himmel streckten.

Schon wieder Margeriten. Wie die an Eriks Auto. Und an der Haarspange von der Puppe. Und auf Alexas Esstisch hatten auch öfter welche gestanden. War das Zufall? Oder schickte hier jemand immer wieder Margeritengrüße? War Alexa einfach ein bekennender Margeriten-Fan? Margeriten wirkten eigentlich zu gewöhnlich für Alexas Geschmack, die ich eher in die Orchideen-Ecke eingeordnet hätte. Aber vielleicht sah ich auch Gespenster. Margeriten gab es überall. Das war vielleicht schon das ganze Geheimnis.

Ich ließ die Tür offen, während ich die Einkäufe auspackte. Ich stellte Cornflakes, Nudeln und Schokoküsse auf die Küchentheke, nur die Äpfel und Bananen arrangierte ich in einer silbernen Obstschale auf dem Esstisch. Ich hätte gern etwas frisch gekocht und ihnen in den Kühlschrank gestellt, aber da Erik sich nicht mehr gemeldet hatte, wusste ich nicht, an welchem Tag sie überhaupt zurückkehren würden.

In der Kühlschranktür entdeckte ich eine geöffnete Milchtüte, die noch von Alexa stammen musste. Als ich die Tüte über der Spüle ausleerte, erbrach sie eine joghurtartige Masse ins Spülbecken. Der saure Geruch verdrängte kurz den vom Desinfektionsmittel.

Auch im oberen Stockwerk öffnete ich alle Fenster. Es fiel mir nicht leicht, mich im Haus zu bewegen, ohne an das hier Geschehene zu denken. Wie es da wohl Rebecca ergehen würde? Würde es für Erik und sie leichter sein, hier zu bleiben, mit den Erinnerungen an eine geliebte Tochter oder Schwester, oder wäre es besser zu gehen, um eben nicht daran erinnert zu werden? Ich konnte mir beides vorstellen.

Im Gegensatz zu Celinas Bettzeug, das die Polizei wohl mitgenommen und nicht zurückgebracht hatte, lag Rebeccas an seinem Platz. Ich durchsuchte Rebeccas Schrank, tauschte den alten Bezug gegen einen frischen mit Schmetterlingen darauf. Um Rebecca willkommen zu heißen, legte ich ihr das Buch »Die Brüder Löwenherz« aufs Bett, bevor ich die benutzte Bettwäsche in die Wäscheklappe im Badezimmer warf.

Im Schlafzimmer lagen Decken und Kissen unbezogen in einem Haufen auf Alexas Bettseite, als habe jemand einen Sack über dem Bett ausgeleert, was wahrscheinlich auch der Fall gewesen war. Auf der Matratze lag kein Bettlaken. Sicher wurde das ebenfalls in die KTU gebracht, vielleicht auch, weil es den Verdacht gab, dass Celina mit Alexas Kopfkissen erstickt worden sei.

Die Matratze war blütenweiß, was mich etwas verwunderte, da zwei kleine Kinder im Haus wohnten und kein Matratzenschoner auflag. Celina kletterte nachts noch häufig in das Bett ihrer Eltern und war gerade von der Windel entwöhnt worden, weshalb ihr noch das eine oder andere Malheur passierte. So hatte es Alexa jedenfalls erzählt.

Entweder hatte die Polizei einen vorhandenen Matratzenschoner mitgenommen und nicht zurückgebracht, oder Alexa hatte gelogen, was die nächtlichen »Unglücke« von Celina anging.

Ich schlich in sicherem Abstand um das Bett herum. Aus irgendeinem Grund scheute ich mich, es zu berühren, wich immer wieder zurück, als wären wir gleichnamige Pole eines Magnets und stießen uns gegenseitig ab.

Schließlich gab ich mir einen Ruck und holte frische Bettwäsche aus dem Kleiderschrank. Es gab mehrere Sets in unterschiedlichen Farben, alle fein säuberlich zu Päckchen aus passenden Bettdecken, Kissen und Laken gestapelt. Selbst die Spannbettlaken lagen auf Kante gefaltet, eine Kunst, die ich nicht beherrschte. Nur eines, in einem zarten Lindgrün, war eher nachlässig zusammengelegt. Ich wählte eine blaue Garnitur aus einem weichen Baumwollstoff.

Während ich das Bett bezog, machte ich mir wegen des Geruchs nach Desinfektionsmitteln Gedanken. Wenn ich die Fenster jetzt schon wieder schloss, würde ich den Geruch einschließen, doch ich konnte sie unmöglich geöffnet lassen, ohne Angst haben zu müssen, dass ein neugieriger Reporter von draußen einsteigen würde.

Also beschloss ich, noch eine Weile zu lüften und derweil in den Keller zu gehen und Rebeccas Bettwäsche zu waschen.

Ich war schon einmal im Waschkeller gewesen, damals, als ich die offene Gasflasche entdeckt hatte. Im Licht der Leuchtstoffröhre glitt mein Blick über die grauen Betonwände, die beigen Kacheln am Boden. Alexa hatte eine sehr ähnliche Grundausstattung im Keller wie ich, wir hatten sogar identische Fliesen.

Das Abwurfrohr des Wäscheschachts allerdings, das aus der Decke kam, hatte einen viel größeren Durchmesser als meins, und bei Alexa stand ein überdimensionaler Weidenkorb darunter, um die Wäsche aufzufangen. Er war von innen mit einem hellen Stoff bespannt. War Rebecca hier hinuntergeklettert und dem Grauen im oberen Stockwerk so entkommen? Es war möglich.

Ich fischte das schmutzige Bettzeug aus dem Weidenkorb. Es lag noch andere Wäsche darin, T-Shirts und Strumpfhosen.

Genau wie bei mir standen Waschmaschine und Trockner

nebeneinander auf einem gemauerten Podest, nur bewahrte Alexa ihr Waschpulver nicht wie ich oben auf der Maschine, sondern in einem schmalen Regal auf, in dem handbeschriftete Blechdosen für »Buntes«, »Weißes« und »Feines« aufgereiht waren.

Außerdem gab es eine Fusselbürste, ein Fleckenspray und einen Handfeger. Die Gasflasche, die ich damals zugedreht hatte, war nirgends zu sehen. Ich wählte das Buntwäsche-Programm und schaltete die Maschine ein. Das Wasser lief rauschend in die Pulverkammer, und die Digitalanzeige zeigte eine Waschzeit von einer Stunde und vierzehn Minuten an.

Vor der Maschine hatte ich etwas Waschpulver auf den Kacheln verstreut. Ich schnappte mir den Handfeger, kehrte das Pulver zusammen und schüttete es in den Mülleimer. Der Deckel klapperte laut.

Auf einmal schnürte mir das Haus die Luft ab. Ich wollte gehen. Die Wäsche konnte ich auch morgen aus der Trommel holen und die Fenster dann noch einmal öffnen.

Doch ich rührte mich nicht. Die Digitalanzeige der Waschmaschine sprang auf eine Stunde und dreizehn Minuten. An dem Tag, als ich die offene Gasflasche entdeckt hatte, hatte sie sieben Minuten angezeigt.

Sieben Minuten.

Alexa hatte die Waschmaschine angeschmissen, kurz bevor sie das Haus verlassen hatte. Das bedeutete, wenn sie wirklich die Gasflasche aufgedreht hatte, war es ein Versehen gewesen. Denn wenn sie das Haus in die Luft sprengen oder ihre Kinder vergiften wollte, hätte sie wohl kaum vorher noch Wäsche gewaschen. Es war ähnlich logisch, wie die Treppe zu putzen, bevor man einen Mordanschlag auf seine Familie durchführte.

Außerdem erinnerte ich mich daran, wie ich an jenem Morgen das Bettzeug abgetastet und eine warme Stelle gefunden hatte, als ich nach Rebecca gesucht hatte. Hatte hier jemand versucht, Spuren zu verwischen?

Ich stellte mir vor, wie jemand in aller Ruhe Wäsche

wusch, in den Trockner steckte und wieder zusammenlegte – allerdings nicht so ordentlich wie üblich.

Aber wo war Erik in dieser Zeit gewesen? Bewusstlos, nachdem man ihn niedergeschlagen hatte? Wann war das Messer ins Spiel gekommen? Wieso hatte es nach Chlor gerochen?

Es gab einfach zu viele Fragen, auf die ich keine Antwort wusste. Frustriert stieg ich die Kellertreppe hoch.

Ein kalter Luftzug erinnerte mich daran, dass die Terrassentür noch offen stand. Inzwischen hatte sich die Dunkelheit über die Siedlung gesenkt. Als ich den Lichtschalter im Wohnzimmer anschaltete, erschrak ich und schrie auf.

Dort stand jemand.

Das Vogelnest auf dem Kopf verriet mir sofort, um wen es sich handelte. In einem beigen Jogginganzug, das Stativ mitsamt der Kamera wie einen Besen in der Hand, stand sie dort, als wolle sie mich hinauskehren.

»Was tun Sie hier? Das ist nicht Ihr Haus!«, rief ich. »Verschwinden Sie sofort!«

Sie kam näher, streckte den Arm aus.

»Sind Sie in Ordnung?«, fragte sie.

»Bis vor einer Minute war ich es jedenfalls. Was machen Sie hier?«

»Ich habe gesehen, dass jemand durch den Garten geschlichen ist und bin hinterher. Ich dachte, es wäre ein Einbrecher.«

»Das glaubt Ihnen doch keiner, Miss Maple.«

»Ah, wie schön, ein Fan meines Kanals!« Sie machte eine kleine Verbeugung. »Aber das ist nicht mein echter Name. Ich bin gebürtige Kanadierin. Daher *›maple‹*. Ahorn. Wie der Sirup. Sie verstehen?«

»Und wie ist Ihr echter Name?«, fragte ich zurück.

»Emily. Emily Fraser.«

Mit dem Dutt auf dem Kopf sah Emily Fraser aus wie eine Primaballerina, die ihr Krönchen vergessen hatte. Sie legte den Kopf schief, als sei ich ein Mann in der Midlife Crisis, den man sehr leicht um den Finger wickeln konnte.

»Emily Fraser. Danke. Und jetzt verschwinden Sie, wenn Sie nicht wollen, dass die Polizei Ihren Namen im Zusammenhang mit einem Einbruch erfährt.«

Emily Fraser zuckte unbeeindruckt mit den Schultern, packte aber ihr Stativ. »Ist ja schon gut.«

Als Emily das Haus durch die Vordertür verließ, sah ich, dass etwas in ihre hintere Hosentasche gestopft war. Es war eine Baseballkappe.

Ich lief hinter ihr her.

»Wo haben Sie diese Mütze her?«, fragte ich.

»Die habe ich eben im Gebüsch gefunden. Gehört die Ihnen?« Sie hielt mir eine Baseballkappe mit einem gestickten »R« hin.

Ich schnappte danach. »Ja.«

Emily packte ihre Sachen in einen Mini Cooper, der genau vor Eriks Haustür parkte. Ich beobachtete sie scharf.

Auf einmal drehte sie sich zu mir um, als sei ihr gerade eine blendende Idee gekommen.

»Sagen Sie, haben Sie nicht Lust, mir ein Interview zu geben?«, fragte sie und legte wieder den Kopf schief. Offenbar hatte sie normalerweise damit Erfolg.

»Nein.«

»Sie dürfen auch sagen, was Sie wollen. Keine Zensur!«

»Nein.«

»Sogar die Fragen dürfen Sie sich aussuchen. Sie könnten Ihre Sicht der Dinge schildern.«

»Ich habe keine Sicht der Dinge. Die hat nur die Polizei. Ich bin genauso ahnungslos wie Sie.«

»Ich meine ja nur … Weil ich weiß, dass hier einige auf der Jagd nach Ihnen sind … Mit einer Flucht nach vorn könnten Sie vielleicht alle Gerüchte ein für alle Mal verstummen lassen. Wenn Ihnen daran liegt, natürlich nur.«

»Sie sprechen in Rätseln. Wer ist auf der Jagd nach mir?«

»Na, die Community. Im Netz. Alle wollen wissen, ob die Gerüchte stimmen.«

»Welche Gerüchte?«

»Dass Sie die Geliebte von Erik Keller sind. Was übrigens echt völlig unangemessen wäre. Nach so einer Geschichte. Sie wissen schon. Das tut man einfach nicht.«

Mein Gesicht verfärbte sich. Ich starrte Emily Fraser an, wusste nicht, was weniger verdächtig aussehen würde, eine Verteidigung oder stummes Ignorieren. Die Frau wollte mich provozieren, das war klar.

»Ich bin nicht … Wir sind nur Freunde.« Ich verschluckte mich, hustete kurz, setzte noch einmal an. »Ich bin nicht die Geliebte von Jasper … ich meine, Erik.«

Scheiß-Psychologie.

»Jasper oder Erik?«, fragte Emily und sah mich unschuldig lächelnd an. »Von wem sind Sie nicht die Geliebte, von Erik … oder Ihrem Mann?«

Der Zorn explodierte in meinem Kopf. Die junge Frau war keine Gegnerin für mich. Sie wog die Hälfte von mir, war dünn wie ein Blatt Papier. Ich stellte mir vor, sie in ihren eigenen Kofferraum zu stoßen, die Klappe herunterzureißen und ihren Schädel damit zu zertrümmern. In meiner Vorstellung krachte der Kofferraumdeckel wieder und wieder herunter.

Aber bevor ich etwas tun konnte, was ich bereuen würde, klappte Emily selbst den Kofferraum zu. »Überlegen Sie es sich!«

»Schon geschehen«, antwortete ich.

Als ich ihrem Mini hinterhersah, entdeckte ich ein kleines rotes Licht im Kofferraum, das wie das Licht des Zielfernrohrs von einem Präzisionsgewehr aufblitzte.

Hatte Emily Fraser etwa alles gefilmt?

22

Am nächsten Tag saß ich gerade erst am Schreibtisch, als mein Telefon klingelte.

»Herr Krupp! Ich wollte Sie auch schon anrufen. Wie geht es Rebecca? Und Erik?«, fragte ich.

»Den Umständen entsprechend, würde ich sagen. Das Mädchen ist ziemlich verstört.«

»Das war sicher nicht anders zu erwarten.«

»Und weshalb wollten Sie mich anrufen?«

»Ich habe vor Kurzem eine merkwürdige Besucherin vor Eriks Haus beobachtet. Sie hat Kerzen in seinem Garten abgestellt. Das ist noch nicht so verwunderlich, aber sie hat danach gefragt, wann Erik wiederkommt, und mich ganz merkwürdig angesehen. Erst habe ich gedacht, sie gehört zu Eriks Fanclub. Aber im Nachhinein hatte ich das Gefühl, dass sie Erik gekannt hat. Sie hat mir gesagt, ich soll besser aufpassen. Es war eine merkwürdige Begegnung, wie gesagt. Jedenfalls hat diese Frau ihre Baseballkappe vor dem Haus verloren. Es war stürmisch an dem Tag, sie wird ihr vom Kopf geweht worden sein. Ich habe jedenfalls vorsichtshalber die Kerzen und die Kappe aufbewahrt. Denn mir kam die Idee, dass es sich um Eriks Exfreundin handeln könnte. Vanessa Haack. Gegen sie hat er vor vielen Jahren eine einstweilige Verfügung erwirkt. Vielleicht ist sie ja auf Rachefeldzug.«

»Herr Keller hat uns den Namen ebenfalls genannt, deshalb haben wir sie bereits überprüft. Vanessa Haack ist seit fast zehn Jahren nicht mehr in Deutschland gemeldet, und wir haben keine Ahnung, wo sie hingegangen ist. Da sind uns leider die Hände gebunden.«

»Oh.« Ich war enttäuscht.

»Ehrlich gesagt, rufe ich Sie wegen eines anderen Gefallens

an. Wenn es geht, würde ich Sie gerne noch mal ins Präsidium einladen. Sie sollen sich den Beerdigungsfilm anschauen, ob Sie irgendetwas erkennen können, was Sie verdächtig finden. Eine Person, mit der Sie nicht gerechnet haben, irgendwas.«

»Da sind andere sicher besser vernetzt als ich. Ich kannte da fast niemanden. Nur die Nachbarn eigentlich.«

»Trotzdem. Man kann nie wissen.«

»Wie wäre es nach Feierabend?«

»Um fünfzehn Uhr wäre gut.«

Ich seufzte. »In Ordnung. Dann arbeite ich danach noch etwas von zu Hause.«

Mittags traf ich mich mit Mona zum Essen. Seit ich die ersten Entlassungen durchgeführt hatte, wollten nicht mehr viele Kolleginnen mit mir essen gehen, und so saßen Mona und ich allein an einem Sechser-Tisch, obwohl es Spaghetti bolognese gab, dem mit Abstand beliebtesten Kantinenessen in unserer Firma, und die Kantine infolgedessen aus allen Nähten platzte.

Mona starrte auf das halb geschmolzene Mozzarellabällchen auf ihrer Gabel, an dem ein Stückchen Hackfleisch klebte. Es musste an der Essensausgabe von einer Aluschale in die andere geschaufelt worden sein.

»Bäh, ich bin doch Vegetarierin«, sagte Mona und versuchte angewidert, den Käse vom Fleisch zu trennen. Er zog lange weiße Fäden.

»Fährst du am Wochenende nach München?«, fragte sie.

Ich zuckte mit den Achseln. »Eigentlich wollte ich. Aber Jasper muss sich erst ein bisschen Mühe geben. Die ganze Woche hat er sich kaum gemeldet, und wenn, war er schlecht gelaunt. Wenn er nicht langsam mal fragt, ob ich komme, bleib ich hier.«

»Warum ist er denn so schlecht drauf?«

»Keine Ahnung. Vielleicht setzen ihm die ständigen Trennungen mehr zu, als er gedacht hat.«

Dass ich selbst nicht gerade ein Ausbund an Herzlichkeit ihm gegenüber gewesen war, unterschlug ich. Ich überlegte, ob ich Mona von meinem Dilemma – Jasper oder Baby – erzählen sollte, entschied mich aber dagegen, obwohl ich gern etwas Schützenhilfe gehabt hätte. Doch die überfüllte Kantine war nicht der richtige Ort für ein solches Gespräch.

»Vielleicht kommst du ja am Wochenende mal vorbei?«, fragte ich deshalb. »Oder ich komme zu dir. Ich könnte echt mal wieder einen Mädelsabend gebrauchen.«

»Du weißt doch noch nicht mal, ob du nach München fährst«, sagte Mona.

»Dann entscheide ich jetzt eben, dass ich nicht fahre. Mir war ohnehin nicht danach, so, wie Jasper sich im Moment aufführt.«

»Hm. Doch nicht dein letztes Einhorn, der Mann, was?«

Mona fing an, etwas auf ihrem Handy zu tippen, das sie auf dem Schoß hielt.

»Wenn du natürlich schon andere Pläne hast …«, sagte ich hastig.

»Nein, alles okay, schon geregelt.« Mona legte ihr Handy verkehrt herum neben den Teller. »Ich komm Samstagabend. Ist dir das recht?«

»Super. Danke!«

„Kein Problem.« Mona steckte den Mozzarella in den Mund.

Ich war erleichtert, denn ich brauchte wirklich eine Beratung. Ich fühlte mich in einer Zwickmühle. Jasper hatte den Kinderwunsch aufgegeben, ich wollte dringender denn je ein Kind. Eine Familie. Eine wirkliche, echte Familie. Es war schlimm genug, dass ich meine eigenen Wurzeln nicht kannte.

Aber ich wollte auch, dass mein Kind wusste, dass es gewünscht und genug war. Selbst wenn meine Adoptivmutter mich großgezogen und mir eine Ausbildung ermöglicht hatte, so litt ich doch trotzdem unter dem kühlen Verhältnis und der Tatsache, dass ich ihr nicht genügte.

War das der wahre Grund, warum ich auf einmal hoffte, meine leiblichen Eltern zu finden? Um ihnen zu genügen? Aber was wäre, wenn es nicht so war?

»Rebecca ist wieder da«, erzählte ich. »Deshalb war ich gestern Abend bei Erik im Haus, und stell dir vor, dabei habe ich eine Einbrecherin überrascht. Sie war auf der Suche nach dem neuesten Klatsch und Tratsch vom Weißdornweg. Sie nennt sich Miss Maple.«

»Wow. Du hast Emily Fraser getroffen?«

»Du kennst sie?«

»Friederike! Du etwa nicht? Das ist eine ganz bekannte Influencerin, hat Verträge für alle möglichen Kosmetikprodukte.«

»Ich kannte sie bloß als Miss Maple.«

»Das ist nur ein Kanal, den sie betreibt. Sie hat ganz viele, ähnlich wie Alexa, aber sie ist so richtig erfolgreich. Selbst bei ihrem True-Crime-Kanal erzählt sie vorher immer, welches Make-up sie beim Erzählen trägt. Ist dir das noch nie aufgefallen?«

»Ich spul die Werbung immer vor«, sagte ich.

»Das ist jedenfalls das, womit sie ihr Geld macht. Und nicht zu knapp.«

»Na, dann lohnt es sich ja wenigstens, wenn ich sie verklage.«

»Was meinst du damit?«

»Ich glaube, sie hat mich gestern ohne mein Wissen gefilmt. Wenn ich ohne Genehmigung in einem ihrer Videos auftauche, verklage ich das Ahornblatt, bis es ganz welk wird.«

»Du gegen Emily?«, meinte Mona. »Da bin ich ja mal gespannt.«

Pünktlich um 15.00 Uhr betrat ich das Präsidium.

Während einer kurzen Wartezeit auf dem Flur schickte ich Jasper eine WhatsApp-Nachricht, dass ich dieses Wochenende leider nicht nach München kommen könne. Den Grund ließ ich in der vagen Hoffnung weg, dass er enttäuscht sein und danach fragen würde.

Den Gefallen tat er mir nicht.

Da ich Klausuren korrigieren muss, hätte ich eh keine Zeit für dich gehabt, antwortete er, ebenfalls per WhatsApp. Keiner von uns machte den Versuch, den anderen anzurufen.

Jaspers Nachricht klang beleidigt, mit einer gewissen Berechtigung, wie ich fand, aber ich schickte keine Beschwichtigung zurück, obwohl mir Auseinandersetzungen mit Jasper normalerweise ziemlich zusetzten. Früher hatte ich den Wochenenden entgegengefiebert. Dieses Mal war es anders.

War die Tatsache, dass Jasper auf einmal keine Kinder mehr haben wollte, dafür verantwortlich? Oder hatte ich Jasper gegenüber ein schlechtes Gewissen?

Kikis prüfender Blick auf Erik und mich stand mir noch allzu deutlich vor Augen. Hinzu kam die Aussage von Emily, dass ich in der Social Media Community, wer immer das sein sollte, als eine Art Geheimtipp für die Rolle von Eriks Geliebte gehandelt wurde. Das machte mir klar, wie schnell man Opfer einer Rufmordkampagne werden konnte.

Ich nahm an, dass Eriks Fanpost ihm zum Verhängnis wurde. Emily Fraser hatte den überquellenden Briefkasten einmal gefilmt, mit Nahaufnahme auf einen äußerst kindlich wirkenden Brief, auf den tatsächlich mit Filzstift ein Herz gemalt worden war. Auch ein Spitzenslip hatte mal aus seinem Briefkasten herausgelugt. Danach war Erik als Weiberheld abgestempelt worden, als wenn er es sich ausgesucht hatte, von offenbar psychisch gestörten Individuen belagert zu werden.

Statt Krupp selbst holte mich eine Beamtin ab, die sich als Gülay Yildiz vorstellte. Sie war etwa fünf Jahre älter als ich, hatte kurze dunkelrote Haare und kluge Augen.

»Sind Herr Krupp oder Frau Levin nicht im Haus?«, fragte ich.

»Doch. Aber sie sind beide gerade mit einer Zeugenvernehmung beschäftigt.«

»Rebecca?«, fragte ich.

Yildiz lächelte, ohne zu antworten, und führte mich in einen winzigen, fensterlosen Raum, in dem ein altmodischer Bildschirm auf einem wackelig wirkenden Plastiktisch stand. Außer zwei Klappstühlen gab es keine weitere Möblierung.

»Entschuldigen Sie die Räumlichkeiten«, sagte Gülay Yildiz, »das Präsidium wird gerade renoviert und hier ist vieles provisorisch im Moment.«

Sie gab mir einen Block und einen grünen Bleistift, der bereits bis zur Hälfte heruntergespitzt war. »Es wäre schön, wenn Sie alles notieren könnten, was Ihnen auffällt. Dazu gehören zum Beispiel Personen, die Sie nicht auf der Beerdigung erwartet haben, aber natürlich auch Personen, die Sie erwartet haben, die aber nicht da waren. Und natürlich Verhalten, das Ihnen auffällig erscheint. Es ist dabei zunächst einmal völlig egal, warum Sie das meinen, folgen Sie einfach Ihrer Intuition. Ungewöhnliche Interaktionen zwischen Personen, wenn sich jemand nicht unterhält, der es normalerweise tut, oder umgekehrt zum Beispiel.«

»Aber ich kenne die meisten gar nicht gut genug, um das zu beurteilen.«

»Deswegen verlassen Sie sich zunächst auf Ihr Gefühl. Manchmal fällt einem etwas auf, auf das man vorher gar nicht gekommen ist. Hier ist die Fernbedienung. Sie können den Film jederzeit anhalten oder zurückspulen. Die Beerdigung ist aus verschiedenen Winkeln aufgezeichnet worden, haben Sie also bitte Geduld, bis Sie alle Versionen gesehen haben.«

»Aber das wird ja ewig dauern!«

»Ich hole Ihnen schon mal einen Kaffee. Milch und Zucker?«

Ich seufzte. »Schwarz, bitte.«

Frustriert sah ich auf den dunklen Bildschirm, drückte schließlich den Startknopf.

Vor mir tauchte die Kirche auf, die eine schier endlose Schlange an Menschen verschluckte. Die Kamera war so eingestellt, dass die Leute direkt auf mich zuliefen, bevor sie im Innern verschwanden. Ich wunderte mich, wie viele Menschen Platz in der Kirche fanden. Die wenigsten von ihnen hatte ich jemals zuvor gesehen.

In der Masse der unbekannten Gesichter entdeckte ich Erik und seine Mutter, die Tiedes, die Eckardts, die Blessings, die

Fröberts. Keine dieser Personen irritierte mich. Ich zählte im Geiste die Häuser in der Siedlung auf, überlegte, ob jemand fehlte, aber alle, die mir einfielen, waren gekommen. Als ich Jasper und mich zwischen all den anderen ausmachte, bemerkte ich den Abstand, der zwischen uns herrschte.

Kiki und Ulf waren Hand in Hand gegangen, die Schultern von Sebastian Tiede und seiner Frau berührten sich, die Fröberts hatten ihre drei Jungs in der Mitte, die mit ihrem sorgsam gescheitelten Haar ungewöhnlich brav wirkten. Jasper und ich dagegen gingen nebeneinander wie Fremde.

Obwohl ich wusste, dass Jasper, wenn er nervös war, sich eher in sich zurückzog, als bei mir Trost zu suchen – und er war nervös gewesen, weil er den Sarg hatte mittragen müssen –, versetzte es mir einen Stich.

Ich erkannte Emily Fraser trotz einer großen Sonnenbrille an ihrem hohen Vogelnest-Dutt und machte mir eine Notiz, obwohl mich ihre Anwesenheit nicht wirklich verwunderte. Aber ich wollte am Ende nicht komplett nutzlos gewesen sein.

Als die Türen der Kirche geschlossen wurden, wechselte die Perspektive, und ich sah, wie sich die gesamte Gemeinde auf die Kirchbänke quetschte und links und rechts bis in die Seitenschiffe drängte. Neben dem Altar stand Jasper mit unseren Nachbarn und schaute mit gefalteten Händen zu Boden. Mir war nicht danach, die Predigt ein zweites Mal anzuhören. Ich spulte heimlich ein bisschen vor.

Als Gülay Yildiz zurückkam, schaltete ich den Film auf Stop.

»Hören Sie, Frau Yildiz, ich habe mir jetzt sämtliche Personen angesehen, die in die Kirche gegangen sind. Die allermeisten kenne ich überhaupt nicht. Ich fürchte, ich kann Ihnen hier nicht von Nutzen sein.«

Gülay Yildiz stellte einen Kaffeebecher vor mich. Darauf stand »Weltbeste Mama«. Um die Schrift war ein Herz gemalt. Ich drehte die Tasse so, dass ich die Worte nicht mehr lesen konnte.

»Es wäre trotzdem sinnvoll, wenn Sie sich den Rest auch

noch anschauen würden. Vielleicht sind Personen am Grab gewesen, die nicht in der Kirche waren.«

»Ist das wirklich nötig? Ich meine, wir wissen doch, dass Rebecca wieder da ist. Sie ist die Hauptzeugin. Sie muss etwas gesehen haben, sonst hätte sie sich doch niemals mitten in der Nacht im Nachbargarten in einem Schrank versteckt.«

»Tja, da haben Sie zwar recht. Aber leider spricht Rebecca Keller nicht. Kein einziges Wort. Und nach Aussage der polnischen Gastmutter – sie hat das Mädchen von der Straße geklaubt, als es dort im Schlafanzug rumlief – hat sie auch nicht mit ihr gesprochen. Deswegen kam ja niemand auf die Idee, dass es sich um ein deutsches Mädchen handelte.«

»Spricht sie auch nicht mit Erik? Oder Ihrer Oma?«

»Nein. Kein einziges Wort. Rebecca Keller hat sich komplett in ein Schneckenhaus zurückgezogen. Die Kinderpsychologin spricht von »selektivem Mutismus«, freiwilliger Stummheit. Kann sich wieder geben. Oder auch nicht.«

Mein Magen zog sich zusammen. Der Druck, der auf Rebecca lastete, musste unerträglich für so ein sensibles Kind sein.

»Sie hat schon früher nicht gern mit Fremden gesprochen. Aber ich hatte einen guten Draht zu ihr. Vielleicht spricht sie ja mit mir.«

Gülay Yildiz sah nicht so aus, als hielte sie das für besonders wahrscheinlich.

»Jedenfalls müssen wir unter diesen Umständen auch den anderen Ermittlungsspuren weiter nachgehen. Sie sind sicher mit uns einer Meinung, dass der Mord an Celina Keller so rasch wie möglich aufgeklärt werden sollte, gerade im Hinblick auf ihre Schwester. Solange sie sich nicht in Sicherheit fühlt, wird sie vielleicht niemals sprechen. Außerdem ist auch das Schicksal von Alexa Keller immer noch ungeklärt.«

»Da stimme ich Ihnen zu. Aber ich fürchte, stundenlang eine Beerdigung anzuschauen, ist in meinem Fall reine Zeitverschwendung. Die anderen Nachbarn kennen sich untereinander viel besser. Wir sind die Letzten gewesen, die in die Siedlung gezogen sind.«

Yildiz ließ den Film wieder anlaufen. »Keine Sorge. Die anderen Nachbarn sind ebenfalls kooperativ.«

Gehorsam sah ich mir an, wie der Pfarrer seine endlose Predigt hielt, die nichts mit Celina zu tun hatte. Ich sah, wie Jasper, Ulf, Sebastian und Harald den kleinen weißen Sarg schulterten und ihn durch das Kirchentor nach draußen trugen, durch eine Allee von zartrosa blühenden Magnolien schritten.

Im Nachhinein kamen mir die prächtigen Blüten in ihrer Schönheit nicht mehr geschmacklos vor. Im Gegenteil, sie wirkten, als wollten sie das Kind ehren, das dort zu Grabe getragen wurde. Kurz darauf waren sie einem kräftigen Regenguss zum Opfer gefallen. Das Gras am Wegesrand mit den Hunderten von buttergelben Narzissen sah aus, als habe es ein Schmuckband angelegt.

Ich trank einen Schluck Kaffee, um den Kloß im Hals zu vertreiben.

Auf einmal sah ich Anni aus der Schlange vor dem Grab ausbrechen und auf die Wiese laufen. Sie hockte im Gras und pflückte konzentriert ein Gänseblümchen nach dem anderen, die Zunge zwischen die Lippen geschoben, bis sie schließlich mit einer Handvoll Blumen wieder zu meiner ausgestreckten Hand lief und sie ergriff. Ich sah, wie wir beide ans Grab traten und Anni die Gänseblümchen auf Celinas Sarg regnen ließ.

Anschließend standen wir am Rand und warteten auf Kiki, die zusammen mit der Frau im engen schwarzen Kleid ans Grab trat.

Ich hielt das Band an.

»Können Sie diesen Abschnitt in Zeitlupe abspielen?«

Yildiz spulte zurück. Kiki und die Unbekannte traten erneut ans Grab, bewegten sich in Zeitlupe auf Erik zu. Beide Frauen umarmten Erik, aber aus irgendeinem Grund wirkte die Umarmung der unbekannten Frau intimer als die der anderen. Es konnte allerdings auch an dem engen Kleid liegen.

»Diese Frau«, sagte ich, »sie kommt mir bekannt vor. Können Sie den Abschnitt vergrößern?«

Die Tür ging auf, und Daria Levin steckte ihren Kopf zur Tür herein. Ohne mich zu begrüßen, sagte sie: »Gülay! Komm bitte mal eben!«

Yildiz ging ohne ein weiteres Wort nach draußen und zog die Tür hinter sich zu.

Auch ich hatte den aufgeregten Unterton in Levins Stimme vernommen. Ich hörte Gemurmel vor der Tür. Einen Moment zögerte ich, doch schließlich stand ich leise auf, schlich zur Tür und drückte das Ohr dagegen.

»Wir wissen nicht genau, ob sie es ist«, hörte ich Levins Stimme. »Aber die Chancen stehen gut. Das Auto ist ihres, und am Steuer sitzt eine Leiche. Allerdings in einem recht schlechten Zustand. Liegt schon eine Weile im Wasser.«

»Gibt es Hinweise auf die Todesursache?«

»Noch vollkommen unklar. Keine Einschusslöcher oder Stichwunden jedenfalls.«

»Wer sagt es der Familie?«

»Noch niemand. Wir müssen erst sichten, in welchem Zustand sie ist. Wasserleichen sind mir immer ein Graus. Pack deine Sachen, wir müssen raus zur Fundstelle.«

»Ich habe noch die Frau Mönch hier sitzen, sie schaut sich gerade die Beerdigung von Celina an.«

»Schick sie nach Hause.«

»Wo ist die Fundstelle?«

»Ein alter Steinbruch in den Niederlanden.«

23

Das Hupen eines Autofahrers hinter mir holte mich zurück in die Wirklichkeit. Ich bemerkte die grüne Ampel und gab Gas. Meine Gedanken rasten.

Man hatte eine weibliche Leiche gefunden, so viel stand fest. Dass Alexa höchstwahrscheinlich tot war, hinterließ bei mir ein Wirrwarr von Gefühlen. Hatte Alexa sich selbst getötet, nachdem sie versucht hatte, ihre gesamte Familie zu ermorden?

Oder war sie bereits tot gewesen, als das Auto in den See rollte?

Was mich ebenfalls immer noch beschäftigte, war der Einbruch in mein Haus. Trieb ein Sexualstraftäter sein Unwesen in unserer Nachbarschaft? War er damals deshalb so schnell verschwunden, weil er gedacht hatte, dass ich nicht zu Hause war? Und hatte er daraufhin später bei Alexa sein Glück versucht? Es war denkbar, dass der Täter Alexa mitnahm, um sie für seine Zwecke zu missbrauchen, und sie anschließend tötete und versenkte.

Je nachdem, wie lange Alexa schon tot war und wie lange sie im Wasser gelegen hatte, konnten auch nach einer Obduktion solche Fragen offen bleiben.

An der nächsten Ampel wählte ich Jaspers Nummer. Ich musste mit jemanden über das sprechen, was mir alles durch den Kopf ging.

»Hallo, Friederike«, sagte Jasper zur Begrüßung. Es klang so förmlich, dass ich zunächst zusammenzuckte, doch dann beschloss ich, es einfach zu ignorieren.

»Ich bin gerade aus der Polizeistation raus. Ich sollte mir die Beerdigung von Celina anschauen –«

Jasper unterbrach mich. »Kommst du jetzt, oder kommst du nicht nach München?«

Der Ton irritierte mich.

»Nein«, sagte ich.

»Und warum, bitte?«

»Es gab keinen anderen Grund als den, dass du dich die ganze Woche nicht sonderlich bemüht hast, mich zu dir zu locken«, sagte ich und hörte selbst den schnippischen Unterton.

»Du bist meine Frau. Ich sollte dich nicht locken müssen.«

»Dann drücke ich mich anders aus. Du hast die Woche keine Anzeichen von Sehnsucht nach mir gezeigt.«

»Und du? Hast du Anzeichen von Sehnsucht gezeigt?«

»Da Sehnsucht wahrscheinlich das Gefühl ist, das mich seit Jahren am stärksten von allen begleitet und du es offenbar nicht einmal mehr wahrnimmst, kann ich mir das nur so erklären, dass bei dir ein Gewöhnungseffekt eingetreten ist.«

»Deine Sehnsucht nehme ich sehr wohl wahr. Allerdings nicht nach mir. Im Laufe der Jahre bin ich mir mehr und mehr vorgekommen wie dein Mittel zum Mutterwerden.«

»Das ist ungerecht. Wir wollten beide eine Familie. Aber ich sitze hier allein, zwischen all den Familien mit Kindern, und habe niemanden mehr. Keinen Mann und kein Kind. Du hast die Entscheidung getroffen, nach München zu gehen. Du hast mich allein gelassen. Ich sitze in einem gottverdammten Einfamilienhaus mit zwei leeren Kinderzimmern. Und du? Verdrückst dich einfach. Fängst neu an. Triffst grundlegende Entscheidungen über Umzüge, neue Jobs, sprichst dich nicht mal mit mir ab. Entscheidest für mich mit, dass wir jetzt doch keine Familie mehr sein wollen. Und warum? Für Gin-Verkostungen? Das ist das, was du Leben nennst?«

»Früher hatten wir wenigstens Spaß. Seit wir in der Siedlung wohnen, ist alles nur noch Drama.«

»Vielleicht sollten wir das Haus dann verkaufen. Es ist sowieso zu groß für mich allein«, sagte ich spitz. Natürlich war das nicht ernst gemeint. Ich wollte Jasper einen Schrecken einjagen. Stattdessen zwang seine Antwort mich in die Knie.

»Die Preise in der Siedlung sind im Keller«, meinte Jasper.

»Manchmal muss man einen Verlust verkraften«, schoss ich zurück.

»Zumindest können wir uns mal nach den aktuellen Preisen erkundigen«, sagte Jasper. »Hatte Henning Pape uns da nicht mal ein Angebot gemacht?«

Jasper hatte offenbar nicht gemerkt, dass ich meine Bemerkung nicht ernst meinte, ihn nur provozieren wollte.

»Ja, hat er. Ich werde mit ihm Kontakt aufnehmen und dich informieren«, sagte ich und legte auf.

Was war nur los mit uns? Warum konnten wir kein Gespräch mehr führen, ohne aneinanderzugeraten? Jasper isolierte sich nicht nur von mir, sondern auch von unserem Haus und von den Geschehnissen in der Nachbarschaft. Er wollte einfach nichts davon hören oder sehen, als ob der Schrecken dann nicht existierte. Jasper war wie diese dämlichen drei Affen. Doch man machte nichts ungeschehen, nur weil man sich Augen, Mund und Ohren zuhielt.

Außerdem war Henning Pape der Letzte, dem ich ein gutes Geschäft verschaffen wollte. Vor ein paar Wochen hatte er uns allen in der Weißdornsiedlung diese unsägliche Nachricht geschickt, dass seine Baufirma jetzt auch über ein Maklerbüro verfüge, falls jemand verkaufen wollte. Er kenne die Preise in der Gegend, und die Kundschaft habe er auch. Bei der Nachbarschaft hatte das für Unmut gesorgt. Wir hatten alle das Gefühl gehabt, dass er aus der Katastrophe hier Profit schlagen wollte.

Ich bog auf die Landstraße ab. Nach wenigen Kilometern tauchte auf der rechten Seite zwischen Feldern, einem kleinen Wald und Schrebergärten wie aus dem Nichts die Weißdornsiedlung auf.

Ich sah schon von Weitem, dass der Parkplatz der Schrebergärten voller Autos stand. Garantiert Journalisten. Die gierige Meute. Sie wartete auf mich.

Mir war das alles einfach zu viel. Ich setzte den Blinker und hielt am Straßenrand.

Da kam mir ein ganz anderer Gedanke.

Es war mir zuvor nicht aufgefallen, aber in dem Beerdigungsvideo hatte ich Henning Pape nicht gesehen. Dabei war Alexa doch das Werbegesicht seiner Firma gewesen.

Mir fiel ein, dass er seinen Wagen ein paarmal auf dem Schrebergartenparkplatz geparkt hatte, obwohl es eigentlich ein ungünstiger Platz war, da er durch die ganze Siedlung und den kleinen Wald laufen musste, um bis zur Baustelle zu kommen. Er hatte gesagt, Baustaub sei der Tod von Autolack. Aber seit dem Mord an Celina hatte ich Henning Pape nie wieder dort parken sehen.

An dem Tag, als Kurt mich wegen des austretenden Gases in Alexas Haus warnte, hatte er dort geparkt. Vom Parkplatz gab es einen Trampelpfad zu Alexas Haus. Hatten Alexa und Henning Pape mehr Kontakt gehabt, als ich bisher annahm?

Es war nur ein vager Verdacht, doch der Gedanke ließ mich nicht mehr los. Dem guten Henning Pape würde ich mal auf den Zahn fühlen.

Kurzerhand wendete ich den Wagen und ließ mich von meinem Navi zu seiner Adresse führen.

Papes Haus lag etwa zwanzig Kilometer von unserer Siedlung entfernt, in einer ruhigen Anwohnerstraße am Rand von Ratingen-Lintorf, einem beschaulichen Vorort von Düsseldorf. Es stand allein am Ende eines Wendehammers, ein zweistöckiges Flachdachgebäude, wie sie seit der Jahrtausendwende wie Pilze aus dem Boden schossen.

Trotz der Größe des Objekts und des Berufs seines Erbauers fand sich nichts Originelles daran. Das Farbkonzept war ähnlich wie in unserer Siedlung, grau und weiß, nur hatten unsere Häuser Satteldächer.

Ich parkte in der Auffahrt und ging die drei Treppenstufen hinauf, die sich über die gesamte Breite des Hauses erstreckten, und klingelte.

»Hallo, Herr Pape«, sagte ich, als er öffnete.

Sein nackenlanges Haar trug er wie ein Mafioso in einem schlechten Film nach hinten gegelt. Sein Gesicht war eigentlich attraktiv, nur seine Zähne wirkten etwas zu gerade und etwas zu weiß. Er trug ein Polo-Shirt, über und über mit dem Gucci-Logo bedruckt, beige Stoffhosen und Mokassins von Tod's. An beiden Ringfingern trug er breite Bulgari-Weißgoldringe. Es war von allem ein bisschen zu viel.

Misstrauisch sah er mich an. »Ja, bitte?«

»Mönch, Friederike Mönch«, sagte ich, um ihm auf die Sprünge zu helfen. »Aus der Weißdornsiedlung.«

»Natürlich, Frau Mönch, entschuldigen Sie. Ich konnte Sie im ersten Moment nicht zuordnen.«

Er drückte die Tür, die er zunächst aufgerissen hatte, wieder halb zu und verdeckte mit seinem Körper die verbleibende Öffnung. »Wie kann ich Ihnen behilflich sein?«

»Ich war gerade in der Gegend und dachte, ich klingle mal. Wir vermissen Sie bei uns in der Siedlung. Ich habe Sie länger nicht gesehen«, sagte ich.

Er reagierte nicht.

»Ich hatte gehofft, ich würde Sie mal treffen. Haben Sie vielleicht zehn Minuten? Länger nicht, versprochen!«

»Jetzt?« Er sah auf seine Uhr.

»Na ja, es ist zwar schon nach Feierabend, aber mich interessiert Ihre Meinung als Profi und ... Vertrauter. Es geht um den Wert der Immobilien in der Weißdornsiedlung. Wir denken über einen Verkauf nach, und Sie hatten ja gesagt, dass Sie der richtige Ansprechpartner wären. Und nun habe ich gedacht ... vielleicht könnten Sie die Immobilie ganz gut einschätzen?« Ich lächelte so charmant wie möglich.

»Ach so, ja, natürlich.« Henning Pape warf einen Blick über seine Schulter und sah mich dann an. »Warten Sie bitte einen Moment.«

Er schloss die Tür vor meiner Nase.

Was hatte der gute Mann zu verstecken? Unordnung? Besuch, den ich nicht sehen durfte? Oder hatte er irgendwelche merkwürdigen Vorlieben, die ich nicht mitbekommen sollte? Soweit ich wusste, war er alleinstehend.

Die Tür öffnete sich wieder, und dieses Mal riss Herr Pape

sie sperrangelweit auf, sodass ich einen Blick bis in den Garten hatte. Unordnung als Grund für sein Zögern konnte ich definitiv ausschließen. Vielleicht hatte er eine dieser lebensechten Sexpuppen auf dem Sofa sitzen gehabt und sie schnell in einen Schrank gestopft. Er war der Typ dafür.

Das gesamte Erdgeschoss war sehr übersichtlich gestaltet und mit riesigen anthrazitfarbenen Hochglanzfliesen ausgelegt. Unter Garantie putzte Henning Pape nicht selbst. Auf solchen Fliesen sah man jedes Staubkorn.

Die hintere Front zum Garten raus bestand aus Glas. An einer Wand war eine offene Küche angebracht, mit ebenfalls anthrazitfarbenen, aber matten Schrankoberflächen, eine Kücheninsel trennte die Küche vom Wohnbereich. Das einzig Unordentliche, was ich ausmachen konnte, waren Briefe, die auf der Kücheninsel verstreut lagen. Bis auf einen Saugroboter, der wie ein dienstbares Heinzelmännchen über die Fliesen glitt, wirkte der Raum seltsam leblos.

Die Sitzecke bestand aus zwei lichtgrauen Sofas, die sich gegenüberstanden. Der einzige nicht graue Gegenstand war der goldene Wasserhahn über dem Spülbecken.

Herr Pape führte mich zu dem Sofa, das mit der Lehne in Richtung Garten zeigte.

»Wie genau kann ich Ihnen behilflich sein?«, fragte er, ohne mir etwas anzubieten.

»Nun, ich hätte Sie ja gerne irgendwann mal in der Siedlung angesprochen, früher habe ich Sie dort regelmäßig gesehen. Doch seit der schrecklichen Geschichte habe ich Sie gar nicht mehr zu Gesicht bekommen. Ich hoffe, es ist alles in Ordnung bei Ihnen?«

»In Ordnung? Natürlich ist alles in Ordnung. Die Baustelle auf Ihrer Seite ist ja abgeschlossen, es ist einfach nicht mehr erforderlich, dass ich dort nach dem Rechten sehe. Der neue Bauabschnitt braucht jetzt natürlich meine Aufmerksamkeit. Zudem plane ich ein sehr großes Projekt in der Innenstadt – ein ganzes Quartier mit Luxuswohnungen in einer absoluten Top-Lage.«

»Ich habe schon eine ganze Weile nach Ihnen Ausschau gehalten. Aber da haben Sie natürlich viel zu tun.«

»Sie möchten also verkaufen?«, fragte Herr Pape. »Haben Sie schon eine Preisvorstellung?« Er saß auf der Sofakante, die Unterarme auf die Oberschenkel gestützt, die Finger verschränkt, und klopfte mit den Daumen aneinander. Er wirkte nervös, ganz so, als würde er mich eigentlich gern wieder loswerden, sich aber auch nicht die Gelegenheit eines Schnäppchens entgehen lassen.

Aber ich wollte ihn in ein Gespräch verwickeln und mich nicht so schnell abspeisen lassen. »Mein Mann ist nicht so richtig glücklich mit unserer Wohnsituation. Vielleicht wären die von Ihnen erwähnten Eigentumswohnungen in der Innenstadt ja interessant für uns? Ob Sie uns dort schon mal vormerken würden?«

»Also ich kann Ihnen noch keine Versprechungen machen. Wohnraum ist im Moment heiß begehrt. Aber es wäre möglich, Sie auf eine Warteliste zu setzen, wenn Sie mögen. Allerdings liegen die Preise in der Innenstadt natürlich um einiges höher als da draußen bei Ihnen.«

»Das denke ich mir. Und wo wir gerade dabei sind: Es geht um die Häuser in der Weißdornsiedlung. Wir machen uns alle Sorgen, dass sich der Wert äußerst negativ entwickelt, wegen der Geschichte, Sie wissen schon …«

»Ja, die Preise in der Siedlung sind gefallen, das steht fest. Die Geschichte wirkt sich sogar negativ auf den Verkauf der Grundstücke in der neuen Siedlung aus.«

»Glauben Sie, dass bald wieder mit einer Steigerung der Preise zu rechnen ist?«

»Nein, im Gegenteil, ich fürchte, der Trend wird sich noch weiter rückläufig entwickeln. Die Zinsen sollen wieder angehoben werden, das verändert den Markt.«

Etwas stieß an meinen Fuß. Der Saugroboter nahm neuen Anlauf, fuhr ein zweites Mal gegen meinen Schuh, wechselte die Richtung und verschwand surrend unter dem gläsernen Couchtisch.

Pape dozierte weiter. »Die Investoren sind sehr nervös, der Markt ist überhitzt. Die Preise für eigenen Wohnraum sind inzwischen so ins Astronomische gestiegen, dass es für viele Menschen trotz niedriger Zinsen eigentlich keinen Sinn mehr ergibt, selbst zu kaufen. Alle in unserer Branche zittern vor einer Blase. Wenn die Preise irgendwann zusammenbrechen, sind wir als Bauunternehmer die Ersten, die mit in den Abgrund gerissen werden.

Die schrecklichen Ereignisse in der Weißdornsiedlung sind natürlich nicht gerade preisfördernd. Aber als Erbauer der Siedlung sind wir quasi Insider, und so könnte unser Maklerbüro natürlich die besten Konditionen herausholen und die Preisschwankungen besser abfedern. Wissen Sie denn, ob in der Siedlung noch jemand außer Ihnen verkaufen möchte?«

»Leider kann ich noch nicht darüber sprechen, aber wir würden Sie auf jeden Fall an Bord holen.«

Pape strahlte mich mit einem Verkaufslächeln an. »Das ist sehr freundlich.«

»Diese ganze Geschichte macht mir sehr zu schaffen. Gerade war ich bei der Polizei. Ich musste mir Videoaufnahmen von der Beerdigung von Celina ansehen, jede einzelne Person. Die Polizei wollte wissen, ob mir irgendetwas bei der Beerdigung aufgefallen ist, zum Beispiel, ob Personen anwesend waren, mit denen ich nicht gerechnet hätte.«

Henning Pape sah mich ausdruckslos an.

»Oder auch Personen, die nicht gekommen sind, obwohl ich mit ihnen gerechnet habe.«

»Ach?« Papes Finger klopften wieder aneinander, diesmal schneller.

»Aber mir fällt erst jetzt auf, dass ich Sie überhaupt nicht gesehen habe. Warum eigentlich?« Ich versuchte, unschuldig auszusehen, während ich gleichzeitig Henning Papes Reaktion gespannt beobachtete.

»Ich … also streng genommen hatte ich mit Celina Keller ja rein gar nichts zu tun. Ich hätte es komisch gefunden, wenn ich dort aufgetaucht wäre. Geradezu aufdringlich.« Pape stand auf und floh Richtung Küche, wodurch er sich meinen Blicken entzog. »Entschuldigen Sie«, rief er über den Tresen. »Ich habe Ihnen gar nichts angeboten! Wasser? Kaffee?«

»Danke, nein. Ich dachte ja nur … weil Sie doch immerhin die Häuser in der Siedlung gebaut haben, für die Alexa Keller Werbung gemacht hat, und auch mit ihr befreundet waren. So hatte es jedenfalls den Anschein. Sie haben sie ja öfter besucht.«

Ich nahm seinen abwehrenden Gesichtsausdruck zur Kenntnis, und bevor er meine Behauptung entkräften konnte, fuhr ich rasch fort: »Ich meine, Ihr Wagen war dann immer gut zu sehen, er stand ja oft genug auf dem Schrebergartenparkplatz. Von dort führt ja ein Weg direkt zum Haus der Kellers.«

»Ich bin mir nicht sicher, auf was Sie anspielen. Ich war nach den Werbeaufnahmen nie wieder bei Frau Keller im Haus. Ich habe nur auf dem Parkplatz geparkt, wenn ich zur Baustelle wollte. Wissen Sie, Baustaub ist …«

»… der Tod von Autolack, ich weiß. Aber immerhin hat Frau Keller Werbung für Ihre Firma gemacht. Sie haben sich doch gut mit ihr verstanden, das hat sie jedenfalls immer gesagt.«

»Sie war ein Naturtalent vor der Kamera, wenn Sie das meinen.«

War? Wusste er etwas, was er noch nicht wissen konnte?

»Wie gesagt, die Polizei hat mich gebeten, ihr alles zu sagen, was mir auf der Beerdigung auffällt, und gerade fiel mir eben auf, dass Sie nicht da waren.«

»Hören Sie, ich habe nichts dagegen, wenn Sie das einfach für sich behielten. Ich möchte mich ungern in diese Geschichte mit reinziehen lassen. Das ist der einzige Grund, warum ich nicht zur Beerdigung gekommen bin. Ich wäre Ihnen also dankbar, wenn Sie das nicht unnötig aufblasen würden.«

Ich nutzte die Macht des Schweigens und sah auf den Fußboden. Der Saugroboter fuhr mehrfach gegen die Beine des gläsernen Couchtisches, drehte sich jedes Mal ein kleines

Stück, fand den Ausgang und kam erneut auf mich zugefahren.

»Investoren sind hochempfindliche Seismografen. Wenn die eine Schwäche wittern, schlagen sie aus. Und ich bin in Verhandlungen mit diversen von ihnen. Halten Sie mich aus der Keller-Geschichte raus, ich bitte Sie.«

Ich machte eine unbestimmte Bewegung mit den Händen, als könne ich mich nicht entscheiden, was ich tun sollte.

»Wenn Sie Ihr Haus verkaufen möchten, können wir uns sicher einigen. Der Preis wird Ihnen zusagen, bestimmt. Sie haben ja eines der schönsten. Und wenn noch mehr Leute verkaufen wollen, ich berate Sie mit Vergnügen. Haben Sie meine Telefonnummer?«

»Ja, die habe ich, keine Sorge. Wie gesagt, ich war in der Gegend. Und manchmal spricht es sich doch einfach besser persönlich, finden Sie nicht?«

»Das sehe ich genauso«, sagte Herr Pape und lächelte mich angestrengt an.

Als ich an der Kücheninsel vorbeiging, fuhr mir der Saugroboter in den Weg, als wolle er mich am Gehen hindern. Auf einmal gab er ein fieses Klacken von sich. Die Bürste drehte durch, er musste irgendetwas eingesaugt haben, was sich nun verhakt hatte.

Ich hob den Sauger an und drehte ihn wie einen Käfer auf den Rücken.

»Da haben sich Haare um die Bürste gewickelt«, sagte ich.

»Das passiert leider öfter.«

In der Bürste hatte sich außerdem etwas Metallisches verhakt. Es sah aus wie ein rot bedruckter Aluminiumchip für den Einkaufswagen.

Henning Pape nahm mir den Roboter aus der Hand, schaltete ihn aus und setzte ihn wieder auf den Boden.

»Ich werde Sie jedenfalls oben auf die Liste für eine Wohnung im Neighbourhood-Quartier setzen. Welche Etage bevorzugen Sie?«

»Danke«, sagte ich. »Am liebsten ganz oben, natürlich.«

»Ich werde sehen, was sich machen lässt.«

Ich verließ sein Haus.

Herr Pape war nervös gewesen, was mich hatte wachsam werden lassen. Außerdem lagen in dem Stapel Briefe auf der Kücheninsel auch zwei gelbe Umschläge.

Ich kannte diese Art von Umschlägen. Es waren solche, in denen auch Vollstreckungsbescheide verschickt wurden. Das konnte heißen, dass Henning Pape einfach nicht gern seine Strafzettel bezahlte – oder dass er in richtigen Geldproblemen steckte.

24

Das Gespräch über den Verkauf unseres Hauses brachte auch etwas Gutes hervor: die überraschende Erkenntnis, dass ich inzwischen hierhingehörte. Ausgerechnet die Tragödie, die nebenan passiert war, hatte mich an diesen Ort gebunden. Der Verlust von Celina ebenso wie der meines eigenen Kindes.

Es sind die Erinnerungen, die einen mit einem Wohnort zusammenschweißen, und nie hatte mich etwas stärker in meinen Grundfesten erschüttert, waren meine Gefühle größer gewesen, meine Hoffnung und mein Entsetzen, meine Trauer und meine Angst, als an diesem Ort. Ob ich wollte oder nicht, diese Siedlung hatte bereits Haken nach mir ausgeworfen, die ich nur schwer würde entfernen können.

Wie sich die Lebenssituation für uns alle hier weiterentwickeln würde, hing auch davon ab, was mit Alexa geschehen war. Wenn sie sich umgebracht hatte, nachdem sie ihr eigenes Kind getötet und ihren Mann verletzt hatte, würden alle noch eine Weile über die Monstermutter sprechen, doch schon bald wieder beruhigen und sich anderen Katastrophen zuwenden, die unweigerlich passieren würden.

Falls man bei der Obduktion aber feststellte, dass Alexa ebenfalls umgebracht worden war, wie Erik es die ganze Zeit vermutet hatte, würde das bedeuten, dass man mit der Suche nach dem Mörder noch keinen Schritt weitergekommen war. Die Presse würde also bei jedem neuen Hinweis erneut hier auftauchen und den Fall wieder und wieder an die Öffentlichkeit zerren. Wir kämen nie zur Ruhe, bis der Mörder gefasst wurde. Das traf in noch viel stärkerem Maße auf Rebecca zu.

Als ich schließlich wieder in der Siedlung aufschlug, war es bereits Abend, doch das emsige Treiben der Reporter-Meute hatte kein bisschen nachgelassen.

Der Weißdornweg war hell erleuchtet. Scheinwerfer richteten sich auf Eriks Haus, Kameraleute drängten sich vor dem Tor, YouTuber hielten ihre Handysticks in die Höhe. Der Tumult konnte eigentlich nur bedeuten, dass Rebecca und Erik wieder da waren.

Auch ein Streifenwagen stand vor Eriks Haustür. Nur den beiden Beamten, die das Haus von der Presse abschirmten, hatte ich es zu verdanken, dass ich ohne weitere Belästigung in meine Garage gelangte.

Ich schaute auf mein Handy, doch Erik hatte sich noch nicht gemeldet. Er musste inzwischen bemerkt haben, dass ich bei ihm gewesen war, dass ich die Betten bezogen, ein wenig Essen eingekauft, Wäsche gewaschen hatte.

Ich hatte gehofft, dass er sich daraufhin wenigstens kurz bei mir melden würde. Ich spürte einen kleinen unangebrachten Stich wegen seines Schweigens. Doch vielleicht hatte er soeben erst von Alexas Tod erfahren, sie eventuell sogar schon identifiziert. Womöglich hatte er Rebecca auch mitteilen müssen, dass die Mama nicht mehr wiederkommen würde.

Da war es nachvollziehbar, dass er keinen Gedanken an mich verschwendete. Ihn selbst zu kontaktieren, wäre mir in so einem Moment aufdringlich vorgekommen, also beschloss ich, mich in Geduld zu üben.

Ich sah aus dem Küchenfenster, beobachtete die Leute auf der Straße. Auch Emily Fraser alias Miss Maple war wieder dabei. Sie spazierte mit ihrer Kamera samt Stativ durch die Menge, an dessen Ende ein riesiger Leuchtring fixiert war, der wie ein nach oben geklappter Heiligenschein aussah. Dabei plapperte sie vor sich hin, als existierten die anderen Menschen um sie herum gar nicht.

Obwohl ich gern zum Briefkasten gegangen wäre, um nachzusehen, ob einer meiner Briefe wieder zurückgekommen war, wollte ich nicht von den Reportern gesehen werden. Ich hatte Anfang der Woche einen neuen Packen mit Anfragen verschickt, dieses Mal an die Kleins im Raum Kaarst, einem

Ort auf der anderen Rheinseite. Ich wollte mich Stück für Stück in die Umgebung vorarbeiten.

Die Registrierung bei den weltweit größten DNA-Datenbanken war bisher erfolglos geblieben. Kein Verwandter von mir wurde gefunden. Das hieß aber letztlich nur, dass sich keiner von ihnen hatte registrieren lassen. Möglicherweise war ich bereits einem von ihnen auf der Straße begegnet, ohne es zu ahnen. Einem Onkel, einer Cousine, einer Nichte. Meiner Mutter.

Von allen Menschen, die ich am sehnlichsten wünschte, zu treffen, stand meine Mutter an erster Stelle. Was hatte sie dazu bewogen, mich aufzugeben? Wahrscheinlich war sie in schlimmer Not gewesen. Niemand gab leichtfertig sein Kind auf.

Ich blätterte in meinem Ordner, sah die Liste der Kleins durch, die ich durchgestrichen hatte. Es waren Hunderte. Ich hatte Hunderten von wildfremden Leuten geschrieben, immer in der Hoffnung, endlich jemanden zu finden, der von einer Adoption innerhalb seiner Familie gehört hatte und mir einen Hinweis geben konnte. Viele hatten mir geantwortet, doch niemand mit einer Hilfestellung. Es war die reinste Sisyphusarbeit.

Ich setzte mich ins Wohnzimmer, machte das große Deckenlicht an, damit Erik sah, dass ich zu Hause war. Es war unangebracht, dass ich mir seine Nähe wünschte, aber es war so. Ich wollte umarmt werden.

Ich sah erneut auf mein Handy, keine Nachricht. Weder von Erik noch von Jasper. Mir fiel auf, dass ich im Kopf die Reihenfolge vertauscht hatte. Weder von Jasper noch von Erik, hätte mein Gedanke sein sollen.

Sofort plagte mich ein schlechtes Gewissen. Mir schossen Bilder durch den Kopf, wie ich allein alt werden würde, ohne Jasper, ohne Kind, ohne jemanden, der sich mir oder dem ich mich zugehörig fühlte. Keiner meiner Träume hatte sich erfüllt. Weder war ich schwanger geworden, noch hatte ich einen leiblichen Verwandten gefunden.

Ich ging steil auf die vierzig zu. Sicher, es gab Frauen, die jenseits der vierzig noch einmal heirateten und eine Familie gründeten. Aber dennoch war für Frauen in diesem Alter die Lage auf dem Heiratsmarkt eine gänzlich andere als für einen Erik, der sich vor Verehrerinnen kaum retten konnte.

Seit Jahren sah ich Mona beim Daten zu und konnte mitunter kaum glauben, was für Typen sich da draußen herumtrieben. Menschen, die die einfachsten Formen der Höflichkeit nicht beherrschten, völlig überzogene Erwartungen hatten oder einfach komplett bindungsunfähig waren, es aber zum Leidwesen der Personen, die sie dateten, selbst nicht begriffen. Ich konnte gut darauf verzichten, dabei mitzumischen.

War ich also wirklich bereit, Jasper zu verlieren, nur um den Hauch einer Chance auf ein Baby zu haben? Sollte ich die verbleibenden Eizellen nutzen? Und was, wenn auch die letzte Übertragung nicht klappte? Und wenn ich dann niemanden mehr hätte, weder ein Baby noch Jasper? Würde je irgendjemand wieder mit mir Weihnachten feiern? Oder würde ich mich wie meine Mutter einem Club anschließen müssen, die mit ihren Freundinnen vom Bridgeclub an Weihnachten immer irgendwo in den Süden flog?

Als mein Magen zu knurren begann, fiel mir auf, dass ich den ganzen Tag kaum etwas gegessen hatte. Ich ging in die Küche. Doch bevor ich das Licht anschaltete, trat ich ans Küchenfenster und checkte die Lage. Die Reporter hatten sich augenscheinlich verzogen, zumindest sah ich niemanden mehr.

Ich warf einen Blick zu Eriks Haus hinüber. Ein schwacher Lichtschein im oberen Stockwerk verriet mir, dass Erik da war. Ich schaltete das Küchenlicht an und hoffte, dass Erik, genau wie ich, aus dem Fenster sehen würde. Vielleicht hatte er gar nicht mitbekommen, dass ich in die Garage gefahren war, möglicherweise stand er jetzt oben am Fenster und wartete darauf, dass ich nach Hause kam, um mit mir Kontakt aufzunehmen.

Nach kurzem Zögern schickte ich ihm eine Nachricht. »Wieder zu Hause?« Doch mein Handy blieb schwarz. Niemand rief mich an. Erik nicht. Jasper nicht.

Ich fühlte mich, als würde ich in einem Ozean treiben, vollkommen allein und auf mich gestellt. Oder als ob ich auf einer Wippe saß und vergeblich hoffte, dass ich in die Luft gehoben wurde. Manche Dinge gingen nur zu zweit. Wippen. Babys bekommen.

Ich starrte aus dem Fenster, hielt mir meinen verdammten leeren Bauch. Nein, es ging nicht anders. Ich brauchte dieses Baby. Denn ein anderes Kind, eines, das einst im Stich gelassen worden war, musste sich jetzt selbst etwas beweisen. Nämlich, dass es trotz allem eine bessere Mutter war als die Mütter, die es selbst gehabt hatte. Dass es jemanden hatte, der zu ihm gehörte.

Wie konnte Jasper das nicht verstehen? Jasper mit der distanzierten Pflichtbeziehung zu seinen Eltern wirkte immer, als sei er froh, wenn jeder Besuch bei ihnen vorbei war. Er saß wie auf glühenden Kohlen, kippte hinunter, was immer man uns anbot, und nutzte stets die erste Gelegenheit, um aufzubrechen.

Zu seinem Bruder hatte er kaum Kontakt. An Weihnachten saßen wir trotzdem alle zusammen, aber obwohl ich nie das Gefühl hatte, dass sie sich freuten, sich zu sehen, war es undenkbar, nicht zu gehen. »Es sind schließlich meine Eltern«, sagte Jasper.

Dass Jasper nicht unter der distanzierten Beziehung zu leiden schien, konnte ich mir nur so erklären, dass er im Gegensatz zu mir seinen Platz auf der Welt kannte. Er wusste, wo er herkam, hatte nicht dieses schreckliche Sehnen in seinem Körper, dieses Vakuum, als wenn man ins Weltall geschleudert und dort vergessen worden war.

Das Einzige, was dieses Vakuum füllen konnte, war das Kind, das ich mir wünschte, und das sich Jasper nicht mehr wünschte, und das er, wenn ich mich dafür entschied, vielleicht trotzdem bekäme.

Ich war froh, dass mich Mona am nächsten Tag besuchen würde. Ich brauchte einen anderen Menschen, mit dem ich mich besprechen konnte. Ich wollte wissen, was sie davon hielt, wenn ich mir hinter Jaspers Rücken die Eizellen einsetzen ließ.

Vielleicht würde mir die Entscheidung dann leichter fallen.

Tränen tropften auf die Arbeitsplatte, ich wischte sie mit Küchenrolle weg. Sollte ich nicht besser schnell nach München aufbrechen? Retten, was zu retten war?

Aber ich blieb sitzen. Ohne zu wissen, warum, konnte ich mich nicht rühren. Krrkkk, hörte ich da. Im ersten Moment dachte ich, ich bildete es mir ein. Es war wie ein Déjà-vu.

Doch dann hörte ich ganz deutlich Eriks Stimme. Er musste in Celinas Zimmer sein. Niemand hatte daran gedacht, das Babyphone abzustellen.

»Ich weiß, mein Schätzchen, dass es für dich sehr schwer ist. Aber ich kann mich an nichts erinnern, deshalb musst du uns helfen. Es wäre gut, wenn du der Polizei sagen könntest, was du in jener Nacht gesehen hast.«

Keine Antwort. Rebecca hatte ihr Schweigen offenbar noch nicht gebrochen.

»Ich habe hier gestanden. Dann hat mir jemand etwas auf den Kopf geschlagen. Deshalb ist meine Erinnerung weg, verstehst du? Du bist die Einzige, die mir auf die Sprünge helfen kann.«

Ich hörte Geräusche, als wenn jemand Möbel hin und her schob.

»Ich habe einen Schatten im Flur gesehen. Ich glaube, das warst du. Das warst du doch? Und dann bist du weggelaufen. Das war gut, das war genau das Richtige. Aber wo bist du hingelaufen? Zur Treppe? Hast du die Person gesehen, die mich geschlagen hat?«

Nein, dachte ich und starrte wie gebannt auf das Babyphone. Sie hatte Angst, an Celinas Zimmer vorbeizulaufen. Sie ist Richtung Schlafzimmer gelaufen.

Erik sprach weiter. »Es gibt einen bösen Menschen, der für all das Böse hier verantwortlich ist. Und wir wollen doch beide, dass er gefasst wird, oder? Wenn du etwas gesehen hast, wäre es wichtig, wenn du es verraten würdest.«

Ich drehte den Lautstärkeregler am Empfänger hoch, doch Rebecca sprach kein Wort.

»Mach dir keine Sorgen, Schätzchen, du kannst sprechen, wann immer du willst. Ich will dich nicht unter Druck setzen. Die Kinderpsychologin war doch sehr nett, oder? Sie wird morgen kommen und dich nach allem befragen, was du gesehen hast. Du darfst aber nicht vergessen, dass die Dame auch dazu da ist, dich zu beschützen. Alles, was du ihr sagst, fällt unter die Schweigepflicht. Das bedeutet, dass die Frau nichts weitersagen darf, was du ihr erzählst, kein einziges Sterbenswörtchen. Nur, wenn du es ihr erlaubst.«

Auf einmal erinnerte ich mich an etwas. Jemand schrie seltsam verzerrte Worte: »Was hast du getan!« Ich hatte es gehört. Als ich auf der Fensterbank in meinem Schlafzimmer gesessen und mich betrunken hatte. Wessen Stimme war das gewesen? Eriks?

Ein leises Wimmern unterbrach meine Gedanken. Eriks Stimme wurde lauter.

»Mach das nicht! Hör auf damit, Rebecca!«

Das Wimmern von Rebecca ging mir durch Mark und Bein.

»Aber du darfst dir nicht selber wehtun. Ich weiß, du bist verzweifelt. Aber du darfst dir nicht selber wehtun. Mami hätte das auch nicht gewollt, niemals. Komm, wir schneiden deine Fingernägel ein bisschen, dann tut es nicht so weh.«

Ich stellte das Babyphone leiser, weil ich die kehligen Schmerzenslaute kaum ertrug. Ich wünschte, ich hätte gewusst, wie ich Rebecca helfen konnte.

25

Am Samstagmorgen schlich ich mich zum Briefkasten. Bis auf einen in Plastik eingeschweißten Werbeprospekt und zwei Rechnungen war er leer.

Das musste jedoch kein schlechtes Zeichen sein, redete ich mir ein. Denn falls ich bei meiner letzten Briefaktion wirklich die Frau angeschrieben hatte, die mich vor beinahe vierzig Jahren zur Adoption freigegeben hatte, würde sie sich sicher ein paar Tage Bedenkzeit nehmen, bevor sie antwortete. So eine Nachricht musste man erst einmal sacken lassen. Und wenn ich sie noch nicht gefunden hatte, musste ich eben weitersuchen.

Ich setzte mich mit meinem Laptop ans Küchenfenster und erstellte eine neue Liste von Leuten, die mit Nachnamen »Klein« hießen. Ich orientierte mich linksrheinisch weiter Richtung Krefeld. In Krefeld gab es nur ein paar Dutzend Kleins, also nahm ich noch Willich und Moers dazu.

Kurz darauf sah ich, dass eine Polizeistreife Erik und Rebecca abholte. Rebecca ging an Eriks Hand und sah teilnahmslos zu Boden. Ich bemerkte ihr blasses Gesicht unter dem dunklen Haar. Sie wirkte mit einem Mal älter als ihre bald sieben Jahre. Ein einziges Mal hob sie den Blick in meine Richtung. Aufgeregt winkte ich ihr zu. Sie reagierte nicht, ich war mir aber auch nicht sicher, ob sie mich gesehen hatte. Rebecca wirkte gebrochen.

Angesichts ihres Schmerzes schämte ich mich etwas, dass ich mich selbst derart wichtig nahm und mich ausgerechnet jetzt mit den eigenen Geistern der Vergangenheit beschäftigte, die gegen das, was sie durchmachte, beinahe albern wirkten. Gern hätte ich sie stattdessen in den Arm genommen, sie versucht zu trösten, aber ich wollte mich nicht aufdrängen.

Erik hatte nicht auf meine Nachricht reagiert, was mich mehr schmerzte. Bei näherer Betrachtung war ich eben doch nur die Nachbarin. Kein Familienmitglied, keine Freundin des Hauses – ich wohnte einfach nur zufällig auch hier. Es blieb mir also nichts anderes übrig, als mein eigenes kleines Leben weiterzuleben und der Tragödie nebenan aus der Entfernung zuzusehen.

Ich war froh, dass Mona heute kommen würde, und lenkte mich schließlich mit dem Erstellen eines Speiseplans ab. Ich entschied mich für ein Gurkentatar, das ich gut vorbereiten konnte, zum Hauptgang für ein Pastagericht mit weißem Trüffel und setzte auch Champagner auf die Einkaufsliste.

Ich wollte nicht übermäßig trinken, aber ein Schluck zum Anstoßen war drin, vor allem, damit Mona mich nicht als partyuntaugliche Spaßbremse bezeichnete – denn seit ihrer Bemerkung, dass bei mir alles schwer und düster sei, befürchtete ich, dass sie mich so sehen könnte.

Als ich einkaufen fuhr, hatten die ersten Journalisten wieder Stellung bezogen, und bevor ich aus der Garage rollte, zog ich schon fast routiniert meine Sonnenbrille auf, die ich an die Sonnenblende meines Wagens geklemmt hatte.

Die Rufe von draußen ignorierte ich, doch als ich in den Rückspiegel sah, trat auf einmal Emily Fraser hinter mir auf den Weg und hielt mit der Kamera auf mich. Das Bild, wie ich das Gaspedal durchtrat, mein Auto blitzartig rückwärtsschnellte und Emily überrollte, explodierte in meinem Kopf. Ich sah, wie das Vogelnest auf dem Kopf unter den schweren Vorderreifen meines Autos zermalmt wurde, und wie das Blut die Einfahrt hinunterlief.

Mein Bein zitterte, so fest trat ich auf das Bremspedal, um die Katastrophe zu verhindern, die ich mir gerade ausgemalt hatte.

Ein Blitz zuckte auf, jemand fotografierte mich. Ich riss mich zusammen und rollte langsam und mit unglaublicher Vorsicht nach draußen, um nur nicht abzurutschen und tatsächlich ein Blutbad anzurichten.

Je weiter ich mich von der Siedlung entfernte, umso flüchtiger wurden die gewalttätigen Bilder in meinem Kopf, und als ich schließlich in einem Feinkostladen den bestellten Trüffel abholte, fragte ich mich bereits, ob diese brutale Sequenz in meinen Gedanken wirklich so schlimm gewesen war.

Bedeutete das, dass ich mich an solche Szenen im Kopf gewöhnte? War so etwas normal? Wie konnte ich mir gerade noch vorstellen, wie ich einen Menschen überfuhr und jetzt in aller Ruhe Trüffel abwiegen lassen?

Glücklicherweise hatte ich später noch einen Termin bei Gertrud Straub.

Gedanken sind keine Taten, hatte sie zwar gesagt, doch normal waren solche Vorstellungen auch nicht.

Ich bog zusammen mit einem Polizeiwagen in die Siedlung ein. Das rettete mich vor der Presse, da der Wagen vor Eriks Haus hielt und sie von mir ablenkte. Ich fuhr in die Garage und beobachtete das Geschehen von dort aus.

Krupp und Levin stiegen aus, außerdem noch eine unbekannte Frau, von der ich annahm, dass es die angekündigte Psychologin war. Sie hielt ein Kind auf dem Arm, das mit einem Tuch abgedeckt war. Blitzlichter flammten auf. Rebecca. Erik war nicht mehr dabei.

Sollte ich rüberlaufen und Ulrich Krupp über das Fernbleiben von Henning Pape bei Celinas Beerdigung informieren? Oder über die Tatsache, dass er gern auf dem Schrebergartenparkplatz geparkt hatte – abseits der neuen Baustelle, aber ganz in der Nähe von Alexa?

Hatte Pape mehr von Alexa gewollt? Eine solche Beziehung von Alexa und Pape, die offiziell rein beruflich gewesen war, wäre möglicherweise ein Motiv.

Ich machte mir eine Notiz, dass ich Krupp davon erzählen sollte.

Im Anschluss beschäftigte ich mich in der Küche. Ich rieb Parmesan, vermischte den Käse mit Chiliflocken und backte daraus gitterförmige Plätzchen, die ich lageweise auf Küchenkrepp stapelte, bevor ich die Trüffel vorsichtig abbürstete.

Dann rollte ich den Nudelteig aus und drehte ihn durch die Maschine. Das mechanische Arbeiten tat mir gut und lenkte mich von den Vorgängen im Nachbarhaus ab.

Meine Gedanken schweiften wieder zu meinem Baby. Ich war eigentlich entschlossen, es auch gegen Jaspers Willen zu bekommen, aber wenn Mona moralische Bedenken anmeldete, würde ich vielleicht noch einmal darüber nachdenken.

Dass Jasper von unseren – im wahrsten Sinne des Wortes – fruchtlosen Versuchen die Nase voll hatte, verstand ich ja. Aber dass er auf einmal kein Vater mehr sein wollte, nach jahrelangem Bemühen, dieser jähe Umschwung war für mich nicht nachvollziehbar. Oder hatte er sich schon länger mit dem Gedanken befasst und mir nichts davon gesagt?

Dass er Dinge vor mir verschweigen könnte, machte mir Angst. Gleichzeitig wurde ich wütend. Er hatte mich in eine Zwickmühle manövriert. Wenn ich nicht wissentlich gegen seinen Willen handelte, würde ich keine Mutter werden, vielleicht nicht einmal dann.

Denn ohne ihn war meine Chance auf ein Kind so gut wie dahin. Bis ich einen neuen Partner und möglichen Vater gefunden hätte, wäre meine biologische Uhr längst abgelaufen.

Als alleinstehende Frau war es in Deutschland auch schwieriger, auf Samenspenden von einer Bank zurückzugreifen als für verheiratete. Viele Samenbanken lehnten die Insemination alleinstehender Frauen sogar ab. Ansonsten gab es noch die Möglichkeiten, privat oder im Ausland einen Spender zu suchen.

Doch ich wollte meinem Kind einfach nicht das zumuten, was mein Schicksal gewesen war: nicht zu wissen, wo es herkam. Zwar durfte in Deutschland ein Kind, das mithilfe einer Samenspende entstanden war, mit achtzehn Jahren die Identität des Vaters erfragen, aber ich wollte nicht, dass das Kind so lange warten musste, um seinen biologischen Vater kennenzulernen, der darüber hinaus wahrscheinlich überhaupt kein Interesse an ihm hatte.

Ich hatte immer von einer intakten Familie geträumt, ohne

die Fragen, wo man herkam, ob man gewollt gewesen war, ob man geliebt war, also die Fragen, die ich mir selbst permanent gestellt hatte.

Ich legte den Trüffel in eine Schüssel, deckte ihn mit Küchenkrepp ab und parkte die Schüssel im Kühlschrank, bevor ich mich an den Nudelteig machte.

Es war kurz nach achtzehn Uhr, als ich eine Nachricht auf mein Handy bekam: *Tut mir echt leid, ich muss für heute absagen! Bin sterbenskrank. Wahrscheinlich schlechte Shrimps gegessen gestern. Melde mich, wenn ich wieder aufstehen kann! XOXO, Mona*

Sofort rief ich sie an, aber obwohl sie erst Sekunden zuvor eine Nachricht geschickt hatte, ging sie nicht ans Telefon. Ich schwankte zwischen Enttäuschung und Sorge. Ich hatte mir mit dem Essen Mühe gegeben, den Nudelteig selbst zubereitet und weißen Trüffel für beinahe sechzig Euro gekauft. Und Mona rief mich nicht einmal an, sondern schickte nur eine Nachricht? Oder ging es ihr so schlecht? Brauchte sie vielleicht Hilfe?

Aber wer mir eine WhatsApp-Nachricht über verdorbene Shrimps schicken konnte, konnte sich im Notfall auch einen Krankenwagen selbst rufen. Viel eher glaubte ich, dass Mona mal wieder ein Match auf einer ihrer Apps hatte und sich nun statt mit mir mit einem Typen traf. Konnte sie vielleicht auch mal an etwas anderes denken als immer nur an diese bescheuerten Dates, die ohnehin nie auf irgendetwas hinausliefen?

Ich nahm die Nudeln, die ich zum Trocknen über den Nudelständer gehängt hatte, und presste sie wütend wieder zu einem Klumpen zusammen. Ich stellte mir vor, wie ich den Teig Mona in den Rachen stopfte, bevor ich ihr Gesicht mit einer Rolle Klarsichtfolie umwickelte. Monas Finger krallten sich in das Plastik, als ihr die Luft wegblieb.

Schließlich pfefferte ich all meine vorbereiteten Lebensmittel in den Kühlschrank.

26

Gerade war mein Puls wieder einigermaßen ruhig – ich hatte die Atemübungen gemacht, zu denen Gertrud Straub mir geraten hatte, wenn mich solche Gedanken überkamen –, als es an der Tür klingelte.

»Haben Sie etwas dagegen, wenn wir uns noch einmal bei Ihnen umsehen?« Ulrich Krupp und Daria Levin lächelten, als könnten sie kein Wässerchen trüben.

»Äh … nein, natürlich nicht«, sagte ich.

Ich war so perplex, dass ich der Durchsuchung zustimmte, ohne auf einen richterlichen Beschluss zu bestehen.

Während Daria Levin um die Erlaubnis bat, sich in meiner Küche umzusehen, stieg Ulrich Krupp die Treppe zum Keller hinunter. Einen Moment lang stand ich bewegungslos im Flur, unfähig, einen klaren Gedanken zu fassen.

Vor lauter Verwirrung vergaß ich zu fragen, was die beiden eigentlich suchten. Schließlich ging ich hinter Krupp her in den Keller. Er stand in der Waschküche, begutachtete das Waschpulver. Neben der Waschmaschine stand ein Wäscheständer, auf dem meine BHs und Slips trockneten. Die Unterwäsche war mir vor dem Polizisten peinlich.

Krupp nahm eine blaue Flasche aus meinem Regal, hielt sie mir entgegen.

»Ist das Chlor, Frau Mönch?«

»Nein«, antwortete ich wie aus der Pistole geschossen. »Das ist ein Fleckenmittel für weiße Wäsche. Das benutze ich aber sehr selten.«

Krupp studierte die Inhaltsstoffe auf dem Etikett.

»Es ist chlorhaltig«, stellte er fest. »Darf ich die Flasche mitnehmen?«

Ich zuckte mit den Achseln, was er als Zustimmung zu deuten schien.

Fast beiläufig hob Krupp ein paar Putzlappen hoch, die im Regal gestapelt lagen, fand den Geschenkkarton, den ich darunter versteckt hatte.

»Da sind nur private Dinge drin«, murmelte ich, doch Krupp ließ sich davon nicht beirren und zog das elastische Schmuckband zur Seite.

»Ich kann mein Einverständnis zur Durchsuchung jederzeit wieder zurückziehen«, sagte ich.

»Sicher.« Krupp lächelte freundlich. »Aber warum sollten Sie? Sie haben doch nichts zu verbergen.«

Er schlug das Seidenpapier auf und sah den Babystrampler mit der Aufschrift »Best Dad Ever«.

»Darf ich gratulieren?«, fragte er und hob den Strampler aus dem Seidenpapier.

Geschäftig drehte ich mich zur Seite, zog ein T-Shirt aus einem Korb und breitete es über den Wäscheständer, verdeckte einen BH.

»Nein, nein, das war eigentlich ein Geschenk. Für den Mann einer Freundin. Aber dann war es doch falscher Alarm.«

Der Kommissar sah mich einen Moment wortlos an, dann sagte er: »Ich verstehe«, und schlug das Seidenpapier so vorsichtig wieder um den Strampler, als wickle er ein Neugeborenes.

»Und Sie, haben Sie Kinder?«, fragte ich in einem viel zu lockeren Ton, der nur dazu dienen sollte, vom Strampler abzulenken. Ich faltete ein Shirt zusammen, obwohl es noch feucht war.

»Drei«, antwortete Krupp, ohne dass ich erkennen konnte, ob er den Ton zur Kenntnis genommen hatte. »Aber sie sind schon erwachsen. Zum Glück. Sonst würde es mir sehr schwerfallen, in diesem Fall zu ermitteln.«

Ich nickte. Aus irgendeinem Grund fiel mir ein, dass Krupp wusste, dass ich für die Tatzeit kein Alibi hatte.

Krupp steckte die Flasche mit dem Bleichmittel in einen

Beutel, und wir stiegen die Treppe wieder nach oben, wobei ich Krupp folgte, als habe ich bereits ein Geständnis abgelegt.

Daria Levin kam mit einem durchsichtigen Plastikbeutel aus der Küche, der offenbar sämtliche Küchenmesser enthielt, die ich besaß.

»Dürfen wir diese Messer ausleihen?«, fragte sie leichthin, als handele es sich lediglich um die fehlende Tasse Mehl für einen Kuchen, den sie backen wollte. »Nur für den Fall … also um Sie endgültig auszuschließen … Sie wissen schon.«

Ich wusste nicht, was ich erwidern sollte, ohne mich noch verdächtiger zu machen, also nickte ich.

»Wir würden Sie gerne bitten, morgen noch einmal ins Präsidium zu kommen.«

»An einem Sonntag?«

»Ja, manchmal lässt sich das leider nicht vermeiden.«

»Warum das denn?«

»Es haben sich durch die Zeugenaussage von Rebecca Keller neue Sachverhalte ergeben, die wir gerne mit Ihrer Aussage abgleichen würden. Zwingen können wir Sie natürlich nicht.« Daria Levin lächelte. »Aber wir wären Ihnen sehr dankbar.«

Also fuhr ich wieder einmal ins Präsidium.

Krupp servierte mir einen Kaffee und einen staubtrockenen Marmeladenkeks.

»Wir müssen Ihnen leider mitteilen, dass Ihre Nachbarin, Alexa Keller, tot aufgefunden worden ist. Die Todesursache steht zwar noch nicht fest, aber wir können ein Verbrechen auch nicht ausschließen. Wir gehen im Gegenteil eher davon aus, dass sie getötet wurde. Und das ändert die Lage dramatisch, das verstehen Sie sicher? Denn bisher war Alexa Keller unsere Hauptverdächtige.«

»Wo … wo haben Sie Alexa denn gefunden? Wie lange ist sie denn schon …«, stotterte ich.

»In einem verlassenen Steinbruch. Der Steinbruch ist geflutet und sehr tief. Man kann bis zur Klippe ranfahren. Durchaus möglich, dass Alexa Keller selbst über die Klippe gefahren und ins Wasser gestürzt ist. Zur Absicherung stand nur ein simpler Bauzaun davor, den man ganz einfach beiseiteschieben kann.«

»Und warum gehen Sie dann davon aus, dass es kein Selbstmord war?«

»Eine Sache spricht dagegen«, sagte Levin.

»Und das wäre?«

»Jemand hat den Bauzaun wieder zurückgeschoben. Vielleicht, damit niemand auf die Idee kommt nachzusehen, ob jemand dort unten liegt. Und nun ist die große Frage: Wer könnte das gewesen sein?«

Krupp legte die Fingerspitzen aneinander und sah mich einen Moment schweigend an.

»Wir haben mit Rebecca Keller im Beisein unserer Psychologin eine Tatortbegehung durchgeführt«, sagte er schließlich. »Vielleicht erinnern Sie sich, dass Rebecca seit jenem Vorfall nicht mehr spricht. Sie ist völlig verängstigt. Seit sie aus Polen zurück ist, haben Rebeccas Vater, ihre Großmutter, wir selbst und natürlich auch unsere Psychologin alles Mögliche versucht, um sie zum Reden zu bekommen. Sie hat keine unserer Fragen beantwortet. Bis auf eine.«

Ich sah überrascht auf. »Welche?«

»Ob sie in jener Nacht jemanden im Haus gesehen hat.«

Er machte eine Kunstpause, bevor er fortfuhr.

»Da hat sie die einzigen Worte gesagt, die sie bisher gesprochen hat. Ich muss zugeben, ich habe sie nicht einmal verstanden. Glücklicherweise hatten wir Frau Levin dabei.«

Meine Kehle war auf einmal trocken.

»Wen hat sie gesehen?«, fragte ich und sah Daria Levin an. »Was hat sie denn gesagt?«

»Nasza sąsiadka«, sagte Daria Levin.

»Was soll das denn heißen?«

»Offenbar hat Rebecca ein paar Brocken Polnisch gelernt. Wahrscheinlich erschien es ihr ungefährlicher, in einer fremden Sprache zu sprechen. Man kann etwas verraten und es gleichzeitig verschleiern. So zumindest die Meinung unserer Psychologin.«

»Aber was bedeutet es?«

»Nasza sąsiadka bedeutet unsere Nachbarin«, sagte Daria Levin und kreuzte die Arme über der Brust.

»Und damit meinte sie mich?«

Daria Levin sah mich ausdrucklos an.

Jetzt übernahm Ulrich Krupp die Vernehmung.

»Haben Sie eine Erklärung dafür, dass Rebecca Keller Sie beschuldigt, in der Mordnacht im Haus gewesen zu sein?«

»Streng genommen hat sie nicht mich beschuldigt. Sie hat auf Polnisch – einer Sprache, die sie nicht wirklich beherrscht – etwas von einer Nachbarin gesagt. Das könnte auch jede andere Nachbarin gewesen sein.«

»Sie hat aber dabei auf Ihr Haus gezeigt.«

Ich schwieg.

Krupp beugte sich so nah zu mir, dass sich unsere Knie fast berührten. Kein Abstand, kein Hindernis war zwischen uns. Neben uns stand ein Tisch, auf dem einige eindrucksvolle Aktenordner lagen, falls Krupp sein Gedächtnis auffrischen musste, auch wenn mir mein Gefühl sagte, dass das nicht nötig war.

»Fangen wir noch einmal von vorne an. Der Abend des Mordes an Celina Keller. Laut Ihrer Aussage haben Sie Alexa Keller angeboten, sie zum Nachbarschaftsfest zu begleiten.«

»Genauer gesagt, hat Alexa mich gebeten, mit ihr zu kommen.«

»War das üblich, dass Sie sich mit ihr zu solchen Anlässen verabredet haben?«

Ich schüttelte den Kopf.

»Was war dieses Mal der Grund dafür? Das Vereinslokal liegt ja nur ein paar Fußminuten von Ihnen entfernt. Das ist nicht unbedingt eine Strecke, die man nicht allein laufen würde.«

»Alexa hatte gebacken und mich gebeten, ihr beim Tragen der Kuchenplatten zu helfen«, sagte ich.

»Ihr Mann war an diesem Abend nicht bei Ihnen?«, fragte Krupp.

»Nein, das habe ich doch schon beim ersten Mal zu Protokoll gegeben. Er arbeitet in München. Ich war allein im Haus.«

»Ich weiß … Ich frage nur, warum Sie ausgerechnet an diesem Wochenende Ihren Mann nicht gesehen haben. Laut Ihrer Aussage – und auch der Ihres Mannes – besuchen Sie sich immer abwechselnd. Aber ausgerechnet an diesem Wochenende nicht. Etwas war also anders als sonst. Was war das?«

Als mir klar wurde, was Krupp da gerade tat, merkte ich, dass ich anfing zu schwitzen. Er klopfte die Abweichungen vom Üblichen ab. Das war Standard-Taktik. Unterbrechungen in Routinehandlungen zu einem sensiblen Zeitpunkt wurden von der Polizei immer registriert und vermerkt, weil sich daraus nicht selten ein Verdachtsmoment ergab. Ein Mensch, der jeden Abend erst den Hund ausführt und dann seine Mutter anruft, unterbricht diese Routine zwangsläufig, wenn er zwischen den beiden Handlungen auf einmal einen Mord begeht.

»Jasper hatte eine Autopanne. Der ADAC hat ihn abgeschleppt«, sagte ich. »Er hat so kurzfristig absagen müssen, dass es für mich zu spät war, um meinerseits loszufahren.«

Krupp blätterte jetzt in den Unterlagen, als müsse er etwas nachschauen.

»Hmm … das ist merkwürdig. Ihr Mann hat ausgesagt, dass Sie an dem Wochenende arbeiten müssten und ihn um Verständnis gebeten haben, dass Sie sich nicht sehen können.«

»Das muss ein Irrtum sein. Er hat mich angerufen und mir gesagt, dass es etwas an der Elektrik ist, weshalb man den Schaden nicht sofort reparieren konnte.«

»Der ADAC hatte an dem besagten Tag keinen Einsatz am Fahrzeug Ihres Mannes. Wir haben das kontrolliert.« Krupp klopfte mit einem Kugelschreiber auf den Tisch.

»Wie gesagt, das ist ein Irrtum. Vielleicht haben Sie nach dem falschen Auto gefragt.«

»Ihr Mann sagte, der Wagen funktioniere einwandfrei.«

»Das … das stimmt nicht! Er hat mir gesagt, das Auto ist kaputt.«

In meinem Kopf drehte es sich. Hatte Jasper mich angelogen? Aber warum?

»Es kann einem unter Umständen ja auch schon mal etwas entgehen. Man verwechselt Dinge. Das kommt schon mal vor, unter gewissen Umständen. Manchmal erinnert man sich auch falsch. Sie waren nicht gerade in einem guten Zustand, als wir Sie damals im Wald gefunden haben«, sagte Krupp.

»Ich hatte etwas getrunken, das stimmt«, murmelte ich. »Ich konnte ja nicht ahnen … Jetzt wünschte ich natürlich, ich hätte niemals … Das ist sonst nicht meine Art. Zu trinken, meine ich. Schon gar nicht in den Mengen.«

»Wann genau haben Sie denn das erste Glas getrunken?«, fragte Krupp und machte sich eine Notiz. »Auf dem Fest sollen Sie laut Ihrer Nachbarn gar keinen Alkohol getrunken haben.«

»Nein, das stimmt. Das war später. Nachdem ich vom Nachbarschaftsfest nach Hause gegangen war.«

»Gab es einen bestimmten Anlass, warum Sie erst zu diesem Zeitpunkt getrunken haben und nicht, als Sie noch in Gesellschaft waren?«

Ich schüttelte den Kopf. Nein, es gab keinen bestimmten Anlass. Es gab unzählige. Ich war auf der Suche nach meiner Identität. Meine Adoptivmutter war der Meinung, Blut sei dicker als Wasser, weil sie ihr richtiges Kind verloren hatte und mit mir nur einen billigen Ersatz bekommen hatte. Mein Mann wohnte nicht mehr bei mir. Ich hatte mein Baby verloren. Ich hatte kaum noch Freundinnen, weil ich zu eifersüchtig auf ihre Kinder war. Ich war mutterseelenallein.

Und mein Kopf machte mir immer wieder zu schaffen, weil er brutale Bilder produzierte, in denen ich nicht nur dahergelaufene Fremde, sondern auch meine einzig übrig gebliebene Freundin, meine Mutter oder meinen eigenen Mann brutal misshandelte. Oder gleich umbrachte.

Aber was davon konnte ich einem Polizeikommissar erzählen, der auf der Suche nach einem Doppelmörder war?

»Sie sollen darauf bestanden haben, Frau Keller nach Hause zu begleiten, obwohl das Fest gerade erst richtig angefangen hat. Zumindest für die Erwachsenen. Stimmt das?«

»Also, darauf bestanden würde ich das nicht nennen … Ich war nicht gut drauf und nicht in der Stimmung für das Fest.«

»Aber während des Festes haben Sie nichts getrunken. Erst später am Abend. Nachdem Sie Alexa Keller und ihre Kinder zu Hause abgesetzt hatten. Und Sie ganz alleine waren.«

»So wie Sie das jetzt sagen, klingt das zwar irgendwie merkwürdig … Aber so war es.«

»Hatte es etwas damit zu tun, dass Alexa Keller schwanger war?«

Die Worte waren wie ein Peitschenhieb. Alexa war schwanger gewesen? Das hatte ich weder bemerkt noch hatte sie mir davon erzählt.

»Das wusste ich nicht«, sagte ich.

»Ach, ich hätte gedacht, Sie wüssten … wegen des Babystramplers in Ihrem Keller … Und man erzählt doch seiner Freundin solche Neuigkeiten.«

»Ich … nein, ich bin bloß eine Nachbarin. Ich habe ab und an mal auf die Kinder aufgepasst.«

»Und an dem Abend, als Sie mit der schwangeren Alexa Keller erst zu einem Fest gehen, zu dem Sie eigentlich keine Lust haben, und an dem Sie auch Alexa Keller wieder nach Hause begleiten, an dem Abend fangen Sie einigermaßen grundlos an, Alkohol zu trinken, obwohl Sie normalerweise überhaupt nicht trinken. Und Sie haben nicht ein oder zwei oder drei Gläser getrunken. Sie haben beinahe eine ganze Flasche Gin getrunken. Sie waren, mit Verlaub gesagt, volltrunken.«

Der sanftmütige Ton passte nicht zu dem, was Krupp sagte. Meine Alarmglocken schrillten.

»Was meinen Sie damit?«

»Die Frage ist, warum Sie so ganz gegen Ihre Gewohnheit

gehandelt haben. Ausgerechnet an diesem Abend. Ausgerechnet an dem Abend, als Sie Ihren Mann darum gebeten haben, nicht zu kommen.«

»Vorsicht!«, erwiderte ich scharf. »Noch wissen Sie nicht, ob ich in diesem Punkt überhaupt gelogen habe. Oder nicht vielleicht doch mein Mann.«

Krupp winkte ab. »Schon gut, schon gut. Es steht natürlich Aussage gegen Aussage.«

Ich schwieg und wartete, ob Ulrich Krupp umschwenkte und mir einen dringenden Tatverdacht vorlegte. Dringender Tatverdacht war das Schlüsselwort, dem nur eines folgen konnte: meine Festnahme. Doch das tat er nicht. Also hatte er nichts Handfestes gegen mich vorzubringen.

»Sagt Ihnen der Paragraf zwanzig des Strafgesetzbuches etwas?«, fragte er.

»Ich bin Juristin«, sagte ich.

»Stimmt, das sind Sie. Können Sie mich beeindrucken und den Paragrafen für mich aus dem Gedächtnis formulieren?«

Wenn ich antwortete, wirkte es, als würde mir an seiner Meinung über mich etwas liegen, wenn ich nicht antwortete, trotzig. Oder, noch schlimmer, ahnungslos.

Also zitierte ich: »Ohne Schuld handelt, wer bei Begehung der Tat unfähig ist, das Unrecht der Tat einzusehen oder nach dieser Einsicht zu handeln, etwa aufgrund einer seelischen Störung oder einer Intelligenzminderung.«

»Oder einer tiefgreifenden Bewusstseinsstörung«, ergänzte Krupp.

»Korrekt. Oder einer tiefgreifenden Bewusstseinsstörung«, bestätigte ich.

»Und wer wüsste das besser als eine Juristin, nicht wahr?« Krupp lehnte sich nach hinten und ließ die Worte im Raum schweben. Das Schweigen kam mir endlos vor.

»Kann Trunkenheit als tiefgreifende Bewusstseinsstörung angesehen werden? Juristisch, meine ich?«

»Das kommt auf den Alkoholpegel im Blut an«, sagte ich. »Aber ich denke, das wissen Sie selbst.«

»Richtig. Wie viel hatten Sie noch einmal getrunken?«

»Definitiv zu viel, um einen Mord auszuführen, für den es im Übrigen keinerlei Motiv gäbe. Oder um ein Auto wegzufahren.«

»Ja, wenn Sie vorher getrunken hätten. Aber was wäre, wenn Sie erst nach der Tat getrunken hätten?«

Ich schwieg.

»Actio libera in causa«, sagte er. »Bedeutet, dass Sie straffähig wären, wenn Sie nur deshalb getrunken hätten, um straffrei aus der Sache herauszukommen. Also mit Vorsatz. Natürlich rein hypothetisch gesprochen.«

Endlich regte sich Widerstand in mir.

»Gibt es einen hinreichenden Tatverdacht gegen mich? Dann würde ich jetzt doch einen Anwalt zurate ziehen. Ansonsten werde ich jetzt nach Hause gehen.« Meine Stimme klang hohl.

»Das ist Ihr gutes Recht. Aber nein, es gibt keinen dringenden Tatverdacht.«

»Dann würde ich jetzt gerne gehen.«

»Oh, ich kann Sie nicht aufhalten.« Krupp hörte sich an, als bedauere er dies zutiefst. »Aber falls Sie vorhaben, zu verreisen, würde ich Sie gerne bitten, mir vorher Bescheid zu sagen. Falls wir noch weitere Fragen haben.«

27

Im Auto musste ich mich erst einmal sortieren.

Alexa war schwanger gewesen. Wir hatten also eigentlich drei Tote zu beklagen. Hatte sich Alexa mit ihrem Auto über die Klippe gestürzt? Oder war sie ermordet worden?

Erik hatte wohl kaum von der Schwangerschaft gewusst, denn er hatte kein Wort darüber verlauten lassen. Was bedeutete das? War das Kind nicht von ihm?

Rebecca behauptete, dass ich in der Mordnacht am Tatort gewesen war. Nur … warum log sie? Sie hatte mir bisher doch vertraut.

Und mein Mann hatte bei der Polizei ausgesagt, dass ich ihn gebeten hätte, an diesem Wochenende nicht nach Hause zu kommen. Sein Wagen war jedenfalls nicht in der Werkstatt gewesen, wie ich zu Protokoll gegeben hatte. Jetzt sah es so aus, als hätte ich die Unwahrheit gesagt.

Und Jasper? Warum sollte mein Mann mich anlügen? Weder Rebecca noch Jasper hatten Grund zu lügen.

Leider gab es nur zwei Möglichkeiten: Entweder logen Rebecca und Jasper. Oder ich. Wobei, lügen setzte Absicht voraus, und das konnte ich ausschließen. Aber war es möglich, dass mir meine Erinnerung einen Streich spielte?

Stimmte vielleicht mit mir etwas nicht? Was war wahrscheinlicher, dass meine Umwelt log oder dass ich einfach verrückt war?

Ich zermarterte mir den Kopf.

Ich musste mit Jasper reden. Doch ich zögerte.

Ich hatte Angst, dass Jasper nicht zu mir stehen würde, wenn die Öffentlichkeit sich gegen mich wenden sollte. Und genau das würde der Fall sein, wenn Rebeccas Anschuldigung, dass ich in der Mordnacht bei ihr im Haus gewesen sei, bekannt wurde.

Jasper hatte die ganze Zeit gesagt, dass er nichts mit dem Fall zu tun haben wollte, er wollte nicht mehr nach Hause kommen, verabscheute die Presse vor der Tür. Seine Frau in den Schlagzeilen, während er versuchte, sich beruflich zu etablieren, das würde ihm nicht gefallen.

Schließlich schrieb ich eine Nachricht, statt ihn anzurufen. Das schien ohnehin mehr und mehr das Mittel unserer Kommunikation zu werden. Wir schickten kurze Texte, statt miteinander zu reden.

Ich verstehe die Frage nicht?, schrieb Jasper.

Was hast du der Polizei gesagt, warum du nicht nach Düsseldorf gekommen bist, wiederholte ich.

Weil du arbeiten wolltest, antwortete er nach einigen Minuten. *Was denn sonst?*

Du hast doch gesagt, dein Auto wäre kaputt.

???

Du hast gesagt, der ADAC hätte es abgeschleppt. Wegen kaputter Elektrik.

Das habe ich nicht gesagt.

Ich starrte mein Handy an.

Ist alles in Ordnung? Du wirkst durcheinander. Jetzt klang Jasper besorgt.

Konnte es sein, dass ich nicht nur verdrängte, dass ich Jasper abgesagt hatte, sondern mir auch noch gleich eine logische Erklärung dafür ausdachte? War ich einfach komplett verrückt? Ich erinnerte mich, wie ich mir bei unserem letzten gemeinsamen Spaziergang vorgestellt hatte, mit einem Stein auf Jasper einzuschlagen.

War das der Gedankengang einer normalen Person? Wohl kaum.

Während des letzten Telefonats mit meiner Mutter hatte ich ihr in Gedanken Steine ins Gesicht geworfen, bis die Haut aufplatzte.

Aber auch wildfremde Personen waren Opfer meiner Gewaltfantasien geworden, Emily Fraser hatte ich überfahren wollen, und der Frau mit der Baseballkappe, die am Gartenzaun auf Erik gewartet hatte, hatte ich bei unserer ersten Begegnung den Kopf auf eine Stange schlagen wollen.

Nicht einmal Mona war von mir verschont geblieben.

Wenn ich dermaßen verrückt war, konnte ich dann auch in der Lage sein, einen Mord zu begehen? Und ihn anschließend aus meinem eigenen Bewusstsein zu verdrängen?

Rein theoretisch sprach einiges gegen mich.

Ich wusste, dass alle Nachbarn beim Nachbarschaftsfest waren und es keine Zeugen dafür gäbe, wenn ich bei Alexa ins Haus schlich. Ich kannte den Türcode. Um zu verschleiern, wie ich ins Haus gelangt war, hätte ich einfach nur den Riegel vor die Haustür legen müssen.

Meine Kleidung war blutverschmiert gewesen, ich erinnerte mich, dass ich in einer Blutlache gesessen hatte, und es war auch dieselbe Kleidung gewesen, die ich am Abend zuvor getragen hatte.

War ich gar nicht auf der Fensterbank eingeschlafen? Hatte der Verlust meiner eigenen Kinder in mir einen verborgenen, sehr dunklen Hass auf Alexas Kinder entstehen lassen? Konnte es sein, dass ich Celina etwas angetan hatte? Mir wurde beim bloßen Gedanken übel.

Und Alexa? Hatte sie mir vielleicht auf dem Heimweg erzählt, dass sie schwanger gewesen war? War ein dunkler Dämon in mir vor Neid auf eine dritte Schwangerschaft ausgerastet, während ich kein einziges Baby hatte behalten können? Verdrängte ich meine eigene Schuld?

Auf der Bluse unter meinen Achseln hatten sich große feuchte Flecken gebildet. Ein Blick in den Rückspiegel zeigte ein weißes Gesicht und Augen mit dunklen Ringen darunter. Mein Haar hing strähnig herunter, der Pony klebte nass an der Stirn. War dies das Gesicht einer Mörderin? Verrückt genug sah ich jedenfalls aus.

Meine Hände zitterten, als ich die Nummer wählte, die Gertrud Straub mir für Notfälle gegeben hatte. Ich wurde zu einem Tonband weitergeleitet. Mir stiegen Tränen in die Augen. Was war das für eine Notfallnummer, wenn ein Tonband antwortete?

»Ich brauche Ihre Hilfe«, sagte ich. »Es ist dringend. Sehr dringend. Ich glaube, ich bin komplett verrückt geworden.«

Ich hatte Glück, dass Gertrud Straub die Panik in meiner Stimme offenbar erkannte. Innerhalb weniger Minuten rief sie zurück und erklärte sich bereit, mich in ihrem Büro zu empfangen. Obwohl mir normalerweise ein solcher Aufwand peinlich gewesen wäre, war ich dieses Mal nur erleichtert. Ich war schließlich drauf und dran, meinen Verstand zu verlieren.

Kurz darauf saß ich bei ihr im Achtziger-Jahre-Büro im Sessel und schüttete ihr mein Herz aus.

Alles brach aus mir heraus. Meine Selbstzweifel, meine Trauer, die Sorge über meine Ehe, die scheitern würde, wenn ich das Ruder nicht herumriss, und vor allem die Angst, dass ich verrückt geworden war, weil ich darüber fantasierte, Menschen zu verletzen oder zu ermorden.

Frau Straub hörte in aller Ruhe zu. Erst als ich irgendwann erschöpft innehielt, sagte sie etwas.

»Was Sie da schildern, sind keine Anzeichen dafür, dass Sie verrückt sind«, sagte sie.

»Halten Sie es für normal, dass ich mir vorstelle, meinen Mann zu töten?«

»Das haben sich schon viele Menschen vorgestellt und sind deshalb keineswegs verrückt. Es klingt eher nach Gedanken, die für Stressabbau sorgen. Wir sollten also vor allem danach schauen, in welchen Situationen solche Gedanken auftauchen.«

Gertrud Straub zückte einen mehrseitigen Ausdruck aus der Mappe auf ihrem Schoß. »Ich habe die Tests inzwischen ausgewertet. Meine Vermutung in Ihrem Fall hat sich bestätigt«, sagte sie.

»Ja?«

»Sie leiden an einer Zwangsstörung. Genauer gesagt, an Zwangsgedanken. Das größte Problem bei Zwangsstörungen ist, dass sich die meisten Menschen nicht trauen, sich anderen mitzuteilen, weil sie sich schämen. Oder im Falle von gewalttätigen Gedanken auch, dass sie gleichzeitig beängstigend sind. Viele Betroffene fragen sich, ob sie wirklich dazu in der Lage sind, das zu tun, was ihnen durch den Kopf schießt. Dabei begehen Menschen mit dieser Störung fast nie diese Taten, die sie sich zwanghaft vorstellen.«

Fast nie. Trotzdem war ich erleichtert. Ich war nicht verrückt. Jedenfalls nicht so verrückt, dass ich jemanden umbrachte und mich nicht daran erinnerte. Zwangsgedanken mussten sich doch in den Griff bekommen lassen.

»Die gute Nachricht: Zwangsgedanken sind recht gut therapierbar«, fuhr Gertrud Straub fort. »Wir sollten dem auf den Grund gehen, was die Zwangsgedanken bei Ihnen ausgelöst hat. Das ist die halbe Miete.«

»Ja«, sagte ich. »Ich danke Ihnen.«

Ich fühlte eine gewisse Erleichterung. Das hörte sich an, als könne ich diese Gedanken in den Griff bekommen.

»Und außerdem möchte ich Sie noch bitten, eine Blutuntersuchung machen zu lassen. Ihre Hormone müssen nach so vielen Kinderwunsch-Behandlungen vollkommen durcheinander sein«, sagte sie. »Große hormonelle Umschwünge können unsere Psyche sehr belasten.«

Davon konnte ich ein Lied singen. Aber mir lag noch eine andere Frage auf der Seele.

»Kann es sein, dass meine Erinnerung mich dermaßen täuscht, dass ich mir einbilde, Jasper hätte etwas vom ADAC gesagt, obwohl es in Wahrheit ganz anders war? Oder glauben Sie, dass Jasper mich angelogen hat, was den kaputten Wagen angeht?«

»Das kann ich Ihnen natürlich nicht mit Sicherheit beantworten. Ich war ja nicht dabei. Meine Lebenserfahrung allerdings sagt mir, dass es weit häufiger vorkommt, dass ein Mann seine Frau anlügt, als dass jemand ernsthaft Erinnerungslücken dieser Größenordnung hat.«

Mir stiegen Tränen in die Augen.

»Danke«, sagte ich leise.

Kaum dass ich zu Hause war, rief ich Jasper an. Ich wollte das klären. Dazu musste ich seine Stimme hören. Ich spielte sogar mit dem Gedanken, mir zu meiner eigenen Beruhigung eine App herunterzuladen, die das Gespräch aufzeichnen konnte. Dann war es nicht mehr möglich, sich herauszureden, falls sich unsere Erinnerungen wieder allzu sehr unterschieden. Doch ich ließ es bleiben.

Es wäre ohnehin vergebene Liebesmüh gewesen: Es klingelte und klingelte, aber Jasper ging nicht ans Telefon.

Stattdessen kam eine Nachricht: *Halte gerade Vorlesung.*

Der Besuch bei Frau Straub und ihr ganz offenkundiges Vertrauen in meinen Geisteszustand hatten mir ein großes Stück meiner inneren Sicherheit zurückgegeben. Ohne meine Selbstzweifel war ich auf einmal wieder in der Lage, zu denken.

Ich fuhr den Rechner hoch und suchte den Vorlesungsplan der Fachhochschule. Laut Plan hatte Jasper heute überhaupt keine Vorlesung.

Was war der häufigste Grund, warum Männer ihre Frauen anlogen?

Hatte Jasper eine andere? War sie der Grund für all das? Für den Umzug? Für seinen Umschwung, was unsere Familienplanung anging? Für seine plötzliche Abneigung gegen unser Haus? Waren der Mordfall und die Journalisten, die er nicht ertrug, in Wahrheit eine Ausrede für so etwas schrecklich Banales wie eine Affäre?

Ich tat, was Frauen tun, wenn sie ihren Mann verdächtigen, eine Affäre zu haben. Ich rief meine Freundin an.

Mona antwortete.

»Was macht dein Magen?«, erkundigte ich mich zunächst.

»Besser, aber noch nicht gut. Danke. Ein bisschen Ruhe, dann bin ich wie neu.«

»Deine schlechten Shrimps kamen echt zu einem blöden Zeitpunkt. Ich brauche dringend jemanden zum Reden. Mir brennt etwas auf der Seele. Hast du schon genug Power für ein Gespräch?«

Mona seufzte. »Tut mir leid, aber wäre mir ein andermal echt lieber. Bin noch wackelig auf den Beinen.«

»Ist nicht so schlimm«, sagte ich hastig. Ich wollte nicht, dass Mona sich von mir genötigt fühlte.

Ein Geräusch im Hintergrund irritierte mich.

»Wo bist du denn gerade?«

»Zu Hause«, sagte Mona.

»Ach so. Ich dachte, ich hätte eine Straßenbahn gehört.«

»Bei mir fährt keine Straßenbahn, das weißt du doch. Aber es hat gerade jemand an der Tür geklingelt. Bestimmt der Apotheker, ich habe ein Medikament bestellt. Ich ruf dich morgen an, ja?«

»Erhol dich gut«, sagte ich tonlos.

Das Geräusch von Monas Türklingel kannte ich, es klang anders. Allerdings hatte ich diese quietschende Straßenbahn schon öfter gehört. Ich öffnete die Tracking-App, die Mona mir zu ihrer eigenen Sicherheit auf dem Handy installiert hatte, und zoomte den Punkt von Monas Handy näher heran.

Tatsächlich. Sie war in München. In Jaspers Straße.

Auf einmal klickte alles ineinander. Mona und Jasper. Das erklärte auch, warum Mona in meinem Haus gewesen war, als ich aus dem Krankenhaus gekommen war. Und warum sie nie Zeit hatte, wenn Jasper nicht nach Hause gekommen war. Warum Jasper so viele Dinge nicht mehr wollte.

Ich sah die Trümmer meiner Zukunft vor mir. Kein Jasper, keine Freundin. Und kein Kind.

Mein Magen drehte sich bei dem Gedanken daran um, wie sie mein Vertrauen ausgenutzt hatte. Wieder sprang mir das Bild in den Kopf, wie ich ein Messer nach ihr warf, doch dieses Mal schämte ich mich nicht und versuchte auch nicht, das Bild zu verdrängen. Zu meiner Enttäuschung verpuffte es daraufhin von ganz allein.

Der Verrat des eigenen Mannes wog schwer. Fast schwerer wog der von Mona. Ich setzte mich auf die Fensterbank und sah zu, wie der Himmel Regentropfen vom Himmel gegen meine Fenster schleuderte. Heiße Tränen liefen mir über die Wangen, aber diesmal war es nicht Trauer, die mich übermannte. Es war Wut.

28

Am Morgen duschte ich ausgiebig und ließ mir minutenlang eiskaltes Wasser über das Gesicht laufen. Ich schminkte mich sorgfältig. Auch wenn ein aufmerksamer Beobachter immer noch die geschwollenen Lider bemerken würde, so sah ich doch wieder einigermaßen annehmbar aus.

In der Nacht hatte ich einen Plan gefasst. Ich würde weder Jasper noch Mona sofort mit dem konfrontieren, was ich herausgefunden hatte. Eine überhastete Reaktion war nicht meine Art, mein Wunsch war vielmehr, die Kontrolle über die Situation zurückzugewinnen und meine Würde wiederherzustellen. Ausflippen oder rumschreien wollte ich auf keinen Fall.

Eine Begegnung mit Mona im Büro würde ich an diesem Tag möglichst noch vermeiden. Wir arbeiteten nicht auf einem Flur, weshalb ich hoffte, dass ich ihr aus dem Weg gehen konnte. Andererseits musste ich mich zumindest wegen der angeblichen Shrimps-Vergiftung nach ihrem Befinden erkundigen, sonst würde sie vielleicht Verdacht schöpfen, dass ich ihr auf die Schliche gekommen war.

Ich schickte ihr deshalb eine Nachricht, dass ich am Mittag einen Termin habe und nicht mit ihr essen gehen könne, jedoch hoffte, dass sie sich gut erholt habe, obwohl ich ihr in Wirklichkeit eine echte Shrimps-Vergiftung an den Hals wünschte.

Leider blieben die Häkchen neben der Nachricht den ganzen Vormittag über grau, was bedeutete, dass Mona sie gar nicht gelesen hatte. Ich befürchtete, dass sie jeden Moment in meinem Büro auftauchen könnte, um mich zum Mittagessen abzuholen, was mich wahrscheinlich in meinem Zustand völlig aus der Fassung bringen würde. Zur Vorsicht übte ich ein paarmal ein unauffälliges »Hallo, Mona, geht es dir besser?«, bis ich der Meinung war, einer Begegnung standhalten zu können, ohne mich zu verraten.

Doch Mona kam nicht. Dafür kam Gregor, der Chef von Mona, vorbei. Er fragte mich, wie schlimm es um Mona stünde, sie hätte ihm eine SMS geschickt, dass sie wegen eines verdorbenen Magens an diesem Tag zu Hause bliebe. »Sie hat gesagt, wenn es besser wird, kommt sie noch rein, aber sie geht nicht ans Telefon.«

Da wir selten zusammenarbeiteten, vermutete ich, dass Gregor nur gekommen war, um allgemein die Lage zu checken und Mona ihm dabei als willkommene Ausrede diente. Es gingen Gerüchte über weitere Kündigungen herum, und ich galt inzwischen wohl als die Henkerin des Unternehmens.

»Ich weiß auch nicht mehr als du«, sagte ich, während ich hoffte, dass Gregor nicht sah, dass ich bei der Erwähnung von Monas Namen rot angelaufen war. Ich musste dringend noch etwas an meiner Gelassenheit arbeiten, sonst würde mein Plan, mich unauffällig zu benehmen, nicht funktionieren.

Kaum war Gregor wieder zur Tür hinaus, checkte ich den Status auf Monas Tracking-App. Es war, als ob mir jemand in den Magen boxte. Mona befand sich seit Freitagabend in München. Immer noch. Bei dem Gedanken an die beiden wurde mir regelrecht übel. Offenbar konnten sie nicht voneinander lassen. Außerdem hatte Jasper mir einen kurzen Morgengruß geschickt, den ich gezwungenermaßen freundlich erwidert hatte. Die Vorstellung, dass er die Nachricht in Monas Beisein getippt hatte, kränkte mich noch mehr.

Einzig der Plan, den ich in der Nacht gefasst hatte, ließ mich meinen Kopf hochhalten.

Denn statt Jasper und Mona zu konfrontieren, hatte ich beschlossen, in der Kinderwunschklinik anzurufen und meine letzte Eizellenübertragung anzustoßen. Es war eine Trotzreaktion. Jasper konnte mich betrügen. Aber die letzte Chance auf ein eigenes Kind, die würde er mir nicht nehmen.

Inzwischen kannte ich alle Schritte auswendig. Als Erstes musste ich Östrogen- und Progesterontabletten zur optimalen

Vorbereitung der Gebärmutter auf einen Transfer einnehmen. Von den Tabletten hatte ich noch genug übrig. Die Eizellen würden etwa vier Tage vor dem Transfer aufgetaut, der am 16. Zyklustag stattfand.

Jetzt musste ich mich vor allem zusammenreißen und durfte mir nichts anmerken lassen. Sobald Jasper schwante, dass ich Bescheid wusste, würde er vielleicht schlau genug sein und meine Panikhandlung voraussehen. Ich musste verhindern, dass er seine Einwilligung zum Transfer widerrief.

Bei aller Enttäuschung und Wut blieb mein Verstand glasklar. Wenn ich den letzten Babyversuch noch wagen wollte, musste ich alle Bedenken zur Seite schieben. Die Zweifel, ob ich hinter Jaspers Rücken und gegen seinen Willen ein Baby auf die Welt bringen konnte und ob das Baby vielleicht später darunter zu leiden hatte und ob ich mich mit dem Vater meines Kindes nach dessen Geburt vielleicht um das Sorgerecht würde streiten müssen.

Doch sie ließen sich erstaunlich leicht beiseitefegen, als seien sie nichts als ein Staubflöckchen auf einer spiegelglatten Fläche. Ein Lufthauch genügte. Vielleicht war es sogar möglich, ganz ohne Jaspers Wissen ein Baby zu bekommen. Wenn er keinen Verdacht schöpfte, würde er kaum nach einem DNA-Test fragen. Ich konnte behaupten, jemand anderes sei der Vater.

Von Ulrich Krupp hörte ich den ganzen Tag nichts, was ich als gutes Zeichen wertete. Man hatte also nicht wirklich etwas gegen mich in der Hand, außer der Aussage eines schwer traumatisierten Kindes.

Ich stand den Arbeitstag durch, so gut es eben ging. Gegen meine Gewohnheit ließ ich Punkt fünf den Bleistift fallen und floh regelrecht nach Hause.

Dort konnte ich mich auch nicht entspannen. Ich putzte das ganze Haus, ohne dass ich die Gedanken über Jasper und Mona in den Griff bekam. Der Verrat war fürchterlich. Die Dunkelheit senkte sich über die Siedlung, aber ich wusste, dass ich in der Nacht nicht würde schlafen können. Das Blut schien durch meine Adern zu rasen, machte mich rastlos.

Jasper meldete sich nicht mehr, aber Mona schickte mir am späten Abend eine Nachricht, dass sie anderntags wieder ins Büro kommen könne, da es ihr besser ginge. Ich schickte ihr ein »Daumen-hoch-Emoji« – allmählich gewöhnte ich mich an den Gebrauch der nonverbalen Kommunikation. Als ich kontrollieren wollte, wo sich Mona befand, hatte sie die Tracking-App ausgeschaltet.

Fast im selben Moment bekam ich von Erik die erste Nachricht, seit er mich gebeten hatte, das Haus für Rebeccas Rückkehr vorzubereiten.

Hab gesehen, dass du zu Hause bist. Brauche jemanden zum Reden. Kann ich rüberkommen?

Was ist mit Rebecca?, fragte ich.

Sie ist nicht hier.

Eriks und Rebeccas Realität rückten meine Probleme sofort in ein anderes Licht. Rebecca musste den Verlust von Schwester und Mutter verkraften, Erik den von Frau und Tochter. Dagegen wirkte mein Kummer fast bedeutungslos.

Komm bitte durch den Garten, nur für den Fall, schrieb ich.

Auch wenn so spät am Abend nur noch selten Reporter in der Weißdornsiedlung waren, konnte man sich nicht darauf verlassen.

Kurz darauf klopfte es an meine Terrassentür. Ich öffnete die Vorhänge ein Stück weit und warf einen raschen Kontrollblick nach draußen.

»Hallo, Erik«, sagte ich leise und trat einen Schritt zur Seite, um ihn hereinzulassen. »Danke, dass du dich gemeldet hast. Ich wollte schon die ganze Zeit wissen, wie es euch geht.«

Erik schloss hinter sich die Tür, bevor er die Vorhänge wieder zuzog. Er hatte Stoppeln auf den Wangen und trug ein T-Shirt und eine Jogginghose.

»Hast du von Alexa gehört?«, fragte er und fuhr sich durch das müde Gesicht.

Ich legte meine Hand auf seinen Arm. »Es tut mir so leid.«

»Hast du gewusst, dass sie schwanger gewesen ist?«

Ich schüttelte den Kopf. »Ich hatte keine Ahnung, bis Kommissar Krupp es erwähnt hat.«

»Ich auch nicht! Warum hat Alexa mir das nicht erzählt? Es war ein richtiger Schock.«

»Hattet ihr das nicht geplant?«

»Nein! Ich wollte immer mehr Kinder, aber Alexa hat gesagt, zwei Kinder reichen ihr.«

»Wo ist Rebecca? Was hat ... hat sie etwas zu dir gesagt?«

»Sie spricht immer noch nicht. Ich habe sie heute zur Beobachtung in eine Klinik bringen müssen.«

Offenbar hatte Erik noch gar nicht mitbekommen, dass Rebecca mich beschuldigt hatte, in der Mordnacht bei ihm im Haus gewesen zu sein. Hielt die Polizei mit dieser Information absichtlich hinter dem Berg?

»Hat sie gar nichts gesagt? Auch nicht zu dir?« Ich brachte es nicht über mich, mich vor Erik in ein schlechtes Licht zu rücken.

»Kein Wort. Das findet die Psychologin allerdings nicht so verwunderlich. Posttraumatische Belastungsstörung. Da braucht man Geduld, meinte sie. Außerdem hat sie versucht, sich selbst mit einer Schere zu verletzen. Sie hat Schnitte im Arm. Das hat die Psychologin so besorgt, dass sie sie zur Beobachtung in die psychiatrische Klinik gebracht hat. Sie bekommt jetzt Beruhigungsmittel.«

»Medikamente?« Das klang vorwurfsvoller als beabsichtigt, und Erik sprang prompt darauf an.

»Ich war gegen die Einweisung. Aber wenn ich mich querstelle, verbaue ich ihr vielleicht den Weg zur Heilung. Was, wenn sie sich Schlimmeres antut? Ich weiß einfach nicht mehr, was richtig ist.«

Das wusste ich allerdings auch nicht.

»Mir wächst alles über den Kopf!« Erik drehte sich von mir weg, fuhr sich mit der Hand über die Augen. »Was, wenn Rebecca nie wieder in Ordnung kommt? Was mache ich dann?«

Ich trat von hinten an ihn heran, schlang meine Arme um ihn und drückte mich an ihn.

»Kinder sind stärker, als man denkt. Sie wird sich erholen. Sie wird wieder sprechen. Sie muss nur wieder Mut fassen, Sicherheit finden. Und wenn sie erst wieder spricht, gibt es einen Weg heraus. Ganz bestimmt. Es heißt doch, man muss sich Kummer von der Seele reden.«

Ich sprach meine Worte leise in seinen Rücken. Er legte seine Hände auf meine, die ich um seinen Bauch geschlungen hatte.

So standen wir, eng aneinandergedrängt, bis Erik sich löste und langsam zu mir umdrehte, und mein Kopf auf seiner Brust lag.

Als ich zu ihm aufblickte, berührten seine Lippen ganz sacht meine. Ich ließ es geschehen, erwiderte den Kuss aber nicht. Nicht weil ich ihn nicht küssen wollte. Sondern weil ich es so sehr wollte, dass es mich selbst erschreckte.

Erik verstand meine Passivität falsch und löste seine Lippen.

»Es tut mir leid«, murmelte er an meiner Wange. »Es ist nur … An deiner Seite fühle ich mich nicht mehr so einsam.«

»Ich will nicht, dass du was Falsches denkst«, flüsterte ich.

»Lass uns aufhören zu denken. Wenigstens für diese eine Nacht. Ich mag nicht mehr denken.«

Ich hob meinen Kopf, und dieses Mal küsste ich ihn richtig.

Nach einer Weile hob er mich hoch, ohne dass sich seine Lippen von meinen lösten, und trug mich zur Couch.

»Mach das Licht aus«, murmelte ich, nicht nur weil ich auf einmal schüchtern war, sondern vor allem weil ich fürchtete, dass ein neugieriger Reporter uns trotz der Vorhänge beobachten könnte.

Später lag ich auf seiner breiten Brust, schmeckte das Salz auf seiner Haut. Wir hatten die weiche Decke, die wir im Eifer des Gefechts auf den Boden getreten hatten, aufgehoben und über uns gebreitet, und ich genoss darunter unseren gemeinsamen Geruch.

Ich hatte eine Kerze angezündet und betrachtete Erik, der so anders war als Jasper. Im flackernden Lichtschein der Kerze waren Eriks Züge dunkel und unglaublich attraktiv. Früher hatte mich das gar nicht so angezogen, ich hatte es mehr objektiv eingeordnet, aber nun verstand ich die Frauen, die ihm nachstellten.

Als meine Finger in seinen Brusthaaren wühlten, störte mich auf einmal mein Ehering. Ich zog ihn unauffällig vom Finger und ließ ihn hinter ein Sofakissen gleiten. Währenddessen überlegte ich, ob ich Erik von Rebeccas Worten und meiner neuen Rolle als Beschuldigte erzählen sollte und ob dieser Moment der beste oder der schlechteste dafür war. Ich entschied mich dagegen.

Wieder einmal flossen mir Tränen über die Wangen. Eriks Brust wurde nass.

»Hey, was ist denn? Bereust du das mit uns?«

»Nein.« Ich schluchzte. »Ich weiß auch nicht, was mit mir los ist.«

Erik strich mir übers Haar und seufzte schwer.

»Jasper betrügt mich«, flüsterte ich.

»Ich weiß«, flüsterte Erik zurück. »Ich habe ein unzweideutiges Telefongespräch mitbekommen, als ich bei euch gewohnt habe. Jasper hatte nicht gesehen, dass ich auf dem Sofa saß, während er mit der Dame sprach. Peinliche Situation. Und als Jasper mich bemerkte, bat er mich, dir nichts zu sagen, weil es nichts Ernstes wäre. Ich hatte wirklich gehofft, dass ihr euch wiederfindet.«

Es versetzte mir einen Stich, dass ich offenbar die Letzte war, die davon erfuhr, auch wenn ich jetzt Eriks Reaktion bezüglich meiner Anspielung auf eine mögliche Affäre Alexas verstand.

Ich war ein wandelndes Klischee. Eine Frau, fast vierzig, die es nicht einmal geschafft hatte, ein eigenes Kind zu bekommen, wurde ausgetauscht durch ein weniger verbrauchtes Modell. Das Schlimmste war, dass ich Jasper einen solchen Verrat nicht zugetraut hatte.

Ich war Jasper in allem überlegen gewesen. Auf der allgemein verbreiteten Attraktivitätsskala war ich zwar nicht die Allerschönste, aber mit seinen nach vorn fallenden, eher schmalen Schultern und dem wippenden Gang lag Jasper nach meinem Empfinden unter mir. Ich hatte mein Studium schneller abgeschlossen, einen besseren Job gefunden, immer mehr Geld verdient als er. Dass ich als betrogene Ehefrau enden würde, das hatte ich nie ernsthaft in Erwägung gezogen.

Ich warf einen ängstlichen Blick in Richtung Fenster.

»Lass uns nach oben gehen«, sagte ich. »Bevor jemand heimlich ein Foto von uns schießt.«

»Die Vorhänge sind doch zu«, sagte Erik.

»Ich weiß. Aber es macht mich nervös.«

Wenn jemand wie Emily Fraser uns jetzt hier erwischen würde, wie wir nackt und verschwitzt unter einer Wolldecke auf dem Sofa lagen, würden wir beide von ihr durch die Medienhölle gejagt, da war ich sicher. Mit einer gewissen Berechtigung, von außen betrachtet.

Ich hatte meinen Mann betrogen. Aber Erik neben mir bedeutete Trost, den nur ein warmer Körper spenden konnte, sodass ich weder Erik noch mich in diesem Moment verurteilen konnte, auch wenn ich wusste, dass niemand diese Geschichte gutheißen würde.

Vor allem Gedanken an Rebecca verbot ich mir.

29

Ich träumte schlecht in der Nacht. Ich ging auf einem Laufband am Flughafen. Am Ende des Laufbands stand Rebecca und sah mich mit flehenden Augen an. Ihr Mund war mit Klebeband zugeklebt, die Arme gefesselt. Hinter ihr erschien eine Krankenschwester und hob ein Messer, doch eine endlose Reihe an herrenlosen Koffern und Taschen versperrte mir den Weg, sodass ich sie nicht erreichen konnte.

Panisch kletterte ich über die endlosen Gepäckstücke, war aber viel zu langsam, da das Laufband auf einmal rückwärtslief. Hinter mir versuchte Kurt mit seinen drei Beinen, auf das Laufband zu springen, doch er rutschte jedes Mal aus und fiel jaulend herunter.

Ich erwachte schweißgebadet.

Erik strich mir über das Haar. »Hey, was ist denn? Hast du schlecht geträumt? Du hast geschrien!«

»Rebecca muss nach Hause kommen«, sagte ich. »Sie muss wieder nach Hause. Ich habe Angst um sie. Ich glaube nicht, dass sie in der Klinik besser aufgehoben ist als zu Hause. Was meinst du?«

Erik nickte. »Du hast recht. Ich rede auf jeden Fall heute mit dem Arzt.« Er stand auf und schlüpfte in seine Hose. »Ich muss gehen, bevor mich jemand sieht. Bleib du liegen«, sagte er und küsste mich. »Du kannst noch ein, zwei Stunden schlafen.«

»Ich muss die Terrassentür hinter dir zumachen«, sagte ich und setzte mich auf.

»Ich geh durch die Garage, da kann ich die Tür einfach hinter mir zuziehen.«

»Okay.«

Als ich die Tür klappern hörte, stand ich trotzdem auf und

sah durch die Balkontür in den Garten hinaus. Unsere Bewegungsmelder sprangen fast gleichzeitig an, sodass beide Gärten taghell dalagen. Falls draußen noch Journalisten auf uns lauerten, hatten wir ihnen jetzt gerade einen leuchtenden Hinweis auf unsere Affäre gegeben.

Kurz zuckte der Gedanke an Jasper durch meinen Kopf. Was würde er sagen, wenn er davon erfuhr? Interessierte mich überhaupt noch, was er dazu sagte? Leider ja, wie ich mir eingestehen musste. Ich plante immerhin noch, ihn zum Vater meines Kindes zu machen. Aber liebte er mich noch? Hatte er nur ein Abenteuer bei Mona gesucht? Etwas Abwechslung? Ich konnte ihn mir wirklich nicht ernsthaft an Monas Seite vorstellen.

Als Erik hinter der Kirschlorbeerhecke verschwand, ging ich ins Bad. Ich würde nicht mehr einschlafen können, zu viele Gedanken beschäftigten mich.

Rasch checkte ich noch auf meinem Handy, was die neu installierte Kamera im Garten aufgezeichnet hatte. Zwei Nachrichten blinkten mir entgegen, die mir anzeigten, dass das System zweimal durch Bewegungen in meinem Garten aktiviert worden war. Ich klickte die Videos an.

Den Kamerawinkel hatte Jasper ziemlich weit eingestellt, sodass die Kamera einen Gutteil von Eriks Garten ebenfalls aufgezeichnet hatte. Das war eigentlich nicht zulässig. Überwachungskameras dürfen nur das eigene Grundstück filmen, aber wir hatten gerade andere Sorgen.

Der erste Überwachungsfilm zeigte, wie Erik seine Terrassentür hinter sich zuzog, hinter der Sichtschutzhecke über den Zaun sprang und anschließend auf meine Terrasse zulief.

Beim zweiten Video spielte sich dasselbe ab, nur umgekehrt. Beinahe panisch suchte ich die Filme danach ab, ob sich jemand in den Büschen versteckt hatte und noch eine weitere Kameralinse auf uns gerichtet war.

Ich entdeckte nichts. Puh. Rasch löschte ich die Videos, bevor Jasper sie zufällig zu Gesicht bekam.

Wenn Miss Maple oder eine ihrer Kolleginnen Erik und

mich erwischt hätten, wäre es sicherlich ich gewesen, die man öffentlich an den Pranger gestellt hätte. Trotz der Gerüchte, die im Internet über Erik verbreitet wurden, überwog sein Fanclub die Anzahl der Kritiker bei Weitem.

Ich ging früh ins Büro.

Die Affäre mit Erik verdrängte ich zunächst aus meinem Gedächtnis, so gut es ging. Ich hatte Gleiches mit Gleichem vergolten, aber besser fühlte ich mich nicht. Jedes Mal, wenn ich an Jasper und Mona dachte, schoss mir das Blut ins Gesicht. Ich war gleich doppelt gedemütigt worden.

Gegenüber Erik dagegen hatte ich gemischte Gefühle. Es war ganz sicher nicht klug gewesen, sich mit ihm einzulassen. Wir hatten beide für eine Beziehung nicht den Kopf frei. Trotzdem hatte ich die Nacht genossen.

In dem Moment steckte Mona den Kopf zur Tür herein.

»Naaaa?«, sagte sie gedehnt. »Lust auf Mittagessen?«

Ich starrte sie an. In der Werbeabteilung war man kleidungstechnisch immer wagemutiger als bei uns in der Rechtsabteilung. Mona trug roten Lippenstift zu einem rosafarbenen Pullover, einer schwarzen Lacklederhose und Sneakers. Es wirkte stilistisch gewagt, sah aber leider gut aus.

Zu gern hätte ich gewusst, was sie in diesem Moment dachte. Fühlte sie sich schlecht, weil sie mich verraten hatte? Oder triumphierte sie heimlich, weil sie nun das hatte, was sie mir vorher offenbar geneidet hatte? Das letzte Einhorn erobert zu haben. Und hatte sie ihn überhaupt erobert? Oder gab es noch Hoffnung für Jasper und mich?

»Danke, heute lasse ich das Mittagessen ausfallen«, sagte ich. »Warst du heute schon bei Gregor? Für eine gerade überstandene Vergiftung siehst du nämlich blendend aus, eher wie nach einem erfolgreichen Tinder-Match.«

»Quatsch. Man fühlt sich nur einfach besser, wenn man sich gut anzieht.«

»Nun, gut ist Geschmackssache.« Ich war zickiger, als ich hatte sein wollen, aber in meinem blauen Blazer und der weißen Bluse zur Bundfaltenhose kam ich mir vor wie Monas altbackene Tante, und dieser Vergleich gefiel mir in der momentanen Situation überhaupt nicht. »Ich glaube dir jedenfalls deine Vergiftung nicht für eine Minute.«

So hatte ich noch nie mit Mona gesprochen. Ich nahm den silbernen Brieföffner in die Hand, den ausgerechnet Jasper mir geschenkt hatte, und drehte ihn in der Hand. Mir kam wieder das Bild in den Sinn, wie ich Mona ein Messer genau zwischen die Augen warf. Hatte ich wirklich nur Zwangsgedanken, wie Frau Straub mir diagnostiziert hatte? Oder war ich vielleicht doch dazu in der Lage, die Gedanken in die Tat umzusetzen?

Mona jedenfalls schien nervös zu werden.

»Warum sagst du so was?«, fragte sie.

»Ich kann es dir geradezu ansehen«, beharrte ich und zeigte mit der Spitze des Brieföffners auf sie. »Du hattest ein Date und hast mich deswegen versetzt.«

Sie setzte an, um erneut zu leugnen, dann gab sie überraschenderweise nach. »Hm, ja, du hast recht. Ich habe mich mit jemandem getroffen. Sorry. War mir ein bisschen peinlich, deshalb abzusagen.«

»Du lügst mich also lieber an?«

Wir sahen uns schweigend an, bis sie den Blick senkte.

»Also, lügen würde ich das nicht nennen«, sagte Mona. »Es war doch nur eine kleine Ausrede.«

»Glaubst du, dass er es wert war?«

»Also, ich hoffe es!« Mona fuhr sich mit den Fingern durch ihre Locken. »Und, was hast du am Wochenende noch so gemacht?«, fragte sie mit künstlich fröhlicher Stimme.

»Ich bin nach deiner Nachricht noch nach München zu Jasper gefahren«, behauptete ich.

Mona sah mich unsicher an. »Wirklich?«

»Du hattest doch abgesagt«, sagte ich. »Warum sollte ich dann nicht zu meinem Mann fahren?«

Mona schien zu überlegen, warum ich log.

»Sorry, aber ich muss hier weitermachen«, sagte ich und

nahm demonstrativ den Hörer zur Hand. Ich wollte ihr nicht mehr in die Augen schauen.

Später ärgerte ich mich über mich selbst. Ich war angriffslustiger gewesen, als ich mir vorgenommen hatte. Schließlich musste ich noch ein paar Tage durchhalten, dann würden die letzten Eizellen aufgetaut werden und diejenige, die sich am besten entwickelte, würde mir eingepflanzt werden.

Meine letzte Chance.

Solange Jasper nicht widerrief, hatte ich gute Aussichten, juristisch einwandfrei aus der Sache rauszukommen. Ich hatte mir vorsichtshalber schon einen Fall herausgesucht, in dem der Klage einer Frau auf Unterhalt stattgegeben worden war, obwohl der Mann behauptet hatte, er hätte nach mehreren erfolglosen Versuchen telefonisch jedem weiteren Versuch widersprochen. Die trotzdem durchgeführte Übertragung hatte zur Schwangerschaft geführt.

Da der Widerspruch telefonisch passiert war und nicht nachgewiesen werden konnte, wurde seiner Klage nicht stattgegeben. Der Knackpunkt war also, dass Jasper keinen *schriftlichen* Widerruf machen durfte. Wobei mir nicht am Unterhalt lag, sondern an der Schwangerschaft. Danach konnte Jasper zur Hölle fahren.

Als ich nach Hause kam, war Eriks Auto aus der Einfahrt verschwunden. Vielleicht besuchte er Rebecca in der Klinik. Er hatte mir den ganzen Tag keine Nachricht geschickt, ebenso wenig wie ich ihm. Ein bisschen fürchtete ich mich vor unserem nächsten Wiedersehen. Würden wir uns noch so nah fühlen wie in der Nacht? Oder wären wir wie Fremde?

Die Situation erinnerte mich an meine Teenagerzeit und an Anni, die *Er liebt mich, er liebt mich nicht* spielte, als sie den Gänseblümchen die Blätter auszupfte. So ähnlich kam ich mir vor.

Dabei fiel mir die Puppe mit der aufgenähten Margerite wieder ein.

Sie lag noch in der Schublade im Sekretär. Ich holte sie hervor. Wer hatte diese Puppe vor Eriks Haustür hinterlassen?

Oder war das mit den ständigen Margeriten Zufall? Sollte ich sie wegwerfen oder der Polizei übergeben, wenn ich das nächste Mal mit ihnen sprach?

Ich nahm die Puppe mit zum Sofa. Ich untersuchte die große Stoffblume auf der Brust. Unter den Blütenblättern stand etwas, handgeschrieben, in winzigen Buchstaben. »Wenn ich dein bin, bin ich erst ganz mein.« Ach, du meine Güte. Eine Liebesbotschaft.

Auf einmal kam mir eine Idee. Ich nahm mir noch einmal die Kommentare unter Alexas Social-Media-Accounts vor. Dabei legte ich mein Augenmerk auf die zugehörigen Icons neben den Stellungnahmen. Viele nutzten personalisierte Icons, manche benutzten ein Foto von sich selbst, manche hatten nur einen Buchstaben, andere nutzten irgendein Symbol.

Hatte sich vielleicht jemand auf Alexas Kanälen rumgetrieben, der eine Margerite als Symbolbild nutzte? Es war ein Schuss ins Blaue, aber zumindest eine Möglichkeit. Ich scrollte und scrollte durch die verschiedenen Accounts und Kommentare, doch ich entdeckte keine Margerite weit und breit. Offenbar war ich auf dem Holzweg.

Ich wollte schon aufgeben, als mir plötzlich etwas anderes ins Auge sprang. Ein »R«, das an eine Rakete erinnerte. Diesmal sah es nicht ganz so aus wie auf der Baseballmütze. Das brennende »R« stand nicht allein, sondern prangte in der Mitte eines Schriftzuges, der einen Basketball umspannte wie einer seiner Ringe den Saturn. *Houston »R« Rockets* stand da.

Die Frau vom Gartenzaun war also ein Basketballfan. Und sie hatte offenbar versucht, mit Alexa Kontakt aufzunehmen. Ich entdeckte zwei Kommentare von ihr. Der erste lautete: »Please check your mails«, und war schon Wochen vor Alexas Tod geschrieben worden.

Das Video, unter dem der Kommentar veröffentlicht worden war, war eines von denen, in denen Alexa vor Mährobotern warnte. Zwischendurch sah man Kurt, frisch operiert, in seinem Körbchen. Celina und Rebecca lagen vor ihm auf dem

Boden, Rebecca sang *heile, heile Gänschen*, und Celina pustete auf den Verband.

Aber warum tauchte diese Frau hier auf? Warum trieb sie sich hier herum?

Auf Alexas Rechner hatte man offenbar nichts von einer solchen Wichtigkeit gefunden, dass diesem nachgegangen worden wäre. Oder Alexa hatte die Mail längst gelöscht. Oder niemand hatte bisher die Zeit gehabt, alle E-Mails zu lesen.

Die Polizei arbeitete ohnehin schon ohne Unterlass, verhörte Zeugen am Wochenende und nach Feierabend, musste jedem Hinweis nachgehen, ihn einordnen und nach Widersprüchen zu anderen Aussagen untersuchen. Mordermittlungen hatten etwas von Tausend-Teile-Puzzles, die man miteinander vermischt hatte, ohne dass jemand wusste, wie die einzelnen Puzzles aussahen. Man musste alle Teile beachten und ausprobieren und konnte sich nie ganz sicher sein, ob man das Teil aussortieren oder ob man es noch einmal brauchen würde.

Letztlich wusste ich nicht einmal, ob Alexa den Kommentar dieser Frau je gelesen hatte. Sie hatte jedenfalls nicht öffentlich darauf reagiert. Aber es ließ mir keine Ruhe.

Eins stand fest, sie war ein Rockets-Fan, was mir ungewöhnlich vorkam. Basketball hatte in Deutschland keine besonders große Fangemeinde, verglichen mit den USA.

Der Schnipsel in der Grabkerze kam mir wieder in den Sinn. »dvil« hatte darauf gestanden. Es hatte mich damals an »devil« erinnert. Jetzt aber sprang mir etwas anderes in den Sinn. »Advil«, ein gängiges Kopfschmerzmittel, das man überall in den USA kaufen konnte. Die Frau hatte absolut akzentfrei Deutsch gesprochen. Sie war zumindest hier aufgewachsen, ohne Zweifel.

Konnte es sein, dass die Frau Vanessa Haack, die verrückte Exfreundin von Erik, war?

Es ließ mir keine Ruhe.

Die Houston Rockets waren eine recht erfolgreiche Basketballmannschaft, aber hatten keinen internationalen Kultstatus wie etwa die New York Knicks oder die Chicago Bulls. Wenn die Frau ein Rockets-Fan war, lag es nahe, dass sie auch in Houston wohnte.

Vielleicht war Vanessa Haack ausgewandert, nachdem Erik eine einstweilige Verfügung gegen sie erwirkt hatte. Möglicherweise hatte sie nur in Deutschland Urlaub gemacht oder ihre Verwandten besucht und hatte bei der Gelegenheit bei Alexa vorbeischauen wollen oder, wahrscheinlicher, bei Erik. So ergab es für mich jedenfalls Sinn.

Und was machten Deutsche, die ins Ausland auswanderten? Sie suchten andere Deutsche. Also tippte ich »Deutsche in Houston« in die Suchmaschine. Tatsächlich gab es eine Facebook-Gruppe mit über eintausendreihundert Mitgliedern, die exakt so hieß. Ich bastelte mir schnell eine Seite mit einem Fake-Profil, fügte ein paar falsche Fotos aus dem Internet hinzu und schloss mich der Gruppe an.

Anschließend verfasste ich eine Nachricht: »Wegen Umzug! Rockets Season Tickets supergünstig abzugeben.«

Mit Speck fängt man Mäuse, dachte ich und schickte die Nachricht in die unendlichen Weiten des Internets.

30

Auch am späten Abend hatte ich immer noch nichts von Erik gehört. Schließlich rief ich ihn an, aber er ging nicht ans Telefon, also hinterließ ich eine kurze Nachricht auf seiner Mailbox.

Ich warf einen Blick zum Nachbargrundstück. Es regnete in Strömen. Eriks Haus lag verlassen da. Kein Auto stand in der Einfahrt.

Ich stand unschlüssig vor dem Kühlschrank und stopfte mir schließlich saure Gurken direkt aus dem Glas in den Mund, als das Klingeln des Telefons mich unterbrach. Mein Herz machte einen kleinen Hüpfer. Ich klemmte mir das Glas unter den Arm und lief zum Couchtisch, wo mein Handy bimmelte. Doch es war nicht Erik.

»Hey, endlich habe ich dich mal am Telefon. Ich dachte schon, ich muss hochkommen und nachsehen, ob du noch lebst.«

Es war Jasper. Mein Mann. Der mich betrogen hatte. Den ich ebenfalls betrogen hatte, wenn auch – zumindest rechtfertigte ich es so vor mir selbst – nur als Reaktion auf seinen Betrug.

Ich hatte nicht damit gerechnet, dass es mich so sehr treffen würde, seine Stimme zu hören. Das Schlimmste daran war, dass Jasper vollkommen normal klang. Da war kein Zittern in der Stimme, er plapperte nicht nervös. Wenn ich ihm nicht längst auf die Schliche gekommen wäre, hätte ich ihm rein gar nichts angemerkt. War ich so einfach hinters Licht zu führen? Kannte ich meinen eigenen Mann so wenig?

»Und, wie war dein Tag?«, fragte er, als ich nicht reagierte.

»Ich hatte schon bessere«, sagte ich und umklammerte krampfhaft das Gurkenglas. Rasch fügte ich hinzu: »Aber auch schon schlimmere.« Ich wollte auf keinen Fall den Eindruck erwecken, als wenn ich mich durch sein Verhalten aus der Ruhe bringen ließ. Ich war eine beherrschte Persönlichkeit. Zumindest wollte ich eine sein.

Jasper konnte glücklicherweise nicht sehen, dass ich mir soeben ausmalte, das Gurkenglas auf seinem Schädel zu zertrümmern und ihn anschließend mit dem Gesicht in die Scherben zu drücken.

Meine Hand zitterte so sehr, dass die Gurken im Essigwasser bebten. *Das sind nur Gedanken*, beruhigte ich mich selbst. *Gedanken sind keine Taten.*

»Es wäre mir lieb, wenn du in nächster Zeit nicht nach Hause kommen würdest«, sagte ich.

»Wie bitte? Was soll das denn heißen?«

»Ich weiß von dir und Mona«, sagte ich.

Ich hatte es gar nicht sagen wollen, die Worte waren aus mir herausgepurzelt, als hätte ich keine Kontrolle über sie. Ein paar Sekunden lang hoffte ich, dass Jasper widersprach, eine Erklärung aus dem Ärmel zog, irgendeine.

Eine geplante Geburtstagsüberraschung für mich, die man drei Tage lang vorbereiten musste. Ein Besuch von Mona, der nichts mit ihm zu tun hatte, sondern nur mit einer günstigen Übernachtungsmöglichkeit in München. Ich dachte so fest an diese Ausreden, dass mich beinahe wunderte, warum Jasper meine Gedanken nicht hörte und aussprach. Aber er schwieg.

»Vielleicht sollten wir nicht am Telefon darüber sprechen«, sagte er schließlich.

»Seit wann geht das schon?«

Er seufzte laut. »Ich … ich hab mich so allein gefühlt. Alles drehte sich nur noch um dich. Deine Karriere vorantreiben. Dein Haus kaufen. Ein Kind bekommen. Deine biologischen Eltern finden. Und dann hast du mich manchmal angesehen, als wolltest du mich am liebsten umbringen. Als wenn das alles meine Schuld gewesen wäre. Ich fühlte mich gar nicht mehr wahrgenommen. Und Mona … ich weiß auch nicht, wie das passieren konnte. Zuerst hat sie nur versucht, mich zu trösten. Du warst im Krankenhaus, hast ununterbrochen geweint. Wir waren so hilflos.«

»Na, dann danke ich euch für eure Hilfestellung.« Mein Ton war spitz.

»Das war natürlich auch nicht hilfreich, ich weiß. Und wir haben uns beide so schlecht gefühlt danach.«

»Das war also eine einmalige Sache?«

Jasper schien zu überlegen, was ich wissen konnte, sprich, was er zugeben musste.

»Nun, im Grunde ... eigentlich schon ... Wir haben uns kurz danach noch einmal getroffen, um uns darüber klar zu werden, wie wir jetzt damit umgehen ...«

»Mona war letztes Wochenende wieder bei dir. Ich weiß es.«

»Sie ... sie ist hier einfach aufgetaucht.«

»Und du konntest sie drei Tage lang nicht loswerden? Oder musstest du sie so lang trösten, weil sie sich so schlecht gefühlt hat?«

»Hat Mona dir etwa davon erzählt?«, fragte Jasper. Es klang empört. »Sie hat mir hoch und heilig geschworen, dass sie mir die Entscheidung überlassen würde, ob und wann ich dir davon erzähle.«

»Keine Sorge. Ich weiß es nicht von ihr. Deine Mona hat sich als vorbildliche und vertrauenswürdige Geliebte erwiesen.«

Entweder traf ihn mein Sarkasmus, oder er überlegte, von wem ich es dann wissen konnte.

»Ich weiß, das sieht jetzt nicht gut aus. Aber wir haben nur darüber geredet, wie es weitergehen soll. Ob wir es dir sagen oder ob es dich nicht unnötig schmerzen würde. In gewisser Weise ist es ja egoistisch, sein Gewissen erleichtern zu wollen, wenn es nicht sein muss und dem anderen doch nur wehtut. Aber Mona ... sie ist so unglücklich. Sie will dich einerseits nicht verletzen. Aber sie will mich auch nicht verlieren. Sie ist in einer solchen Zwickmühle ... Sie hat sich in mich verliebt. Ernsthaft.«

»Verzeih mir, aber im Moment mache ich mir wenig Sorgen um Monas Seelenzustand. Die Frage ist, ob du dich ebenfalls verliebt hast. Dann können wir uns weitere Floskeln sparen«, sagte ich, während ich mir gleichzeitig überlegte, ob mich die Antwort überhaupt noch interessierte.

»Nein ... nein, du hast das falsch verstanden. Ich will mit dir zusammenbleiben. Das habe ich ihr auch gesagt. Immer wieder. Wir ... wir sind ein gutes Paar. Wir sind uns ähnlich. Du bist meine Frau.«

»Ich fühle mich gar nicht mehr wie deine Frau. Und ich habe das Gefühl, dass wir uns eigentlich überhaupt nicht ähnlich sind.«

Ich legte auf und schrieb Mona eine WhatsApp-Nachricht. Morgen Mittag in meinem Büro. Sekunden später klingelte mein Telefon – offenbar war Mona nervös geworden –, aber ich nahm das Gespräch nicht an.

Ich musste mir noch über einiges klar werden. Meine Gefühle, zum Beispiel. War ich bereit, Jasper aufzugeben? Und wenn ja, was dann? Würde ich wegziehen müssen? Ausgerechnet jetzt wurde mir klar, dass ich das Haus auf keinen Fall aufgeben wollte.

Zur Ablenkung surfte ich noch eine Weile durch Alexas Kanäle, in der Hoffnung, mehr über das Motiv der Rockets-Frau herauszubekommen.

Es war möglich, dass Alexa und sie sich über ihre privaten E-Mails austauschten, oder dass Alexa niemals antwortete und die basketballbegeisterte Frau es bei diesem einen Versuch der Kontaktaufnahme bewenden ließ. Oder es gab noch andere Nachrichten, die Alexa löschte.

Ich machte einen Screenshot von der Nachricht, den ich der Rockets-Frau würde zeigen können – quasi als Beweismittel, dass sie Alexa angeschrieben hatte –, als ich stutzte.

Da war doch noch eine Nachricht. Ich hatte sie die ganze Zeit überscrollt.

Bitte antworte. Es geht um Kurt.

Was hatte die Frau mit Rebeccas Hund zu tun? Und wieso war Kurt kurze Zeit später verschwunden?

Etwas daran, wie Alexa über das Einschläfern von Kurt gesprochen hatte, schmeckte mir nicht: weder Tränen noch sonst eine Regung hatte sie gezeigt. Ich hatte es für Gefühlskälte gehalten. Aber gab es noch eine andere Möglichkeit? War er gar nicht tot? Hatte Alexa ihn vielleicht verkauft – an diese Frau? Vielleicht hatte die Frau Alexa ein Angebot gemacht, das sie nicht ausschlagen konnte?

Ich suchte auf meinem Handy nach dem Foto aus Kurts Aktenordner.

Einen Versuch war es wert. Ich rief bei der Haustierzentrale an, die einen Vierundzwanzig-Stunden-Notfalldienst hatte, und gab Kurts Chipnummer mit der Frage durch, wohin der Hund mit dieser Nummer gehörte. Die Antwort kam prompt: Kurt war immer noch als Hund von Alexa Keller registriert, wohnhaft im Weißdornweg 28 in Düsseldorf.

»Ist er nicht als verstorben gemeldet worden?«, fragte ich.

»Nein. Soll ich das nachholen?«, fragte die Dame am Telefon.

Es war möglich, dass Alexa vergessen hatte, bei der Zentrale Bescheid zu geben. Oder Kurt war wirklich noch am Leben. Der Gedanke versetzte mich in Aufregung. Kurt war Rebeccas sicherer Hafen gewesen. Es wäre von unschätzbarem Wert in dieser Zeit, wenn sie ihn wiederhaben könnte.

»Hallo? Ist der Hund gestorben? Soll ich ihn von der Liste streichen?«

Genau das war die Frage. Es gab keine Rechnung vom Tierarzt darüber, dass Kurt eingeschläfert worden war. Im Zentralregister war er weder als verschwunden noch als verstorben gemeldet. Und noch etwas fiel mir jetzt auf: Während die Impfpässe der Kinder und der Erwachsenen nach einem bestimmten Prinzip in die jeweiligen Ordner geheftet worden waren, fehlte der Impfpass von Kurt vollständig.

»Hallo? Sind Sie noch da?«, fragte die Dame.

»Ich … ähh … Nein, nein, lassen Sie ihn bitte in der Liste.

Der Hund ist seit ein paar Wochen verschwunden. Ich möchte ihn gerne als vermisst melden.«

Es war ein Schuss ins Blaue, aber vielleicht lief Kurt ja auch noch irgendwo da draußen herum. Ich hatte nur Alexas Wort, dass er tot war. War es Zufall, dass er kurz nach dem Gasvorfall verschwunden war, nachdem er mich gewarnt und dafür gesorgt hatte, dass es zumindest an diesem Tag nebenan zu keiner Katastrophe gekommen war?

Die Frau am Telefon klang frostig. »Und warum melden Sie ihn erst heute als vermisst? Da haben Sie sehr wertvolle Zeit verschenkt.«

»Es … es ist eine lange Geschichte. Wir haben natürlich nach dem Hund gesucht, aber ich habe jetzt erst die Registrierung des Hundes bei Ihnen entdeckt. Die Besitzerin ist leider ganz plötzlich auf sehr tragische Weise verstorben. Sie hinterlässt eine kleine Tochter.«

»Oh. Das tut mir leid. Ich werde eine Suchmeldung auf unserer Homepage freischalten, aber die heiße Phase ist nach ein paar Wochen natürlich schon vorbei. Können Sie mir ein Foto des Hundes schicken?«

»Das mache ich sofort.«

»Es gibt auch eine App, die Sie sich herunterladen können und in der Sie den Hund mit Foto als vermisst melden können, dort wird die Suche auch an das Zentrale Fundbüro weitergeleitet. Und am besten erkundigen Sie sich auch bei Tierärzten in der Umgebung, ob der Hund dort aufgetaucht ist. Es ist nicht selten, dass Menschen einen Fundhund erst einmal beim Tierarzt untersuchen lassen.«

Es war mittlerweile ziemlich spät. Ich durchstöberte das Internet-Telefonbuch nach allen Tierarztpraxen in Düsseldorf – es waren immerhin siebenundfünfzig – in der Hoffnung, dass eine Erinnerung zurückkäme. Schließlich hatte ich die Tierarztrechnungen in Kurts Ordner gesehen, aber der Name fiel mir nicht mehr ein.

Während ich mich wieder und wieder durch die Liste

klickte, schickte mir Jasper eine Nachricht über den Messenger. Er musste gesehen haben, dass ich online war. Seine Anrufe hatte ich den ganzen Tag schon weggedrückt. Ich starrte auf die Nachricht. Was immer drin stand, würde mir die Ruhe rauben. Außerdem konnte Jasper sehen, wenn ich sie öffnete, und ich wollte nicht, dass er dachte, dass ich hier herumsaß und auf seine Nachrichten wartete.

Ich schaltete meinen Laptop aus und ging zu Bett.

31

Sicherlich hatten Jasper und Mona am Abend zuvor noch miteinander telefoniert und sich überlegt, was die beste Taktik war, mit mir umzugehen. Ich war nicht sicher, ob sich Mona unter diesen Umständen in mein Büro trauen würde, doch zu meiner Überraschung tauchte Mona mittags tatsächlich auf. Sie zog die Bürotür hinter sich zu und blieb vor meinem Schreibtisch stehen. Ich machte keine Anstalten, mich zu erheben, sondern betrachtete Mona einen Moment schweigend.

Sie war ganz in Schwarz gekleidet, hatte die Locken streng nach hinten zu einem Dutt gekämmt, die Lippen wieder blutrot geschminkt. Ich begann eine Aversion gegen diese Farbe zu entwickeln.

»Ich denke, das Büro ist nicht der richtige Ort für eine Aussprache«, begann sie. Ihre fahrigen Hände verrieten Nervosität, doch gleichzeitig entdeckte ich in ihrem Blick einen Kampfgeist, der auch meine inneren Soldaten aufmarschieren ließ.

»Ich brauche keine Aussprache«, erwiderte ich kühl. »Ich habe dir lediglich etwas mitzuteilen. Erstens: Dein Plan hat funktioniert. Ich habe auf die Tracking-App geschaut. Da du sie erst auf dem Weg nach München eingeschaltet hast, gehe ich davon aus, dass das Absicht war. Du wolltest, dass ich von eurem Verhältnis erfahre. Warum sonst solltest du sie einschalten? Es war eine Botschaft an mich. Wahrscheinlich um Jasper zu einer Entscheidung zu zwingen. Ich bin gespannt, was Jasper dazu sagt, wenn ich ihm mitteile, wie berechnend du wirklich bist.«

Monas Wangen färbten sich rot.

»Zweitens: Dass ich nicht mehr mit dir in einem Büro arbeiten möchte, ist verständlich, denke ich. Es ist demzufolge nicht genug Platz für uns beide hier.«

»Falls du etwas andeuten möchtest ... Du kannst mich nicht entlassen«, sagte sie. »Du gehörst nicht einmal zu meiner Abteilung.«

»Das liegt mir auch fern. Aber ich leite deine Kündigung gerne an Gregor weiter. Oder ich sage ihm, wo du dich am Montag tatsächlich aufgehalten hast, als du angeblich eine Vergiftung hattest. Das ist Vortäuschen von Arbeitsunfähigkeit und Grund für eine fristlose Entlassung. Du kannst dir diese Blamage gern ersparen und von selbst gehen. Oder ich rede mit Gregor.«

»Das ... das kannst du nicht beweisen.« Die Farbe von Monas Gesicht konkurrierte jetzt mit dem Ton ihrer Lippen.

»Doch. Ich habe einen Screenshot von deinem Tracker gemacht.«

Ich sah an ihren flatternden Augenlidern, dass sie hektisch nach einem Ausweg suchte. »Ich kann auch in München krank gewesen sein«, sagte sie schließlich.

»In der Wohnung meines Ehemannes? Ich bin gespannt, wie du das Gregor glaubhaft verklickern möchtest. Außerdem ... Gregor war an dem Tag hier, als du angeblich eine Vergiftung hattest, und hat sich nach deinem Zustand erkundigt. Er hat mir die SMS gezeigt, die du geschrieben hast. ›Bin noch zu Hause, mir geht es nicht gut, wahrscheinlich eine Shrimps-Vergiftung. Komme eventuell später noch rein.‹ So ähnlich war das, oder? Das wäre ja von München aus kaum möglich gewesen.«

Nun wurde Mona blass. Mein Mitleid hielt sich in Grenzen.

»Und nun entschuldige mich. Ich habe zu tun. Ich gehe davon aus, dass ich innerhalb der nächsten drei Tage von deiner Kündigung erfahre.« Ich wandte mich meinem Bildschirm zu und tat so, als ob ich etwas lesen würde, obwohl mein Herz inzwischen bis zum Hals klopfte.

Vor mir lag immer noch der silberne Brieföffner, doch obwohl ich geradezu darauf wartete, sendete mein Gehirn mir dieses Mal kein grausames Bild, was ich damit alles in Monas Gesicht anstellen konnte. Erlebte ich hier gerade einen Fortschritt?

Mona sah mich noch einen Moment fassungslos an, dann drehte sie sich auf dem Absatz um und verließ wortlos den Raum.

Ich atmete auf.

Auf meinem Telefon leuchtete eine Nachricht auf. Jemand hatte mir eine Nachricht im Facebook-Messenger geschrieben.

»Ich habe Interesse an den Tickets. Welche Sitzreihe? Und was kosten sie?«

Sofort klickte ich das Profil an.

Ich konnte es selbst kaum glauben, aber es hatte tatsächlich funktioniert. Sie war es. Laut Facebook hieß sie Nessie Thompson.

Hab ich dich, Vanessa, dachte ich.

Nessie war eine Kurzform von Vanessa. Wohl kaum ein Zufall.

Auf ihrem Profilbild trug Nessie keine Kappe, aber ein schwarzes T-Shirt mit einem roten R auf der Brust und stand lachend inmitten einer Meute von Hunden auf einer grünen Wiese voller Planschbecken und Parcours-Gerüsten, über die Hunde hinwegspringen oder durch die sie krabbeln konnten. Offenbar war sie die Mitinhaberin eines privaten Daycare Centers für Hunde in Houston, wenn man ihren privaten Einstellungen glauben durfte.

Sie wirkte komplett anders auf dem Foto als damals in unserer Straße, sie sah gelöst und fröhlich aus. Sie hatte ein Puppengesicht mit einem schön geschwungenen Mund und Grübchen, die kräftigen Arme waren wohl durch die körperliche Arbeit zustande gekommen. Das braune Haar trug sie kurz geschnitten.

Auf einem anderen Foto stand sie Arm in Arm mit einer schlanken Frau mit Pferdeschwanz, die ebenfalls ein Rockets-Shirt anhatte. Nessie hatte den Kopf auf ihre Schulter gelegt, die Frau drückte ihr einen Kuss aufs Haar. Die beiden strahlten Innigkeit aus.

Vielleicht war ich vorschnell gewesen, und es handelte sich bei Nessie Thompson doch nicht um Vanessa Haack. Oder Vanessa hatte nicht nur ihren Namen, sondern auch ihre Vorliebe für das männliche Geschlecht hinter sich gelassen.

Ich überlegte, mit welcher Strategie ich nun mit ihr Kontakt aufnehmen sollte. Was ich vorher nicht bedacht hatte, war, dass Nessie sicherlich enttäuscht sein würde, wenn sie statt der Tickets neugierige Fragen serviert bekam. Am besten noch mit der Polizei im Schlepptau. Sollte sie denen doch erklären, warum sie zehn Jahre später wieder bei Erik auftauchte.

Ich schrieb: »Kann ich dich anrufen? Ist einfacher.«

Nessie las die Nachricht zwar sofort, aber sie antwortete nicht direkt. Während ich wartete, googelte ich auf der Homepage des Toyota-Centers, wo die Rockets spielten, nach den Preisen für Season-Tickets. Die billigsten begannen bei 1500 Dollar, die besten Plätze kosteten 130.000 Dollar.

Was für einen Preis sollte ich da aufrufen? Und warum antwortete diese Nessie nicht mehr? Hatte irgendetwas ihr Misstrauen geweckt? Ich ärgerte mich, dass ich »supergünstig« in die Anzeige geschrieben hatte. Das klang ja geradezu nach dubiosem Lockangebot. Wahrscheinlich studierte Nessie gerade mein Fake-Profil.

Ich musste sie aus der Reserve locken, bevor sie über die Google-Bildersuche herausfand, dass ich verblüffende Ähnlichkeit mit einer Influencerin aus Köln hatte.

Doch nach einer Weile kam die Antwort: »Sorry, bin gerade nicht in Houston, habe meinen Vater in Deutschland besucht. Was kosten die Tickets?«

Ich klickte auf den Sitzplan und suchte nach einem Preissegment, dass jemand, der ein Daycare Center für Hunde besaß, vielleicht noch aufbringen würde. Es waren nichts als wilde Vermutungen, da ich keine Ahnung hatte, was damit zu verdienen war.

»Sind ziemlich gute Sitze. Sektion 102. Für beide 2500 Dollar.« Das war die Hälfte des Originalpreises und konnte somit als supergünstig durchgehen.

Nessie ließ wieder einige Minuten verstreichen. Wahrscheinlich prüfte sie gerade den Sitzplatz. Ich wurde ungeduldig.

»Ich habe eben noch eine andere Anfrage bekommen«, behauptete ich. »Du müsstet dich entscheiden.«

»Sorry, musste mal eben das Konto checken. Ich nehme sie.«

»Du müsstest sie allerdings so bald wie möglich abholen. Wann bist du wieder da?«

»Ich fliege morgen zurück, ich könnte sie also übermorgen abholen. Kannst du die Karten so lange noch halten?«

Ich öffnete einen Flugplan.

»Ich wohne ganz in der Nähe vom Flughafen. Kommst du mit LH440?«

»Nein, United.«

»Dann komme ich zum Gate. Da können wir dann direkt switchen, du schickst das Geld, ich gebe dir die Karten.«

»Okay.«

Ich suchte die Flugverbindung mit United von Düsseldorf über Frankfurt nach Houston raus.

Mal sehen, ob Nessie mit mir sprach, wenn ich unerwartet am Flughafen auftauchte.

Am Nachmittag fuhr ich wieder einmal ins Polizeipräsidium. Gülay Yildiz hatte mich gebeten, das Beerdigungsvideo zu Ende zu schauen, das ich wegen des Auffindens von Alexas Leiche unterbrochen hatte.

Die Tatsache, dass die Polizei offenbar einen Anfangsverdacht gegen mich hegte, trübte unser Verhältnis ein wenig. Es konnte nur noch eine Frage der Zeit sein, wann sie gegen mich zu ermitteln begannen – wenn sie es nicht schon längst taten. Noch wurde ich jedoch als Zeugin und nicht als Beschuldigte geladen, weshalb ich beschloss, mich kooperativ zu zeigen.

Yildiz hatte eine dicke Hornbrille auf der Nase, die verhinderte, dass ich sie sofort erkannte. »Trockene Augen«, erklärte sie. »Sonst trage ich Kontaktlinsen. Ich bin blind wie ein Maulwurf.«

Diesmal führte sie mich in ein Büro, das neben dem Schreibtisch auch über einen runden Konferenztisch verfügte.

Sie wies mit einer Geste auf einen Stuhl. »Bitte!« Sie rückte sich einen heran und nahm neben mir Platz. »Kaffee schwarz, richtig?«

Sie nahm die Glaskanne von der Wärmeplatte einer Filtermaschine und goss mir eine Tasse ein. »Danke, dass Sie gekommen sind.«

Dieses Mal stand »Ich bin Bulle« auf der Tasse.

Yildiz schlug eine Akte auf.

»Der Aktenführer hat nämlich bemerkt, dass Sie Ihre Zeugenaussage bezüglich der Beerdigung noch gar nicht abgeschlossen hatten, und ich habe einen auf den Deckel bekommen, weil ich das nicht selbstständig nachverfolgt habe.«

Sie hob die Hände in einer entschuldigenden Geste. »Aktenführer halten in solchen Fällen die Fäden sämtlicher Ermittlungserkenntnisse in der Hand und sorgen dafür, dass in einer so großen Ermittlungsgruppe wie dieser Links weiß, was Rechts tut. Sie verstehen keinen Spaß, wenn man die Aufträge nicht ordnungsgemäß erledigt.«

»Ich verstehe.«

»Hatten Sie das Video bis zum Ende durchgesehen?«

»So gut wie. Die letzten fünf Minuten fehlten noch.«

»Dann schauen wir den Rest eben zusammen, und wir können das beenden, einverstanden?«

Sie öffnete einen Laptop, schob ihn in die Mitte des Tisches und ließ das Video wieder anlaufen. Schweigend sahen wir zu, wie sich der Trauerzug an Celinas Grab langsam auflöste.

Yildiz sah mich fragend an. »Und?«

»Leider ist mir nichts weiter aufgefallen, was für Sie von besonderem Interesse sein könnte, bis auf die Tatsache, dass Henning Pape nicht anwesend war. Das ist der Bauunternehmer, für dessen Fertighäuser Alexa Keller das Werbegesicht war und der laut Siedlungsklatsch eine Schwäche für Alexa gehabt haben soll.«

»Danke, ich notiere das.«

»Ich habe noch etwas für Sie.« Ich kramte den Plastikbeutel, den ich extra eingepackt hatte, aus meiner Handtasche. »Hier, das wollte ich Ihnen noch überreichen. Eine Frau hat diese drei Grabkerzen auf Eriks Grundstück hinterlassen.«

»Kommt das nicht häufiger vor?«

»Schon. Aber diese Frau ... Sie war irgendwie anders als die anderen. Ich habe sie zunächst in die Rubrik ›Eriks Fanclub‹ eingeordnet, weil sie die ganze Zeit gefragt hat, ob Erik da wäre oder wann er zurückkommt.

Aber dann ... Sie hat nicht ausgesehen wie eine Frau, die auf Männerfang ist. Sie sah eher verkleidet aus. Also so, als wenn sie gerade *nicht* gesehen werden wollte. Sie hatte diese Kappe auf und trug eine verspiegelte Sonnenbrille, obwohl es an diesem Tag trübe war und ziemlich gestürmt hat. Und dann fuhr sie höchstwahrscheinlich noch einen Mietwagen.«

»Woher wissen Sie das?« Yildiz drehte den Beutel mit den Kerzen hin und her, als erwartete sie, dass er ihr ein Geheimnis enthüllte.

»Das Kennzeichen. Wiesbaden. Wiesbadener Kennzeichen sieht man in der Nähe des Flughafens häufiger, weil sie zu einer Mietwagenfirma gehören.« Ich wartete, bis Yildiz den Plastikbeutel fertig inspiziert hatte, bevor ich weitersprach.

»Nun habe ich etwas recherchiert und herausgefunden, dass die Frau Nessie Thompson heißt. Vor einigen Jahren ist Erik nach der Trennung von seiner Exfreundin so bedrängt worden, dass er eine einstweilige Verfügung gegen sie erwirken musste. Die Frau hieß Vanessa Haack.«

»Ja, das wissen wir bereits. Allerdings sagte Herr Keller auch, dass er seit Jahren nichts mehr von ihr gehört habe.«

»Erik war sogar kurzzeitig in Therapie deshalb. Die Therapeutin hat Vanessa Haack eine schwere narzisstische Persönlichkeitsstörung diagnostiziert, sozusagen in Abwesenheit. Solche Störungen sind nur sehr schwer heilbar. Und die Obsession von Vanessa Haack war wohl so gravierend, dass man davon ausgehen kann, dass sie sich über Jahre aufrechterhalten kann, beziehungsweise wieder neu entflammen. Vielleicht war es ja gerade das zur Schau gestellte Familienglück von Alexa, das jedermann im Internet bewundern konnte, das die Obsession wieder geweckt hat.«

»Tja, möglich. Nur lebt sie gar nicht mehr in Deutschland. Vanessa Haack hat sich schon vor neun Jahren beim Einwohnermeldeamt wegen Umzugs ins Ausland aus Deutschland abgemeldet.«

»Zufällig in die USA?«

»Das wissen wir nicht. Man ist nicht verpflichtet, den Behörden mitzuteilen, wohin man zieht, wenn es außerhalb Deutschlands ist.«

»Jetzt komme ich zum Punkt. Mein Verdacht ist, dass es sich bei Nessie Thompson und Vanessa Haack um ein und dieselbe Person handelt. Also denke ich, es wäre sinnvoll, wenn Sie Eriks Haus überwachen. Ich meine, Rebecca soll ja möglichst bald nach Hause kommen. So ist sie nicht sicher.«

»Wir werden die Sicherheit des Kindes im Auge behalten. Im Moment ist sie ja noch in der Klinik. Dort ist sie nicht in Gefahr.« Yildiz lächelte. »Allerdings bleibt bei mir natürlich die Frage, warum Rebecca Keller keine fremde Person – eine Nessie oder eine Vanessa, wie auch immer –, sondern Sie beschuldigt hat, in der Tatnacht im Haus gewesen zu sein.«

Das war also der Anlass, warum ich vorbeikommen sollte. Nicht die Unterschrift für den Aktenführer. Yildiz wollte mir noch einmal auf den Zahn fühlen.

»Das wüsste ich tatsächlich auch gern«, sagte ich. »Benachrichtigen Sie mich, wenn Sie es herausgefunden haben. Übrigens hat Rebecca nicht meinen Namen gesagt, sondern nur auf mein Haus gezeigt.«

»Nun, sie hat gesprochen. Und sie hat die weibliche Form benutzt. Unsere Nachbarin. Nicht unser Nachbar. Sie sind die einzige Frau, die in dem Haus wohnt, oder?«

Ich zuckte mit den Achseln. Ich wusste auch nicht, warum Rebecca mich beschuldigte.

»Wir haben noch eine Frage.« Gülay Yildiz zog ein Foto hervor und legte es mir vor die Nase. Darauf war nichts als ein Ring abgebildet. Gülay Yildiz sah mich interessiert an.

»Ist das vielleicht Ihrer?«, fragte sie.

»Meiner? Wie kommen Sie denn da drauf?«

»Er hat eine Inschrift, zwar keinen Namen, aber da ist etwas über die Liebe eingraviert. Deshalb vermuten wir, dass es ein Ehering ist. Und da dachte ich …« Gülay Yildiz deutete mit einem hinreißenden Lächeln auf meine Hand. »… Sie tragen ja keinen.«

Schuldbewusst schaute ich auf die weiße Stelle an meinem Ringfinger. Ich erinnerte mich daran, was ich getan hatte, als ich meinen Ehering vom Finger gezogen hatte. Röte überflog mein Gesicht. Es entging Yildiz nicht.

»Das ist nicht meiner«, beteuerte ich. »Ich muss meinen beim Händewaschen ausgezogen haben. Das mache ich manchmal.«

»Sind Sie ganz sicher?«

»Ich weiß doch, wie mein Ehering aussieht. Ich habe einen aus Weißgold. Wo haben Sie den Ring denn gefunden?«

»Das ist das Problem. Es ist jedenfalls nicht der Ehering von Alexa Keller, denn den hatte sie noch am Finger. Aber dieser hier …« Sie tippte mit dem Finger auf das Foto. »… dieser hier lag im Fahrzeug von Alexa Keller.«

Mir wurde leicht übel. Ich nahm das Foto und konzentrierte mich darauf, um mir nicht vorzustellen, wie Alexa beim Fund dieses Ringes ausgesehen hatte.

Meine Kehle war auf einmal trocken.

»Irgendwie kommt er mir bekannt vor …«, sagte ich. »Was für eine Inschrift stand denn in dem Ring?«

Yildiz las vor: »Wenn ich dein bin, bin ich erst ganz mein.«

Derselbe Spruch, den jemand mit einem Filzstift in winzigen Buchstaben in die Blütenblätter der Puppe geschrieben hatte.

»Zeigen Sie mir noch einmal das Beerdigungsvideo.«

Yildiz öffnete den Laptop. Ich zoomte die Szene an Celinas Grab heran. Die Frau in dem engen Kleid, die sich an Erik presste, ich hatte sie schon einmal irgendwo gesehen. Aber wo? Ich spulte zurück. Sie warf etwas ins Grab. Weiße Blumen. Ich versuchte, den Bildausschnitt so nah wie möglich heranzuzoomen. Man sah ihre Hände, als sie einen weißen Blumenstrauß ins Grab warf. War das ein Margeritenstrauß? Mein Herz begann auf einmal laut zu klopfen.

Er liebt mich, er liebt mich nicht, hatte Anni gesagt und die Blätter von den Gänseblümchen gezupft.

Ich starrte das Gesicht mit der übergroßen Sonnenbrille an, warf noch einmal einen Blick auf das Foto des Ringes, das Gülay Yildiz mir hingeschoben hatte. Vor meinem geistigen Auge tauchte das Bild einer Hand auf. Einer Hand, die diesen Ring trug. Die Hand lag auf dem Kaufvertrag für unser Haus.

Das war die Frau, die Rebecca gesehen hatte.

Die Nachbarin.

32

»Wie hießen die Vorbesitzer Ihres Hauses?«, fragte Yildiz, während sie zeitgleich den Laptop auf ihren Schoß zog und etwas eintippte.

»Ich … weiß es nicht mehr.« Ich hatte den Namen nur ein einziges Mal geschrieben, nämlich als ich die Überweisung für das Haus getätigt hatte. »Warten Sie!« Rasch öffnete ich meine Bank-App und scrollte durch meine Überweisungen bis zum Tag des Kaufes.

»M. und D. Krutzek!«, rief ich, als ich fündig geworden war. »Leider stehen die Vornamen da nicht.« Ich dachte kurz nach. »Die Frau hat jedenfalls eine Vorliebe für Margeriten. Bei der Beerdigung hat sie welche ins Grab geworfen, und auf Eriks Motorhaube habe ich auch einen Strauß gesehen. Vor Kurzem hat vor Eriks Haustür eine Puppe gelegen, mit einer angenähten Stoffmargerite auf der Brust. In den Blüten hat genau dieser Spruch gestanden. *Wenn ich dein bin, bin ich erst ganz mein.* Derselbe Spruch wie in ihrem Ring.«

»Marit«, sagte Yildiz und sah von ihrem Laptop auf. »Marit und Dennis Krutzek.«

Als ich sie verblüfft ansah, sagte sie: »Einwohnermeldeamt. Sie hat sich unter Ihrer Adresse abgemeldet, aber ich sehe hier nicht, wohin sie gezogen ist.« Yildiz stand auf. »Wir werden uns sofort darum kümmern«, sagte sie und gab mir die Hand. »Vielen Dank für Ihre Hilfe, Frau Mönch.«

»Informieren Sie mich, wenn Sie etwas Neues wissen?«, fragte ich, während Yildiz die Tür öffnete.

»Solange es die Ermittlungen nicht gefährdet«, sagte Yildiz diplomatisch, und damit war ich entlassen.

Mir war ein wenig übel, also holte ich mir ein trockenes

Brötchen beim Bäcker auf der Lorettostraße, bevor ich wieder ins Auto stieg.

Anschließend versuchte ich, Erik vom Auto aus anzurufen. Als er nicht ans Telefon ging, schrieb ich ihm eine Nachricht. Wenn er wisse, wo seine frühere Nachbarin Marit jetzt wohne, solle er der Polizei Bescheid sagen.

Während der Fahrt überlegte ich. Das Gesicht von Dennis Krutzek hatte ich kaum noch vor Augen, er war ein unauffälliger Typ gewesen. Sie dagegen hatte durchaus ihre weiblichen Vorzüge betont. Ich erinnerte mich an einen engen Rock, der mir etwas zu provokant erschien für einen Notartermin, aber ich hatte sie nur wenige Minuten gesehen und schnell wieder vergessen. Marit.

Was hatte sie in der Mordnacht im Haus von Alexa gemacht? Hatte Alexa auf dem Nachbarschaftsfest nicht eine Nachricht von einer alten Freundin bekommen? War das Marit gewesen? Hatten sich die beiden noch verabredet? War sie die Mörderin von Alexa und Celina?

Der Ring im Auto reichte als Beweis nicht aus. Er hätte schließlich auch auf andere Art und Weise in Alexas Auto gelangen können, zum Beispiel hätte sie ihn bei einer gemeinsamen Autofahrt mit Alexa verlieren können. Bloß mit der Existenz des Rings im Auto als Beweismittel würde jeder Provinzanwalt diese Marit problemlos herauspauken können. Also würde es am Ende doch an Rebeccas Zeugenaussage hängen.

Ich hoffte, dass es anders lief. Rebecca sollte nicht vor Gericht gezerrt werden, wo sie aller Wahrscheinlichkeit nach ohnehin den Mund nicht öffnen würde.

Der Rest des Tages verging zäh, ich war unruhig und wartete auf die Nachricht, ob man eine Tatverdächtige im Fall von Alexa und Celina gefunden hatte, doch es blieb still, was mir seltsam vorkam.

In der Wartezeit telefonierte ich sämtliche Tierarztpraxen in Düsseldorf durch, doch bei keiner hatte ich Glück. Keine einzige Praxis hatte einen dreibeinigen Hund als Patienten gehabt.

Frustriert ging ich schlafen.

Am nächsten Morgen schaute ich als Erstes nach Eriks Auto, doch es stand nicht in der Einfahrt, offenbar war er in der Nacht nicht nach Hause gekommen.

Bedeutete das, dass Marit Krutzek festgenommen worden war und sie bei der Polizei saß, oder hatte das nichts damit zu tun, und Erik und Rebecca waren einfach zu Karin gefahren?

Der Dauerregen hatte eine Pause eingelegt, sodass ich ein wenig spazieren gehen konnte, um die Unruhe loszuwerden.

Auch die Bauarbeiter nutzten die Regenpause. Von der Baustelle her waren die Maschinen zu hören, die Bäume schafften es nicht, den Lärm zu schlucken. Das gleichmäßige Röhren der Betonmischmaschinen, das metallische Rumpeln der Baggerschaufeln, die ihre Ladung auskippten, und das schwerfällige Rasseln der Kettenfahrzeuge waren so laut, dass ich bereute, nicht in den Schrebergärten spazieren gegangen zu sein.

Ich traf auf Sebastian Tiede und seine Dogge Chico. Ich tätschelte Chico den gewaltigen Hals, während ich Sebastian über Marit Krutzek auszuquetschen versuchte. Doch Sebastian hatte mit ihr nichts zu tun gehabt und wusste auch nicht, wo sie hingezogen war.

Später stand ich unschlüssig im Ankleidezimmer. Ich konnte mich nicht entscheiden, was ich anziehen sollte. Ich hatte bereits meine Bürohosen und eine Bluse herausgelegt, als ich mir überlegte, dass ich die Rolle der unnahbaren Perfektionistin einfach mal ablegen und mich etwas weniger distanziert kleiden sollte.

Ich schlüpfte in Jeans, die ich nur selten trug, und in ein Sweatshirt, das nach Jasper roch, weil es auf seiner Schrankseite gelegen hatte. Sofort riss ich es mir wieder vom Leib und griff nach einer weißen Bluse, von denen ich Dutzende besaß.

Weiße Blusen und graue Kostüme oder Hosenanzüge, darin fühlte ich mich am wohlsten. Ausgerechnet in Arbeitskleidung. Warum fühle ich mich nicht wohler in bequemerer Kleidung wie jeder normale Mensch? Weil das keine gute Verkleidung war, mir keinen Schutz durch einen professionellen Anstrich bot? Die formelle Kleidung schaffte Distanz zwischen mir und meiner Umwelt. War es das, was ich wollte? Ich zog einen Pullover mit V-Ausschnitt über die Bluse.

Auch wenn die Polizei inzwischen nach Marit fahndete, wollte ich unbedingt wissen, ob es sich bei Nessie Thompson und Vanessa Haack um ein und dieselbe Person handelte. Außerdem wusste sie vielleicht etwas über Kurt. Sie hatte immerhin nach ihm gefragt, kurz bevor er verschwunden war. So viele Zufälle kamen mir merkwürdig vor.

Zum Glück war am Flughafen nicht viel los, die Urlaubssaison hatte noch nicht begonnen. Die riesige Halle erschlug mich jedes Mal mit ihrer Größe, ein glänzendes, hohles Monstrum aus Stahl und Glas, das mir sofort vermittelte, dass ich klein und unbedeutend war und irgendwie zu organisch für diesen kalten Ort.

Vornehmlich Geschäftsreisende saßen in den Cafés oder checkten betont cool am Self-Check-in-Schalter ein, scannten ihre Pässe und taten unbeeindruckt, während sie ihre Vier-Rollen-Koffer wie gut erzogene Hunde neben sich herführten.

Ich war zu früh gekommen, die Schalter der United Airlines waren noch nicht einmal geöffnet. Auch wenn ich davon ausging, dass Nessie bereits online eingecheckt hatte, würde sie auf dem Weg in die USA sicher ein Gepäckstück aufgeben und musste folglich an einen der Schalter kommen. In Düsseldorf gab es keine Gepäckautomaten.

Ich setzte mich auf eine der Stuhlreihen, die in die Nähe der United-Schalter in den Boden geschraubt waren. Eine leichte Übelkeit überkam mich, aber ich ignorierte sie. Nun hieß es warten.

Ein Junge im Kindergartenalter schlitterte auf dem hell glänzenden Fliesenboden von Pfeiler zu Pfeiler. Ich hielt mich an seinem Anblick fest, bis er von seiner Mutter eingefangen und weitergezerrt wurde, während sie versuchte, noch zwei weitere Kinder im Zaum zu halten und dabei einen überladenen Gepäckwagen und einen Kinderwagen gleichzeitig zu schieben.

Obwohl die Mutter angestrengt und ausgelaugt aussah, gelang es mir einfach nicht, etwas anderes als Neid zu empfinden.

Mein Handy meldete mir, dass Miss Maple mehrere neue Videos hochgeladen hatte. Ich hatte den Kanal inzwischen abonniert, vornehmlich um zu kontrollieren, ob diese Emily Fraser verbotenerweise irgendwelche Filme oder Bilder von mir ins Netz stellte.

Ich öffnete meinen Browser. Die Überschriften ließen mich nach Luft schnappen: »Tatverdächtige Nachbarin auf der Flucht«, »Familienmord aus verbotener Leidenschaft?«

Mein Gott, wie kam diese Frau so schnell an Informationen? Das war ja quasi Berichterstattung in Echtzeit. Die Anzahl der Klicks und Likes ließ mich schwindeln. Ich stöpselte mir meine AirPods ins Ohr und sah mir die Videos an.

»Ist es möglich«, fragte Emily und blickte rechtschaffen empört und gleichzeitig mitleidig in die eigene Kamera, »dass ein kleines Mädchen und seine arglose Mutter hatten sterben müssen, weil eine Nachbarin es auf den Mann abgesehen hatte? Wie mag sich der Vater des Kindes jetzt fühlen?«

Emily Fraser hatte es außerdem irgendwie geschafft, an Marits Ex-Mann Dennis heranzukommen. Im nächsten Video berichtete Dennis Krutzek, dass er sich von Marit getrennt hatte, weil sie »immer mehr abgedreht« sei. Sie habe ständig irgendwelche Heilsteine angeschleppt. Er habe ihr mit der Anmietung einer Wohnung auf die Füße helfen wollen, da sie mit dem Online-Verkauf von spirituellen Dingen wie Heilsteinen und Kräutern nicht genug verdiente.

»Ich wusste nicht, dass diese spirituelle Einengung durch Erik zu lösen geplant war. Jedenfalls hat sie solches Zeug hier nicht unter meinem Foto verbrannt. Das stand unter einem Foto von Erik«, sagte er und schob seine Brille hoch, während die Kamera auf eine Schale mit verbrannten Harzen schwenkte. Neben der Schale lag ein wiederverschließbarer Plastikbeutel mit der Aufschrift: »Schamanisches Räucherwerk ›Liebesritual‹, handverlesen, sofort anwendbar«.

Die Frau war offensichtlich komplett wahnsinnig.

Ich sah auf die Uhr. Noch ein paar Minuten, bevor der Schalter öffnete.

Weil ich ständig von meinem Handy abgelenkt wurde, wo ich nach neuen Nachrichten suchte, hätte ich Nessie Thompson beinahe verpasst, die als eine der Ersten den Koffer abgab. Sie trug wieder eine Baseballkappe, dieses Mal eine im Camouflage-Design, ein ebenso gemustertes T-Shirt, das sie in eine Jogginghose gesteckt hatte, und Cowboystiefel dazu. Alles an ihr wirkte, als wolle sie um jeden Preis verbergen, wie hübsch sie eigentlich war.

Ich wartete, bis sie ihr Gepäck abgegeben hatte, bevor ich sie ansprach.

»Hallo, Frau Thompson. Erinnern Sie sich an mich? Friederike Mönch. Ich bin die Nachbarin der Kellers. Wir haben uns mal am Gartenzaun getroffen.«

Ihr Blick war argwöhnisch.

»Was wollen Sie von mir?«, fragte sie.

»Ich habe nur ein paar Fragen.«

Sie versuchte, mich zur Seite zur schieben. »Lassen Sie mich in Ruhe.«

»Wissen Sie, dass die Polizei Sie sucht?«, log ich. »Ihre Baseballkappe wurde in der Nähe eines Tatorts gefunden. Wenn ich jetzt nach der Polizei rufe, sind Sie schneller in Gewahrsam, als Sie in Ihren Flieger springen können.«

Ich deutete mit dem Kinn auf zwei uniformierte Beamte, die mitten durch die Halle schritten, die Daumen unter die schusssichere Weste gehakt. Sie gehörten zwar zum Zoll, beeindruckten aber Nessie immerhin genug, um stehen zu bleiben.

»Wenn Sie mir eine halbe Stunde geben, dann lass ich Sie gehen, versprochen. Ohne Polizei.«

Nessie sah nicht überzeugt aus. Ich redete weiter.

»Da vorne ist ein Café. Ganz öffentlich. Von allen Seiten einsehbar. Da können wir uns kurz unterhalten.«

»Na gut. Kurz.« Nessie hängte sich die lederne Schultertasche um, die aussah, als ob man sie zum Jagen benutzte.

Ich holte einen großen Latte macchiato für Nessie und einen grünen Tee für mich an der Theke des Cafés, das versuchte, inmitten dieser kalten Halle aus Stahl und Glas mit rustikalen Holztischen und antiken Lampenschirmen ein wenig Wärme auszustrahlen.

Ich platzierte das Tablett zwischen uns.

»Tut mir leid, dass ich eben mit der Polizei gedroht habe. Aber ich musste Sie dazu bekommen, mir ein paar Fragen zu beantworten. Und wenn Sie erst durch die Sicherheitskontrolle gewesen wären, hätte ich keine Chance mehr gehabt ...« Ich konnte nicht erkennen, ob Nessie das als ausreichendes Motiv ansah.

»Woher wussten Sie, dass ich hier sein würde?«, fragte Nessie.

»Ihre Mütze. Die Rockets sind in Deutschland jetzt nicht so bekannt. Das fiel mir auf.«

Als sie begriff, dass es nichts werden würde mit ihren Seasontickets zum halben Preis, sah sie eher überrascht als enttäuscht aus.

»Sind Sie eigentlich Deutsche oder Amerikanerin?«, fragte ich und schob ihr den Latte macchiato zu. »Sie haben gar keinen Akzent. Aber Ihr Name ist ja recht amerikanisch.«

»Amerikanerin«, sagte sie. »Ich bin inzwischen eingebürgert und habe den Nachnamen meiner Frau angenommen.«

Sie versuchte in meinem Gesicht zu lesen, was ich davon hielt, dass sie mit einer Frau verheiratet war, fand aber offenbar nichts von Bedeutung.

Ich kam zur Sache.

»Was wollen Sie von Erik?«, fragte ich geradeheraus. »Was wollten Sie vor seinem Haus an dem Tag, als sie die Kerzen in seinen Garten gestellt haben?«

Nessie zuckte mit den Achseln. »Ich habe von dem Fall gelesen und wollte mein Beileid ausdrücken.«

»Erik hatte eine Exfreundin mit einem ähnlichen Vornamen wie Sie. Vanessa Haack. Sagt Ihnen der Name etwas?«

Sie schüttelte den Kopf.

»Vanessa Haack ist vor ein paar Jahren spurlos verschwunden.«

Nessie Thompson senkte den Kopf, sodass der Schirm der Baseballkappe ihre Augen verdeckte.

»Jedenfalls ist sie nicht mehr in Deutschland gemeldet. Sie muss schon vor Jahren das Land verlassen haben. Das wurde überprüft. Die Polizei hat nämlich einige Fragen an diese Dame.«

Nessie zuckte mit den Schultern.

»Erik hat mir erzählt, er habe Vanessa Haack im Tierheim kennengelernt, wo sie beide ehrenamtlich gearbeitet haben. Sie haben einiges mit Eriks Exfreundin gemeinsam, denn Sie mögen ja ganz offensichtlich auch Tiere besonders gern. Schließlich haben Sie eine Hundepension, nicht wahr?«

Nessie biss sich in den Daumennagel. Ihr Blick huschte durch die Halle, als suche sie nach einem Fluchtweg.

»Allerdings erwies sich das Zusammensein mit Vanessa Haack als einigermaßen schwierig. Erik trennte sich. Damit kam sie nicht klar. Vanessa stalkte ihn über Monate, bedrohte ihn am Telefon, zerkratzte sein Auto, terrorisierte ihn, wo es nur ging. Erik blieb schließlich keine Wahl, er musste eine einstweilige Verfügung gegen Vanessa Haack erwirken.«

Ich glaubte zu erkennen, dass winzige Schweißperlen auf ihrer Nase glänzten, doch ich ließ nicht locker.

»Wie hießen Sie denn eigentlich vor Ihrer Hochzeit, Frau Thompson?«

Etwas blitzte in ihren Augen auf. Sie griff in ihre Ledertasche, zog ein Handy heraus, wischte darauf herum und hielt mir dann das Bild eines QR-Codes vor die Nase.

»Mein Boardingpass«, sagte sie. »Von der Hinreise.«

Ich las:

IAH – FRA
Houston – Frankfurt am Main
Mrs. Vanessa Thompson.

»Also doch. Sie heißen in Wirklichkeit Vanessa«, sagte ich triumphierend.

»Das Datum«, sagte Vanessa. »Schauen Sie sich das Datum an. Wie Sie sehen, war ich am Tag des Mordes noch nicht einmal in Deutschland. Ich bin erst viel später gelandet. Zuvor war ich durchgängig in den USA. Bei Bedarf kann sich die Polizei das von der zuständigen Behörde in den USA gerne bestätigen lassen.«

»Gut. Sie haben ein Alibi. Das freut mich für Sie. Aber mich interessiert, warum Sie Alexa überhaupt angeschrieben haben. Was wollten Sie von ihr, und was haben Sie mit Kurt zu tun? Ich habe gesehen, dass Sie den Hund erwähnt haben. Warum?«

Vanessas Blick flackerte.

Sofort hakte ich nach: »Wenn Sie etwas über den Hund wissen, was ich nicht weiß, flehe ich Sie an, es mir zu verraten. Zu mir hat Alexa gesagt, sie hätte ihn einschläfern lassen müssen. Zu den Kindern hat sie gesagt, er wäre weggelaufen. Mir war also immer klar, dass Alexa einen von uns angelogen hatte. Ich bin nur nicht darauf gekommen, dass vielleicht auch beides gelogen sein könnte. Dass Kurt weder gestorben noch weggelaufen ist. Sondern dass sie ihn weggegeben hat. Dann könnte ich ihn wiederfinden. Erik hat ihn im Wald gefunden. Er hängt so sehr an dem Tier.«

Ich hoffte, dass ich Vanessa damit weichklopfen konnte. Hundeliebe war etwas, von dem sie etwas verstand.

»Wissen Sie, wo Kurt ist?«, fragte ich. »Wenn Sie es wissen, müssen Sie es mir sagen. Das Kind hat so viel durchgemacht. Der Hund war ihr sicherer Hafen. Die beiden waren ein Herz und eine Seele. Rebecca braucht diesen Hund zurück.«

»Ich würde Ihnen gerne helfen«, sagte Nessie, und dieses Mal klang sie ehrlich. »Aber ich habe leider keine Ahnung, wo Kurt ist.«

Ich ließ nicht locker: »Sie haben Alexa über ihre Videos kontaktiert. Sie haben über ihren Hund reden wollen. Warum? Wollte Alexa Ihnen den Hund übergeben? Warum haben Sie gefragt, wo Erik ist und wann er zurückkommt?«

Vanessa rührte in ihrem Kaffee. Sie traute mir nicht. Sie hob den Kopf und sah mir direkt in die Augen.

»Sie sind in Erik verliebt«, sagte sie. »Man sieht es Ihnen an.«

»Ich verstehe nicht, was Sie meinen.«

Wie schon bei unserer ersten Begegnung spürte ich die ungeheure Emotion, die von dieser Frau ausging. Sie konnte so cool tun, wie sie wollte, Erik ließ sie nicht kalt. Sie sah in mir eine Konkurrenz.

Sie war zwar verheiratet, aber hatte das bei einer Stalkerin eine Bedeutung? Es konnte genauso gut ein Ablenkungsmanöver sein.

»Ich muss zu meinem Flieger«, sagte sie.

»Boarding ist erst in einer Stunde. Sie haben noch Zeit.«

»Ich muss noch durch die Sicherheitskontrolle.« Vanessa nahm ihre Tasche auf den Schoß.

Ich griff über den Tisch hinweg nach ihrer Hand, hielt sie fest. »Hören Sie, ich verstehe, dass Sie nach Hause möchten. Aber falls Kurt noch lebt, will ich nur, dass Rebecca ihn wiederbekommt. Sie tun nicht mir einen Gefallen, sondern einem trauernden Kind.«

»Ich weiß nicht, wo der Hund ist. Ich würde es Ihnen sagen. Ehrlich.«

Sie warf die Tasche über die Schulter und stand auf.

»Machen Sie es gut«, sagte sie. »Und viel Glück.«

Ich beobachtete sie, wie sie in ihren Cowboystiefeln durch die Halle ging, als sei sie von einem Pick-up-Truck in diese fremde Welt gefallen.

33

Als ich vom Flughafen kam, stand Eriks Auto in seiner Einfahrt.

Ich fuhr meinen Wagen in die Garage und lief die Abkürzung über die Wiese zu Erik hinüber. Es war eine schlechte Idee. Seit Tagen hatte es wie aus Eimern geschüttet. Heute war der Himmel aufgerissen und strahlte königsblau. Doch die Wiese im Vorgarten war noch so matschig, dass meine Absätze tief darin einsanken. Nach jedem Schritt musste ich mich mühsam befreien und hinterließ tiefe Löcher im Rasen.

Ich klingelte mehrfach, doch niemand öffnete. Schließlich klopfte ich laut an die Haustür.

Endlich kam jemand. Erik öffnete die Tür nur einen Spaltbreit und legte den Finger auf die Lippen. »Ich habe die Klingel abgestellt. Wegen Rebecca.«

»Ich wollte nur wissen, ob es etwas Neues gibt?«, flüsterte ich.

Erik trat zu mir unter das Vordach und zog die Tür hinter sich zu.

Er redete leise, als fürchte er, dass Rebecca ihn trotz der geschlossenen Tür hören könnte: »Marit ist auf der Flucht. Aber die Polizei versucht, sie über Handyortung zu erwischen. Stell dir vor, man hat auf ihrem Computer die Stalking-Nachrichten gefunden, die sie auf Alexas Kanälen gepostet hat. Alles. Die Drohungen. Und den Countdown. Auf Alexas Telefon hat man eine Nachricht von ihr rekonstruieren können. Marit hat Alexa am Abend des Mordes kontaktiert und gefragt, ob ich zu Hause wäre. Als Alexa sagte, dass ich wahrscheinlich die ganze Nacht in der Werkstatt arbeite, wollte sie vorbeikommen. Sie müsse dringend mit ihr reden. Allein.«

Ich erinnerte mich an die Nachricht einer alten Freundin und dass Alexa danach recht bald aufgebrochen war.

Erik fuhr sich mit den Fingern durchs Haar.

»Ich weiß, Friederike, dass ich jetzt aussehe wie der allerletzte Idiot, aber ich habe nie bemerkt, dass Marit in mich verliebt war. Sie hat nie Andeutungen gemacht. Jedenfalls keine, die ich verstanden hätte. Natürlich hat sie mir leidgetan. Ich habe ihr beim Umzug geholfen, aber ehrlich gesagt nur deshalb, weil Alexa mich darum gebeten hatte. Alexa war mit ihr befreundet und hat mich immer bei ihr vorbeigeschickt, wenn Marit Hilfe gebraucht hat. Ich sollte ihre Lampen anschließen, einen tropfenden Wasserhahn reparieren oder eine kaputte Waschmaschine. Solche Sachen … Dabei hatte ich nicht einmal Lust dazu, nach der Arbeit noch bei Marit vorbeizufahren und so einen Mist zu erledigen, aber Alexa hat darauf bestanden. Marit muss das falsch verstanden haben.«

Ich ahnte, was Erik angerichtet hatte. Es war ein ganz bestimmter Blick. Er besaß etwas Abweisendes – und zugleich zutiefst Verwundetes. Ein einsamer Wolf, der in einem den Wunsch hervorrufen konnte, durch seine Schale zu dringen und ihn zu heilen.

Vielleicht hat er nie gemerkt, was er mit diesen Blicken bewirken kann, dachte ich.

Ich konnte mir noch vorstellen, dass es in der Wahrnehmung einer offenbar verrückten Marit in Ordnung war, die Nebenbuhlerin zu beseitigen. Aber ein Kind? Wie rechtfertigte man das vor sich selbst?

»Aber warum hätte sie mich dann überhaupt angegriffen?«, fragte Erik. »Wenn sie mich doch angeblich liebt?«

»Sie hat gedacht, dass du nicht zu Hause wärst. Sie hat nicht mit dir gerechnet. Vielleicht war ihr Plan, dir nach diesem schrecklichen Unglück helfend zur Seite zu stehen, dich so für sich zu gewinnen. Aber du bist unerwartet zurückgekommen. In Panik schlägt sie dich nieder. Während sie versucht, die Situation wieder unter Kontrolle zu bekommen und ihre Spuren beseitigt, weiß sie, dass du nun auf einmal ihre größte Gefahr geworden bist, und sie holt ein Messer aus der Küche.«

»Wenn ich doch nur früher nach Hause gekommen wäre ... Ich war sauer auf Alexa, weil sie das ganze Wochenende ein Backvideo gedreht hat und ich auf die Kinder aufpassen musste, obwohl ich im Laden noch so viel Arbeit hatte. Vor lauter Wut habe ich gesagt, ich muss die Nacht durcharbeiten, aber das stimmte gar nicht, ich war schon vor Mitternacht fertig und hab mich dann auf ein Sofa gelegt. Doch dann konnte ich nicht schlafen, ich war zu unruhig, deshalb hab ich beschlossen, nach Hause zu fahren. Wäre ich doch nur früher aufgebrochen! Warum habe ich so lange gewartet?« Erik senkte den Kopf.

Ich hatte keine Ahnung, wie ich ihn trösten konnte. »Du hast es gespürt«, sagte ich. »Deshalb warst du unruhig. Weil du die Gefahr gespürt hast. Und nur weil du überhaupt aufgetaucht bist, hatte Rebecca Zeit zu fliehen. Vergiss das nicht.«

»Es ist alles so unfassbar. So unfassbar ... Marit muss komplett wahnsinnig sein.«

»Apropos Wahnsinn: Ich habe mich mit einer Nessie Thompson getroffen. Sie hat definitiv ein Problem mit dir, es dringt ihr aus jeder Pore. Ich bin mir nur nicht sicher, was sie eigentlich will. Halt mich für verrückt, aber ich bin sicher, dass es sich bei ihr um Vanessa Haack handelt. Mit den Morden kann sie zwar nichts zu tun haben – sie hat ein wasserdichtes Alibi –, aber ich hatte von Anfang an kein gutes Gefühl bei ihr.«

In Eriks Augen blitzte etwas auf. »Reicht nicht eine Wahnsinnige? Muss noch eine andere hier auftauchen? Das fehlt mir noch. Du weißt nicht, was diese Frau mir alles angetan hat. Ich musste mich in Therapie begeben, ich war fix und fertig. Wenn du sie das nächste Mal siehst, rufe bitte sofort die Polizei.«

»Keine Sorge, sie ist wieder abgereist. Ich habe sie am Flughafen getroffen.«

Erik warf einen Blick über die Schulter Richtung Haus. »Ich muss nach Rebecca sehen. Mein Telefon ist übrigens im

Flugmodus, nicht, dass du dich wunderst. Damit es Rebecca nicht aus Versehen weckt. Aber ich ruf dich später an, ja?«

»Sag Rebecca, dass ich mich freue, sie bald zu sehen!« Mir fiel noch etwas ein. »Sag mal, wie hieß eigentlich der Tierarzt von Kurt?«

»Äh … Dr. Ellebrecht. Wofür brauchst du denn einen Tierarzt?«

»Das erkläre ich dir später.«

Die Praxis von Dr. Ellebrecht befand sich in Ratingen. Ich ärgerte mich, dass ich nicht an die Praxen in der näheren Umgebung von Düsseldorf gedacht hatte, und rief sofort an. »Mönch, Guten Tag, ich rufe im Namen von Erik Keller an. Sein Hund Kurt ist bei Ihnen Patient. Ein Mischling. Er hat nur drei Beine. Wissen Sie da Bescheid?«

»Oh mein Gott, ja natürlich!«

Ganz offensichtlich wusste sie nicht nur über Kurt, sondern auch über die anderen Umstände Bescheid.

»Herr Keller hat mich gebeten, den Kalender seiner Frau durchzusehen und Termine abzusagen, die nun … hinfällig sind. Und ich habe hier einen Impftermin für Kurt in der nächsten Woche, stimmt das?«

»Das glaub ich eigentlich nicht, aber warten Sie, ich schau mal nach … Nein, ich habe keinen Termin für Kurt eingetragen«, sagte die Frau. »Seine Impfungen sind auch alle auf dem aktuellen Stand. Kurt war ja erst letzte Woche hier.«

Mir wurde heiß.

»Kurt war bei Ihnen?«

»Ja, mit seinem neuen Herrchen.«

»Seinem neuen Herrchen? Können Sie mir den Namen sagen?«

Jetzt wurde sie misstrauisch. »Wissen Sie denn nicht, wer den Hund übernommen hat?«

»Leider hat Frau Keller den Namen nie erwähnt.«

»Sind Sie von der Presse?«

»Nein, ganz bestimmt nicht. Wie gesagt, ich versuche nur, Erik Keller einige administrative Aufgaben abzunehmen. Wie

Sie sich denken können, sind er und seine Tochter durch die Ereignisse sehr belastet.«

»Herr Keller wird sicher wissen, wem seine Frau den Hund gegeben hat. Fragen Sie ihn doch einfach.«

Ich versuchte es noch weiter, aber die Frau rückte den Namen von Kurts neuem Herrchen nicht heraus.

Ich war frustriert und glücklich auf einmal. Alexa hatte uns alle angelogen. Ihren Kindern hatte sie die Geschichte erzählt, dass Kurt weggelaufen war, Erik und mir hatte sie gesagt, dass Kurt wegen einer heftigen Infektion hatte eingeschläfert werden müssen. Aber was sollte das ganze Theater? Hatte sie ihn einfach sattgehabt und das nicht zugeben wollen?

Alexa wusste, wie sehr Rebecca an dem Tier hing und dass sie ihr nicht verzeihen würde, wenn sie den Hund einfach abgab. Aber an ein Tierheim loswerden konnte sie ihn auch nicht, denn dann hätte man Erik informiert. Kurt hatte schließlich einen implantierten Chip und war registriert.

Ich überlegte, wie ich Erik am besten erreichen konnte, um ihn auf die Sprechstundenhilfe anzusetzen, als es mir wie Schuppen von den Augen fiel: Ich wusste, wo Kurt war.

Es dauerte keine zwanzig Minuten, dann stand ich vor Henning Papes Tür und drückte auf die Klingel.

Diesmal sah er fast erfreut aus, als er mich sah.

»Frau Mönch! Haben Sie sich das mit dem Verkauf überlegt?«

»Daraus wird leider nichts. Ich komme nur, um Kurt abzuholen.«

Henning Pape lief rot an. »Wie? Was meinen Sie?«

»Dass Sie eine Schwäche für Alexa hatten, das pfeifen in der Siedlung die Spatzen von den Dächern. Und Alexa hatte aus irgendeinem Grund genug von ihrem eigenen Hund, konnte ihn aber nicht offiziell loswerden, weil die Familie zu sehr an dem Tier hängt. Und an wen wendet man sich in so einer verzwickten Angelegenheit? An die Person, die einem nichts abschlagen kann. Ein glühender Verehrer ist meistens bereit, sich durch das Übernehmen von schwierigen Aufgaben bei der Angebeteten zu profilieren. Und – tata – da sind Sie mir eingefallen.«

Henning Pape sah aus, als wolle er mir die Tür vor der Nase zuschlagen, deshalb stellte ich geschickt wie ein professioneller Staubsaugerverkäufer den Fuß in die Tür.

»Und es gibt noch mehr Indizien, die auf Sie hindeuten«, fuhr ich fort. »Erstens: Ihr Auto stand an jenem Tag, als Kurt verschwand, auf dem Parkplatz an den Schrebergärten. Zweitens: Die Haare in ihrem Saugroboter stammten von einem Tier. Aber hier lief kein Hund herum, was für Hunde äußerst ungewöhnlich ist, wenn Besuch kommt. Solange man sie nicht weggesperrt.«

»Ich habe eine Perserkatze«, behauptete Pape.

»Drittens«, fuhr ich unerbittlich fort, »eine Katze trägt keine Hundemarke. Das Metallplättchen in der Bürste Ihres Roboterstaubsaugers war nämlich in Wirklichkeit eine Hundesteuermarke. Ich habe mich noch gewundert, wie man an einen Einkaufschip der Stadt Düsseldorf kommt.«

»Unglaublich, was Sie sich da zusammenreimen. Nehmen Sie sofort den Fuß aus der Tür, sonst rufe ich die Polizei. Das ist ja schon Belästigung.«

»Neben mir wohnt ein kleines Mädchen, das ihre Schwester und ihre Mutter verloren hat. Sagen Sie mir, wo Kurt ist. Geben Sie ihr wenigstens den Hund wieder zurück.«

Er rührte sich nicht.

»KURT!«, schrie ich auf einmal aus Leibeskräften. »Komm her, Kurt! Hierher!«

Zu meiner Überraschung machte Henning Pape einen Satz rückwärts.

Irgendwo bellte es.

Pape zog mich ins Haus und knallte die Tür zu.

»Seien Sie doch nicht so laut!«, sagte er und warf einen Blick über meine Schulter, als wenn gleich hinter mir die Polizei auftauchen würde. »Ich wäre Ihnen höchst dankbar, wenn Sie das Ganze vertraulich behandeln würden. Alexa wollte den Hund hier nur eine Weile parken. Sie wollte ihn wieder zurückholen. Hat sie jedenfalls gesagt. Sie hat ihn mir anvertraut. Ich mag Hunde. Und ja, ich mochte auch Alexa. Sehr. Aber nach dem schrecklichen Mord … Ich konnte den Hund nicht mehr zurückbringen. Alexa war verschwunden, stand unter Mordverdacht. Ich hätte ja wie ihr Komplize ausgesehen!«

»Neben mir wohnt ein Kind, das jeden Trost braucht, den es kriegen kann.«

»Ich hatte Angst, dass man mich mit dem Mord in Verbindung bringt! Das neue Bauprojekt in der Stadt … Meine Investoren sind nervöse Menschen … Wenn ich in einen Skandal verwickelt werde, ja, mit einem Kindermord in Verbindung gebracht werde, kann mich das ruinieren!«

Papes Investoren interessierten mich nicht. »Wo ist er?«, fragte ich.

»Oben im Schlafzimmer«, sagte Pape ergeben. »Warten Sie, ich hole ihn.« Auf dem Weg über den glänzenden Fliesenboden drehte er sich noch einmal zu mir um. »Und denken Sie daran, ich kann einiges dafür tun, dass Ihr Haus wertstabil verkauft wird, wenn Sie noch Interesse daran haben.«

»Geben Sie mir den Hund. Mehr möchte ich nicht von Ihnen. Weder jetzt noch irgendwann.«

Als Kurt am Treppenabsatz erschien, stiegen mir Tränen in die Augen. Er hüpfte vorsichtig die Marmortreppe hinab, versuchte über den Fliesenboden zu mir zu laufen, rutschte aber aus. Ich rannte ihm entgegen. Er sprang winselnd an mir hoch, legte seine Vorderpfote auf meine Schulter und leckte mir übers Gesicht. Ich umarmte ihn.

»Wir haben dich vermisst«, flüsterte ich. »Komm, wir gehen nach Hause! Wir gehen zu Rebecca!«

Er humpelte sofort hinter mir her, als hätte er jedes Wort verstanden. Ich hob ihn auf den Beifahrersitz. Henning Pape kam mit der Leine und dem Impfpass hinter mir her, reichte mir beides durchs Autofenster.

»Es wäre nett, wenn Sie meinen Namen aus der Presse heraushalten könnten!«, sagte er. »Und nichts für ungut!«

Ich war so froh, dass ich nickte.

Rebecca brauchte keine Benzodiazepine, die höchstens ihren Schmerz unterdrücken und sie müde und teilnahmslos werden ließen. Sie brauchte ihren Hund, der helfen würde, sie zu heilen.

Obwohl ich vorsichtig fuhr, kippte Kurt in jeder Kurve um, weil er mit einem Bein das Gleichgewicht nicht halten konnte. Schließlich nahm ich ihn auf den Schoß und klemmte ihn zwischen meinen Armen vor dem Lenkrad ein. Hoffentlich erwischte mich die Polizei nicht. Kurt sah gespannt aus der Windschutzscheibe, zwischendurch drehte er immer wieder seinen gewaltigen Kopf und leckte mir übers Gesicht.

Mir war ganz leicht ums Herz, als hätte sich auf einmal ein Strick um meinen Hals gelöst.

Die Polizei jagte Marit. Man würde ihr Handy orten. Vielleicht hatten sie sie bereits festgenommen. Rebecca war wieder zu Hause und würde Kurt bald in die Arme schließen und sie und Erik konnten beginnen zu heilen. Ich konnte es kaum erwarten, die beiden mit Kurt zu überraschen.

Doch zu Hause angekommen, stellte ich enttäuscht fest, dass Erik und Rebecca nicht mehr da waren. Ich klingelte mehrfach, Kurt kratzte mit seiner verbliebenen Vorderpfote an der Tür und winselte aufgeregt, aber es rührte sich nichts.

»Wir kommen später wieder«, sagte ich zu ihm und zog ihn hinter mir her bis zu meinem Briefkasten. Er sträubte sich dagegen, aber es nützte ja nichts, also humpelte er hinter mir her. Ich holte meine Post aus dem Kasten, warf sie auf den Küchentresen.

Mir war wieder etwas übel, weshalb ich in die Küche ging, um mir eine trockene Scheibe Brot zu holen. Kurt hatte sich auf der Fußmatte vor meiner Haustür in Wartestellung begeben und starrte die Tür an.

Während ich eine Sprachnachricht von Gertrud Straub auf meinem Handy abhörte, füllte ich eine Schüssel mit Wasser und stellte sie neben Kurt auf den Boden, der sie jedoch ignorierte.

Ich hielt inne, denn Gertrud Straub hatte nach einer weiteren Testreihe, die sie mit mir durchgeführt hatte, eine Diagnose für mich: Meine Zwangsgedanken waren wahrscheinlich aufgrund einer Art postnataler Depression aufgetreten, die durch die vielen Fehlgeburten ausgelöst worden war.

»Ich bin sicher«, fügte Gertrud Straub am Ende hinzu, »dass sich Ihr Zustand rasch bessern wird, sobald Sie mit der Einnahme künstlicher Hormone aufhören und sich Ihr Hormonhaushalt wieder stabilisieren kann. Bis dahin begleite ich Sie gerne weiter.«

Das war eine beruhigende Nachricht.

Ich blätterte meine Post durch: Rechnung, Rechnung, Werbung – und ein Umschlag vom Jugendamt. Was konnten die von mir wollen?

Ich riss ihn auf und überflog die Zeilen.

… freuen wir uns, Ihnen mitteilen zu können, dass wir inzwischen die Identität Ihrer Ursprungsfamilie feststellen konnten. Der Name Ihrer Mutter lautet Ursula Klein, geboren am 3. Februar 1958 in Mülheim an der Ruhr, der Name Ihres Vaters ist …

Mein Blick raste über das Papier, saugte die lang ersehnte Information auf.

Als ich mit Lesen fertig war, warf ich den Brief auf den Tisch, als hätte er Feuer gefangen.

34

Nach all den Jahren, in denen ich mich gefragt hatte, wo ich herkam und wer meine leiblichen Eltern waren, schienen sie auf einmal zum Greifen nah.

Ich hatte gewusst, dass diese Nachricht mich aufwühlen würde, aber trotzdem überraschte mich das Ausmaß der Gefühle, die mich nun übermannten. Ich saß mit klappernden Zähnen auf dem Bett, als habe ein Fieber mich angefallen.

Unten an der Treppe hörte ich das jämmerliche Winseln von Kurt, der nach oben wollte, aber Angst vor den Stufen hatte, weil er beim Treppensteigen schon öfter ausgerutscht war. Ich reagierte nicht darauf, weil ich damit beschäftigt war, mich selbst am Zusammenbruch zu hindern.

Der Ordner mit meiner Adressliste lag aufgeschlagen neben mir.

Da klebte er noch, der neongelbe Zettel, den ich als Ausdruck purer Menschenfreundlichkeit gedeutet hatte: *Tut uns leid, dass wir Ihnen nicht helfen können. Wir wünschen Ihnen viel Glück bei der Suche. R.-J. + U. Klein.*

Rolf-Joachim und Ursula Klein. Ich hatte sie längst im Telefonbuch gefunden und angeschrieben.

Und die beiden hatten sich entschlossen, mich anzulügen.

Sie hatten nach achtunddreißig Jahren eine Nachricht von mir erhalten und nicht einmal den Anstand besessen, mir mitzuteilen, dass sie mich nicht kennenlernen wollten. Sie hatten lieber gelogen, so getan, als wären sie nicht diejenigen, die ich suchte.

Die ganze Zeit hatte ich gedacht, ich hätte nichts zu verlieren, da meine Eltern nie Teil meines Lebens gewesen waren. Was würde es für einen Unterschied machen, wenn sie es weiterhin nicht waren?

Jetzt erkannte ich meinen Irrtum.

Die erneute Ablehnung wiederholte das Trauma des Babys, das kurz nach der Geburt weggegeben worden war.

Die Enttäuschung schüttelte mich im wahrsten Sinne des Wortes. Mein ganzer Körper bebte.

Meine Eltern waren offensichtlich seit langer Zeit verheiratet, aber sie wollten keinen Kontakt zu mir, ihrer leiblichen Tochter, obwohl sie keine Ahnung hatten, wie es mir ging. Sie wussten nicht, ob ich es im Leben gut oder schlecht gehabt hatte. Sie wussten nur, dass ich sie suchte. Wie konnte das sein, dass sie kein bisschen neugierig auf ihr eigenes Kind waren?

An der Schlafzimmertür tauchte Kurt auf. Irgendwie hatte er es schließlich die Treppe hinaufgeschafft. Vielleicht war es wegen des Teppichs auf den Stufen hier leichter für ihn als bei Erik, wo er auf dem glatten Stein keinen Halt fand. Kurt humpelte zu mir, legte sich auf meine Füße und drückte seinen warmen Körper an meine Beine, als spüre er, dass Körperwärme vonnöten war, um mich zu beruhigen. Es half ein bisschen.

Das Klingeln des Telefons ließ mich zusammenzucken. Ich griff nach dem Handy, als hätte mir jemand einen Rettungsring zugeworfen.

»Ich bin es.« Jaspers Stimme klang vertraut. »So kann das nicht weitergehen. Ich möchte gerne mit dir reden.«

»Okay«, sagte ich mit klappernden Zähnen. Mir war kalt.

»Können wir uns nicht treffen?«, fragte er. »Ich könnte am Wochenende kommen.«

»Okay«, sagte ich noch einmal, ohne zu spüren, ob und was ich wollte.

Jasper fing an zu reden. Warum er denke, dass wir es noch einmal versuchen sollten. Dass wir ein gutes Team seien. Dass das gemeinsame Haus ja auch eine Verpflichtung … Die finanzielle Situation … Er würde uns so gerne eine neue Chance …

Ich hörte nicht richtig zu. Ich begriff nur, Jasper wollte Versöhnung. Ich versuchte mich zu freuen, aber es gelang mir nicht. Kurt leckte mir über die Hand.

»Friederike, ist alles in Ordnung? Du sagst ja gar nichts.«

»Das Jugendamt ... Es hat die Namen meiner Eltern herausgefunden.« Langsam bekam ich mich wieder unter Kontrolle.

»Das ist doch fantastisch!«, sagte Jasper.

»Warum?«

»Das wolltest du doch immer.«

»Aber was, wenn sie mich gar nicht sehen wollen?«

»Dann hast du immerhin noch mich.«

Es war das Netteste, das Jasper seit langer Zeit zu mir gesagt hatte, doch es fühlte sich an, als wäre er mir zu nahe getreten. Es war der falsche Zeitpunkt. Als habe er kein Recht mehr dazu, nett zu mir zu sein, mir nah zu sein.

Tief in meinem Inneren wusste ich, warum. Er hatte mich nicht nur betrogen. Er hatte mich auch verraten.

Er hätte der Polizei die Wahrheit sagen können: dass er seine Frau angelogen hatte, um sich mit seiner Geliebten zu treffen. Stattdessen hatte er so getan, als wäre ich nicht mehr ganz richtig im Kopf oder hatte etwas falsch in Erinnerung, obwohl er hätte ahnen können, in was für ein schlechtes Licht mich das vor der Polizei rückte. Und warum? Nur um selbst gut dazustehen.

Das war armselig. Ich hatte keinen Respekt mehr vor Jasper.

In dem Moment wusste ich, dass ich nie mehr in die Klinik gehen würde, weder mit noch ohne Jaspers Einverständnis.

Ich würde kein Kind von ihm haben. Es war vorbei.

»Gib uns noch eine Chance, Friederike«, bat Jasper. »Denke an all das, was uns verbindet. Was wir zusammen durchgemacht haben.«

»Danke«, sagte ich. »Aber ich glaube, wir haben all unsere Chancen vertan.«

Ich legte auf, ohne mich zu verabschieden. Kaum dass ich das Handy auf dem Nachttisch deponiert hatte, schickte es grelle LED-Blitze durch den Raum. Das tat es immer dann, wenn ich es auf stumm geschaltet hatte und ein Anruf hereinkam. Da ich sicher war, dass es Jasper war, drehte ich es einfach um. Die Blitze waren jetzt nur noch als schmale Lichtstreifen unterhalb des Handys zu sehen.

Ich ließ mich rücklings aufs Bett fallen und wartete, bis das Zittern nachließ. Kurt legte seinen Kopf schwer auf meinen Bauch, was sich tröstlich anfühlte.

Mit der Hand in seinem Fell fiel ich in einen kurzen, traumlosen Schlaf.

Als ich aufwachte, schnitt meine Hose ins Fleisch. Die Nachttischlampe brannte.

Die ganze Situation glich der Nacht des Einbruchs so sehr, dass mein Körper sich instinktiv erinnerte und wieder begann zu zittern. In jener Nacht hatte ich mein Baby verloren. Jetzt, auf andere Weise, meinen Mann. Und meine Eltern.

Mit klopfendem Herzen lauschte ich, doch alles, was ich hörte, war der Regen, der gegen die Balkontür prasselte. Kurt saß vor der Tür und betrachtete sein eigenes Spiegelbild. Es schien ihm nicht zu gefallen. Er winselte leise.

»Was ist los, Kurt?«

Kurt klappte die Ohren nach hinten, aber er drehte sich nicht um, sondern bellte einmal kurz.

Ich erhob mich halb, sah den Aktenordner mit dem neongelben Zettel, ließ mich zurück aufs Bett fallen und lauschte dem Trommeln der Regentropfen.

Schon seit Tagen brachen immer wieder kurze, aber heftige Schauer über uns herein, als wolle Gott uns eine zweite Sintflut schicken, überlege es sich aber ständig anders. Kurt winselte wieder wie ein kleines Kind, das Angst vor dem Gewitter hatte.

Ich starrte an die Decke. Ich sollte meinen Pyjama anziehen, die Hose war unbequem, aber ich rührte mich nicht. Die Enttäuschung, die mich erst durchgeschüttelt hatte, lähmte mich nun.

Kurt kam zum Bett gehumpelt und stieß mir seine Nase in die Seite.

»Lass das.«

Kurt legte den Kopf aufs Bett und sah mich bittend an.

»Wir gehen jetzt bestimmt nicht raus. Es regnet in Strömen.«

Kurt winselte.

»Du warst schon Gassi. In der Nacht brauchst du nicht raus.«

Er legte seine Pfote auf mein Bein.

»Nein!«

Kurt hüpfte zur Balkontür zurück und sah wieder nach draußen.

Ich nahm mein Handy und schlurfte zum Klo. Wie lange hatte ich geschlafen? Über zwei Stunden.

Ich knöpfte meine Bluse auf, stopfte sie in den Wäscheabwurf. Die Einwurftür sprang mit einem lauten Klappern zurück in die ursprüngliche Position. Ich hatte vergessen, sie beim Zurückschnappen festzuhalten, wie ich es sonst tat. Jetzt stutzte ich. Das Geräusch. Es war derselbe Klang, den ich in der Nacht des Einbruchs gehört, aber nicht zuzuordnen gewusst hatte: ein lautes, metallisches Klappern.

Was hatte ein Einbrecher an meiner Wäscheklappe zu suchen?

Ich ging in die Hocke, betrachtete den Abwurf erst gründlich von außen, leuchtete dann mit dem Handy in den Schacht hinein. Nichts. Kurt kam ins Badezimmer, sah mich bittend an und hüpfte wieder nach draußen, aber ich reagierte nicht darauf. Ich war etwas auf der Spur.

Vorsichtig öffnete ich die Klappe, gerade so viel, dass ich den Arm durch die Öffnung stecken und die innen liegende Fläche der Einwurftür abtasten konnte. Ich fuhr an dem glatten Metall entlang. Da war etwas. Ein Klebeband. Mit fliegenden Fingern knibbelte ich eine Ecke ab, löste es Zentimeter für Zentimeter, bis ich auf einen kleinen rechteckigen Gegenstand stieß, den ich von der Klebefläche ablöste. Schließlich betrachtete ich meine Beute: ein Memorystick. Wer klebte so etwas in meinen Wäscheschacht? Und was war da drauf?

Kurt winselte wieder. Offenbar musste er wirklich. Seufzend erhob ich mich.

»Aber nur in den Garten!«, sagte ich.

Kurt rannte Richtung Treppe, stolperte hinunter.

Ich nahm ein T-Shirt aus der Kommode, warf es mir über.

Konnte ich den Stick gefahrlos in meinen Rechner stecken, oder würde ich mir dann einen Virus herunterladen – oder etwas Illegales? Etwas, was mich bei der Polizei in Schwierigkeiten bringen würde? Ohne Grund war das Ding nicht hier versteckt worden, ausgerechnet in meinem Haus.

Ich folgte dem immer noch laut bellenden Hund nach unten und öffnete ihm die Terrassentür. Der Bewegungsmelder erleuchtete den Garten. Der Regen war schwächer geworden, im Lichtstrahl sah ich nur noch feinen Sprühnebel.

Kurt schnüffelte an der Hecke zu Eriks Haus. Der Rasen war vom Dauerregen aufgeweicht. Ich holte schon mal ein altes Handtuch aus dem Keller. Als ich wieder an die Terrassentür trat, war Kurt verschwunden. Er musste um die Ecke in Richtung Vorgarten gelaufen sein.

Mein privater Laptop stand auf dem Wohnzimmertisch. Sollte ich oder sollte ich nicht …? Unschlüssig drehte ich den Stick in der Hand hin und her.

Meine Neugier war größer als die Angst vor einem Virus. Also steckte ich den Stick in den Laptop, fuhr ihn hoch.

Es waren nur zwei Dateien auf dem Stick abgespeichert. Ein Worddokument namens »Alexa«. »BTC Wallet« stand auf dem anderen.

»BTC Wallet« enthielt eine ellenlange Kombination von Buchstaben und Zahlen. »Private Key« stand darüber. Es handelte sich offensichtlich um einen Zugangsschlüssel für ein Bitcoin-Guthaben, das Alexa besaß.

Ich klickte das Worddokument an, überflog die ersten Zeilen.

13. September
Erik ist der Typ, der verletzten Seelen die Hand reicht.

Als ich ihn kennenlernte, hatte ich eine Fassade aus Perfektion und Unnahbarkeit aufgebaut. Perfektion bietet kaum Angriffsfläche. Unnahbarkeit schützt vor Verletzung.
In Wirklichkeit besaß ich kaum Selbstbewusstsein, dafür war mein Misstrauen umso größer. Die Welt ist ein gefährlicher Ort für junge Frauen, das hatte ich schon früh gelernt. Kurzum, ich hatte eine ausgestreckte Hand bitter nötig.

Das war wohl ein Tagebuchauszug von Alexa. Warum versteckte sie ihn auf einem Stick in meinem Haus? Das ergab keinen Sinn.

Auf einmal horchte ich auf. Kurt bellte. Es hörte sich viel zu weit weg an. Hatte ich das Gartentor geschlossen? Nein. *Verdammter Mist.*

Ich sprang auf, lief zur Terrassentür und rief nach ihm. Das fehlte noch, dass mir der Hund jetzt weglief, nachdem ich ihn gerade erst wiedergefunden hatte.

Ich schlüpfte in meine Gummistiefel. Vielleicht war er rübergerannt. Aber vor Eriks Haustür fand ich ihn auch nicht. Dafür stand das Garagentor weit offen – und die Garage war leer. Erik musste nach Hause gekommen und später wieder weggefahren sein. Merkwürdig. Wohin fuhr er mitten in der Nacht? Zu seiner Mutter? Und wo war Rebecca?

In dem Moment sah ich Kurt. Er rannte erstaunlich schnell den Weißdornweg entlang, mit der Nase dicht über dem Boden, als läge dort ein unsichtbarer Faden, dem er nur zu folgen brauche.

Ich sprintete hinter ihm her. Die ganze Siedlung schlief, ich traute mich nicht zu brüllen und zischte nur: »Kurt! Warte!«, aber er raste unbeirrt weiter. Ich versuchte Schritt zu halten, aber er war trotz allem schneller als ich.

Manchmal lief er im Zickzack, als wenn ein Windstoß die Geruchsspur zerstäubt und in unterschiedliche Richtungen geweht hatte, bis er sie wiederfand und weiterjagte. Als er in den kleinen Wald hineinrannte, fluchte ich. Dort war es stockdunkel. Jetzt rief ich laut: »Kurt! Kurt! Komm hierher!«

Kurt hatte jetzt eine klare Spur und rannte wie auf Schienen. Vielleicht war er hinter einem Kaninchen oder einem Fuchs her. Ich keuchte. Außer Yoga machte ich keinen Sport mehr, und mir ging langsam der Atem aus. Ich hatte keine Taschenlampe dabei, nur das Telefon. Die Taschenlampenfunktion des Handys reichte nicht weit. Kurt durchquerte den Wald und lief Richtung Baustelle. Jetzt wurde er langsamer, weil er im Matsch ein paarmal wegrutschte. Ich holte endlich auf.

Hinter den geparkten Baustellenfahrzeugen gähnte eine Reihe riesiger Löcher vor uns im Erdreich: der Kelleraushub der nächsten Generation an Häusern. Vor den einzelnen Grundstücken waren mannshohe vergitterte Bauzäune aufgestellt, als könne man gar nicht früh genug damit anfangen, seine Grenzen zu wahren.

Es roch so intensiv nach Kies, Zement und Feuchtigkeit, dass ich mich wunderte, dass Kurt seine Spur offenbar nicht verloren hatte.

Die Fundamente waren frisch in die hölzernen Verschalungen gegossen worden, ich hatte das laute Rotieren und Poltern der Mischfahrzeuge am Nachmittag gehört, als der Regen endlich einmal aufgehört hatte. Tonnenweise hatte man den Beton in die Gruben gekippt und so den Grundstein für die jetzt bereits deutlich erkennbaren Keller der Häuser gelegt.

Auf einmal hob Kurt den Kopf. Er blieb vor einem Bauzaun stehen, winselte und kratzte mit seiner verbliebenen Vorderpfote am Gitter. Als ich nicht reagierte, fing er an zu bellen.

Was befand sich hinter dem Zaun? Ich ruckelte daran, die Zaunelemente waren leicht, bestanden nur aus Aluminiumrohren und verzinktem Draht. Sie waren mittels eines Verbindungsstücks aus Beton ineinandergesteckt und ließen sich einfach hochheben und auseinanderziehen, was ich nun auch tat.

Kaum bot sich eine Lücke, versuchte Kurt sofort, in Richtung des vor uns liegenden Kelleraushubs zu humpeln, doch er sackte in dem schlammigen Boden ein und blieb stehen. Kurt bellte lauter, seinen Blick unvermindert auf die Baugrube geheftet. Irgendetwas befand sich darin, aber von hier aus konnte man nicht hinunterschauen.

Um diese Uhrzeit trieb sich niemand mehr auf der Baustelle herum. Immerhin kam von der Landstraße ein schwacher Schein von den Straßenlaternen, sodass ich Umrisse erkennen konnte, denn das Licht meines Handys beleuchtete nur spärlich die unmittelbare Umgebung. Ich musste es schaffen, irgendwie einen Blick in den Keller zu werfen. Vorher gab Kurt ohnehin keine Ruhe.

Ich versuchte, durch den Schlamm zur Grube zu waten, musste aber um Schuttcontainer, einen Betonmischer und am Boden liegende Rohre herumlaufen. Der Nieselregen nahm zu, die ersten Tropfen trafen mein Gesicht, doch Kurts lautes Bellen trieb mich weiter, obwohl ich in meinem dünnen T-Shirt inzwischen fror.

Vor mir lag eine etwa zweieinhalb Meter tiefe Baugrube, in der man ein Rechteck aus Holzwänden für den Keller abgesteckt und deren Boden man mit Beton gefüllt hatte. Die Holzwände umgab ein Graben von etwa zwei Meter Tiefe und einem Meter Breite. Dort würden später Zuleitungen und Abwasserrohre verlegt werden, aber nun verhinderte genau dieser Graben, dass ich bis zur eigentlichen Baugrube vordringen konnte.

Etwas ratlos stand ich im Morast, als ich eine kleine Holzbrücke entdeckte, die über den schlammgefüllten Graben führte. Sie sah klapperig aus, mit einem Handlauf, der aus zusammengenagelten Holzstangen bestand, die nicht wirkten, als könnten sie den Sturz eines Menschen aufhalten. Auch der Brückenboden bestand aus nicht mehr als einem dünnen Brett, das auf einer Seite an der schmalen Holzverschalung und auf der anderen Seite auf dem schlammigen Erdboden lag.

Ich zögerte. Ein weiterer dicker Regentropfen traf mich, dann der nächste. Auch das noch. Als hätte der Himmel einen Kübel über mir ausgegossen, prasselte mit einem Schlag das Wasser auf mich herab. Im Nu klebte mir das T-Shirt am Leib.

Hinter mir bellte Kurt. Es klang drängend. Vorsichtig setzte ich einen Fuß auf das wackelige Holzbrett. Gab es eigentlich keine Sicherheitsvorschriften auf so einer Baustelle? Ich griff nach dem Handlauf und warf einen ängstlichen Blick hinter mich.

War das sinnvoll, hier in der Nacht auf einer Baustelle herumzuklettern, nur weil Kurt mich hierhergeführt hatte? Vielleicht hatte er bloß eine Katze gerochen, oder ein Arbeiter hatte sein Wurstbrot vergessen, und ich riskierte deswegen, auf der nassen Holzbrücke auszurutschen und abzustürzen.

Der tiefe Graben unter der Brücke war in einem Neunzig-Grad-Winkel ins Erdreich gestochen worden. An der glitschigen Lehmwand würde man kaum wieder hinausklettern können, sondern im schlimmsten Fall unter einer Lawine aus Schlamm begraben werden.

Kurt stand noch immer an derselben Stelle, sein ganzer Körper verriet Anspannung. Er bellte noch einmal kurz, als wolle er mir sagen, dass ich keine Zeit verschwenden und endlich loslaufen solle.

Schritt für Schritt tastete ich mich vorwärts. Endlich hatte ich das Ende der Holzkonstruktion erreicht und konnte in den Keller hinunterblicken. Der frisch gegossene Beton waberte von innen gegen die Holzwände und hob sich als graue Masse vom dunklen Erdreich ab. Der Regen erschwerte die Sicht, und mein Handy warf nur einen schwachen Schein in das Loch vor mir, doch der Mond schien ein Einsehen zu haben und drängte sich für einen kurzen Augenblick hinter einer Wolke hervor.

Im fahlen Licht des Mondes sah ich inmitten des nassen Betons das kleine Bündel. Es sah aus, als habe jemand ein Betttuch mit Klebeband um einen kleinen Körper gebunden und dann einfach hinabgeworfen. Das Bündel war bereits halb versunken, doch ich erkannte die rosa Gummistiefel.

»Rebecca!«, schrie ich. »Halte durch! Ich komme!«

Die Grube lag vor mir wie ein leeres Schwimmbad. Ich konnte schlecht einfach hineinspringen. Wie schnell sackte man in Beton ein?

Hinter mir fing Kurt an, laut und böse zu bellen. Ich musste mich beeilen, das war mir auch klar. Doch es ging zweieinhalb Meter in die Tiefe, und ich hatte keine Ahnung, was nasser Beton mit mir machen würde. Würde ich untergehen? Stecken bleiben? Wie tief war so eine Betonschicht? Und wie sollte ich aus der Grube wieder herauskommen?

Ich brauchte ein Brett, das so lang war, dass ich auf ihm erst in den Keller hinunterkriechen und mich dann darauf liegend bis zu Rebecca vortasten konnte. Doch es war weit und breit keins zu sehen, das auch nur annähernd den Boden erreichen würde.

»Rebecca! Ich bin hier! Ich komme! Halte durch!«, schrie ich. In purer Verzweiflung versuchte ich, ein verzinktes Rohr von einem halben Meter Durchmesser und drei Metern Länge anzuheben, das neben dem Burggraben im Schlamm lag, aber das Ding bewegte sich keinen Millimeter.

Ich rannte zurück zum Schuttcontainer. Kurt humpelte mir vorsichtig entgegen, er rutschte aus und landete mit seiner Schnauze im Schlamm. Er hatte auf drei Beinen nicht genug Halt.

Der Regen schlug mir ins Gesicht. Ich stieg mit einem Fuß in die Trommel eines kleinen Betonmischers und zog mich so am Container hoch. Ich leuchtete hinein, doch nichts, was ich sah, ließ sich als Leiter verwenden. Ich schaute wieder panisch in Richtung Keller, in dem Rebecca Millimeter für Millimeter weiter absank. Inzwischen hatte Kurt es geschafft, sich bis zum Container durchzuschlagen, und bellte mich von unten an.

»Ich weiß es doch!«, schrie ich. »Ich suche eine Leiter!«

Ich fand nichts. *Scheiß drauf, ich muss endlich in die Grube.* Rebecca versank immer weiter im Beton. Jetzt zählte jede Sekunde. Zuerst musste ich Rebecca da rausholen, bevor sie im Beton erstickte. Dann musste ich Hilfe rufen.

Da hatte ich eine Eingebung. Der Bauzaun! Ich griff das Gitter mit beiden Händen, zog es aus dem Verbindungsstück und hinter mir her durch den Schlamm bis zur Grube. Langsam schob ich es über die wackelige Holzbrücke, bis ich es endlich vor mir in den Abgrund hinabgleiten lassen konnte.

Die Brücke wackelte, aber ich durfte auf keinen Fall zu früh loslassen, dann würde der Zaun einfach hinunterfallen, und ich konnte nicht mehr daran hinabklettern.

Noch sah ich Rebecca. Aber das Gitter war zu kurz, es erreichte den Boden nicht. Ich klemmte mein Handy zwischen die Zähne, warf mich auf den Bauch, ließ es so weit es ging hinunter.

Endlich spürte ich Widerstand und legte das obere Ende an der provisorischen Kellerwand ab. So schnell es ging, drehte ich mich auf der glitschigen Holzbrücke um, sodass meine Beine Richtung Grube zeigten, und ließ mich Stück für Stück hinab, bis ich schließlich mit den Händen an der Holzwand hing und mit den Füßen in der Luft baumelte.

Wo war das Gitter? Meine Kraft würde nicht reichen, mich wieder nach oben zu ziehen. Panisch tastete ich mit den Füßen nach dem Zaun. Endlich fühlte ich ihn und setzte vorsichtig meine Füße darauf ab.

Nun musste ich die Hände loslassen. Entweder konnte ich mich fangen, oder ich würde nach unten stürzen. Ich hatte keine Zeit mehr, ängstlich zu sein. Mit einer verzweifelten Bewegung ließ ich los.

Kaum dass ich das Gitter mit meinem gesamten Gewicht belastete, spürte ich, wie es unter mir absackte. Das Gitter hatte keinen festen Stand. Es rutschte nach hinten weg! Panisch griff ich auf der Suche nach Halt nach der Holzwand, doch sie schien sich von mir zu entfernen, je hektischer ich versuchte, sie zu greifen.

Bäuchlings flog ich Richtung Boden, ruderte im Fall mit den Armen und warf mich in einer Kraftanstrengung herum, bevor ich in den Beton stürzte.

Ich landete auf der Seite. Der Bauzaun lag flach im Beton und bildete eine Brücke von mir bis zu Rebecca, die etwa zwei Meter von mir entfernt lag, halb versunken. Das Handy war während des Sturzes irgendwo gelandet, aber darum konnte mich jetzt nicht kümmern. Ich krabbelte auf den Zaun und zog mich Stück für Stück in Rebeccas Richtung.

Das Gitter verteilte mein Gewicht zumindest kurzzeitig so gut, dass ich nicht sofort einsank. Endlich hatte ich Rebecca erreicht. Ich zerrte und zog an ihr, doch das Bündel hatte sich bereits im Beton festgesogen.

»Komm schon, komm schon!«, schrie ich und warf mein gesamtes Gewicht nach hinten, während ich am Laken zog. Mit einem lauten Schmatzen gab die schlammige Masse schließlich seine Beute frei. Ich zog Rebecca zu mir auf den Gitterzaun und auf meinen Schoß.

Das Laken war um den Kopf gewickelt und mit Streifen von Klebeband zugeklebt. Konnte sie überhaupt atmen? Ich versuchte, das Klebeband abzureißen, doch mit meinen schlammigen Händen bekam ich es nicht zu fassen. Rebeccas Körper wog schwer in meinen Armen, kein Muskel war angespannt, es gab keinerlei Anzeichen von Leben. Mir wurde kalt.

Ich drückte das Rebecca-Bündel an mich und stand mühsam auf.

Das Gitter sackte etwas tiefer ein, aber auch mit Rebecca auf dem Arm konnte ich darauf laufen.

Ein Blitz erhellte für eine Millisekunde die Umgebung, doch das genügte, um das Bild abzuspeichern, das sich mir bot.

Auf der anderen Seite der Baustelle hatte ich den Umriss einer Person erkannt. Sie musste aus dem Wäldchen gekommen sein. Wer lief nachts bei diesem Wetter im Wald herum? Mir schlug das Herz bis zum Hals. Marit?

Irgendwo weit weg bellte Kurt.

Plötzlich tauchte die Gestalt auf der Brücke auf. Eine Schrecksekunde lang hielt ich die Luft an. In meiner jetzigen Position war ich vollkommen hilflos. Und ich wusste auch nicht, wie ich Rebecca vor der Wahnsinnigen beschützen konnte.

Doch dann erkannte ich meinen Irrtum.

»Erik!«, schrie ich erleichtert. »Sie ist hier! Schnell! In der Grube!«

»Um Himmels willen!«, rief er. »Warte, ich komme zu dir! Reich mir das Gitter! Ich zieh euch hoch.«

Ich wischte mir die Hand an der Innenseite meines Pullovers ab, griff erneut nach dem Klebestreifen um Rebeccas Hals, schaffte es endlich, ihn zu lösen.

Sie hustete. Nur schwach, aber ich spürte es ganz deutlich. Ich schluchzte auf vor Erleichterung.

»Rebecca lebt!«, schrie ich Erik zu, der auf der Brücke in die Knie gegangen war und mir die Arme entgegenstreckte.

»Gott sei Dank!«, rief Erik.

Ich schob gerade so viel von dem Tuch zur Seite, dass ein Teil ihres Gesichts frei lag. Die Augen waren geschlossen, aber sie atmete.

»Was ist passiert?«, rief ich.

»Marit hatte sich bei uns im Keller versteckt, während die Polizei sie überall gesucht hat. Sie wollte Rebecca umbringen, weil sie die einzige Zeugin gegen sie ist!«

»Und wo warst du?«

»Marit hat uns mit einer Pistole bedroht. Sie muss sie Dennis gestohlen haben, er ist im Schützenverein. Sie hat mich gezwungen, Rebecca in ein Tuch zu wickeln, damit sie nicht schreit. Marit hat versprochen, dass sie Rebecca am Leben lässt, wenn ich in den Kofferraum meines Autos klettere, ohne Theater zu machen. Doch als wir ein, zwei Minuten unterwegs waren, hielt sie den Wagen an. Es roch nach Zement. Ich hörte ein Platschen. Da habe ich geahnt, was sie getan hat. Ich habe es geschafft, den Kofferraum aufzustemmen, habe mich aus dem Auto fallen lassen und bin zurückgerannt!«

»Wo ist Marit jetzt?«

»Ich weiß es nicht.«

»Dann hilf uns schnell hoch, bevor sie zurückkommt!«, rief ich.

»Reich mir den Zaun!«, rief Erik. »Ich ziehe euch damit hoch.«

Mit Rebecca auf dem Arm versuchte ich, das Zaunelement zu mir heranzuziehen, doch es war durch unser Gewicht zu tief eingesunken, als dass ich es mit einer Hand bewerkstelligen konnte. Ich brauchte meine ganze Kraft.

»Es tut mir leid, ich muss dich kurz loslassen«, flüsterte ich Rebecca zu. Ich hatte das Gefühl, dass ich sie in Treibsand ablegte.

Hektisch griff ich mit beiden Händen in das Gitter, zerrte und zog. Durch unser Gewicht hatte es sich in den Beton gedrückt und ließ sich kaum noch bewegen, wie ein Segel, das zu tief unter Wasser geraten war. Außerdem stand ich bis zu den Knöcheln im Beton, hatte keinen richtigen Halt, musste immer wieder die Füße bewegen, um nicht noch weiter abzusacken.

Gerade als ich dachte, ich hätte kein Fitzelchen Kraft mehr in den Armen, hob sich der Zaun endlich ein Stück in die Höhe. Ich zog und zog und schwor mir, von nun an mehr Sport zu machen. Gleichzeitig versuchte ich, Rebecca im Blick zu behalten.

Langsam erhob sich der Zaun aus der zähen Masse. Erik lag jetzt bäuchlings auf der Brücke, streckte die Arme aus. Der Regen prasselte immer heftiger auf uns herab.

Mit einer letzten Kraftanstrengung schob ich den Zaun an der Holzwand hoch. Erik versuchte, ihn zu erreichen.

»Höher! Ich komme nicht dran!«, rief Erik.

Ich versuchte es, doch meine Kräfte ließen nach.

Erik rutschte weiter nach vorn. Es fehlten ein paar entscheidende Zentimeter.

Er robbte noch ein Stück vor. Ich streckte mich, so weit es ging. Erik ließ sich kopfüber herab und streckte mir die Hand entgegen.

35

Alexa

Am Anfang war alles wie ein Traum. Erik hatte gerade seine Pilotenausbildung abgeschlossen, das imponierte mir. Die Ausbildung war sehr teuer gewesen, aber seine Mutter hatte sie ihm finanziert. Es muss sie frustriert haben, dass er dann einfach ein Fahrradgeschäft eröffnet hat, statt sich bei den großen Fluggesellschaften zu bewerben.

Später hat Karin gern behauptet, es wäre meine Schuld gewesen, dass er eine glänzende Zukunft weggeschmissen hätte. Dabei war der Laden allein seine Idee, nicht meine. Er wolle eine Familie, sagte er, da könne er nicht ständig auf Achse sein.

Erik überschüttete mich mit Aufmerksamkeit. Mein angeschlagenes Selbstbewusstsein begann zu heilen. Es dauerte nicht lange, und ich war schwanger.

Erik wollte auf keinen Fall, dass ich wieder arbeitete. Ich fand das gut. Im Büro war ich ohnehin nicht glücklich gewesen, und ich wollte auch gern für meine Tochter da sein.

Karin half uns bei der Finanzierung unseres Hauses, indem sie eine zweite Hypothek aufnahm. Ohne ihre Hilfe hätten wir das schöne Haus nicht bezahlen können. Da konnte ich schlecht Streit mit ihr anfangen. Wir schuldeten ihr viel Geld.

»So müssen Mütter sein«, sagte Erik. »Nimm dir ein Beispiel an meiner. Das ist Liebe. Wenn man sich für die Kinder aufopfert. Nicht wie deine, die dich einfach im Heim entsorgt hat.«

»Es war ein Internat«, sagte ich.

»Das macht wohl kaum einen Unterschied.«

Obwohl er recht damit hat, tut es mir weh, dass er das sagte. Ich habe mir meine Mutter nicht ausgesucht.

Ich merkte recht schnell, dass ich in Karins Augen nicht gut genug für ihren Sohn bin. Sie nörgelt immer an mir herum. Nicht mal unsere Töchter können Erik das Wasser reichen. Ständig hat sie etwas an ihnen auszusetzen. »In dem Alter ist Erik schon gelaufen«, sagt sie etwa. Oder: »Mit anderthalb hat Erik ganze Sätze gesprochen. Du förderst die Kinder nicht genug.« Und zu Erik: »Du hast eben ein Händchen für die falschen Frauen.«

Je weniger ich die Zustimmung seiner Mutter habe, umso mehr scheint sich das auf Erik zu übertragen.

Von der anfänglichen Bewunderung mir gegenüber ist nicht mehr viel übrig.

Stattdessen ist ihm nur noch wichtig, was die Leute von uns halten. Vor allem die Nachbarn. Alles andere wird dem untergeordnet. Wir müssen immer gut angezogen sein, das schönste Haus haben, die besten Grillfeste, die teuersten Autos. Obwohl Erik immer bescheiden tut und mir das Rampenlicht überlässt, sonnt er sich darin, wenn andere ihn bewundern, etwa weil er, ohne zu klagen, mit den Kindern auf den Spielplatz geht. Für Männer ist es wirklich einfach, Lob einzuheimsen.

Ich hoffte lange, es würde zwischen uns wieder werden wie am Anfang. Meine Social-Media-Aktivitäten unterstützt er. Sie sind ein gutes Mittel, uns als perfekte Familie darzustellen.

Aber innerhalb der Familie stand schnell fest, dass er der Mittelpunkt ist. Wir alle warten am Tisch, bis er kommt. Er sitzt immer am Kopfende. Wenn er Ruhe braucht, sind wir still. Immer kurz vor Ladenschluss verfalle ich in hektische Betriebsamkeit und überprüfe, ob im Haus alles so ist, wie er es gerne mag. Und wenn er über Nacht nicht nach Hause kommt, schlucke ich, dass er länger gearbeitet hat, ohne je ein Wort des Zweifels zu äußern.

Seine Mutter singt ein ständiges Loblied auf ihn. Eigentlich ist er Pilot. Er bleibt nur für uns unter seinen Möglichkeiten. Nach einer Weile machte ich es genauso, vor allem in meinen Videos. Er ist der Größte. Der beste Vater. Der beste Ehemann. Der beste Sportler. Weil ich weiß, dass der Tag angenehmer verläuft, wenn ich es tue. Längst richte ich alles danach, es ihm recht zu machen.

Wenn er mit irgendetwas nicht einverstanden ist, spricht er tagelang kein Wort mit mir, sosehr ich auch bettele.

Manchmal schreie ich die Kinder an, die ja gar nichts dafür konnten, wenn meine Nerven blank liegen.

Es kommt immer häufiger vor, dass Erik über Nacht fortbleibt.

Nach Celinas Geburt wurde es zur Gewohnheit.

Ich decke ihn. Erfinde für ihn Ausreden. Messen, auf die er muss, Verwandte, die er besucht. Je schlimmer Erik wird, umso größere Mühe gebe ich mir, den Erik zurückzubekommen, den ich geheiratet habe. Die Kräfteverhältnisse haben sich umgedreht.

Erst seit Vanessa mir geschrieben hat, beginne ich allmählich zu begreifen.

Sie weiß Dinge, von denen ich keine Ahnung hatte. Eriks Mutter hatte ständig vollkommen überzogene Erwartungen an ihren Sohn. Er sollte immer der Beste in allem sein, dabei fiel ihm die Schule schwer. Sie hat ihm Arbeiten und Klausuren vorher besorgt, damit er sich darauf vorbereiten konnte. Darum musste Erik ja auf ihre Schule gehen, obwohl er dort keinen einfachen Stand hatte.

Offiziell war er als Sohn von Karin Keller unantastbar, gleichzeitig hasste man ihn dafür. Erik stand ständig unter Druck, den Anforderungen seiner Mutter zu genügen, die ihn ununterbrochen lobte – aber für Leistungen, die er nur mit Betrug erreichen konnte, niemals für das, was er wirklich war.

Dann gab es noch die Gerüchte um seinen Vater. Meine Schwiegermutter hatte ein Verhältnis mit dem Hausmeister, aber sie wollte auf keinen Fall, dass das jemals herauskam.

Das wäre ein Skandal gewesen, jedenfalls in ihren eigenen Augen. Die Schulleiterin und der Hausmeister!

Eines Tages, als die Gerüchteküche immer stärker brodelte, tauchte der Mann bei Karin auf und verlangte einen Vaterschaftstest. Daraufhin drohte Karin ihm, wenn er je darauf bestehen würde, würde sie ihn wegen Vergewaltigung anzeigen.

»Erik hat etwas Besseres als dich verdient«, sagte sie, während Erik dabeistand und sie den Vater erpresste und gleichzeitig erniedrigte. Sie verstand nicht einmal, dass sie auch Erik damit abwertete.

Vanessa erzählte mir auch, dass sie durch Zufall herausgefunden hat, dass Erik die Pilotenprüfung nie abgelegt hat. Aber seine Mutter ahnt bis heute nichts davon. Erik wurde furchtbar wütend, als Vanessa ihn darauf ansprach.

Mit Vanessas Hilfe beginne ich zu verstehen, wie viele Parallelen uns verbinden. Sie schickte mir ein Foto von ihrem Hund. Er hatte nur drei Beine. Nach einem Unfall mit einem Rasenmäher.

Das alles ist kein Zufall. Kurts Unfall. Die Gasflasche. Das war Erik. Er merkt, dass ich ihn allmählich durchschaue. Er plant, das Sorgerecht für die Kinder zu bekommen, indem er mich als eine Person darstellt, die gefährlich für ihre Haustiere und ihre Kinder ist. Mit Vanessa hat er es ganz ähnlich gemacht. Am Ende war ihr Ruf zerstört, und sie hat lieber das Land verlassen, als sich weiter seinen Attacken auszusetzen.

»Erik wird nie offen gegen dich kämpfen«, warnte mich Vanessa. »Das hat er nie getan. Er zieht von hinten die Strippen. Wenn du etwas tust, was ihm nicht passt, wird er dich bestrafen, ohne dass du weißt, warum dir da gerade etwas passiert. So ist er einfach. Feige. Und wenn du ihn verlassen willst, zieh dich warm an. Rechne damit, dass er dir Fallen stellt, wie er es bei mir getan hat. Ich schätze, er wird dir das Sorgerecht wegnehmen. Nicht wegen der Kinder. Die interessieren ihn in Wirklichkeit nicht. Um dich zu bestrafen.«

Seit mir diese Dinge klar werden, bekomme ich es mit der Angst zu tun.

Ich habe eine Mittagspause genutzt, um mich in einem Frauenhaus zu erkundigen, ob wir dorthin kommen können. Dort teilte man mir mit, erst wenn ein Platz frei wird. Ich solle meinem Mann nichts sagen, einfach heimlich kommen. Solange soll ich alles sammeln, was mir einfällt, alle Begebenheiten dokumentieren, damit wir später eine Chance beim Sorgerechtsstreit haben.

Vorsichtshalber verstecke ich Kurt bei Henning. Ich will ihn nicht bei Erik zurücklassen. Sobald ich wieder auf eigenen Füßen stehe, hole ich ihn zurück. Ich habe vorgesorgt und Geld beiseitegeschafft. Erik weiß nichts von meinem Erbe.

Aber zuvor muss ich untertauchen. Ich muss aufpassen, dass er mir nicht das Sorgerecht entziehen lässt. Inzwischen traue ich ihm alles zu.

Ich hoffe, im Frauenhaus wird bald ein Platz frei. Ich muss bald gehen. Ich bin schwanger. Davon darf er auf keinen Fall erfahren.

Auf einmal bin ich sicher, dass er mich überwacht. Vielleicht gibt es auch Kameras im Haus, von denen ich nichts weiß.

Ich nehme einen Memorystick, speichere schnell alles ab. Auf dem Stick ist auch der Zugang für mein Bitcoin-Konto. Das ist die beste Methode, Geld vor Erik zu verstecken, da kann er nicht dran.

Ich werde diesen Stick bei Friederike verstecken. Sie ist am Wochenende bei Jasper. Dort kann er ihn nicht finden, selbst wenn er mich überwacht. Ich hoffe, Marits alter Code funktioniert noch.

Ich kann nicht glauben, dass es so weit mit uns gekommen ist.

Die Kinder … Es bricht mir das Herz. Ich hoffe, sie werden mich eines Tages verstehen.

Ich war Erik einmal so dankbar. Er hat mir die Hand gereicht, als ich gefühlt an einem Abgrund hing.

Aber inzwischen habe ich begriffen: Erik sucht immer nur nach Frauen, die sich genauso fühlen: am Abgrund.

Weil er genau dann die Kontrolle über sie hat.

Und in dem Moment, in dem sie ihm genug vertrauen, die eigene Hand von der Kante zu lösen und alles zu riskieren … genau dann zieht er seine weg.

36

Endlich schaffte es Erik, nach dem Gitter zu greifen.

Ich ließ es kurz los, um Rebecca auf den Arm zu nehmen. Kaum dass ich ihr Gewicht trug, sackte ich noch ein Stück in den Beton ein und kam nicht mehr an den Zaun heran.

»Weiter runter!«, rief ich. »Beeil dich! Ich sinke ein!«

Erik rührte sich nicht.

»Beeil dich!«, rief ich noch einmal.

Statt sich weiter herabzubeugen, zog Erik das Gitter hoch und schleuderte es schließlich hinter sich.

Die Angst schoss mir in den Magen. Dieses Stück Zaun war unser einziger Ausweg aus diesem Loch gewesen.

Ich starrte nach oben. Erik starrte nach unten.

Wieder blitzte es. Für einen Sekundenbruchteil konnte ich Eriks Gesicht erkennen. Irgendetwas veränderte sich vor meinen Augen. Mir war, als habe jemand Eiswasser in mich hineingeschüttet. Seine Augen wurden zu schwarzen Höhlen. Mein Körper begriff, was ich gesehen hatte, bevor mein Hirn mir das Wort dafür lieferte. *Das Böse.*

Rebecca begann sich zu regen. Durch das zusätzliche Gewicht auf meinem Arm war ich inzwischen bis zu den Knien im Beton eingesunken, konnte meine Beine nur noch mühsam bewegen.

Der Regen prasselte mir ins Gesicht. Mit einem Mal war ich erschöpft.

»Warum?«, fragte ich. »Warum?«

Erik setzte sich auf und ließ die Beine über den Abgrund baumeln, als säße er am Rand eines Schwimmbeckens und sähe mir beim Schwimmen zu.

»Sie wollte mich verlassen«, sagte Erik. »Wusstest du das? Sie hat alles hinter meinem Rücken geplant. Aber sie hat einen

Fehler gemacht. Sie hat die Pässe und Impfausweise zusammengepackt. Griffbereit, die Hülle schon aus dem Ordner genommen. Aber nicht für alle. Mich hatte Alexa ausgesondert. Die drei waren zusammen. Ich fehlte.«

Er zuckte mit den Schultern.

»Und dann hatte sie angeblich wieder Kontakt mit ihrer Mutter«, fuhr Erik fort. »Das hätte mich gleich stutzig machen sollen. Sie hat ihre Mutter gehasst. Wusstest du, dass sie Alexa abgeschoben hat, nachdem sich der Stiefvater an sie rangemacht hatte? Sie hat die Tochter bestraft, aber ist bei dem Mann geblieben. Herzallerliebst.«

Dort, wo der Beton unter meine Jeans quoll und meine Haut berührte, fühlte es sich an, als wenn er sie wegätzte. Auch meine Hände brannten. Ich versuchte, auf der Stelle zu treten, doch ich bekam meine Füße kaum noch hoch. Ich sackte sogar noch weiter ab. Wie tief war so ein Fundament?

Erik nahm ein Steinchen und warf es über meinen Kopf hinweg in die Baugrube. Es war absurd. Er saß mitten in der Nacht bei Regen auf einer Holzbrücke und wirkte, als wenn er an einem schönen Sommertag Steine in einen See warf.

»Da habe ich das mal kontrolliert. Die Mutter hatte keine Ahnung, dass sie seit Monaten wieder mit Alexa in Kontakt stand. Das konnte sie auch nicht, sie war nämlich inzwischen mausetot. Also habe ich Alexas Konto überprüft. Es gab einen Geldeingang, von dem sie mir nie etwas erzählt hat. Eine ganz schöne Summe. Das Erbe ist allerdings kurz darauf wieder von ihrem Konto verschwunden. Das hat man davon, wenn man jemandem vertraut.«

Mühsam stampfte ich mit meinen Füßen, die langsam taub wurden. Ich musste durchhalten.

»Sie hat mich eine Weile getäuscht«, fuhr Erik fort und warf noch einen Stein in die Baugrube. »Mit all ihren Videos, in denen sie mich immer über den grünen Klee gelobt hat. Und hinter meinem Rücken plant sie den Abgang. Eine ganze Weile war ich beruhigt, habe gedacht, alles sei unter Kontrolle. Doch als ich die Pässe fand, wusste ich, dass sie plant, mich zu verlassen. Heimlich, still und leise. Irgendwie muss sie herausbekommen haben, dass ich ihr Telefon überwache, denn mit einem Mal war sie immer nur zu Hause. Da habe ich eben einen Gegenplan entwickelt. Kann man mir das übel nehmen? Wohl kaum.«

»Warum wollte sie dich verlassen? Sie war doch schwanger!«

»Tja, das hat sie mir nie erzählt. Erst kurz bevor sie starb. Ich hielt es für eine Ausrede, um sich selbst zu retten, aber in dem Punkt hat sie wohl nicht gelogen.«

»Und warum war Marit an dem Abend im Haus? Rebecca hat sie gesehen.«

»Alexa wollte einfach nicht begreifen, dass es ihre Aufgabe war, für mich da zu sein. Ständig hat sie sich neue Freundinnen gesucht, die ich vertreiben musste. Ich habe Alexa erzählt, dass Kiki hinter ihrem Rücken über sie herzieht und dass Yvonne hinter den bösen Kommentaren im Netz steckt, weil sie ihr den Erfolg nicht gönnt. Dabei habe ich die Drohungen selbst geschrieben. Von Marits Computer aus.«

Erik warf die Hände in die Höhe.

»Marit war völlig verrückt nach mir. Sie wollte, dass ich eine Entscheidung traf. Also sagte ich ihr, sie solle meine Abwesenheit an jenem Sonntag nutzen, um Alexa zu bitten, mich freizugeben.«

Erik wischte sich das Wasser aus dem Gesicht, das in dicken Tropfen auf uns herabfiel.

»Später hat sich Marit natürlich schuldig gefühlt. Sie dachte, dass Alexa die Kinder umgebracht hat, weil sie wegen der Affäre so verzweifelt war. Da geht man nicht zur Polizei.«

Die Laternen an der Landstraße waren inzwischen abgeschaltet, aber meine Augen hatten sich an die Dunkelheit gewöhnt.

»Bei mir lief erst alles nach Plan. Marit hatte ihre Spuren im Haus verteilt. Und ich hatte ein Alibi. Ich kam gegen halb zehn mit dem Fahrrad, das habe ich in einem Gebüsch versteckt und bin den letzten Weg zu Fuß gegangen. Mein Handy und mein Auto blieben natürlich in der Werkstatt. Ich wollte erst viel später zurückkehren und feststellen, dass Marit aus Eifersucht meine Familie umgebracht hatte. Damit wollte ich alle meine Probleme auf einmal loswerden. Alexa, Marit und die Schulden bei meiner Mutter. Es ist nicht schön, wenn man seiner Mutter mit über vierzig noch Geld schuldet!

Aber ich hatte noch das klitzekleine Problem, dass ich nicht wusste, wo Alexa das Geld hingebracht hatte. War es in einem Schließfach?

Also habe ich Alexa mit einem Kabelbinder ans Bett gebunden. Sie sollte mir sagen, wo das Geld geblieben ist, das sie von ihrer Mutter geerbt hat. Alexa weigerte sich.

Wütend schnappte ich mir ein Kopfkissen und ging ins nächste Kinderzimmer. Es war einfach, dem Kind das Kissen auf das Gesicht zu drücken. Der Widerstand war so gering, eigentlich kaum spürbar. Wenn ich nicht hingeschaut hätte, ich hätte kaum geglaubt, dass dort gerade ein Mensch um sein Leben kämpft … Ich rief zu Alexa ins Schlafzimmer: ›Wenn du mir sagst, wo das Geld ist, lasse ich die andere vielleicht leben.‹

Auf einmal krachte mir etwas auf den Schädel. Ich ging zu Boden. Alexa schrie direkt neben meinem Ohr: *Was hast du getan? Was hast du getan?*

Ich war so benommen, dass ich nicht einmal kapierte, wo sie plötzlich hergekommen war.«

Die Nagelschere vor dem Bett, dachte ich. *Rebecca hat ihre Mutter mit der Nagelschere befreit.*

Erik redete weiter: »Als ich wieder zu mir kam, hatte Alexa Celina aus dem Bett gehoben und versuchte, sie auf dem Boden wiederzubeleben. Dabei schrie sie: ›Was hast du getan? Was hast du getan?‹ Langsam begriff ich: Mein Plan war schiefgelaufen. Jetzt musste ich improvisieren. Wie sollte ich die Verletzung erklären?

In meiner Wut packte ich Alexa am Hals. Sie schlug mir die Fingernägel ins Gesicht. Da drückte ich zu. Doch so einfach es bei der Kleinen gewesen war, bei Alexa kam es mir wie eine Ewigkeit vor, so lange dauerte es. Bis sie endlich aufhörte zu zappeln, hatte ich Krämpfe in den Händen. Irgendwann endlich starrte Alexa mich an, und ihre Augen füllten sich mit Blut. Da wusste ich, es war vorbei.«

Erik riss die Arme nach oben, wie um einen Sieg zu feiern.

Mir wurde schlecht.

Uns trennte nur ein Sprung aus zweieinhalb Meter Höhe. Und ich steckte fest, hatte ein kleines Mädchen auf dem Arm und keine Chance, sie in Sicherheit zu bringen.

Ich musste Zeit gewinnen, das war meine einzige Chance. Ich konnte mich kaum noch von der Stelle bewegen, schon gar nicht mit Rebecca im Arm. Bald würde ich mich nicht mehr rühren können.

»Und wenn ein Plan schiefgeht, ist es nicht so einfach, in einer Stresssituation einen neuen zu entwerfen, nicht wahr?«, sagte ich. »Unter Alexas Nägeln war deine Haut. Also musste die Leiche verschwinden. Ein Einbruch war als Erklärung nicht mehr möglich. Und da die Polizei Marit nicht angetroffen hat und sie auch nicht hier ist, nehme ich an, du hast sie angerufen und in einen Hinterhalt gelockt.«

»Nun, irgendjemand muss ja an eurem Tod schuld sein, nicht wahr?«

Ich sagte nichts. Kampflos würde ich nicht untergehen.

Erik könnte uns beide mit bloßen Händen umbringen, ohne dass wir eine Chance hatten. Wobei ich mir im selben Moment schwor, ihm vorher so viel Haut wie nur möglich vom Gesicht zu kratzen, sobald er sich uns näherte. Vielleicht würde ich sterben, aber seine DNA unter meinen Fingernägeln würde er ebenfalls nicht erklären können.

Erik erhob sich, als habe er genug Zeit mit mir vergeudet.

»Dann wollen wir mal«, sagte er.

Ich hörte das Klirren, als Erik die Scheibe des Containers einschlug, in dem die Bauleitung saß.

Erst als ich den Lastwagen hörte, dämmerte mir, dass er den Schlüssel geklaut hatte. Er würde nicht zu uns in die Grube kommen. Er würde uns einfach mit Sand oder Kies überschütten. Inzwischen steckte ich bis über das Knie im Beton fest. Wenigstens hatte ich das Gefühl, ich sackte nicht noch weiter ein.

Aber ich konnte mich nicht mehr rühren. Meine Beine waren zu schwer. Ich gab alles, doch jede kraftraubende Bewegung brachte uns nur Zentimeter vorwärts. Entsetzt sah ich, dass Erik einen Lastenkipper gekapert hatte. Der Motor röhrte laut, als er ihn rückwärts an die Baugrube fuhr. Vor der Ladefläche befand sich eine Baggerschaufel.

Langsam fuhr der Greifarm aus, bis die Masse aus Eisen über uns schwebte. Wie ein Maul mit riesigen Zähnen aus langen Eisenzacken öffnete sich die Schaufel über unseren Köpfen und begann dabei, langsam hin und schwer zu schwingen. Ein Treffer, und wir würden für immer im Beton versinken. Wer weiß, ob wir je gefunden würden.

Erik kam über die Brücke, kontrollierte, ob die Schaufel richtig über unseren Köpfen platziert war.

Die Anruferliste. Ich sah die Anruferliste vor mir, als ich versuchte, die Notrufnummer zu wählen. Harald Blessing hatte dort gestanden. Und noch ein anderer Name. Karin Keller. Eriks Mutter.

»Du hast deine Mama angerufen«, schleuderte ich ihm entgegen. »Deine Mutter hat sich um alles gekümmert. Sie hat morgens um zwei dein Auto und dein Handy für dich aus der Werkstatt geholt. Und dann hat sie für dich aufgeräumt. Wie immer. Alexa und ihren Wagen versenkt. Falsche Spuren gelegt.«

Ich drückte Rebecca an mich, als könnte ich sie so vor dem Bösen in ihrer Familie schützen. »Ich hätte es sofort wissen müssen. Als ich kam, bin ich in einer Blutlache ausgerutscht. Aber Celina war schon seit Stunden tot. Dein Blut hätte längst getrocknet sein müssen. Aber deine Mama hat dir die Messerstiche erst zugefügt, als sie sicher war, dass dir bald jemand zu Hilfe eilt. Wahrscheinlich hat sie gesehen, dass ich in der Küche rumgelaufen bin.«

»Die gute Mama. Humanbiologie ist ihr Steckenpferd.

Zum Glück kennt sie sich aus mit Anatomie. Aber jetzt haben wir genug geredet. Es ist Zeit.«

Erik schwang sich in den Lkw.

Langsam senkte sich die Schaufel über unsere Köpfe, die todbringende Eisenmasse schwankte hin und her. Instinktiv versuchte ich, mit meinen Händen Rebeccas Kopf zu schützen, die zum Glück immer noch schlief. Garantiert hatte sie massenhaft Benzodiazepine im Blut. Erik hatte sie ruhiggestellt, seit sie wieder in Deutschland war. Wahrscheinlich stimmte die Geschichte mit der Selbstverletzung auch nicht. Er hatte nur dafür gesorgt, dass ein Psychiater ihr starke Beruhigungsmittel verschrieb.

Die Schaufel kam näher und näher.

Ich presste die Augen zusammen. »Lieber Gott im Himmel«, betete ich, »lieber Gott im Himmel, hilf! Hilf wenigstens diesem kleinen Mädchen.«

Auf einmal spürte ich, dass der Regen schlagartig aufhörte, als wenn jemand einen Schirm über uns gebreitet hätte.

Instinktiv ließ ich mich mit meinem ganzen Gewicht nach vorn fallen und spürte erleichtert den Regen auf meinen Rücken prasseln. Ich hatte uns außerhalb der Reichweite des eisernen Schirms gebracht. Doch ich versank nicht, denn dieses Mal half mir der zähe Beton und hielt mich, einer Buchstütze gleich, sodass ich nun in einem Fünfundvierzig-Grad-Winkel über der Betonmasse hing, Rebecca fest an mich gepresst.

Gleichzeitig fühlte ich den Luftzug, als die Schaufel hinter mir wieder durch die Luft sauste. Wie eine todbringende Abrissbirne pendelte sie hin und her, der Greifarm ächzte unter ihrem Gewicht. Ich kniff die Augen fest zu.

Plötzlich herrschte Ruhe, kein Luftzug mehr, auch der quietschende Greifarm stand still. Die Fahrertür des Kipplasters wurde geöffnet. Ich riss die Augen wieder auf.

Vor mir im Beton leuchtete etwas auf. Mein Handy! Hoffnung loderte in mir hoch. Ich griff danach, versuchte panisch, die Seitentaste zu drücken, mit der man den Notruf aktivieren konnte, aber die Taste war mit Beton vollgeschmiert und ließ sich nicht mehr drücken.

Ich versuchte es wieder und wieder, als Erik über die Brücke lief, um zu kontrollieren, ob er uns getroffen hatte.

Ich verspürte ein heißes letztes Triumphgefühl. Er hatte uns noch nicht erledigt.

»Du Schwein«, schrie ich, »du feiges Dreckschwein! Du fühlst dich stark, wenn du dich an kleinen Kindern und schwangeren Frauen vergreifst, aber gleich kriechst du wieder bei deiner Mama auf den Schoß, du Muttersöhnchen!«

Erik sagte ruhig: »Bis jetzt wollte ich dich nur töten. Aber ich kann dich auch leiden lassen, wenn dir das lieber ist.«

Etwas musste ihn erschreckt haben, denn auf einmal drehte sich Erik um. »Wie zum Teufel …?«, rief er. Jetzt sah ich es auch. Hinter Erik war Kurt auf der Brücke aufgetaucht. Sein Fell war über und über mit Schlamm bedeckt. Er hielt den Kopf gesenkt und knurrte aus tiefster Kehle. Die Körperhaltung wirkte so bedrohlich, dass Erik einen Moment wie schockgefroren schien, aber ich sah an Kurts zitterndem Vorderbein, dass er Schwierigkeiten hatte, auf der glitschigen Brücke das Gleichgewicht zu halten.

Auch Erik bemerkte Kurts Schwachpunkt. Er holte zu einem Tritt aus, doch ich war schneller. Mit voller Kraft schleuderte ich mein Handy in Eriks Richtung. Obwohl ich sonst eine schlechte Werferin war, traf ich ihn am Hinterkopf. Erik geriet in der Trittbewegung aus der Balance, nur ein wenig, aber es reichte.

Kurt setzte zum Sprung an und brachte Erik mit seinem Gewicht endgültig ins Wanken. Erik stürzte von der Brücke und verschwand mit einem Aufschrei aus meinem Blickfeld. Kurt war durch den Zusammenprall ebenfalls abgerutscht, aber er hatte Glück gehabt und kam auf der Brücke zum Liegen.

Er rappelte sich auf und sah auf uns herab.

»Hol Hilfe, Kurt!«, rief ich.

Kurt bellte mich auffordernd an.

»Hol Hilfe! So schnell du kannst!«

Der Regen prasselte neben uns in den Beton. Kurt rührte sich nicht, sondern bellte weiter.

»Such!«, rief ich schließlich verzweifelt. »Such Anni! Wo ist Anni?«

Kurt sah zu mir hinunter.

»Such!«

Nach endlosen Wiederholungen setzte sich Kurt langsam in Bewegung, hüpfte langsam rückwärts. Es sah schrecklich ungelenk aus, als könne er jeden Moment auf dem schmalen Brett ausrutschen. Hatte er verstanden, was ich ihm gesagt hatte? Erinnerte er sich an das Spiel?

Zitternd stand ich mit Rebecca auf dem Arm unter der noch leicht schwankenden Baggerschaufel. Erik war in den Graben gefallen. Würde er dort wieder hinauskommen? Wie lange würde er dafür brauchen?

Ich drückte Rebeccas Körper fest an meinen, wiegte sie, versuchte, meine tauben Beine hin und her zu bewegen. Panisch lauschte ich nach jedem Geräusch. Doch es blieb gespenstisch still.

Irgendwann wurde ich müde. Meine Beine brannten wie Feuer, und ich wusste nicht, wie lange ich Rebecca noch halten konnte. Sie war schwer. Der Beton, der an uns klebte, tat sein Übriges.

Hinsetzen ging nicht, ich würde bis zum Hals im Beton versinken. Allerhöchstens konnte ich mich hinknien. Dann würde ich etwa fünfzig Zentimeter verlieren und wäre bis über der Brust im Beton, von dem ich inzwischen ziemlich sicher wusste, dass er tatsächlich ätzend war. Und wie sollte ich Rebecca in dieser Position über der Oberfläche halten? Nein, ich durfte nicht nachgeben, musste stehen bleiben.

Ich versuchte, mich selbst zu manipulieren. *Rebecca ist leicht wie eine Feder. Ich kann sie ohne Schwierigkeit festhalten, bis am Morgen die Bauarbeiter kommen und uns befreien.*

Ich habe keine Ahnung, wie lange ich es schaffte, mich damit aufrecht zu halten.

Auf einmal begann die Baggerschaufel über unseren Köpfen sich wieder zu bewegen. Erik hatte es also nach oben geschafft und holte zu seinem letzten Schlag aus. Tränen stürzten mir aus den Augen. Ich war mit meinen Kräften am Ende. Ich legte Rebecca die Hand über die Augen. Falls sie aufwachte, sollte sie nicht sehen, was kam. Da traf mich der Lichtstrahl einer Taschenlampe.

»Weiter nach links«, brüllte eine Stimme. »Jetzt runter!« Wieder blendete mich die Helligkeit der Lampe. »Halten Sie durch! Wir holen Sie da raus!«

Die Schaufel entfernte sich ein Stück von unseren Köpfen. Ich konnte nicht erkennen, wer dort oben stand.

Stück für Stück senkte sich die Schaufel herab.

»Setzen Sie sich da rein! Wir ziehen Sie raus!«

Ich ließ mich auf den stählernen Boden fallen, Rebecca immer noch fest an mich gedrückt.

Oben pfiff jemand durch die Zähne, und die Schaufel, die mich eben beinahe erschlagen hätte, zog mich mühelos aus dem Beton heraus.

Es war Ulrich Krupp, der mir aus der Schaufel half. Aus dem Kipplaster sprang Daria Levin.

»Gute Arbeit, Daria«, sagte Krupp. »Zwischendurch habe ich schon befürchtet, du rutschst mit den Rädern in den Graben!«

»Als Bauerntochter«, erwiderte Levin, »kann ich alles fahren, was Räder hat.«

Krupp nahm mir Rebecca ab, hielt sie wie ein Baby im Arm. Dabei schwenkte der Strahl seiner Taschenlampe ein letztes Mal über den Baugraben.

Ein großer Teil der Schlammwand war eingestürzt, wahrscheinlich durch die Räder des zurücksetzenden Kipplasters. Der massive Regen, der die ganze Nacht auf uns herabgeprasselt war, hatte aus dem Graben eine tödliche Falle gemacht.

Ich weiß nicht, ob ich mir einbildete, dass die Hand, die aus dem Schlamm herausragte, sich noch bewegte.

Aber ich machte Krupp erst darauf aufmerksam, als wir

Rebecca aus dem Betttuch gewickelt und uns vergewissert hatten, dass es ihr gut ging und sie genügend Luft bekam.

Da war es jedenfalls zu spät.

37

Später wurden auf der gesamten Baustelle erhebliche Sicherheitsmängel und Baupfusch festgestellt, weshalb Henning Pape schließlich doch noch in die Negativ-Schlagzeilen geriet.

Marits Leiche zog man erst Wochen später aus dem Wasser. Wahrscheinlich hatte Erik sie, um einen Selbstmord vorzutäuschen, eine Brücke hinuntergestoßen, aber das fand man nie heraus.

Das Jugendamt brachte Rebecca in einer Notfamilie unter. Meine Bemühungen, Kontakt zu ihr zu bekommen, wurden mit der Begründung abgeschmettert, dass sie zur Ruhe kommen solle.

Kurt blieb bei mir.

Er hatte sich tatsächlich unter Annis Fenster gestellt und gebellt. Und Anni hatte die Polizei angerufen, weil das immer richtig war, wie Ulrich Krupp ihr mal versichert hatte. Anni kam in die Zeitung und wurde in der ganzen Siedlung als Heldin gefeiert.

Jasper wollte immer noch eine Versöhnung, aber ich war zu sehr verunsichert und hielt ihn hin. Mona hatte gekündigt, und ich wusste nicht, wo sie inzwischen abgeblieben war.

Karin Keller, die ihrem Sohn bei der Vertuschung seines morbiden Plans geholfen hatte, wurde zwar verhört, es war aber klar, dass sie nach Paragraf 258, Absatz 6 straffrei ausgehen würde: Wegen Strafvereitelung wird nicht bestraft, wer die Tat zugunsten eines nahen Angehörigen begeht.

Trotzdem war ich entsetzt, als ich erfuhr, dass Karin Keller das Sorgerecht für ihre Enkeltochter beantragt hatte und der Antrag geprüft wurde.

Ausgerechnet Emily Fraser bewies, dass sie mehr konnte als Clickbaits zu produzieren.

Sie drehte eine Serie über das Leben und Sterben der Alexa Keller. Dabei recherchierte sie zum Thema häusliche Gewalt und interviewte dafür auch Nessie Thompson alias Vanessa Haack, die dafür noch einmal nach Deutschland gereist kam.

Vanessa erzählte darin nicht nur von ihren Erfahrungen mit Erik, sondern auch, wie sie es geschafft hatte, ihm zu entkommen:

»Im Nachhinein, durch meine Arbeit mit Opfern von häuslicher Gewalt, die meine Frau und ich in Houston ehrenamtlich unterstützen, hätte ich die Muster der toxischen Beziehung viel schneller erkannt: zu große Begeisterung zu Beginn, allmähliche Isolation von sämtlichen Unterstützungssystemen wie Familien und Freunden, bis hin zu totaler Kontrolle und dem Verlangen nach emotionaler Unterwerfung.

Aber wenn man unerfahren ist und in die Fänge eines Narzissten gerät, durchschaut man die Muster der Manipulation nicht. Leider nützt es auch oft nichts, wenn Außenstehende einen darauf aufmerksam machen.«

Ich rief sie an.

»Darf ich dich um einen Gefallen bitten?«, fragte ich. »Kannst du die Geschichte von Karin Kellers Verhältnis zu Erik noch einmal erzählen? Vor dem Jugendamt?«

Das tat sie. Außerdem legte ich dem Jugendamt Alexas Tagebuchauszug vor, der Vanessas Geschichte bestätigte. Es waren bange Tage, doch schließlich lehnte das Jugendamt Karin Keller als Betreuungsperson für Rebecca ab.

An dem Tag, als Rebecca endlich zu mir kam, las ich ihr abends im Bett wieder »Die Brüder Löwenherz« vor, ohne zu ahnen, dass dies von nun an für viele, viele Abende unsere Lektüre sein würde.

Kurt lag uns zu Füßen in einem neuen Körbchen und schnarchte laut.

Rebecca kuschelte sich in ihr Kissen und lauschte der Geschichte eines kranken Jungen, der nach seinem Tod seinen längst verstorbenen Bruder in einer ganz neuen Welt wiedertrifft.

»Mama und Celina warten bestimmt auch auf mich«, sagte Rebecca.

»Ja. Und wenn ihr euch wiederseht, wird es sich anfühlen, als wärt ihr nur eine Sekunde getrennt gewesen.«

»Wird Papa auch da sein?« Rebeccas Stimme klang auf einmal ganz klein und ängstlich.

Ich schüttelte den Kopf. »Nein. Das Einzige, was nämlich zählt, wenn man in die nächste Welt kommt, ist, dass man sich gegenseitig lieb gehabt hat.«

»Warum hatte Papa uns nicht lieb?«, fragte Rebecca.

»Das weiß ich nicht, mein Schatz. Ich weiß nur, es lag nicht an euch, sondern an ihm.« Ich zog sie in meine Arme. »Weißt du, wir haben da sogar etwas gemeinsam. Meine Eltern haben mich abgegeben, als ich noch ein Baby war. Und sie wollen mich auch niemals kennenlernen.«

»Warum haben sie dich nicht lieb?« Rebecca hob den Kopf.

»Das weiß ich auch nicht«, sagte ich. »Ich weiß nur, es ist nicht meine Schuld.«

»Weißt du, was meine Mama zu mir gesagt hat?«, fragte Rebecca.

»Was denn?«

»Ein Kind ist ein Geschenk, aber nicht alle, die es bekommen, haben es verdient.«

»Deine Mama war eine kluge Frau«, sagte ich und stopfte die Bettdecke um Rebecca fest.

Auf dem Weg nach unten ging ich ins Arbeitszimmer, nahm den Aktenordner und den Brief mit der Adresse meiner Eltern und warf beides ins Altpapier. Es war vorbei. Ich wusste nicht, wo ich herkam. Ich würde es auch niemals wissen. Damit musste ich leben.

Jaspers Sachen packte ich noch in derselben Nacht. Später ließ ich sie nach München schicken.

Kurz darauf bekam ich einen wütenden Anruf.

»Du weißt, wie klein meine Wohnung hier ist, Friederike. Wohin soll ich mit dem ganzen Zeug?«

»Lass es doch einlagern.«

»Du gibst uns also keine Chance mehr?«

»Nein. Ich habe die Scheidung eingereicht. Das Haus behalte ich.«

»Das wird teuer für dich, Friederike. Du wirst die Hälfte des Kaufpreises aufbringen müssen.«

»Nein. Mir gehört schließlich der größere Anteil. Ich werde dir das, was du hineingesteckt hast, natürlich auszahlen. Das war allerdings nicht so viel. Du hast eventuell vergessen, dass ich den Kaufvertrag abgenickt habe. Und ich bin Juristin. Wir achten von Berufs wegen sorgfältig auch auf winzige Formulierungen.«

Jasper schnappte nach Luft. »So willst du es also spielen. Auf die harte Tour. Vielleicht sollte ich mich dann mal beim Jugendamt melden. Wahrscheinlich werden die dort nicht begeistert darüber sein, wenn du dich scheiden lässt, während du gleichzeitig ein Kind aufnehmen, vielleicht sogar adoptieren möchtest.«

Ich spürte, wie Wut in mir hochstieg. Kurt legte den Kopf auf meine Knie.

»Oder möchtest du etwa riskieren, dass man dir Rebecca wieder wegnimmt?«, fragte Jasper weiter.

Ich wartete darauf, dass sich ein Bild in meinem Kopf formte, ein Gedanke, wie ich Jasper den Schädel einschlug oder ihn mit Steinen bewarf.

Nichts geschah.

Ich holte tief Luft. »Mach dir darüber keine Gedanken. Da bin ich auf der sicheren Seite. Für Kinder in dem Alter findet man nämlich kaum Pflegefamilien. Mit der Vorgeschichte und diesen Traumata erst recht nicht.«

Beruhigend legte ich die Hände auf meinen schon leicht gerundeten Bauch. Ich durfte mich nicht aufregen.

Es war fast ein Wunder: Eine einzige Nacht mit Erik hatte zustande gebracht, was Jasper und ich jahrelang vergeblich versucht hatten.

Jasper schwenkte um: »Dann denk mal darüber nach, warum man keine Pflegefamilien für diese Kinder findet. Das ist eine Riesendummheit von dir. Wenn du da mal nicht eine böse Überraschung erlebst. Man sagt schließlich nicht umsonst: Der Apfel fällt nicht weit vom Stamm.«

Trotz dieser gehässigen Worte sprang mir immer noch kein gewalttätiges Bild in den Kopf. Auf einmal breitete sich eine tiefe Ruhe in mir aus.

»Keine Angst«, sagte ich. »Daran glaube ich nämlich zum Glück überhaupt nicht.«

Ende

Die schlimmsten Geheimnisse lauern tief unter der Oberfläche ...

Rose Klay
DIE TOCHTER –
DEINER VERGANGENHEIT
ENTKOMMST DU NICHT!
Thriller

320 Seiten
ISBN 978-3-404-18535-1

In Kathis Familie sind schreckliche Dinge geschehen, und alle wissen davon. Schon lange hat sich die alleinerziehende Mutter damit abgefunden, eine Außenseiterin zu sein. Dann verschwindet ein Mädchen, das ihrer Tochter Lucy in der Schule das Leben zur Hölle macht. Und ausgerechnet Kathi hat es als letzte gesehen. Wird man sie verdächtigen? Kathi versucht alles, um die Geister der Vergangenheit zurückzudrängen. Doch ihr entgleitet zunehmend die Kontrolle über ihr Leben ...
Schicht um Schicht legt Rose Klay das Grauen hinter der alltäglichen Fassade frei – ein psychologischer Thriller, den man nicht mehr aus der Hand legen kann!

Lübbe